Diogenes Taschenbuch 4/3

Alan Sillitoe

Samstagnacht und Sonntagmorgen

Roman

Aus dem Englischen von Gerda von Uslar

Diogenes

Titel der englischen Originalausgabe
›Saturday Night and Sunday Morning‹

›Samstagnacht und Sonntagmorgen‹
erschien zuerst 1970 im Diogenes Verlag

Veröffentlicht als Diogenes Taschenbuch, 1976

40/79/8/2
ISBN 3 257 20230 X

Erster Teil

Samstagnacht

I

Die grölende Bande ringsum an den Tischen sah Arthur unsicher auf die Treppe zusteuern; und obwohl alle wußten, daß er stockbetrunken war, und die Gefahr voraussehen mußten, in die er gleich geraten würde, versuchte niemand, ihn anzusprechen und ihn an seinen Platz zurückzubringen. Mit elf Glas Bier und sieben kleinen Gins, die in seinem Magen Verstecken spielten, fiel er von der obersten Stufe die ganze Treppe hinunter.

Der White Horse Club versoff in seiner Stammkneipe die Sparbeiträge und feierte in sämtlichen Räumen ein tobendes Fest. Die Dielen schwankten, die Fensterscheiben klirrten, und die Blätter der Aspidistra welkten in Bier- und Rauchschwaden. Nottinghamshire County hatte die Gastelf geschlagen, und die fördernden Mitglieder des White Horse Club begossen in den oberen Räumen den Sieg. Arthur war kein Mitglied des Clubs, wohl aber Brenda, und daher vertrank er den Anteil ihres abwesenden Mannes, soweit er reichte. Als der Club pleite war und der gewitzte Wirt denen, die nicht zahlen konnten, den Hahn abdrehte, legte Arthur acht Half-crowns auf den Tisch, um für sich selbst zu blechen.

Es war Samstag, der beste Abend in der Woche, um mal richtig auf die Pauke zu hauen, einer der zweiundfünfzig Festtage im langsam rotierenden Riesenrad des Jahres, ein wilder Auftakt zu einem Wochenend-Kater. Aufgespeicherte Leidenschaften explodierten am Samstagabend, die Wirkung einer Woche monotoner Hetze in der Fabrik wurde in einer einzigen Ladung guter Laune aus dem Körper geschwemmt. Es galt das Motto: ›Sauf und sei froh‹, man umfaßte mit geübtem Arm weibliche Taillen und fühlte, wie das Bier wohltuend in die aufnahmebereiten Gedärme rann.

Brenda und die beiden anderen Frauen, die an Arthurs Tisch saßen, sahen, wie er seinen Stuhl zurückstieß und mit

Gepolter aufstand; seine grauen Augen glänzten trübe, so daß er wie ein großer, dürrer Barde aussah, drauf und dran, einen Wahnsinnstanz aufzuführen. Statt dessen murmelte er irgend etwas vor sich hin, das sie nicht verstanden, weil sie zu beschwipst oder zu weit weg waren, und schwankte zur Treppe. Viele beobachteten ihn, wie er sich da am Geländer festhielt. Er drehte langsam den Kopf und starrte in dem überfüllten Raum umher, als wisse er nicht, welchen Fuß er zuerst bewegen sollte, um seinen Körper hinabsteigen zu lassen, oder als wisse er nicht einmal, weshalb er gerade in diesem Augenblick die Treppe hinuntergehen wollte.

Er spürte die Grelle der elektrischen Birnen stechend im Hinterkopf: im Aufblitzen einer Sekunde empfand er, daß Geist und Körper zwei getrennte Wesen waren, von denen jedes rücksichtslos den eigenen Weg gehen wollte. Aus irgendeinem Grund schien ihm die laute, brüchige Stimme, die im Hintergrund sang, wie ein Signal, sofort mit dem Abstieg zu beginnen. So setzte er denn einen Fuß vorwärts, sah ihn zur nächsten Stufe neblig schwinden und fühlte das Gewicht seines Körpers ihm nachdrängen, bis der Druck von oben so groß wurde, daß er anfing wie ein Sack die Treppe hinunterzurollen.

Ein hochoktaniges Treibstoffgemisch von sieben Gin und elf Glas Bier hatte ihn wie eine Maschine in Bewegung gesetzt, und dies Gemisch hatte seinen Weg in ihn hineingefunden, weil ein Mann geprahlt hatte. Ein riesiger, großmäuliger Kerl, der sagte, er sei Seemann gewesen – so beschrieb Arthur ihn später –, gab mächtig an und führte das große Wort über mehrere Tische hin. Er erzählte seinen Zuhörern von allen Orten der Welt, wo er schon gewesen war, und jede seiner Geschichten lief auf die Behauptung hinaus, daß er den Rekord im Saufen hielte und der tollste Bursche in der Kneipe sei. Er war vierzig und in Saft und Kraft, sein Bauch hatte noch nicht zuviel Fett angesetzt; er trug einen braunen Anzug mit Weste und ein Hemd mit passenden Streifen, dessen Manschetten bis zu dem potenzbewußten Haarwuchs auf dem Rücken seiner Fleischerpfoten herunterreichten.

»Saufen?« rief Brendas Freundin. »Wetten, daß Sie nicht soviel vertragen wie der junge Arthur Seaton hier«, – sie nickte zu Arthur hinüber. »Der ist erst einundzwanzig und säuft wie 'n Loch. Ich weiß nicht, wo er's läßt. Das rutscht nur so runter, du denkst, der platzt gleich und du kannst ihn von der Wand kratzen, aber er wird nicht mal blau davon.« Das Großmaul grunzte und versuchte, ihre Lobrede zu überhören, aber als er die wüste und plastische Beschreibung eines Bordells in Alexandria beendet hatte, rief er Arthur zu: »Ich höre, du kannst 'ne Menge vertragen, Freundchen!«

Arthur ließ sich nicht gern per ›Freundchen‹ anreden. So was bekam er gleich in den falschen Hals. »Geht so«, erwiderte er bescheiden. »Warum?«

»Was ist denn dein Rekord bisher?« wollte Großmaul wissen. »Wir haben nämlich beim Landurlaub immer Wettsaufen veranstaltet«, fügte er mit einem breiten überlegenen Grinsen für die interessierten Zuhörer hinzu. Er erinnerte Arthur an einen Feldwebel, der ihm mal eine Strafe aufgebrummt hatte.

»Keine Ahnung«, sagte Arthur. »Ich kann nicht zählen.«

»Na gut«, entgegnete Großmaul, »dann wollen wir mal sehen, was du jetzt vertragen kannst. Wer verliert, blecht.«

Arthur zögerte nicht. Freibier war nicht zu verachten. Und außerdem gönnte er solchen Großtuern ihren unverdienten Ruhm nicht; dem wollte er's mal zeigen.

Großmauls Taktik war geschickt und sicher, das mußte er zugeben. Das Münzorakel gab ihm die erste Wahl, und er fing mit Gin an; nach dem siebten Gin ging er dann zu Bier über, zu Halblitergläsern. Arthur genoß den Gin und schlürfte das Bier mit Wonne. Lange Zeit sah es nach einem toten Rennen aus; sie saßen da und kippten das Zeug runter, als ob es ewig so weitergehen würde, bis Großmaul plötzlich mitten in seinem zehnten Bier grün wurde und rausstürzte.

Er mußte wohl unten die Rechnung bezahlt haben, denn er kam nicht wieder. Arthur wandte sich wieder seinem Bier zu, als sei nichts geschehen.

Er lachte in sich hinein, als er die Stufen hinunterrollte, freute sich über das dumpf dröhnende Stoßen hinten im Kopf und am Rückgrat, als ob sich das alles meilenweit entfernt zutrüge, wie das Vibrieren einer anderen Stelle der Erdoberfläche, und als ob er ein Erdbebenmesser sei, der es schwach aufzeichnete. Diese rollende Bewegung war so bequem und einschläfernd, daß er einfach die Augen geschlossen hielt und in Schlaf versank, als seine Reise am Fuß der Treppe endete. Es war so ein angenehmes und gelöstes Gefühl, und er wünschte sich, für den Rest seines Lebens in derselben Lage zu bleiben.

Irgend jemand stieß ihn in die Rippen; er merkte, daß es nicht der bösartige Stoß eines Mannes war, der ihn in einer Schlägerei besiegt hatte, oder der zärtliche und neckische Stups einer Frau, mit der er ins Bett gegangen war, sondern der vorsichtige Puff eines Mannes, der nicht wußte, ob er's nicht mit jemandem zu tun bekam, der plötzlich aufspringen und kräftig zuschlagen würde. Es schien Arthur, als ob der Mann ihm auch etwas sagen wolle; deshalb gab er sich, obwohl er noch nicht wußte, was der Mann eigentlich sagte, große Mühe zu antworten, allerdings ohne Erfolg. Wäre er imstande gewesen, die Lippen zu bewegen, hätte der Mann ihn doch nicht verstanden, da Arthurs Gesicht so ungefähr in seinem Bauch steckte, so daß er der Welt den Anblick eines riesenhaften Embryos in vollem Dreß bot, der am Fuß der Treppe auf einem roten Plüschteppich zusammengerollt dalag, im Schatten der beiden Aspidistren, die über ihm rankten wie Dschungelgezweig.

Die Rippenstöße des Mannes wurden nachdrücklicher, bis Arthur vage begriff, daß die Finger entweder einem der Kellner oder gar dem Wirt gehören mußten. Es war ein Kellner, Serviette in der einen und Tablett in der anderen Hand, die weiße Jacke in der Hitze der Arbeit aufgeknöpft, mit leerem Gesicht, das jetzt aber etwas Ausdruck zeigte, da er anfing, sich über diesen großen jungen Burschen mit den harten Zügen und dem Bürstenhaar zu beunruhigen, der da bewußtlos zu seinen Füßen lag.

»Der arme Kerl hat einen über den Durst getrunken«, sagte ein älterer Mann, stieg, einen Choral summend, über Arthurs Körper die Treppe hinauf und dachte dabei, wie spaßig und doch auch sündhaft es wäre, wenn er die Schwäche oder die Charakterstärke besäße, sich dermaßen zu betrinken und so total k. o. die Treppe herunterzurollen.

»Steh auf, Mann«, drängte der Kellner Arthur. »Wir wollen doch nicht, daß die Polente kommt und dich so findet, sonst kriegen wir noch 'ne Vorladung. Wir hatten schon letzte Woche Scherereien mit einem, der 'nen Anfall kriegte und im Unfallwagen ins Krankenhaus gebracht werden mußte. Wir wollen nicht noch mehr Scherereien, sonst kommt der Laden in Verruf.«

Als Arthur sich herumrollte, um ausgiebiger und tiefer zu schlafen, stach ihm der Schein einer grellen Birne in die Augen. Er öffnete sie und sah die weiße Jacke und das rote Gesicht des Kellners.

»Heiland«, murmelte er.

»Der wird dir nicht helfen«, sagte der Kellner ungerührt. »Los, steh auf und geh raus, frische Luft schnappen, dann wird dir besser.«

Arthur fühlte sich glücklich, aber nicht zur Mithilfe geneigt, als der Kellner ihn auf die Beine zu stellen versuchte: es war wie im Krankenhaus, wenn die Schwester mit angestrengter Beflissenheit alles für einen tat und einen dabei pausenlos beschwor, ja keinen Finger zu rühren, sonst werde es damit enden, daß man noch eine Woche im Bett bleiben müsse. Wie damals vor zwei Jahren, als er auf dem Weg nach Derby von einem Laster angefahren worden war. Aber der Kellner war anderer Ansicht, und als er ihn zum Sitzen gebracht hatte, rief er, und sein schwerer Atem pfiff dabei gegen die Aspidistrablätter:

»Also, nun langt's aber! Du bist schließlich nicht tot. Los, reiß dich zusammen!«

Als die Beine eines anderen Mannes sich über Arthur öffneten und schlossen – der weggezogene Schuh stieß an seine Schulter –, brüllte er mit angriffslustiger und völlig wacher Stimme: »He, Kumpel, paß doch auf, was du tust, du mit deinen verdammten Tretern!« Er wandte sich an den Kellner: »Manche Leute gehen am Samstagabend wohl am liebsten in Grubenstiefeln aus.«

Der Mann drehte sich auf halber Treppe um: »Du solltest nicht da schlafen, wo jeder über dich fällt. Können eben keinen Schnaps vertragen, die grünen Burschen.«

»Denkste!« erwiderte Arthur, zog sich am Treppengeländer hoch und hielt sich daran fest.

»Du mußt abhauen«, sagte der Kellner betrübt, als hätte er sich eben das Barett zur Urteilsverkündung aufgesetzt. »In dem Zustand können wir dir hier kein Bier mehr ausschenken.«

»Ist doch alles okay mit mir«, rief Arthur. Er merkte, daß die Situation brenzlig wurde.

»Ja, ja, alles okay«, gab der Kellner mit kühlem Sarkasmus zurück. »Aber ich muß schon sagen, das ist 'n starkes Stück, sich so vollaufen zu lassen.«

Arthur bestritt, daß er betrunken sei, und sprach so deutlich, daß der Kellner es fast glaubte.

»Rauch eine, Mann«, sagte er und zündete beide Zigaretten mit vollkommen ruhiger Hand an. »Sicher viel Betrieb heut abend«, meinte er dann, so vernünftig, als wäre er gerade von der Straße hereingekommen und hätte noch keinen Tropfen intus.

Seine Worte trafen bei dem Kellner ins Schwarze. »Haben wir immer. Ich bin so müde, daß ich meine Füße nicht mehr spüre. Diese Samstagabende bringen mich noch ins Grab.«

»Ist ja auch nicht grade 'n bequemer Job«, sagte Arthur voll Mitgefühl.

»Nein, das nicht grade«, klagte der Kellner auf einmal freundschaftlich und vertrauensselig. »Das kommt, weil wir zu wenig Personal haben. Niemand will so 'n Job wie den hier, und ...«

Der Wirt kam aus der Tür der Saloon-Bar heraus, ein kleiner sehniger Mann in einem Nadelstreifen-Anzug, dem man den Kneipenwirt nicht ansah, solange einem nicht der leichte Anflug von Autorität und Abstinenzlertum in seinem rechten Auge auffiel. »Los, Jim«, sagte er scharf. »Ich bezahle meine Kellner nicht dafür, daß sie mit ihren Freunden schwatzen. Sie wissen, es ist viel Betrieb heute abend. Gehen Sie zurück nach oben und sorgen Sie dafür, daß keiner trocken sitzt.«

Jim wies mit dem Kopf auf Arthur: »Der Kerl hier ...« – aber der Wirt trug seinen Fanatikerblick bereits in die nächste Abteilung, und daher fand es der Kellner zwecklos, weiterzusprechen. Er zuckte die Achseln, gehorchte dem Befehl und überließ Arthur sich selbst. Arthur aber begab sich in die Saloon-Bar.

Mit einem Griff packte er die Messingstange und bestellte lautstark einen halben Liter Bier, das einzig angemessene Quantum, um den faden, aschigen Durst hinten im Mund wegzuspülen. Wenn er sein Bier gekippt hätte – wie lange sollte er hier eigentlich darauf warten? –, wollte er sich am Kellner vorbei zurück nach oben schmuggeln und sich wieder zu Brenda setzen, der Frau, mit der er vor seinem Sturz zusammengewesen war. Er konnte nicht glauben, daß ihm dieser verrückte Treppensturz wirklich passiert war. Sein Gedächtnis reagierte zunächst wie ein wohltätiger Propagandaapparat, der die Aufgabe hat, die innere Moral zu stützen und zu bewahren: er konnte ja gar nicht derart betrunken gewesen und so die Treppe hinuntergerollt sein; in Wirklichkeit war es ganz anders gewesen, ja, bestimmt: er war die Treppe hinunter*gegangen* und auf der untersten Stufe eingeschlafen. Das konnte jedem passieren, besonders wenn man den ganzen Tag gearbeitet und im eintönigen Lärm der Dreherei an der Drehbank gestanden hatte. Allerdings war diese Erklärung zu harmlos. Vielleicht war er die Treppe wirklich ein bißchen heruntergestolpert; ja, er erinnerte sich genau, daß er ein paar Stufen runtergepoltert war.

Zum drittenmal verlangte er einen Halben. Seine Augen waren glasig vor Müdigkeit, und er hätte die Barstange losgelassen, wenn nicht ein allzeit wacher Selbsterhaltungstrieb sich noch im letzten Augenblick in seiner Faust gemeldet und ihn gezwungen hätte, fester zuzupacken. Der Versuch, eine beginnende Übelkeit zu bekämpfen, erhöhte nur noch seine Müdigkeit. Er wußte nicht, ob er hinterher wieder nach oben zu Brenda gehen oder lieber sein Bier trinken und machen sollte, daß er nach Hause kam, ins Bett, den besten Zufluchtsort, wenn man so erledigt war.

Der Mann hinter der Theke setzte das Bier vor ihn hin. Er zahlte einen Shilling acht Pennies und goß es beinahe in einem Zug runter. Seine Kräfte kehrten wie durch Zauber zurück, und er rief nach einem weiteren Bier und dachte: das dreizehnte. Eine Unglückszahl für manche, aber wir werden ja sehen, wie die Karre läuft. Er bekam sein Bier und trank etwas langsamer, aber als er es zur Hälfte geleert hatte, wurde die Versuchung, sich zu übergeben, zu einem Zwang, der sich hinten im Hals eindringlich bemerkbar machte. Er kämpfte dagegen an und bemühte sich krampfhaft, eine Zigarette anzuzünden.

Rauch geriet in seine Luftröhre, und er hatte gerade noch Zeit genug, sich durch das Gedränge einen Weg zu bahnen – er bohrte seine Ellbogen in die Herumstehenden, die ihm ahnungslos den Weg versperrten, halb erstickt vom Rauch, der ihm jetzt aus Mund und Nase trat, seltsam emporgetragen von einer wilden Kraft, die er nicht niederringen konnte –, bevor er der Versuchung nachgab, die ihm seit dem Treppensturz zusetzte. Dann ließ er ein rülpsendes Rauschen über einen Mann mittleren Alters los, der mit einer Frau auf einer der grünen Lederbänke saß.

»Mein Gott!« schrie der Mann auf. »Sieh dir das an! Sieh dir an, was der Saukerl gemacht hat. Ist das zu glauben! Mein bester Anzug. Gerade heute gereinigt und gebügelt. Nicht zu fassen! Ach, du liebe Güte! Das hat mich fünfzehn Shilling gekostet. Als ob das Geld einfach auf den Bäumen wächst. Und Anzüge dazu. Ich möchte bloß wissen, wie ich diese Flecken je wieder rausbekommen soll. Du liebe Güte!«

Er jammerte noch einige Minuten weiter, und die Leute, die sich umdrehten und zu ihm hinsahen, erwarteten bei jedem seiner Worte, daß er in Tränen ausbrechen werde.

Arthur war verdutzt und außerstande zu glauben, daß diese Tragödie in irgendeiner Weise mit ihm und der Versuchung, der er soeben nachgegeben hatte, zu tun habe. Doch durch Dunst und Rauch und das gellende Gezeter der Freundin dieses Mannes bekam er ungefähr mit, daß er schuld daran hatte und daß das, was da geschehen war, ihm leid zu tun habe.

Er stand aufrecht, starr, leicht schwankend da, mit glasigen Augen und offenem Mund. Automatisch griff er nach einer weiteren Zigarette, aber er erinnerte sich beizeiten, was sein Versuch, die letzte zu rauchen, für Folgen gehabt hatte; so gab er die Suche auf und ließ die Hände hängen.

»Da, sieh her, was du getan hast, du Ferkel«, kreischte die Frau ihn an. »Alfs besten Anzug hast du vollgekotzt. Und du stehst einfach da. Warum tust du nicht was? Warum entschuldigst du dich nicht wenigstens für das, was du getan hast?«

»Mensch, sag doch was!« rief ein Zuschauer, und am Ton seiner Stimme merkte Arthur, daß die Menge nicht auf seiner Seite war; aber er war nicht imstande, zu sprechen oder sich zu verteidigen. Er sah die Frau an, die ihn weiter ankeifte, während das Opfer mit einem Taschentuch herumfummelte und vergeblich versuchte, seinen Anzug zu säubern.

Die Frau stand einen Schritt von Arthur entfernt. »Seht ihn bloß an«, höhnte sie ihm ins Gesicht. »Er ist nicht bei sich. Er kann nicht mal 'n Wort sagen. Er kann sich nicht mal entschuldigen. Warum entschuldigst du dich nicht, he? *Kannst* du dich nicht entschuldigen? Sich so zu besaufen! Der sieht wie einer von diesen Teddy-Boys aus; wo die auftauchen, gibt's immer Krach. Na los, entschuldige dich!«

Da sie dauernd das Wort ›entschuldigen‹ gebrauchte, hatte man fast den Eindruck, daß sie entweder gerade dessen Bedeutung entdeckt hatte – vielleicht nach einer Sendestörung beim Fernsehen – oder daß sie es eben zum erstenmal auszusprechen gelernt hatte, wie damals vor vierzig Jahren, als es mit Hilfe von bunten Steinen in der Schule buchstabiert wurde.

»Entschuldige dich!« brüllte sie, ihr wutverzerrtes Gesicht ganz nahe vor dem seinen. »Na los, entschuldige dich!«

Die Bestie in Arthurs Magen packte ihn wieder, und plötzlich, erbarmungslos, bevor er sie aufhalten oder aus dem Weg gehen oder irgend jemanden warnen konnte, daß sie kam, sprang sie mit erschreckendem Röhren aus seinem Mund.

Die Frau fuhr zurück. Im Dunst wurde ihr Gesicht erkenntlich. Arthur sah Zähne zwischen offenen Lippen, verkniffene Augen, erhobene Krallen. Sie war eine Tigerin.

Er sah nichts anderes. Bevor sie sich auf ihn stürzen konnte, nahm er seine ganze Kraft zusammen und drängte sich, von einem starken Überlebenswillen getrieben, durch die Menge zum Ausgang, um der Lächerlichkeit, der Katastrophe und der sicheren Vergeltung zu entgehen.

Leise klopfte er bei Brenda an die Haustür. Keine Antwort. Er hatte das erwartet. Die Kleinen schliefen, ihr Mann, Jack, war in Long Eaton bei den Rennen – Hunde, Pferde, Motorräder – und würde vor Sonntagmittag nicht zurückkommen, und Brenda war in der Kneipe geblieben. Als er jetzt auf der Schwelle vor ihrer Tür saß, kam ihm die Erinnerung an seine Reise hierher wieder: eine schwache Erinnerung an Kämpfe mit Laternenpfählen und Mauern und Bordsteinen, an das Anrempeln von Leuten, die ihm rieten, doch aufzupassen, und drohten, ihm eine zu kleben, an zornige Stimmen und die harten, mitleidlosen Steine der Häuser und des Pflasters.

Es war eine milde Herbstnacht, ein Windstoß trug ihm den scharfen Knall einer Tür oder eines Fensters zu, die jemand zuschmetterte. Er lag quer über der Türschwelle und versuchte, nicht auf das Straßenpflaster zu rutschen. Ein Mann ging vorbei, sang vergnügt vor sich hin und bemerkte nichts. Arthur döste im Halbschlaf, öffnete jedoch ab und zu die Augen, um sich zu vergewissern, daß die Straße noch immer da war, und sich zu überzeugen, daß er nicht im Bett lag, da die harte Türschwelle rund und weich wie ein Kissen war. Er war selig, denn er hatte nicht mehr das unangenehme Gefühl, sich übergeben zu müssen, obwohl er noch genug Alkohol im Leibe hatte, um glänzender Laune und zugleich schläfrig zu bleiben. Neugierig machte er den Versuch, laut zu reden, um herauszukriegen, ob er seine eigene Stimme hören könne. »Ist mir völlig wurst – ist mir völlig wurst – ist mir völlig wurst« –, als Antwort auf Fragen, die ihm in den Sinn kamen, wie zum Beispiel, ob es recht war, mit einer Frau zu schlafen, die einen Mann und zwei Kinder hatte, sich dermaßen mit sieben Gins und -zig Bieren vollzusaufen, eine Treppe runterzufallen und einen Mann und eine Frau zu bekotzen. Glückseligkeit und Schuldgefühl hielten sich die Waage, so daß diese Fragen ihn nicht allzusehr beunruhigten, sondern seinen Verstand in willkommene Gleichgültigkeit einlullten. Der nächste Eindruck, den er wahrnahm, war, daß Brenda sich über ihn beugte und ihm kräftig in die Rippen stieß.

»Puh!« grunzte er, als er merkte, wie ihr Atem nach Hefe und Hopfen roch. »Du hast gesoffen!«

»Na, hört euch das an! Der hat's nötig!« sagte sie und gestikulierte, als ob sie Publikum mitgebracht hätte. »Ich hab zwei Bier getrunken und drei Orangeaden, und der redet von saufen! Dafür hab ich alles gehört, was du da in der Wirtschaft angestellt hast, Treppen runterfallen und Leute bekotzen!«

Er erhob sich und stand mit klarem Kopf da. »Ich bin wieder in Ordnung, Schatz. Tut mir leid, daß ich in der Kneipe nicht wieder zu dir nach oben kommen konnte, aber ich weiß nicht, was eigentlich los war.«

»Ich werd's dir mal erzählen«, lachte sie. »Aber wir wollen still sein, wenn wir reingehen, sonst wecken wir die Kinder auf.«

Muß vorsichtig sein, sagte er sich. Schnüffelnde Nachbarn könnten's Jack stecken. Er hob den Haarschopf von ihrem Mantelkragen und küßte ihren Nacken. Sie wandte sich unmutig um: »Kannst du nicht warten, bis wir oben sind?«

»Nein«, gestand er, lachte und grinste schadenfroh.

»Aber du *mußt* eben warten«, sagte sie und hielt die Tür auf, so daß er hineingehen konnte.

Er stand in der guten Stube, während sie die Tür verriegelte und abschloß, und atmete den schwachen Geruch von Gummi und Öl ein, den Jacks Fahrrad ausströmte. Es lehnte am großen Büfett, das beinahe die ganze Breite des Zimmers einnahm. Diese Stelle war wie eine kleine, ihm wohlbekannte dunkle Insel, auf der ein anderer Mann seine irdischen Güter gesammelt hatte: altmodische Stühle und ein Sofa, ein Kamin, eine Uhr, die auf dem Kaminsims tickte, der Geruch nach Packpapier, nach feuchter Blumentopferde, der übliche abgelagerte Staub, Ruß im Kamin vom Feuer des letzten Winters und der muffige Geruch der Teppiche unter dem Tisch beim Kamin. Brenda kannte dieses Zimmer nun schon sieben Ehejahre, aber es war ihr in all dieser Zeit bestimmt kaum so vertraut geworden wie Arthur während der zehn Sekunden, in denen Brenda mit dem Schlüssel herumhantierte.

Er stieß mit dem Bein gegen das Fahrradpedal, fluchte vor Schmerz und schimpfte über Jacks Idiotie, es an so ungeeigneter Stelle stehenzulassen. »Wie stellt er sich das eigentlich vor? Wie soll ich denn hier reinkommen, wenn das Ding da mitten im Weg steht?« spaßte er. »Sag ihm, ich hätte gesagt, er soll es nächste Woche hinten in den Hof stellen, wo es nicht stört.«

Brenda zischte und befahl ihm, still zu sein. Wie zwei Diebe schlichen sie ins Wohnzimmer, wo das elektrische Licht die Reste des Abendessens beschien – Teetassen, Teller, Marmeladenglas, Brot –, die noch auf dem Tisch standen. Katzen schrien in einem Nachbargarten, und der Deckel einer Mülltonne schepperte aufs Kopfsteinpflaster.

»Ach was«, sagte er mit normaler Stimme und stand aufrecht und groß da. »Wozu sollen wir hier flüstern, wenn draußen so 'n Krach ist?«

Sie standen zwischen Tür und Kamin, und Brenda schlang die Arme um seinen Hals. Beim Küssen drehte er den Kopf so, daß sein Gesicht ihn aus dem ovalen Spiegel über dem Kaminsims anstarrte. Seine Augen weiteten sich, als er sich aus diesem Blickwinkel betrachtete: er bemerkte sein kurzes, wirres Haar, das wie die Borsten eines blonden Stachelschweins hochstand, und die Narbe eines alten Pickels, der auf seiner Wange verheilte.

»Laß uns nicht so lange hier unten bleiben, Arthur«, sagte sie sanft.

Er ließ sie los, und da er jeden Winkel des Hauses kannte und sich darin bewegte, als ob es ihm gehörte, zog er Jacke und Hemd aus und ging in die Küche, um sich die Müdigkeit aus den Augen zu waschen. Im Bett würden sie doch nicht sofort einschlafen: er wollte noch eine Stunde lang frisch sein, bevor er unter den warmen Decken neben Brendas weichem Körper ins Grenzenlose abschwebte.

Es war zehn Uhr, und sie schlief noch immer. Die Sonne kam durchs Fenster, trug Straßengeräusche auf ihren Strahlen mit sich, das sonntagmorgendliche Flaschengeklirr der Milchmänner auf ihrer Runde, die Stimmen der Zeitungsjungen, die über das Pflaster klapperten und gefaltete Zeitungen in Briefkästen schoben, Zeitungen mit Kreuzworträtseln, Sportnachrichten und Wettervorhersagen, mit interessanten Skandalgeschichten, durch den man sich in begieriger und lustvoller Trägheit über Tellern mit Speck und Tomaten und großen Tassen starken süßen Tees hindurcharbeiten würde.

Er wandte sich Brenda zu, die zusammengerollt neben ihm lag, und setzte sich auf, um sie zu betrachten. Sie atmete ruhig; ihr Haar lag wirr über dem Kopfkissen, die Brüste quollen aus dem Unterrock, ein dicker glatter Arm lag darüber, als wolle sie sich vor irgend etwas schützen, das sie im Traum erschreckt hatte. Er hörte auf der anderen Seite des Korridors die Kinder in ihrem Schlafzimmer spielen. Eins sagte: »Das ist *mein* Teddybär, Jacky. Gib 'n mir her, sonst sag ich's unsrer Mam.« Daraufhin eine leise Drohung des Jungen, der seine Beute nicht herausrücken wollte.

Er sank zufrieden ins Bett zurück. »Brenda«, sagte er mit leiser Stimme. »Los, Schatz, wach auf.«

Sie drehte sich um und drückte ihr Gesicht gegen seine Hüfte.

»Schön«, murmelte er.

»Wie spät ist es?« flüsterte sie. Ihr Atem wehte heiß auf seiner Haut.

»Halb zwölf«, log er.

Sie fuhr auf; die eine Seite ihres Gesichts zeigte den Abdruck zerwühlter Laken, ihre braunen Augen standen weit offen. »Du machst mir wieder was vor«, rief sie. »Von allen Lügnern, die ich je gekannt hab, bist du der größte.«

»'n Lügner war ich schon immer«, lachte er und freute sich über seinen Witz. »Aber 'n guter, sag ich dir.«

»Lügner kommen in die Hölle«, antwortete sie.

»'s ist erst zehn«, gab er zu, hob ihr Haar hoch und rollte es auf dem Kopf zu einem Knoten.

»Na, gestern abend war was los«, grinste sie in plötzlicher Erinnerung.

Jetzt kam es zurück. Er hatte mehr getankt als Großmaul, war irgendwelche Treppen runtergesaust, hatte einen Mann und eine Frau bekotzt. Er lachte. »Mir ist, als wär das Jahre her.« Er nahm sie bei den Schultern und küßte ihre Lippen, dann Hals und Brüste und drückte sein Bein gegen sie. »Du bist schön, Brenda. Komm, wir legen uns noch mal hin.«

»Mam«, rief eine kleine klagende Stimme.

Sie schob Arthur weg. »Geh wieder ins Bett, Jacky.«

»'s ist spät«, maulte er weinerlich durch die Tür. »Ich will Tee, Mam.«

»Geh ins Bett!«

Sie hörten das Schlurfen kleiner Füße hinter der Tür. »Ich will Onkel Arthur sehen«, bettelte Jacky.

»Kleiner Mistfink«, maulte Arthur und ergab sich in die Störung. »Kann man denn nicht mal am Sonntagmorgen seine Ruhe haben?«

Brenda setzte sich im Bett auf und zog ihren Unterrock zurecht. »Laß ihn in Frieden«, sagte sie.

Jacky gab keine Ruhe. Er trat gegen die Tür.

»Darf ich reinkommen, Onkel Arthur?«

»Du kleiner Mistfink!«

Er lachte und wußte jetzt, daß er durfte.

»Geh runter ins Wohnzimmer«, sagte Arthur, »und hol die *News of the World,* die gerade in 'n Briefkasten gesteckt worden ist. Dann darfst du kommen.«

Die nackten Füße klatschten leise auf der Holztreppe. Sie hörten ihn unten durch das Wohnzimmer rennen, dann zurück und die Teppe atemlos vor Eile herauftapsen. Sie fuhren auseinander, als er hereinplatzte und die Zeitung auf das Bett warf; er sprang hinterher und zerdrückte sie zwischen seinem Bauch und Arthurs Beinen. Arthur zog die Zeitung heraus und hielt Jacky mit einer Hand hoch in die Luft, bis er vor Lachen fast erstickte und Brenda sagte, er solle ihn wieder runterlassen, sonst würde er noch Zustände kriegen.

»Kleiner Jacky«, sagte Arthur und sah in das begeisterte Gesicht, fünf Jahre alt, mit rosiger Haut und blondem Haar, im frischen Nachthemd und sauber vom Samstagabendbad. »Du kleiner Mistfink, Jacky, du kleiner Jockey, du!« Er ließ ihn runter, und das Kind wühlte sich in ihn hinein wie ein wildgewordenes Kaninchen.

»Hör mal«, sagte Arthur und pustete ihm nach jedem Wort ins Ohr. »Geh und hol meine Hose von dem Stuhl da, dann geb ich dir 'n Shilling.«

»Du verwöhnst ihn«, sagte Brenda und berührte ihn unter der Decke. »Er bekommt so schon genug Geld.« Sie stieg aus dem Bett und griff nach einem Rock, der über der Stange am Fußende hing. Arthur und Jacky sahen ihr beide gespannt beim Anziehen zu, völlig fasziniert von den Geheimnissen, die jedes weitere Kleidungsstück verbarg.

»Na, wenn schon«, meinte Arthur, gezwungen, seine Großzügigkeit zu begründen. »Ich geb ihm Geld, weil ich als Lauser, wenn's hoch kam, mal 'n Penny kriegte.«

Sie hatte sich für den Sonntagmorgen einfach und bequem zurechtgemacht: eine weiße, am Hals offene Bluse, ein weiter grauer Rock, ein Paar Slipper und das Haar einfach nach hinten gekämmt. »Los, Arthur, steh auf! 's ist beinah elf. Vor zwölf mußt du aus'm Haus sein. Jack soll dich hier lieber nicht sehen.«

»Der Schweinehund«, sagte er, hielt Jacky weit von sich und schnitt Grimassen. »Wen hast du lieb?« rief er laut lachend. »Wen hast du lieb, Jacky, du kleiner Lauser?«

»Dich, dich!« quietschte er. »Dich, Onkel Arthur!« Und Arthur ließ ihn los, so daß er auf das zerwühlte Bett plumpste.

»Na komm schon«, sagte Brenda ungeduldig; sie hatte genug vom Zuschauen. »Gehn wir runter.«

»Geh du nur, Schatz«, grinste er, »und mach mir Frühstück. Ich komm, wenn ich Speck und Eier rieche.«

Jacky wandte gerade seinen Kopf ab, und sie beugte sich rüber und küßte Arthur. Er hielt sie fest umschlungen und küßte sie noch, als Jacky den Kopf hob und sie verwundert anschaute.

Um halb zwölf saß Arthur am Tisch, vor ihm stand ein Teller mit Speck und Eiern. Er brach ein Stück Brot und stippte es in das Fett auf dem Teller, dann trank er einen großen Schluck Tee. Jacky, der schon abgefüttert war, stand auf einem Stuhl daneben und verfolgte mit seinen blauen Augen jede von Arthurs Bewegungen.

»Treppen runterfallen macht Durst«, sagte Arthur. »Schenk mir noch mal Tee ein, Schatz.«

Sie drückte die Zeitung mit einer Hand an sich. »Viel Zukker?«

Er nickte und aß weiter. »Du bist gut zu mir«, sagte er nach einer Weile. »Glaub nur nicht, daß ich das nicht zu schätzen weiß.«

»Ja, aber es wird dein letztes Frühstück in diesem Haus sein, wenn du dich nicht beeilst. Jack wird bald da sein.«

Morgen heißt es wieder arbeiten, und ich werde mich dahinterklemmen und mir die Seele aus'm Leib schuften bis zum nächsten Wochenende. 's ist ein hartes Leben, wenn man nicht lockerläßt. Er sagte ihr, was ihm durch den Kopf ging.

»Sünder finden keine Ruhe«, lachte sie.

Er gab Jacky ein ausgesucht schönes Speckstück. »Ein Geschenk von Onkel Arthur.«

»Ha!« machte er, stolz über die Ehre, bevor er das Stück von der Gabel schnappte.

Brenda erstarrte plötzlich auf ihrem Stuhl und wandte ihr Ohr halb dem Fenster zu, reglos wie ein Tier, das zum Sprung ansetzt, mit einer Wachsamkeit, die ihr Gesicht vorübergehend häßlich machte. Arthur bemerkte es und schluckte hastig den Rest des Tees. »Er kommt«, sagte sie. »Ich hab die Gartentür gehen hören.«

Er nahm Jacky hoch, küßte ihn auf den Mund und fühlte, wie seine Arme sich ihm eng um Gesicht und Ohren schlangen. Dann stellte er ihn auf einen Stuhl und küßte Brenda.

»Auf bald«, sagte er, »bis nächste Woche«, und ging zum Wohnzimmer. Beim Fahrrad blieb er einen Augenblick stehen, um sich eine Zigarette anzuzünden.

»Mach schon«, zischte Brenda leise, die ihren Mann das Tor schließen und durch das Gärtchen kommen sah.

Arthur schloß die Haustür auf, öffnete sie und sog prüfend die frische Luft eines strahlenden Sonntagmorgens ein, als wolle er entscheiden, ob dieser Tag schön genug sei, sich hinauszuwagen. Das war er. Er ließ die Tür zuschnappen und trat auf die Straße, als Brendas Mann Jack die Hintertür öffnete und durch die Küche hereinkam.

2

Er nahm einen sauberen Overall vom Bettpfosten und zog ihn an. Dabei bemühte er sich, seinen Bruder Sam nicht zu wecken, der sich, noch in den Abgründen des Schlafs, bequemer in den großen Deckenhaufen hineinwühlte, nachdem Arthur das Bett verlassen hatte. Er hatte oft gehört, daß der Freitag ›schwarzer Freitag‹ genannt wurde – dabei erinnerte er sich an einen Film mit Boris Karloff, der vor Jahren lief –, und er wunderte sich darüber. Denn der Freitag war ein guter Tag, weil er der Zahltag war, und ›schwarz‹ würde besser auf den Montag passen. Schwarzer Montag. Das hätte doch einen gewissen Sinn: wenn einem der Kopf vom Saufen schwer war, die Kehle heiser vom Singen, die Augen vernebelt vom Anschauen zu vieler Filme oder vom Fernsehen, und wenn einem schwarz und ekelhaft zumute war, weil die alte Tretmühle wieder von vorne anfing.

Die Tür am Fuß der Treppe schnappte auf.

»Arthur!« rief der Vater mit mörderisch drohender Montagmorgenstimme, die einem in die Eingeweide fuhr und klang, als käme sie aus dem Grab. »Arthur, wann stehst du endlich auf? Wirst noch zu spät zur Arbeit kommen.« Er schloß die Tür unten leise, um nicht die Mutter und die beiden anderen Söhne, die noch zu Hause waren, zu wecken.

Arthur nahm ein halbleeres Päckchen Zigaretten vom Kaminsims, seinen Kamm, einen Zehn-Shilling-Schein und einen Haufen Münzen, der die Kneipen, Buchmacher und Straßenhändler überlebt hatte, und stopfte alles in seine Taschen.

Die Tür unten öffnete sich wieder.

»He?«

»Hab dich schon 's erste Mal gehört«, sagte Arthur leise.

Als Antwort schlug die Tür wieder zu.

Jetzt noch eine große Tasse Tee und dann zurück in die Tretmühle. Der Montag war immer der schlimmste Tag. Gegen Mittwoch hatte man sich dann warmgelaufen, wie ein Greyhound. Na, dachte er, immerhin gab es ja noch Brenda, die hübsche Brenda, die so in Ordnung war und bei der es einem gut ging, wenn sie sich für einen entschieden hatte. Wenn bloß Jack nicht dahinterkommt und versucht, mir an die Kehle zu gehen. Das wär 'n Ding. Weiß der Teufel! Allerdings, ich hätte die Hände wohl zuerst an seiner Kehle. Dieser schwachsinnige, langweilige Pechvogel, der.

Er schaute sich noch einmal in dem kleinen Schlafzimmer um, sah das hölzerne Doppelbett, das unter das Fenster geschoben war, das Aufblinken eines weißen Topfes, wacklige Regale mit Sams Büchern – Lineale, Bleistifte und Radiergummis –, einen selbstgezimmerten Tisch, auf dem sein Kofferradio stand. Er zog gerade den Riegel zurück, als die Tür unten an der Treppe sich wieder öffnete und sein Vater den Kopf nach oben reckte, um ihm mit seiner leisen, drohenden, bauchgrimmigen Montagmorgenstimme mitzuteilen, daß es an der Zeit sei, herunterzukommen.

Trotz dieses ungnädigen Tons fand Arthur seinen Vater vergnügt am Tisch sitzen und seinen Tee schlürfen. Ein helles Feuer brannte in dem modernisierten Kamin – die Familie hatte dreißig Pfund zusammengekratzt, um ihn richten zu lassen –, und das Zimmer war warm und gemütlich, der Tisch gedeckt, und der Tee dampfte.

Seaton sah von seiner Tasse auf. »Mach schon, Arthur. Hast nicht viel Zeit. 's ist schon zehn nach sieben, und um halb acht müssen wir drüben sein. Trink deinen Tee, und dann nichts wie los.«

Arthur setzte sich und streckte die Beine zum Feuer. Nach einer Tasse Tee und einer Zigarette war sein Kopf schon klarer. Er fühlte sich gar nicht so schlecht. »Du wirst noch eines Tages blind, Dad«, sagte er. Er redete einfach so zum Spaß drauflos, was ihm gerade einfiel, bereit, die Folgen seiner Worte auf sich zu nehmen.

Seaton wandte sich ihm verständnislos zu, sein Kopf war noch nicht wieder ganz beieinander. Zehn Tassen Tee und ebenso viele Zigaretten waren nötig, um ihn nach dem Wochenende wieder in eine erträgliche Stimmung zu versetzen. Und vor zehn Uhr morgens war er ohnehin ungenießbar. »Wie meinst du das?« fragte er.

»Na, dies ewige Rumhocken vorm Fernsehapparat. Jeden Abend von sechs bis elf Uhr klebst du dran wie Kleister. Das kann nicht gut für dich sein. Du wirst noch mal blind, ganz bestimmt. Ich hab letzte Woche in der *Post* gelesen, daß ein Junge von den Medders davon blind geworden ist. Vielleicht können sie seine Augen noch retten, weil er jeden Montag, Mittwoch und Freitag in die Augenklinik geht. 's ist aber noch nicht raus.«

Sein Vater goß sich noch eine Tasse Tee ein, die schwarzen Brauen vor Zorn gerunzelt. Der kurze, untersetzte Seaton war unfähig, nur entrüstet oder leicht verärgert zu sein. Er war entweder guter Laune und wuselte um alle herum, oder er war von einer tiefen, schwarzen, melancholischen Wut verdüstert, die ihre Opfer aufs Geratewohl wählte. In den letzten paar Jahren hatte sich die Auswahl der Opfer verringert, denn Arthur und sein Bruder Fred hatten die harte Schule der Fabrik und des Militärdienstes hinter sich. Sie waren ihm jetzt gewachsen und hatten damit ein Gleichgewicht der Kräfte geschaffen, das den häuslichen Frieden mehr oder weniger garantierte.

»Das hat bestimmt noch nie jemand geschadet«, sagte Seaton. »Na, auf jeden Fall glaubst du doch wohl selbst nicht, was die Zeitungen erzählen, was? Und wenn ja, dann solltest du mal dein Hirn untersuchen lassen. Was die schreiben, ist ja doch gelogen. Für mich steht das fest.«

»Na, da wär ich nicht so sicher«, sagte Arthur und schnippte seine Kippe ins Feuer. »Auf jeden Fall kenn ich wen, der den Jungen da kennt, der blind geworden ist, also hatten die Zeitungen zufällig mal recht. Die sagten, sie hätten gesehn, wie seine Mam den Jungen zur Augenklinik brachte. 'ne reine Affenschande, haben sie gesagt. 'n siebenjähriger Junge. Sie hat ihn an 'ner Leine gehabt, und der Junge hat 'n Stock gehabt, extra für ihn gemacht und weiß angestrichen. Ich hab gehört, daß sie ihm auch noch 'n Hund besorgen wollen, der ihn führen soll, 'n Drahthaarterrier. Und dann hieß es, daß er den Rest von seinem Leben mit 'ner Blechbüchse vorm Stadthaus stehn soll, wenn's nicht besser mit ihm wird. Sein Dad hat Krebs, und seine Mam kann sich die Hunde und die weißen Stöcke nicht leisten.«

»Du hast 'n Vogel«, sagte Seaton. »Erzähl deine Geschichten, wem du willst. Mit meinen Augen ist jedenfalls nichts. Die waren immer tadellos, und das werden sie auch bleiben. Als ich bei der Musterung im Krieg untersucht wurde, da waren sie A 1, aber ich hab die Sache so gedreht, daß ich mit 3 C durchwitschte«, fügte er stolz hinzu.

Das Thema wurde fallengelassen. Sein Vater schnitt ein paar Scheiben ab und machte Brote mit kaltem Fleisch, das noch vom Sonntagessen übrig war. Arthur zog seinen Alten gern auf, aber irgendwie freute er sich doch, wenn er den Fernsehapparat in einer Ecke des Wohnzimmers stehen sah, einen glänzenden Kasten aus feinem Holz, der, so fand Arthur, aussah, als sei er aus einem Raumschiff geklaut. Der alte Mann war endlich zufrieden, und er verdiente es, zufrieden zu sein nach all den Jahren des Stempelns vor dem Krieg, mit fünf Kindern und dem ganzen Elendsleben, ohne Geld und ohne Chance, welches zu beschaffen. Und jetzt hatte er einen Job in der Fabrik, bei dem er sitzen konnte, so viele Zigaretten, wie er rauchen konnte, Geld für ein Bier, wenn er Lust drauf hatte, obwohl er in der Regel nicht trank, irgendwo Ferien, jedes Jahr einen Betriebsausflug nach Blackpool und zu Hause einen Fernsehapparat. Der Unterschied zwischen der Zeit vor dem Krieg und nach dem Krieg war gar nicht auszudenken. Krieg war doch in mancher Hinsicht 'ne feine Sache, wenn man dran dachte, wie glücklich er so viele Leute in England gemacht hatte. Auf mir sitzen jedenfalls keine Fliegen, dachte Arthur.

Er stopfte sich ein Paket Brote und eine Thermosflasche Tee in die Tasche und wartete, bis sich der Vater in seine Joppe gezwängt hatte. Als sie schließlich draußen waren, hörten sie den Lärm der Fabrik, die kaum hundert Meter entfernt hinter einer hohen Mauer stand. Generatoren heulten die ganze Nacht, und tagsüber gaben einem die riesigen Fräsmaschinen, die mit ihren Kurbeln und Pedalen in der Dreherei liefen, schon draußen auf dem Vorplatz das Gefühl, in Atemnähe eines monströsen Geschöpfes zu leben, das an einer Magenkrankheit litt. Der Geruch von Desinfektionslösungen, von Schmieröl und frisch geschnittenem Stahl verpestete die Luft über der Vorstadt mit ihren Vierzimmer-Häusern, die um die Fabrik herum gebaut waren. Straßen und Häuserreihen hingen an ihrem Bauch und ihren Flanken wie Kälber am Euter einer großen Mutter. Die Versandabteilung der Fabrik schickte jedes Jahr in Lattenverschläge verpackte Fahrräder zu den wartenden Eisenbahnwaggons jenseits der

Eddison Road. Sie gab damit dem Nachkriegsexport Auftrieb – oder vielleicht auch dem Vorkriegsexport, wie Arthur dachte, weil ja heutzutage jeden Augenblick ein Krieg ausbrechen konnte – und versuchte so, eine Pontonbrücke über den unüberbrückbaren Wildfluß, genannt Sterlingbilanz, zu legen. Die Tausende, die dort arbeiteten, brachten gute Löhne heim. Keine Kurzarbeit mehr wie vor dem Krieg, keine Angst mehr, rausgeschmissen zu werden, wenn man mal zehn Minuten auf der Toilette stand und die *Football Post* las. Wenn der Vorarbeiter einem heutzutage dumm kam, konnte man ihm immer sagen, er solle sich den Job an den Hut stecken und anderswohin gehen. Und zur Essenszeit brauchte man nicht mehr rauszurennen und sich für einen Penny Kartoffelchips zum Brot holen. Jetzt bekam man, allmählich war's auch Zeit, einen ordentlichen Lohn ausgezahlt, wenn man sich den Rücken im Akkord krumm arbeitete; und es gab eine große Kantine, wo man für zwei Shilling eine warme Mahlzeit bekommen konnte. Bei dem Lohn, den man erhielt, konnte man auf ein Motorrad oder sogar auf einen Gebrauchtwagen sparen, oder man konnte auch eine zehntägige Sauftour machen und alles Gesparte auf den Kopf hauen. Weil es ja doch keinen Zweck hatte, sein Geld Jahr für Jahr zu sparen. Nur Idioten fielen darauf rein, denn der Wert des Geldes wurde immer geringer, und man wußte sowieso nicht, wann die Yankees verückt genug sein würden, 'ne H-Bombe auf Moskau zu schmeißen. Und wenn sie das täten, dann könnte man nur adieu zu allem sagen, Toto- und Lottoscheine verbrennen und Billy Graham anrufen. Wenn man an Gott glaubt, aber das tu ich nicht, sagte er sich.

»Ist doch ziemlich kalt«, bemerkte der Vater und knöpfte sich den Mantel zu, als sie in die Straße einbogen.

»Im November kannst du nichts andres erwarten«, meinte Arthur. Nicht daß er keinen Mantel gehabt hätte, aber man ging nie damit zur Arbeit, nicht mal, wenn Schnee lag und es fror. Ein Mantel war für abends zum Ausgehen, wenn man seinen schicken Anzug anhatte. Wenn man nur fünf Minuten von der Fabrik entfernt wohnte, hielt einen der Weg dorthin warm, und wenn man erst mal an seiner Maschine stand, dann brachte die Arbeit einem das Blut schon auf Touren. Nur die, die von Mansfield und Kirkby kamen, trugen Mäntel, weil es in den Bussen kalt war.

Die dicke Mrs. Bull, das Klatschweib, stand, die fetten Arme über der Schürze gefaltet, im Vorgarten und sah zu, wie die Leute zur Arbeit gingen. Mit ihrem roten Gesicht und den Knopfaugen war sie eine handgreifliche Verteidigerin ihrer Sippe, Königin der Vorgärten, weil sie hier schon seit zweiundzwanzig Jahren wohnte und Spitznamen wie ›Nachrichten aus aller Welt‹ und ›Lautsprecher‹ bekommen hatte. Sie beobachtete den Schichtgang zur Fabrik jeden Morgen und jeden Nachmittag, um saftige Klatschbissen zu ergattern. Weder Arthur noch sein Vater grüßten sie beim Vorbeigehen, und sie sprachen auch nicht miteinander, bis sie halbwegs die Straße hinuntergegangen waren.

Die Straße war lang, gerade, kopfsteingepflastert, mit Laternenpfählen und Kreuzungen in regelmäßigen Abständen. Man trat aus der Haustür und war auf dem Gehsteig. Der rote Ocker war von Ruß geschwärzt, die Farben waren verblichen und abgeblättert, alles war hundert Jahre alt, ausgenommen die Möbel drinnen.

»Was werden die sich wohl als nächstes ausdenken?« sagte Seaton. Er hatte nach oben geblickt, wo beinahe an jedem Schornstein eine Fernsehantenne befestigt war, wie eine Kette von Radarstationen, alle auf Stottern angeschafft. Bei der großen Kantine aus roten Backsteinen bogen sie in die Eddison Road ein. Der Novemberhimmel war klar und dunkelblau, mit ein paar noch weißlichen Sternen. »Jeder wird 'n kleinen Mini-Hubschrauber haben«, antwortete Arthur bereitwillig. »Du wirst es noch erleben. Auf Raten, zehn Jahre lang fünf Shilling pro Woche, und dann kannst du deinen Kumpel in Derby in der Mittagspause besuchen.«

»Sonst noch was?« spottete der alte Mann.

»Ich hab's in der Zeitung gelesen«, sagte Arthur. »In der von Donnerstag, glaub ich, weil mein Frühstücksbrot drin eingewickelt war. Und da stand auch drin, daß sie in fünf Jahren auf den Mond fliegen werden. In zehn wird's verbilligte Tageskarten geben. Ehrlich wahr.«

Seaton lachte. »Du hast nicht alle Tassen im Schrank, Arthur. Wann willst du eigentlich mal erwachsen werden und aufhören, solche Geschichten zu erzählen? Du bist beinahe zweiundzwanzig. Da solltest du gescheiter sein. Ich hab gedacht, die würden dich beim Militär davon heilen, aber jetzt seh ich, das haben sie nicht.«

»Beim Militär können sie dich nur von einem richtig heilen«, gab Arthur zurück, »davon, dich je wieder bei ihnen zu melden. Darauf verstehn die sich aus 'm Effeff.«

»Als ich noch 'n Junge war, hatten sie nicht mal Radios«, räsonierte Seaton. »Und sieh dir bloß an, was sie jetzt haben: Fernsehen. Kino im eigenen Haus.«

Sie wurden vom Hauptstrom der eingehenden Schicht erfaßt: Fahrräder, Busse, Motorräder und Fußgänger, die in letzter Minute vor halb acht noch durch eins der sieben Tore durchwitschten. Arthur und sein Vater gingen bei der sechseckigen Botenmeisterei hinein, einem Gebäude in der Mitte der breiten Fahrbahn, die den Fabrikkomplex in zwei ungleiche Teile zerschnitt. Seaton war Aufseher in der Montagehalle, wo die Dreigangschaltung eingebaut wurde, daher bog er nach fünfzig Metern ab.

»Bis heut abend, Arthur.«

»Wiedersehn, Dad.«

Arthur ging in einen riesigen Korridor hinein, suchte in seiner Innentasche nach der Karte für die Kontrolluhr und bemerkte wie an jedem Morgen, seitdem er fünfzehn geworden war – außer der zweijährigen Unterbrechung beim Militär –, den Fabrikgestank nach Schmieröl, Maschinen und

Stahlspänen, der einen mit einer Luft umgab, in der die Pickel auf Gesicht und Schultern wuchsen und gediehen – einer Luft, die einen in einen einzigen Pickel verwandelt hätte, wenn man nicht jeden Abend eine halbe Stunde über dem Ausguß in der Küche damit zugebracht hätte, wenigstens die größten Biester loszuwerden. Was für 'n Leben, dachte er. Schwerarbeit und guter Lohn und ein Gestank den ganzen Tag, bei dem sich einem der Magen umdreht.

Der helle Montagmorgenklang der Kontrolluhr war ein Mißton und sehr verschieden von der Melodie, die in Arthurs Innerem spielte. Sie verstummte um halb acht. In der Werkhalle angelangt, tauchte er in den verschiedenartigen Geräuschen unter, ging durch Gänge mit Drehbänken, Winden, Bohr- und Poliermaschinen, die, bewegt von einer Vielzahl von Treibriemen und Rollen, sich drehten und wendeten. Die Riemen klatschten auf die darüber angebrachten, schweren, gut geölten Räder, die ihre Energie von einem Motor bezogen, der am anderen Ende der Halle massig wie der schwarzglänzende Leib eines gestrandeten Wals herabdräute. Maschinen mit eigenen kleinen Motoren setzten sich ruckartig und heulend auf den Handgriff der sie bedienenden Arbeiter hin in Gang und erhöhten damit den Lärm, der einem das Hirn kreisen und schmerzen ließ, weil das Wochenende im Gegensatz dazu allzu ruhig gewesen war – ein Wochenende, das Arthur im kühlen Schatten eines weidenbestandenen Kanals in der Nähe der Balloon Houses, meilenweit von der Stadt entfernt, mit Forellenangeln beschlossen hatte.

Motorkarren fuhren die Hauptgänge hinauf und herunter und brachten Kisten mit Werkstücken – Pedale, Radnaben, Schraubenmuttern und Bolzen – von einer Abteilung zur anderen. Robboe, der Aufseher, beugte sich hinter seiner Glaswand über einen neuen Stoß Akkordkarten. Frauen und Mädchen mit Kopftüchern und Haarnetzen und Männer und Jungen in sauberen, frischen Overalls machten sich an die Arbeit, voller Eifer, dem täglichen Arbeitsquantum mit einem guten Start beizukommen. Zugleich liefen die Putzleute auf jedermanns Wink und Pfiff schon in den Gängen herum und sahen sehr beschäftigt aus.

Arthur trat an seine Drehbank, zog die Jacke aus und hängte sie an einen Nagel in der Nähe, so daß er seine Sachen im Auge behalten konnte. Er drückte auf den Anlasser, und der Motor sprang mit einem leisen Blubb an. Er blickte sich um, aber trotz des höllischen Lärms der sausenden Maschinen sah es nicht so aus, als ob irgend jemand besonders schnell arbeitete. Er grinste vor sich hin, nahm einen blitzenden Stahlzylinder aus der obersten Kiste des neben ihm stehenden Stapels und steckte ihn in die Spannzange. Er schnippte seine Zigarette in die Abfallwanne, zog den Schlitten zurück und brachte die Planscheibe auf den breitesten Bohrstand. Zwei Minuten lang beobachtete er die genaue Stellung der Werkzeuge und des Zylinders; schließlich spuckte er in die Hände und rieb sie gegeneinander; dann drehte er den Hahn am Messingschwenkrohr auf, drückte auf einen Knopf, worauf sich die Spindel zu drehen begann, und ließ den Schneidmeißel eine glatte Hohlrinne auskehlen. Der Montagmorgen hatte seinen Schrecken verloren.

Bei einem Akkordlohnsatz von vier Shilling Sixpence pro hundert Stück konnte man ganz schön Geld verdienen, wenn man es auf vierzehnhundert am Tag brachte – das war möglich ohne allzu große Hetze –, und wenn man drauf ausging, gleich morgens tausend Stück zu schaffen, konnte man den Nachmittag vertrödeln, mit den Frauen herumalbern und mit den Kumpels ab und zu ein Wort reden. Solche faulen Nachmittage brachten ihn aber oft an den Rand einer kleinen Katastrophe: vor einigen Wochen hatte er einer Maus, die die vollgefressenen Fabrikkatzen übersehen hatten, eins übergezogen und sie unter die Bohrmaschine einer Frau gelegt, und Robboe, der Aufseher, rannte aus seinem Büro, als er sie Zetermordio schreien hörte, weil er dachte, daß so ein blödes Weib sich wieder mal mit den Haaren in einem

Treibriemen verfangen hatte (große Schilder wiesen darauf hin, daß Frauen Haarnetze tragen sollten, aber wer konnte bei Frauen schon sicher sein?), und Robboe war froh, daß es nur eine tote Maus war, um die sie so ein Theater machte. Aber dann lief er zwischen den Maschinen hin und her und fragte, wer die tote Maus hingelegt hätte, und als er zu Arthur kam, der natürlich leugnete, was damit zu tun zu haben, sagte er: »Wetten, daß du das warst, du Halunke?« – »Ich, Mr. Robboe?« sagte Arthur, die verkörperte Unschuld, hoch aufgerichtet vor gekränktem Stolz. »Ich hab so viel Arbeit, daß ich mich von meiner Drehbank gar nicht wegrühren kann. Und außerdem bin ich nicht dafür, Frauen zu erschrecken. Das geht gegen meine Prinzipien.« Robboe starrte ihn an: »Na, ich weiß nicht. Du bist überhaupt so 'n bißchen ein Roter. Jawoll, das bist du.« – »Na, hören Sie mal, das ist üble Nachrede«, gab Arthur zurück. »Ich werde mich an meine Anwälte wenden. Da gibt's ja 'n Haufen Zeugen.« Robboe ging wieder in sein Büro und zeigte dem Mädchen da drin ein brummiges Gesicht, und jeder Mechaniker, der in der nächsten halben Stunde seinen Rat brauchte, bekam seinen Ärger ebenfalls zu spüren. Arthur aber arbeitete an seiner Drehbank wie ein Vorbild des Fleißes.

Obwohl man sich bei vier Shilling Sixpence pro Hundert kaum beklagen konnte, kam der Akkordkontrolleur manchmal vorbei und sah einem bei der Arbeit zu; und wenn er dann merkte, daß man hundert in weniger als einer Stunde runterhaute, kam Robboe eines schönen Tages an und erklärte, daß einem der Akkordsatz um Sixpence oder einen Shilling gedrückt worden sei. Wenn man also den Schatten des Akkordkontrolleurs im Rücken spürte, dann wußte man, falls man überhaupt einen Funken Verstand besaß, was man zu tun hatte: jede Bewegung komplizieren, aber nicht verlangsamen, weil man sich sonst selbst das Grab grub, alles sehr sorgfältig ausführen, aber mit geschickt vorgetäuschter Geschwindigkeit. Obwohl als öffentlicher Feind Nr. 1 verschrien, war der Akkordkontrolleur ein harmlos aussehender Mann, kahl wie ein Pilz und schlau wie ein Fuchs, der leicht gebeugt durch die Gegend lief und eine Brille trug, dieselbe Marke rauchte wie man selber und seinen blauen Nadelstreifenanzug mit einem braunen Berufskittel schützte. Es hieß, er bekäme Provision für die Kürzungen, die er vorschlug, aber das war nur so ein Gerücht, entschied Arthur, etwas, das man im Ärger sagte, wenn einem gerade ein Shilling gekürzt worden war. Begegnete man dem Akkordkontrolleur auf dem Heimweg von der Arbeit, dann sagte er sogar guten Abend zu einem, und man erwiderte den Gruß oder auch nicht, je nachdem, ob sie einem in letzter Zeit in den Akkordsatz gepfuscht hatten. Arthur begegnete dem Akkordkontrolleur immer mit freundlicher Herablassung, denn jedesmal, wenn dieser hinter ihm stand, setzte er seine Geschwindigkeit auf die Norm von hundert Stück herab, obwohl er es einmal auf einen Stundendurchschnitt von vierhundert gebracht hatte, als er mit seinem Tagessatz spät dran war. Zum Spaß rechnete er sich aus, wie hoch sein Lohn wäre, wenn er wie ein Verrückter diese krampfauslösende, kreuzbrechende, knöchelzerstoßende undiplomatische Geschwindigkeit von vierhundert Stück eine Woche lang durchhielte, und seine Berechnungen am Rand des *Daily Mirror* ergaben die Summe von sechsunddreißig Pfund. Aber was hätte das denn schon für 'n Sinn, fluchte er bei sich. Die würden sich doch wie 'ne Tonne Ziegelsteine auf mich stürzen, und in der nächsten Woche müßte ich mich dann mit hängender Zunge für so gut wie nichts abschinden. Also richtete er sich auf einen bequemen Durchschnitt von vierzehn Pfund ein. Jede größere Summe hieß nur, schwer verdientes Geld in die großen Fenster des Finanzamts reinzuschaufeln – Schweine mit Kirschen füttern, wie Mama immer sagte –, und das war auch gegen seine Prinzipien.

So verdiente man seinen Lohn trotz der Firma, trotz des Akkordkontrolleurs, des Aufsehers und der Mechaniker, die sich offenbar ewig bei der Gurgel hatten, wenn sie sich nicht gerade zusammentaten, um einem selbst an die Gurgel zu fahren. Die meiste Zeit allerdings waren sie einem völlig egal, und man arbeitete ganz vergnügt für seine vierzehn Scheine und ließ beim Auskehlen die Drehspindel in dem Gestank von Öl und Stahl herumsausen. Mechanische Handgriffe, über die man nicht nachzudenken brauchte, so daß man sich den ganzen Tag mit lebendigen und angenehmeren Bildern als denen um einen herum beschäftigen konnte. Es war ein leichterer Job als zum Beispiel einen Laster fahren, wo man doch seine fünf Sinne beieinander haben mußte – die Drehspindel sausen lassen und den Meißel leicht mit der rechten Hand ansetzen –, und man erinnerte sich an den Korporal beim Militär, der gesagt hatte, wie erstaunlich es doch sei, an was man alles dächte, wenn man auf der Latrine saß, und das sei auch die einzige Zeit, in der Denken erlaubt war. Aber nun konnte man ganze Tage lang vor sich hinträumen. Stunde auf Stunde verging im Fluge, wenn man mal mit Nachdenken angefangen hatte, und bevor man wußte, wo man war, gab ein Blinklicht aus dem Büro des Aufsehers das Zehn-Uhr-Zeichen; Zeit für die Frauen in den weißen Kitteln, die Teewagen hereinzufahren und ihr übles Gesöff so schnell wie möglich aus einer Reihe glänzender Hähne auszuschenken.

Arthur mochte den Tee der Firma nicht trinken, weil er zwar stark war, aber nicht aus den Spitzen des besten Ceylon-Tees, sondern aus den zusammengefegten Resten vom Teelagerhaus gebraut, und wegen des Sodas, das sie ihm in der Kantine zusetzten. Eines Tages hatte er etwas von diesem orangefarbenen Gebräu auf eine Bank verschüttet – so behauptete er wenigstens – und drei Stunden lang versucht, den Fleck wegzureiben. Sogar die Erfindungskraft der Mechaniker konnte nichts gegen das blasse Indiz des ungenießbaren Tees ausrichten, das allen, die es sahen, zur Warnung zurückblieb und ihnen bedeutete, doch lieber ihren eigenen

Tee zur Arbeit mitzubringen, obwohl nur wenige sich die Mühe machten, diesen Wink zu befolgen. »Wenn er auf einer alten, ölverschmierten Holzbank so einen Fleck hinterläßt, was glaubt ihr wohl, richtet er dann in euren Gedärmen an?« fragte Arthur seine Kollegen. »Ich wage gar nicht dran zu denken.« Er beschwerte sich im Hauptbüro, und sie hörten ihn an. Ein Direktor untersuchte die Teekessel der Kantine und fand, daß ihre Innenseite einen gleichmäßig dicken Belag aus Tee und Sodaablagerungen aufwies. Weil Arthur seine Rechte verteidigte, gab es großes Trara, und danach verbesserte sich die Qualität, allerdings nicht so weit, daß Arthur versucht gewesen wäre, diesen Tee zu trinken. Er kam noch immer mit einer Thermosflasche in die Fabrik, die aus seiner Tasche hervorschaute, und nahm sie jetzt, nachdem er die Maschine abgestellt hatte, heraus, weil das Licht aus Robboes Büro aufblinkte und die Männer ihre Frühstücksbrote auswickelten.

Er ging zu Jack, Brendas Mann, der zwischen einem festen Schraubstock und einem Schleifrad auf seiner Mechanikerbank saß, einen Henkelbecher mit dem Firmentee in der einen Hand, ein Käsebrot in der anderen. Die eine Hälfte des Käsebrotes war schon in seinem Mund, die andere Hälfte auf dem Wege dorthin.

»Rutsch mal 'n bißchen«, sagte Arthur und setzte sich neben ihn auf die Bank. »Mach Platz für einen Kaninchenhintern.«

»Schmeiß meinen Tee nicht um«, sagte Jack.

Arthur schraubte den Deckel von der Flasche und goß sich eine Tasse kochendheißen Tee ein. »Versuch mal 'n Schluck«, bot er Jack an. »Von dem Zeug, das du da hast, kriegst du noch mal 'ne Gallenkolik.«

Jack wickelte noch ein Brot aus. Arthur hatte selbst ein reichlich großes Paket mit, aber er wünschte, Jack würde ihm eins anbieten, das von Brendas Händen geschnitten und bestrichen war. Und selbst wenn er's täte, würde ich's nicht nehmen, fluchte er bei sich. Verdammt noch mal, eines Tages werde ich mich noch verraten.

»Wenn dieser Tee für die andern gut genug ist«, sagte Jack, »dann ist er auch gut genug für mich. Ich bin nicht pinselig.« Sein Montagmorgen-Overall war steif und sauber – bis jetzt hatte er nur ein paar Polierflecken an der Brusttasche –, und sein kragenloses, einfaches blaues Hemd war locker mit einem Knopf am Hals geschlossen. Er hatte ein junges frisches Gesicht von neunundzwanzig oder dreißig, aber von einem ständigen Stirnrunzeln entstellt, das ihm die mitleidslosen Neckereien der Männer eintrug, deren Maschinen er betreute.

»Dann solltest du eben pinselig sein«, sagte Arthur tief überzeugt. »Jeder sollte pinselig sein. Manche von den Kerlen würden ja Pisse trinken, wenn man sie ihnen in Porzellantassen serviert.«

Jacks Züge entspannten sich. Obwohl er selbst keine Kraftausdrücke gebrauchte, machte es ihm nichts aus, wenn er von anderen welche zu hören bekam. »Na«, sagte er, »so weit würden sie nun doch nicht gehn. Ich glaube, Brenda würde mir schon morgens eine Flasche einfüllen, aber ich möchte ihr nicht die Mühe machen.«

»Ist gar keine Mühe«, sagte Arthur und biß in sein Brot.

»Wenn man zwei kleine Kinder zu versorgen hat, vielleicht doch. Der Jacky ist 'n richtiger Lauser. Gestern nachmittag ist er die Treppe runtergefallen.«

Schneller als nötig fragte Arthur: »Hat er sich was getan?«

»'n paar blaue Flecke und zwei Stunden Gebrüll. Aber passiert ist ihm nichts. Der ist aus Eisen, sag ich dir.«

Höchste Zeit, das Thema zu wechseln. Wie wenn man auf Eiern geht, sagte er sich. Du alter Sünder! Ob ich schnell genug umschalte?

»Wie hast du beim Rennen abgeschnitten?«

»Ganz gut. Fünf Pfund gewonnen.«

Das war glatt gegangen. »Du Glückspilz!« schimpfte er. »Ich hab am Samstag in Redcar zehn Shilling Platz und Sieg auf den Drei-dreißig gesetzt und keinen Penny rausbekommen. Nächstens verarbeite ich diesen Kerl von Buchmacher noch mal zu Hackfleisch.«

»Warum willst du den Buchmacher zu Hackfleisch verarbeiten?« fragte der vernünftige Jack. »Du bist zu abergläubisch. Entweder du gewinnst oder du gewinnst nicht. Ich glaube nicht an Glück dabei.«

Arthur zerknüllte sein Butterbrotpapier zu einem Ball und warf ihn quer über den Gang in eine Werkkiste. »Ins Schwarze!« rief er. »Hast du gesehn, Jack? Hätt' nicht besser treffen können, wenn ich gezielt hätte.«

»Ich glaub nicht, daß Glück irgend jemandem auf die Dauer viel genützt hat«, fuhr Jack fort.

»Ich glaub's schon«, versicherte Arthur. »Im großen und ganzen hab ich meistens Glück. Aber manchmal krieg ich 'n Schlag ins Genick. Allerdings nicht oft. Darum bin ich abergläubisch und glaube an das Glück.«

»Vorige Woche hast du mir gerade erzählt, daß du an den Kommunismus glaubst«, sagte Jack vorwurfsvoll, »und nun redest du über Glück und Aberglauben. Den Genossen würde das bestimmt nicht passen«, schloß er mit einem kurzen Lachen.

»Na«, sagte Arthur, den Mund noch voll von Brot und Tee, »wenn's denen nicht paßt, sollen sie's bleiben lassen.«

»Das kannst du nur sagen, weil du mit denen nichts zu tun hast.«

»Ich hab nur gesagt, daß ich ebenso viel wert bin wie jeder andere auf dieser Welt, stimmt's?« wollte Arthur wissen. »Und das ist mein Ernst. Glaubst du, wenn ich im Fußballtoto gewinne, daß ich dir davon auch nur einen Penny abgeben würde? Oder sonst jemandem? Kommt nicht in Frage. Ich würde alles für mich behalten, und nur meine Familie käme dabei nicht zu kurz. Ich würde denen 'n Haus kaufen und ihnen unter die Arme greifen, daß sie für ihr Leben ausgesorgt hätten, aber alle andern könnten in 'n Mond gucken. Ich hab gehört, daß so Kerle, die im Toto gewinnen, Tausende von Bettelbriefen kriegen, aber weißt du, was ich täte, wenn ich die kriegte? Ich sag dir, was ich damit täte: ich würde damit 'n großes Freudenfeuer machen. Weil ich nichts vom Teilen halte, sag ich dir, Jack. Sieh dir doch die Kerle an, die da manchmal auf den Kisten vor der Fabrik stehn und reden. Ich hör ihnen ja ganz gern zu, wenn sie von Rußland erzählen und von der Landwirtschaft und den Elektrizitätswerken, die sie da haben, weil das interessant ist, aber wenn sie dann erklären, wenn sie an der Regierung wären, müßte jeder mit jedem teilen, dann hört's bei mir auf. Ich bin kein Kommunist, sag ich dir. Trotzdem hab ich was für sie übrig, weil sie anders sind als diese dicken, fetten Säcke von Konservativen. Und auch anders als die Labour-Idioten. Die klauen aus unsern Lohntüten jede Woche 'ne ganz hübsche Summe für Versicherung und Einkommensteuer, und dann wollen sie noch behaupten, das wär alles nur zu unserm Besten. Ich weiß, was ich am liebsten mit der Regierung täte. Ich würde 'nen großen Haufen Lotteriescheine nehmen und damit in alle Fabriken in England gehn und das ganze Parlament verscherbeln. ›Stück für Sixpence, Leute‹, würde ich rufen, ›und 'n schönes großes Haus als Hauptgewinn!‹ Und wenn ich dann 'n Haufen Geld zusammen hätte, dann würde ich mich irgendwo mit fünfzehn Weibern und fünfzehn Autos zur Ruhe setzen. Ja, das tät ich.

Aber hab ich dir erzählt, Jack, daß ich bei der letzten Wahl für die Kommunisten gestimmt hab? Das hab ich getan, weil ich mir gedacht hab, sonst kriegt der arme Kerl gar keine Stimmen. Den Verlierern helf ich immer gern. Weißt du, eigentlich hätte ich ja gar nicht wählen dürfen, weil ich noch unter einundzwanzig war, aber ich hab Dads Wahlschein benutzt, weil der mit Rückenweh im Bett lag. Ich hab seinen

Wahlschein aus seiner Jackentasche geklaut, ohne daß er's wußte, und beim Wahllokal hab ich dem Polizisten draußen und dem Kerl am Schreibtisch erzählt, ich wär der Harold Seaton, und die haben sich nicht mal die Mühe gemacht, den Schein anzusehen, und ich bin rein und hab gewählt. Ich hab's selbst nicht geglaubt, bis ich wieder draußen war. So was würd ich bestimmt gern noch mal tun, sag ich dir.«

»Du hättest zehn Jahre Kittchen gekriegt, wenn sie dich erwischt hätten«, sagte Jack. »Das ist 'ne schlimme Sache. Hast Schwein gehabt.«

»Na und ob!« triumphierte Arthur. »Aber weißt du, diese blöden Gesetze sind doch bloß dazu da, daß Leute wie ich sie übertreten.«

»Na, fühl dich mal nicht so sicher«, wies ihn Jack zurecht. »Da kannst du noch mal schön reinfliegen.«

»Wieso denn? Etwa heiraten oder so meinst du? So dämlich bin ich nicht.«

Jack ging in die Verteidigung, da Arthur seine verwundbare Stelle getroffen hatte: »Hab ich gar nicht gesagt. Ich war auch nicht dämlich, als ich geheiratet hab. Ich wollte es einfach, sonst nichts. Ich wußte schon, was ich tat. Mir gefällt's eben. Ich mag Brenda und Brenda mag mich, und wir kommen gut miteinander aus. Wenn man sich gut verträgt, dann ist die Ehe 'ne feine Sache.«

»Na ja, ich glaub dir das schon. Aber viele würden's nicht.«

Wer würde denn überhaupt glauben, daß ich was mit seiner Frau habe? Eines Tages wird er es bestimmt erfahren, darum fühl dich nicht zu sicher, du frecher Hund. Wenn du zu frech wirst, verläßt dich dein Glück, also paß auf. Das schlimmste ist, daß ich Jack leiden mag. Jack ist 'n guter Kerl, einer von den besten. Ein Jammer, daß die Welt so gemein ist. Aber er hat mir was voraus, weil er jede Nacht mit Brenda schläft. Vielleicht sollte ich doch weiter hoffen, daß er von einem doppelstöckigen Bus überfahren wird, damit ich Brenda heiraten und jede Nacht mit ihr schlafen kann; aber eigentlich möchte ich doch lieber nicht, daß er von einem Bus überfahren wird.

»Ich hab dir das noch nicht erzählt, oder?« sagte Jack ernsthaft nach einer langen Pause des Kauens, als ob plötzlich etwas Großes und Schweres in seinem Bewußtsein aufgetaucht wäre.

Arthur überlegte. Sollte er? War es möglich? Er sah so nachdenklich aus. Was war es? Eigentlich konnte niemand Jack etwas über diese Sache gesteckt haben. Oder konnten sie es doch getan haben, diese schnüffelnden, klatschenden Spione? Na, viel haben sie nicht erzählen können. Aber er ist doch ein bißchen komisch heut früh.

»Was, Jack?« fragte er und schraubte den Deckel wieder auf seine Flasche.

»Nichts Besonderes. Bloß, Robboe, der kam neulich zu mir und sagte, daß ich von der nächsten Woche an in der Nachtschicht bei den Formern anfangen soll. Die haben zu wenig Leute und brauchen noch 'n Mechaniker. Eine Woche Nachtschicht und eine Woche Tagschicht.«

»So 'ne Schweinerei!« bemitleidete ihn Arthur und glaubte, damit unter diesen Umständen das Richtige zu sagen. »Tut mir leid, Jack.«

Dann sah er, daß das verkehrt war. Jack freute sich über die Versetzung. »Na, ich weiß nicht, das bedeutet doch 'n bißchen mehr Geld. Brenda liegt mir in letzter Zeit dauernd wegen 'nem Fernsehapparat in den Ohren, und dann könnte ich mir's doch leisten, ihr einen zu kaufen.«

Er nahm eine Zigarette von Arthur an. »Trotzdem«, sagte der, »mit wem soll ich denn in der Frühstückspause reden?«

Jack lachte – ein eigenartiges Lachen, weil das Stirnrunzeln dabei irgendwie auf seinem Gesicht hängenblieb. »Du wirst schon zurechtkommen«, sagte er und schlug ihm – nicht sehr derb – auf die Schulter.

»Bis nachher.«

Das Licht blinkte auf: die Frühstückspause war zu Ende.

Ich hab einfach zuviel Glück für diese Welt, dachte Arthur, als er seine Drehbank wieder anließ; halb soviel tät's auch, also werd ich's lieber genießen, solange ich kann. Wahrscheinlich hat Jack Brenda noch gar nicht erzählt, daß er zur Nachtschicht eingeteilt ist, aber ich will wetten, daß sie sich halbtot freut über die gute Nachricht, wenn sie's erfährt. Vielleicht kann ich sie dann nicht mehr am Wochenende sehn, aber dafür werd ich jeden Abend hingehn, und das ist noch besser. Zum Auskehlen ansetzen, bohren, abschrägen. Fertig. Rausnehmen, ein neues Stück einspannen, ab und zu die richtigen Maße nachprüfen, denn ich möchte nicht gern tausend Stück fertigmachen und sie dann von den Kontrolleuren wieder hingeschmissen kriegen. Fünfundvierzig Shilling wachsen eben nicht auf den Bäumen. Zum Auskehlen ansetzen, bohren, abschrägen, die Spindel rumsausen lassen, bis die Arme schwer und leblos sind. Schnell wie der Blitz. Rausnehmen, einspannen, nach dem Karren rufen, der sie wegbringen und neue ranschaffen soll, noch weitere hundert runterhauen, den Schmierölgeruch gar nicht mehr bemerken und auch nicht die Treibriemen über dem Kopf, die mich völlig rammdösig machten, als ich damals mit fünfzehn in die Fabrik kam, klatschend, drehend, stampfend und sich wendend wie die Launen von Robboe, dem Aufseher. Ist 'n schweres Leben, wenn man nicht lockerlassen will, wenn man hinterhersitzt, um ein paar Kröten zu verdienen, damit man mit Brenda einen heben gehen kann, und nachher mit ihr ins Bett, oder in die Wege und Wälder nach Strelley rauf, vorbei an der großen Staatsdomäne, wo Margaret, meine Schwester, ein Haus und drei Kinder von ihrem nichtsnutzigen Mann hat, an alldem mit Brenda vorbei zu einer verfallenen Schäferhütte, die ich seit meiner Kindheit kenne, und sie dort ins Stroh werfen, und wir beide so voller Liebe, daß wir's kaum abwarten können. So, genug damit, sonst verklemmt sich noch was an der Drehbank, und keine Bohrlauge mehr nachgießen, sonst wird alles verschmiert. Die Zeit rennt, das ist einfach so, und es ist auch gut, daß sie vergeht, weil ich wieder hundert geschafft habe, und ich bin so weit, daß ich heimgehen kann und 'n Happen essen und den *Daily Mirror* lesen oder nachsehn, ob in der *Weekend Mail* noch 'n paar Bilder von hübschen Nutten im Badeanzug sind. Aber Brenda! Ich kann's kaum abwarten, sie wiederzuhaben. Das hast du davon, meine Süße, warum bist du so mollig und zärtlich. Und jetzt muß der Schneidmeißel nachgeschliffen werden, also werd ich 'n Jack heute nachmittag geben. Das ist wirklich 'n Jammer mit ihm, aber er wird bald in der Nachtschicht arbeiten, was auch 'n Jammer ist, schlecht für ihn, weil Brenda und ich dann mal lustig loslegen in allen Betten und Winkeln, die wir finden können. Flatternde Schlüpfer und strampelnde Beine im Strelley-Wald, egal wie kalt es ist.

Von dem Augenblick an, wenn man aus dem Fabriktor trat, dachte man nicht mehr an die Arbeit. Aber das komischste war, daß man auch nicht an die Arbeit dachte, wenn man an seiner Maschine stand. Man begann den Tag mit dem sorgfältigen Schneiden und Bohren von Stahlzylindern, aber allmählich wurden alle Bewegungen automatisch, und man vergaß vollständig die Maschine und die schnellen Bewegungen der Arme und Hände und die Tatsache, daß man schnitt und bohrte und Werkstücke anfertigte, deren Maße auf das Fünftausendstel eines Zolls stimmen mußten. Der Lärm der Motorkarren, die die Gänge rauf und runter fuhren, und der ohrenbetäubende Krach der sausenden und klatschenden Treibriemen schwand in einer halben Stunde aus dem Bewußtsein, ohne daß dies die Qualität der gelieferten Arbeit beeinflußte, und man vergaß seine früheren Reibereien mit dem Aufseher und dachte lieber an angenehme Sachen, die einem irgendwann mal passiert waren oder von denen man hoffte, daß sie in Zukunft passieren würden. Wenn die Maschine gut arbeitete – der Motor reibungslos, die Backen fest, die Drehscheibe im richtigen Schwung – und man seine Bewegungen federnd in einen angemessenen Rhythmus brachte, dann wurde man glücklich. Man verlor sich für den Rest des Tages in seligen Träumen. Und am Abend, wenn man sich, zugegeben, immer so fühlte, als wären einem die Arme und Beine auf der Folter bis beinahe zum Zerbrechen ausgereckt, dann trat man hinaus in die gemütliche Welt der Kneipen und der lauten Frauenzimmer, die einem den Rohstoff für weitere selige Träume an der Drehbank lieferten.

Es war unglaublich, an was für Dinge man sich erinnerte, wenn man an der Drehbank arbeitete, Dinge, die man für vergessen hielt und von denen man gemeint hatte, daß sie einem nie mehr einfallen würden – oft sogar Dinge, von denen man gehofft hatte, daß sie für immer vergessen wären. Die Zeit verging im Flug, während man den ölgetränkten Fußboden abnutzte und unbewußt wie verrückt arbeitete: man lebte in einer friedlichen Welt der Bilder, die einem durch den Kopf gingen, wie in einer Laterna magica, oft in grellen und grandiosen Knallfarben, einer Welt, in der sich Erinnerung und Phantasie zügellos austobten, akrobatische Kunststückchen mit der Vergangenheit ausführten und mit dem, was einmal vielleicht Zukunft sein konnte. Wie ein Amoklauf war es, der einem alle möglichen erfreulichen Visionen vorspiegelte. Genau das, was der Korporal von der Zeit gesagt hatte, die man auf der Latrine verbrachte: es war die einzige Zeit zum Nachdenken. Und auch damit hatte er recht: man dachte dabei an alle möglichen herrlichen und wunderbaren Dinge.

Als Arthur am Nachmittag wieder an die Arbeit ging, fehlten nur noch vierhundert Zylinder an seinem täglichen Quantum. Eigentlich hätte er nun langsamer arbeiten können, aber er brachte es einfach nicht fertig herumzutrödeln, bevor jeder Zylinder sauber und einwandfrei in der Kiste neben der Drehbank lag: solange noch Arbeit da war, konnte er sein Tempo nicht herabsetzen. Er würde die vierhundert in drei Stunden schaffen und dann die Zeit angenehm mit gut getarntem Nichtstun verbringen, sich den Anschein geben, als hätte er eine Menge zu tun, vielleicht seine Maschine reinigen oder sich mit Jack während der augenfälligen Beschäftigung des Werkzeugschleifens unterhalten. Schlau sein, sagte er sich fröhlich, als er mit dem ersten Hundert anfing und die Zylinder Stück für Stück in beachtlicher Schnelligkeit abdrehte. Laß dich von den Hunden nicht kleinkriegen, wie Fred immer sagte, als er bei der Marine war. Irgendwas über so 'n Carborund-Schleifrad war's, was er auf lateinisch hergebetet hatte, aber macht nichts, trotzdem ein guter Rat, obwohl er ihn ausgerechnet *mir* nicht zu geben brauchte. Ich laß mich bestimmt von niemand kleinkriegen, weil ich ebensoviel wert bin wie jeder andere auf der Welt, obwohl, wenn ich an den lausigen Stimmzettel denke, den sie einem geben, dann bekomme ich oft Lust, ihnen zu sagen, was man mit diesem Wisch am besten täte, denn was hab ich schon davon. Aber wenn sie sagen würden: »Paß auf, Arthur, hier ist 'ne Tonne Dynamit und 'ne nagelneue Lunte, und jetzt laß die Fabrik hochgehen«, dann würd ich das tun, weil das was wäre, was sich lohnt. Was Richtiges. Ich würd nach Rußland oder zum Nordpol abhauen, und dann würde ich mich schieflachen über das, was ich getan hab und über den großartigen Anblick, wenn in einer wundervollen Vollmondnacht Aufseher und Maschinen und glänzende Fahrräder hinauf in den Himmel sausen. Nicht, daß ich was gegen sie hätte, aber manchmal hab ich eben Lust auf so was. Mir, mir wär's wurscht wenn die Welt morgen in die Luft fliegt, solange ich auch mit in die Luft fliege. Nicht, daß ich vorher nicht noch gern neunzigtausend Pfund gewinnen würde. Aber ich hab ein gutes Leben und ich mach mir keine Sorgen. Wenn man sich's überlegt, wär's natürlich schade, Brenda zu verlassen, besonders jetzt, wo Jack auf Nachtschicht muß. Und dabei macht's ihm gar nichts aus, das ist das Komische dran, weil er froh ist über eine dickere Lohntüte und auch über die Abwechslung, und ich bin froh, und ich weiß, daß auch Brenda froh ist.

Alle sind zufrieden. Manchmal ist es doch eine prima Welt, wenn man nicht lockerläßt oder wenn man den Kerlen nicht die Chance gibt, einen kleinzukriegen.

Robboe, der Aufseher, kam im Gespräch mit einem Mechaniker den Gang entlang. Robboe war ein Kerl von etwa vierzig Jahren, der seit seinem vierzehnten Jahr bei der Firma war. Er war als Lehrling eingetreten und hatte 'ne Menge Zeit für Abendkurse verwendet, ein Mann, der nicht unter den Widrigkeiten der Kurzarbeit vor dem Krieg gelitten hatte – wie mein Alter, dachte Arthur – und der während des Krieges ›unabkömmlich‹ war, so daß er sich aus dem Militärdienst raushalten konnte. Er bezog jetzt etwa zwanzig Pfund in der Woche und dazu eine ordentliche Produktionsprämie; ein ruhiger Mann mit eckigem Gesicht, zerquälten Augen, zerfurchter Stirn und dünnen, gummiartigen Lippen, der immer eine Hand in der Tasche hatte und mit einem Mikrometer spielte. Robboe hielt seine Stellung, weil er geschickt war und einem die richtigen Antworten gab und weil er eine Widerrede mit schiefem Lächeln hinnahm und gute Miene dazu machte, solange man das mit einer brutalen Mir-ist-alles-wurscht-Haltung tat und keine Angst vor ihm zeigte. Männern wie Jack flößte er Schrecken ein; für Arthur war er nur ein Mensch, der mit dem schweren Bleigewicht der Autorität beladen war, wenn es mal zum Krach kam, was ja jeden Augenblick passieren konnte.

Arthur hatte bei der Firma als Laufjunge angefangen und Fahrradteile von einer Abteilung der Fabrik zur anderen geschleppt oder mit einem Gepäckfahrrad in der Stadt Botengänge gemacht. Er war damals fünfzehn, und jeden Donnerstagmorgen schickte Robboe ihn auf einen mysteriösen Botengang zu einer Drogerie in der Stadt und gab ihm einen verschlossenen Umschlag mit, der einen Zettel und etwas Geld enthielt. Arthur erreichte den Laden nach einer interessanten und gemütlich trödelnden Fahrt an Kanalufern entlang und durch enge Straßen, und der Drogist händigte ihm einen festeren braunen Umschlag aus, der etwas Flaches, Schwammähnliches enthielt und dazu noch das Wechselgeld von der Summe im ersten Umschlag. Nachdem Arthur drei Monate lang regelmäßig diese Besorgung gemacht hatte, entdeckte er, was Robboe ihn holen ließ, weil der Drogist es eines Morgens zu eilig hatte, um den Umschlag fest zuzukleben. So konnte Arthur ihn öffnen, als er an einer Verkehrsampel wartete. Er sah nach, was drin war, und klebte ihn dann wieder zu, diesmal aber richtig. Er hatte gefunden, was er erwartet hatte, und nun radelte er über den Castle Boulevard und lachte, als ob er übergeschnappt wäre. Dabei überholte er in einem Wahnsinnstempo Busse, Milchwagen und sogar Autos. Alle starrten ihn an wie einen Verrückten. »Drei Päckchen!« schrie er. »Dieses dreckige Schwein! Der hat 'n Weibsbild! Neunmal die Woche!« Die Nachricht verbreitete sich im ganzen Werk, und noch lange Zeit danach, als er schon nicht mehr Laufbursche war und an einer Bohrmaschine stand, brüllte bestimmt immer irgend jemand, wenn Arthur seine Maschine verließ, um aufs WC zu gehen: »Wo gehst du hin, Arthur?« Und wenn Robboe nicht in der Werkhalle war, schrie er, so laut er konnte, zurück: »Ich geh in die Stadt, Robboes Gummidinger holen!«, in einem breiten, absichtlich ordinären Dialekt, der die Frauen zu hellem Aufkreischen und die Männer zu wieherndem Gelächter brachte.

Robboe blieb bei seiner Maschine stehen, nahm einen fertigen Zylinder auf und prüfte die Maße sorgfältig mit seinem Mikrometer.

Arthur hielt inne, ließ jedoch die Spindel weiterrotieren. »In Ordnung?« fragte er kampflustig.

Robboe, wie immer eine Zigarette im Mund, blies den Rauch von den Augen weg, und auf den braunen Schutzkittel fiel Asche. Er maß noch einmal die Tiefe nach. »Ja«, sagte er, »nichts verkehrt« – und ging weiter.

Arthur und Robboe duldeten und trauten einander. Der Feind in ihnen schlummerte, ein schwarzes Tier, das sein lautes Knurren unterdrückte, als habe sein Herr ihm befohlen zu kuschen, ein Tier, das sich vielleicht bei jedem schon Generationen lang vom Vater auf den Sohn vererbt hatte. Sie respektierten gegenseitig dieses Erbteil, sie erkannten es an, wenn sie sich kurz und bündig ein paar schroffe Fragen stellten oder beantworteten und dabei mit lauter Stimme, aber leidenschaftslosen Augen sprachen.

Robboe hatte einen Wagen – zugegeben, es war ein alter Morris –, und er bewohnte die eine Hälfte eines Zweifamilienhauses in einer piekfeinen Gegend. Arthur trug ihm diesen Aufwand nach, weil sie im Grunde aus denselben Verhältnissen kamen; und deshalb hätte er Robboe gegenüber freundlichere Gefühle gehegt, wenn er gleich ihm in einem Vierzimmerhaus gewohnt hätte. Denn Robboe war keineswegs was Besseres als er, überlegte er, während er seine Spindel sausen ließ und den Schneidmeißel leicht an einen Zylinder aus dem letzten Dutzend des Tages ansetzte – kein bißchen besser als sonst irgend jemand, wenn man es genau betrachtete. Arthur schätzte Menschen nicht nach ihrem Wissen oder ihrer Leistung ein, sondern nach einer blinden, intuitiven Methode, die den wirklichen Grundwert abwog. Es war ein gefühlsmäßiger Maßstab, der sich stets als richtig erwies, und diejenigen, bei denen er ihn anlegte, bestanden die Prüfung oder sie bestanden sie nicht. Auf Grund weniger Merkmale konnte er feststellen, wer sein Freund war und wer nicht und bis zu welchem Punkt er einem Menschen vertrauen konnte, der vielleicht einmal sein Freund würde.

Wenn Arthur einen Mann ansah oder den Tonfall seiner Stimme hörte oder ihn gehen sah, bildete er sich auf der Stelle ein Urteil, das sich später als ebenso zuverlässig erwies wie eins, das man sich nach wochenlanger Bekanntschaft bildete. Seine erste Einschätzung Robboes hatte sich nie mehr geändert, im Gegenteil, sie hatte sich noch gefestigt. Seine nur halb bewußten Schlußfolgerungen sagten ihm, daß in diesem besonderen Fall keiner mehr wert war als der andere, daß sie in aller Offenheit in zwei feindlichen Lagern standen und daß dieser Zustand ein gewisses Maß an Vertrauen erforderte. Und Arthur zweifelte nicht daran, daß Robboe ihn einer ähnlichen Prüfung unterzogen hatte und zu demselben Ergebnis gelangt war. So war also die gegenseitige Achtung, die sie füreinander empfanden, auf ein Urteil gegründet, das keiner von beiden in Worte fassen konnte.

Wenn Arthur einem Menschen ins Gesicht sah, ihn finster und durchdringend musterte und dann brüllte: »Ich weiß, was ich von dir zu halten habe!«, dann hatte er bestimmt die wesentlichen Eigenschaften des anderen in seinem Innern genau abgewogen, obwohl er weder den Mechanismus der Waage noch die Art der Güter, die jede Waagschale im Gleichgewicht hielten, erklären konnte.

Die Reaktion auf diese Bemerkung war verschieden. Wenn er sie gegenüber einem seiner Kollegen machte, vielleicht bei einem Streit wegen einer Kiste fertiggedrehter Werkstücke, die am Kontrolltisch zurückgewiesen worden war, antworteten die meisten mit einer ebenso überlegenen Stentorstimme: »Ach was!« Und wenn jemand zu Arthur sagte: »Ich weiß schon, wie ich dich einschätzen muß«, dann erwiderte er regelmäßig: »So, weißt du das? Dann bist du ja 'n verdammt schlauer Bursche, denn wie ich mich einschätzen muß, weiß ich selber nicht« – und das war auch eine wirkungsvolle Art, den anderen den Mund zu stopfen. Und vielleicht stimmte es auch, denn obwohl fast jeder die Fähigkeit der anderen zu beurteilen vermochte, unternahm doch keiner den Versuch, sich selbst einer solchen Prüfung zu unterziehen. Arthur war dieser Mangel, an dem alle zu leiden schienen, schon aufgefallen, doch auch er war noch nicht auf den Gedanken gekommen, einmal eine energische Prüfung seiner selbst vorzunehmen.

Aber trotz seiner Fähigkeit, Leute zu durchschauen, hatte Arthur Jack, den Mechaniker, noch nie ganz ergründen können. Vielleicht erschien er ihm komplizierter als andere Männer, weil er Brendas Mann war. Sicher war er von derselben Art wie Arthur, gab nie vor, etwas anderes zu sein, und normalerweise hätte er ihn blitzschnell eingeordnet; aber die wesentlichen Verästelungen in Jacks Charakter entzogen sich seiner Beurteilung. Jack war in mancher Hinsicht schüchtern, ein verschlossener Mensch, der nicht recht aus sich herausging. Er beteiligte sich an den Gesprächen der anderen, doch nie brüllte oder fluchte er, und er besoff sich auch nie. Ja, er wurde nicht einmal richtig fuchsteufelswild, auch wenn die Aufseher ihm noch so sehr auf die Nerven gingen. Er offenbarte sein Inneres nicht, so daß man nie einen Blick hineinwerfen und erkunden konnte, wie es wirklich in ihm aussah. Arthur wußte nicht einmal, ob Jack überhaupt ahnte, daß er was mit seiner Frau hatte. Vielleicht ahnte er es, vielleicht auch nicht; aber wenn er es ahnte, dann war er ein gerissener Bursche, weil er sich nie darüber äußerte. Er war ein Mensch, der möglicherweise den Verdacht oder sogar bestimmte Beweise haben kann, daß es einer schon seit Monaten mit seiner Frau trieb, und der sich diesen einen doch nicht eher vorknöpfte, bis ihm endgültig die Galle überlief. Es war sogar möglich, daß er sich diesen einen nie vorknöpfen würde, und das war ein Fehler von ihm, denn wenn er es je täte, würde Arthur mit Brenda Schluß machen – das gehörte auch zu seinen Prinzipien.

Aber eigentlich geschah es Jack ganz recht, daß Arthur was mit seiner Frau hatte. Arthur teilte die Ehemänner in zwei Hauptkategorien ein: solche, die sich um ihre Frauen kümmern, und solche, die 'n bißchen träge sind. Jack gehörte in die zweite Kategorie, und die war nach Arthurs Erfahrung erheblich größer als die erste. Nachdem ihm das einmal aufgegangen war, hatte er immer Glück in der Liebe gehabt und viel Spaß dabei, und er hatte stets das Eisen geschmiedet, solange es heiß war. Seit seinem siebzehnten Lebensjahr war er überzeugt, daß sich mit verheirateten Frauen mehr anfangen ließ als mit anderen. Er hatte kein Mitleid mit ›trägen‹

Ehemännern. Bei denen stimmte irgendwas nicht – nicht so wie bei einem Mann, dem ein Bein fehlte, das eben nicht zu ersetzen war, sondern etwas, das sie, die ›trägen‹ Ehemänner, leicht reparieren könnten, wenn sie nur weniger egoistisch wären, ihre Gedanken mal 'n bißchen aufpolierten und sich 'n bißchen mehr um ihre Frauen kümmerten. Denn Arthur behauptete immer, wenn er tolerant gestimmt war, daß eine Frau mehr war als ein Zimmerschmuck oder eine Magd für grobe Arbeiten – Frauen waren warme, wunderbare Geschöpfe, die es nötig hatten und es verdienten, daß man sich um sie kümmerte und ihnen die ganze Aufmerksamkeit widmete, zu der ein Mann fähig war – bestimmt mehr Aufmerksamkeit, als er seiner Arbeit oder seinem eigenen Vergnügen schuldete. Und ein Mann hatte auch viel Spaß davon, wenn er zu einer Frau nett war. Allerdings gab es andererseits auch Frauen, die es einem unmöglich machten, nett zu ihnen zu sein, Frauen mit einem Gesicht wie ein Schlachtschiff und einem Herzen, hart wie 'n Nagel, die einem die Faust unter die Nase rieben und kreischten: »Tu dies, tu das, tu jenes!« Bei denen konnte man sich noch so viel Mühe geben, sie wollten einfach nicht, daß man nett zu ihnen war. Solche Frauen wären besser als Männer geboren worden, dann würden sie weniger Schaden anrichten und weniger Elend. Sie würden in den Krieg ziehen und fallen oder im Kittchen eingelocht werden, weil sie sich auf Seifenkisten gestellt und gepredigt hatten: »Nieder mit diesem und nieder mit jenem!« Das war die Sorte Frauen, die dachte, man wäre bekloppt, wenn man versuchte, sie zu lieben, und die einfach nicht kapierten, was Liebe war. Bei denen blieb einem nichts anderes übrig, als ihnen zum Schluß eins hintendrauf zu geben. Hoffnungslos und bekloppt. Aber ich bin der Ansicht, daß die meisten Frauen es wollen, daß man sie liebt und nett zu ihnen ist; und sogar, wenn es zuerst gar nicht so aussieht, nach einer Weile lieben sie dich doch. Bring eine Frau dazu, daß sie im Bett Spaß mit dir hat – dann hast du die Schlacht praktisch gewonnen und schaffst es auch, sie auf die Dauer zu halten. Herrgott, das ist das Beste, was ich gemacht hab: immer dafür gesorgt, daß eine Frau auch ihr Vergnügen hatte, so wie ich meins hatte. Gott weiß, wie ich drauf gekommen bin. Ich weiß es nicht. Andererseits aber, wenn nun ein Mann gern mal einen hebt und wenn die Frau Männer, die trinken, nicht ausstehn kann, dann ist es auf jeden Fall 'ne riskante Sache. Und das ist mein großes Problem, und deshalb kann ich nicht todsicher sein, sondern muß die Sache 'n bißchen vorsichtig angehn und mich nach 'ner leidenschaftlichen Frau umsehn, und das sind beinah immer die verheirateten, die nicht viel Liebe bekommen und träge Männer haben.

Und so war es möglich, die Fabrik zu vergessen, ob man nun schwitzend und mit gespannten Muskeln an der Drehbank stand oder aber in 'ner Kneipe saß und Bier trank oder am Wochenende mit Brenda in ihrem großen weichen Bett lag. Die Fabrik war egal. Die Fabrik kann weiterlaufen, bis sie von ihrem eigenen Tempo in die Luft fliegt, aber ich, dachte er, und dabei war er schon mit 'n paar Dutzend über sein tägliches Arbeitsquantum hinaus, ich werde immer noch da sein, wenn die Fabrik futsch ist, und auch Brenda und alle Frauen, die so sind wie sie, werden noch da sein, die Sorte Frauen, die ihr Gewicht in Gold wert sind.

3

Er schlug die Augen auf. In den paar Minuten, die vergingen, bis er völlig wach war, wurde ihm klar, daß er sich zu schlecht fühlte, um zur Arbeit zu gehen. Ab und zu machte er einen Versuch, aus dem Bett zu steigen, um festzustellen, was eigentlich mit ihm los war, aber es wurde elf Uhr, bevor er es schaffte. Unten auf dem Tisch fand er die gefüllte Teekanne, die seine Mutter stehengelassen hatte, ehe sie einkaufen ging. Der Tee war kalt geworden. Er wußte noch immer nicht, was ihm fehlte, als er so barfuß im Zimmer herumspazierte. Er griff nach dem *Daily Mirror*, und als er auf der Titelseite keine schönen Frauen fand, schlug er die Zeitung in der Mitte auf. Na, wenigstens 'n schicker Badeanzug. Er warf die Zeitung weg und ging zum Kohlenverschlag unter der Treppe, um den Kohleneimer zu füllen.

Seine Mutter kam herein, schwer beladen mit Lebensmitteln.

»Ich hab mir gleich gedacht, daß dir's nicht gut geht«, sagte sie, als sie ihn mit blassem Gesicht beim Fenster sitzen sah. »Deshalb hab ich dich auch im Bett gelassen.«

»Mein Bauch ist verkorkst«, klagte er.

»Du hast's eben an der Galle«, sagte sie; das war ihre übliche Bezeichnung für alle derartigen Beschwerden. Als sie ihre Pakete in der Küche abgeladen hatte, lief sie in den Laden auf der anderen Straßenseite, um das übliche Allheilmittel zu holen: für Sixpence Magenbitter.

Sie trabte eilig durch den Vorgarten, die Arme verschränkt und der Kälte wegen eng an den Körper gepreßt. In den Sommermonaten hielt sie sie etwas lockerer vor ihre magere Brust. Dies Bild kam Arthur in den Sinn, als er am Feuer saß und ihre schwarzen, blanken, abgetretenen Schuhe über das Kopfsteinpflaster klappern hörte. »Für Sixpence Magenbitter, Mr. Taylor«, würde sie beim Betreten des Ladens sagen. Der alte Geizkragen! dachte Arthur. »Na so was, schon am frühen Morgen?« würde Taylor fragen, wenn er die Tropfen abzählte. Arthur wußte, daß seine Mutter eher zu knappes Maß hinnehmen würde als längeres Warten, aber ein Brummeln und ein leerer Blick durch das vereiste Fenster würden den Geizkragen schon in Trab bringen. Sie war jetzt fünfundfünfzig, und man sah es ihrem hageren, ungeschminkten Gesicht an. Es war nicht vom Alter gezeichnet wie das einer wirklich alten Frau, aber es hatte vom vielen Lachen und Weinen an den richtigen Stellen Falten bekommen. Bei Gott, sie hatte sich abgerackert, und sie hatte kein gutes Leben gehabt bis zum Krieg; Arthur wußte das. Wenn Seatons Gesicht sich verfinsterte, weil er keine Zigaretten hatte, war sie in allen Läden herumgelaufen und hatte sich Zigaretten auf Pump zusammengebettelt, die sie dann am Donnerstag, wenn es Stempelgeld gab, bezahlte. Aber wie Seaton jetzt ungezählte Päckchen Zigaretten und einen Fernsehapparat hatte, bekam sie nun Woche für Woche ein nicht zu knapp bemessenes Haushaltsgeld, das ihr alle Sorgen nahm und ihr ein recht gutes Leben sicherte. Ihre hellen blaugrauen Augen strahlten, wenn sie nach Lust und Laune beim Konsum mal ein Pfund von dem und mal ein Pfund von jenem verlangen konnte. »Ist wer krank, Mrs. Seaton?« meinte Arthur den ollen Geizkragen zu hören. Er hatte das nichtssagende Gesicht eines Vierzigers, war festgefahren in seinen Eigenheiten und neugierig wie ein Spitzel. Seine Mutter würde ihre Arme auseinandernehmen und den Geldbeutel aus der Schürzentasche ziehen: »Arthur hat's wieder mit'm Magen. Die Fabrik, das sag ich Ihnen, die tut ja keinem auf Gottes Erden gut.« Jugendlich und geleckt würde ihr dann der Geizkragen für Sixpence Magenbitter aushändigen und dabei überlegen, daß er 'n bißchen Wasser nachgießen müsse, wenn sie weg war. »Das mein ich auch«, sagte er zweifellos und tat den Glasstöpsel wieder auf die Flasche. »Ich hab da ja nie gearbeitet, wissen Sie, ich war Vertreter. Aber Schmieröl ist nicht gut, das sag ich auch.« Die Mutter war noch nicht ganz ergraut. So halbwegs zwischen blond und braun ist ihr Haar, dachte Arthur. Das von seinem Alten war noch so schwarz wie 'n Pik-As. »Glauben Sie, daß ihm das helfen wird?« würde die Mutter dann fragen. »Ach, der arme Kerl arbeitet eben zu schwer, wenn Sie mich fragen. Er ist'n guter Junge, das muß man ihm lassen. War er immer. Ich wüßte nicht, was ich ohne ihn machen sollte.« Arthur wußte, das würde sie sagen – »'n bessern Sohn könnt ich mir gar nicht wünschen.« Geizkragen würde sich dann an den Tag erinnern, an dem Arthur in den Laden gekommen war und am Automaten gespielt hatte. Penny auf Penny hab ich da in den Einwurfschlitz gesteckt, dachte Arthur, während er so am Feuer saß, und als der Automat schließlich bei drei Zitronen stehenblieb, fielen die Zechinen doch nicht raus. Reinweg nichts. Und als dann der alte Geizkragen noch sagte, daß er das auch nicht ändern könnte, da hab ich dem Ding in die Seite gehauen, bis es anfing zu spucken, und zwölf Shilling und vier Pennies rasselten mir in den Schoß.

Er erwartete die Mutter, sah sie durch den Vorgarten kommen und hörte den Riegel einschnappen, als sie mit ihrer Magenbitter-Medizin hereinkam.

»Hier hast du's«, sagte sie. »Ich werd dich schon bald gesund kriegen.«

Er trank den Magenbitter und fühlte sich gleich noch mal so gut, als er vor dem Spiegel Bill Hickock nachmachte, wie der in einer Wildwestbar einen runterkippte. Und allmählich schwand die Übelkeit, die er sich durch das Einatmen von all dem Schmieröldunst in der Fabrik zugezogen hatte. Er verlangte dringend nach einem kräftigen Schluck Tee, und seine Mutter machte ihm eine Tasse des heißen, starken Getränks zurecht, mit viel Zucker und fetter Sahne vom Konsum aus der Milchflasche, die sie vom Fenstersims holte. Es war eine Mischung, die in zwei Dutzend Jahren noch nie ihre Wirkung verfehlt hatte. Arthur blieb am offenen Feuer sitzen, während sie das Essen kochte, las bei Kohlgeruch den *Daily Mirror* und sah ab und zu aus dem von Atem und Kälte beschlagenen Fenster auf die langen verwahrlosten Hintergärten, auf Frauen, die mit ihren Einkäufen nach Hause kamen, und auf seine Mutter, die dann und wann durch die Küche rauslief, um Abfall in den Mülleimer zu werfen oder am Gartenende ein paar Minuten mit der alten Mama Bull zu schwatzen.

Es war doch ein gutes und bequemes Leben, wenn man bloß nicht weich wurde: sicher vor der kalten Welt da draußen in einer warmen gemütlichen Küche zu sitzen und die rosa Häuser auf der anderen Straßenseite zu betrachten. Von Zeit zu Zeit war es ganz schön, so 'n bißchen krank zu sein und sich einen Tag frei zu nehmen, beim offenen Feuer zu sitzen und zu lesen und Tee zu trinken und darauf zu warten, daß das Fernsehen loslegte. Er wußte nicht, weshalb er sich so schlecht gefühlt hatte. Gestern abend hatte er mit Brenda im Sportverein getrunken, aber doch nicht so viel konsumiert, um einen verkorksten Magen zu kriegen. Deshalb fragte er sich: hab ich mich denn heute früh wirklich schlecht gefühlt? Aber sein Gewissen war ruhig: die Lohntüte würde das nicht zu spüren bekommen, denn er sorgte dafür, daß er mit seiner Arbeit in der Fabrik dem von ihm erwarteten Wochenquantum immer um eine Tageslänge voraus war. Es bestand also kein Grund, sich Sorgen zu machen. Sein Magen hatte sich gebessert, und er zog seinen weißen, knochigen Fuß von der rotglühenden Hitze des prasselnden Feuers zurück.

Mit einem Seidenschal über dem Windsorknoten seiner Krawatte lief er in Richtung Wollaton und hoffte, Brenda auf dem Weg zum Sportverein zu treffen. Er lehnte lieber an einem Zaun, als daß er sich auf den häßlichen Wegen und Gäßchen herumtrieb. Von dort aus, wo er stand, konnte er sehen, daß der Martinsteich zugefroren war. Gestern abend hatte Brenda nicht gewußt, ob sie kommen würde oder nicht: nur vielleicht, und sie hatte sich in der leisen Zärtlichkeit des Abschiednehmens so unbestimmt ausgedrückt, daß er bis zur Teestunde gar nicht mehr an sie gedacht hatte.

Von der Turmuhr in Wollaton schlug es fünf Uhr. Der Klang zerschnitt die kalte Luft und trieb über den Teich, wo Kinder auf ihrem Heimweg von der Schule tobten und schlitterten und die Enten mit Steinen bewarfen, so daß sie erschrocken aus den Schilfbüscheln aufflatterten und mit klatschenden Flügeln in die Bäume und Schrebergartenhecken einfielen. Er stand am Zaun und sah den Waldrand entlang, eine Hand tief in der Tasche seines langen, weiten Mantels. Wenn er so auf eine Frau wartete, spielte er oft ein Spiel und sagte sich: »Nein, ich glaub nicht, daß sie kommt«, oder »Nein, in diesem Bus wird sie nicht sein«, wenn einer um die Ecke fuhr und bei der Haltestelle die Fahrt verlangsamte. Oder: »Es wird noch 'ne Viertelstunde dauern, bis sie kommt«, und dabei war er immer auf die freudige Überraschung gefaßt, daß sie plötzlich auftauchen und auf ihn zulaufen würde. Manchmal gewann er bei diesem Spiel und manchmal auch nicht.

Mehrere Leute stiegen aus dem Bus, aber Brenda konnte er nicht entdecken. Er versuchte durch die Fenster hineinzublikken, unten und ins Oberdeck, aber die waren von Rauch und Atemdunst beschlagen. Vielleicht wird Jack jetzt aussteigen! Die Möglichkeit belustigte ihn so, daß er beim Gedanken daran laut herauslachte. Vor mehr als einem Monat hatte Brenda mal gefragt: »Was soll ich Jack eigentlich sagen, wenn er mich fragt, warum ich so oft in den Club geh?« Und er hatte aus Jux geantwortet: »Sag ihm doch, daß du in der Wurfpfeil-Mannschaft bist.« Bei ihrem nächsten Zusammentreffen hatte sie dann erzählt: »Ich hab ihm gesagt, daß ich beim Pfeilspiel im Club mitmache, und das schien ihm ganz recht zu sein.« – »Man muß die Männer immer irgendwie beruhigen, wenn sie eifersüchtig werden«, hatte er geantwortet. Aber ein paar Wochen später hatte sie ihm erzählt: »Jack hat gesagt, er würde in diesen Tagen mal in den Club kommen und gucken, ob ich wirklich Wurfpfeil spiele. Dabei hat er noch 'n Witz gemacht und gesagt, er wollte doch zusehen, wie ich den Siegerpokal gewinne.« – »Na, laß ihn doch kommen«, sagte Arthur.

Und jetzt dachte er dasselbe. Sie war nicht im Bus gewesen. Der Motor sprang so hart an, daß die dürren Zweige und Äste sich vor der Stille, die darauf folgte, zu fürchten schienen und Arthur die Kälte auf einmal stärker spürte und nicht mal mehr die spielenden Kinder auf dem Teich hören konnte. Brenda kam dreimal in der Woche in den Club, immer wenn Jack Nachtschicht hatte. Jacky und seine Schwester ließ sie unter der Obhut einer Nachbarstochter zurück, die sich auf diese Weise einen Shilling verdiente und der Brenda eingeschärft hatte, keiner lebenden Seele ein Sterbenswörtchen zu verraten. Arthur hoffte, daß die Wurfpfeilgeschichte noch ein paar Wochen als Ausrede herhalten würde. Er wandte dem Bus, der nach Wollaton fuhr, den Rücken und starrte wieder zu den Kindern hinüber, die in der Dämmerung kreischten und auf dem Eis schlitterten.

Sie stieg aus dem nächsten Bus, blieb am Straßenrand stehen, um einen Wagen vorbeifahren zu lassen, und kam dann über die Straße auf ihn zu. Er wußte, daß sie ihn gesehen hatte, aber er blieb noch im Schatten der Hecke. Sie lief mit kurzen, schnellen Schritten, mit fest geschlossenem Mantel, die Hände in den Taschen, einen Wollschal locker um den Hals geschlungen. Er trat nicht ganz aus dem Schutz der Hecke, und als sie nur noch ein paar Schritte von ihm entfernt war, rief er leise ihren Namen. Er wollte lieber vorsichtig sein. Man konnte nie wissen. Möglicherweise spionierte Jack ihr nach. Nicht daß er für sich selber etwas befürchtete – wenn es zum Krach kam, war er jedem gewachsen, das wußte er: über ein Meter achtzig groß, gerade zweiundzwanzig geworden und mit einem unheimlichen Vorrat an Kraftreserven –, aber wenn man sie erwischte, würde Brenda dafür zahlen müssen. Sei vorsichtig, dann kann nichts schiefgehen, dachte er.

Er kam ihr entgegen, faßte ihren Arm und zog sie in den Schatten. »Hallo, Schatz«, sagte er und küßte sie auf die Wange. »Wie geht's?«

Sie drängte sich an ihn, und er legte die Arme um sie. »Gut, Arthur«, sagte sie so sanft, daß es fast klang, als hätte sie dieselbe Antwort gegeben, auch wenn sie sich nicht wohl gefühlt hätte. Eine weiße Bluse schimmerte unter ihrem Schal, als er seine Hand an ihre warmen Brüste schob. Sie trug den leichten, angenehmen Duft einer Frau, die sich ein bißchen abgehetzt hat und nun zur Ruhe kommt. Sie strahlte Wärme aus und einen leichten, pudrigen Schweißgeruch, der ihn erregte. Sie kann höchstens dreißig sein, dachte er. »Bist du von Jack einigermaßen weggekommen?« fragte er und ließ sie los.

»Natürlich, ich hab ihm gesagt, ich geh wieder in den Club Pfeile werfen.« Ihre Stimme klang noch immer etwas beunruhigt, und darum zog er sie an sich und hielt sie noch fester und zärtlicher umschlungen. Es schien ihm nicht richtig, daß eine Frau sich zu viele Sorgen machte. In diesem Augenblick hätte er sie ihr gern abnehmen mögen; und warum sollte er das nicht können? Er brauchte sie sich nur aufzuladen und weit wegzuwerfen, weil er doch keine Verwendung dafür hatte.

»Was hat er gesagt?«

»Vielleicht würde er später auch hinkommen.« Ihr warmer Atem wehte gegen seinen Mund.

»Das sagt er immer, aber er kommt doch nie. Außerdem hat er Nachtschicht, nicht?«

»Ja.« Selbst wenn sie zehntausend Meilen von ihm weg wäre, würde sie sich nicht sicher fühlen. Das ist nur natürlich, dachte er, schlang beide Arme um sie und küßte sie zärtlich auf den Mund.

»Hab keine Angst, Schatz, der kommt nicht. Bei mir bist du sicher.« Er schlug ihren Mantelkragen hoch und wickelte den Schal ordentlich um ihren Hals; dann zündete er zwei Zigaretten an und steckte ihr eine zwischen die Lippen. Sie gingen den dunklen, stillen, baumbestandenen Weg entlang, der zum Clubhaus führte. Er erzählte ihr, wie lange er schon dagestanden hatte, bevor sie kam, und erklärte im Scherz, es sei ihm vorgekommen, als hätte er am verkehrten Tag auf den Anfang eines Fußballspiels gewartet. Um sie zum Lachen zu bringen, redete er wild drauflos. Auf der anderen

Seite des Weges war ein Gehölz, und nach weiteren Scherzen und Küssen schlüpften sie durch eine Lücke in der Hecke.

Arthur war stolz darauf, daß er das Wäldchen wie seine Westentasche kannte. In der Mitte war ein See, dort hatte er als Junge immer gebadet. Eine Sägemühle an der einen Waldseite lag da wie das Lager eines Angreifers, der sich langsam vorarbeitet. Aber es gab noch immer genug Unterholz und Dickicht, das Arthur an solchen Abenden wie heute gut zustatten kam.

Er wußte, daß er ihr weh tat: als er sie tiefer in den Wald führte, preßte er ihr Handgelenk, aber es kam ihm nicht in den Sinn, seinen Griff zu lockern. Die Bäume und Büsche, die ihn in der Dunkelheit von allen Seiten bedrängten, stimmten ihn melancholisch. Eine Minute lang meinte er, daß er sie so fest beim Handgelenk hielt, weil er es eilig hatte, eine gute, trockene Stelle zu finden; dann aber wurde ihm bewußt, daß er es tat, weil etwas an ihr und der ganzen Situation war, das ihn dazu brachte, ihr weh tun zu wollen, etwas, das mit der Art, wie sie Jack betrog, zusammenhing. Sogar jetzt, da er sie zu einer Stelle führte, an die er sich plötzlich erinnerte und wo er sich nun gleich mit ihr hinlegen würde, kam ihm in den Sinn: Frauen sind doch alle gleich. Wenn sie ihrem Mann so etwas antun, dann würden sie es mit dir genauso machen, wenn du ihnen auch nur die geringste Chance dazu gibst. Er trat auf einen Zweig, dessen Knacken rund um die weidenbestandenen unsichtbaren Ufer des Wassers unten hallte. Brenda schrie leise auf, als Zweige und Blätter ihr ins Gesicht schlugen. Er hatte sich nicht die Mühe gemacht, sie zu warnen.

Der Boden war hart und trocken. Sie gingen über eine Erhebung, auf der keine Sträucher standen, das Dach eines versteckten Tunnels, der tief in die Erde gegraben und mit Grubenholz abgestützt war und der während des Krieges den Arbeitern der Sägemühle als Luftschutzraum gedient hatte. Arthur hielt sie lockerer an der Hand, als er sie hinter sich her zog und war wieder voll zärtlicher Fürsorge; er machte sie aufmerksam, wenn sie einen Strauch oder eine Baumwurzel, die aus der Erde ragte, vermeiden mußte.

Es gab im Wald nicht mehr Pfade als die klargezeichneten Linien auf Arthurs Handfläche. Leicht fand er die trockene und baumbestandene Stelle, die er im Sinn hatte. Er zog seinen Mantel aus und breitete ihn über den Boden. »Hier haben wir's bequem«, sagte er leise.

Jetzt tat Brenda zum erstenmal, seit sie den Wald betreten hatten, den Mund auf. »Wirst du's denn nicht kalt haben?« fragte sie.

Als er sie so besorgt hörte, konnte er das Kommende kaum erwarten. Er lachte laut auf. »Keine Angst! Das ist nichts im Vergleich zu dem, was wir beim Kommiß aushalten mußten. Und damals hatte ich dich nicht zum Warmhalten bei mir, mein Schatz.«

Sie legte die Arme um ihn und ließ es zu, daß er ihren Mantel aufknöpfte. Wieder spürte er den Duft einer Frau, die erregt ist, weil sie weiß, daß sie etwas Unerlaubtes tut, und die sich doch im nächsten Augenblick willig der Umarmung hingeben wird. Er fühlte die harte Brosche aus Kunstperlen an ihrer Bluse, dann die Knöpfe, und dann legten sie sich da hin, wo er seinen Mantel so sorgfältig ausgebreitet hatte. Sie vergaßen den kühlen Boden und die hohen Bäume über ihnen und verloren sich in heißer Leidenschaft in dem wohligen Schweigen des nächtlichen, urzeitlich riechenden Waldes, in einem Wald, in dem niemand ihr Geheimnis entdecken würde und in dem nichts die Lust störte, die ein Mann und eine Frau zwischen sich auflodern lassen, wenn sie zusammen in der Dunkelheit auf einem Mantel liegen.

Als sie wieder auf dem Weg waren, brauchten sie nur noch ein paar hundert Meter zu gehen, um durch einen Tunnel überhängender Zweige, an dessen Ende die Lichter des Paradieses zu leuchten schienen, das Clubhaus zu erreichen. Brenda nahm seinen Arm, und sie lachten, schwatzten und rauchten und waren so glücklich und verliebt, als sei eine schwere Sorgenlast von ihnen genommen.

Aber bei den Tennisplätzen verging Arthurs Fröhlichkeit, und auch Brenda wurde traurig. Es war ihnen, als hätten sie sich ein Glück erzwungen, das doch nicht von Dauer sein konnte. Brenda ging mit leicht gebeugtem Kopf und zuckte jedesmal ein wenig zusammen, wenn sie auf eine gefrorene Pfütze trat. Arthur dachte wieder an Jack, diesmal aber leicht verärgert, weil der Kerl so schwach war, daß seine Frau sich's leisten konnte, mit anderen Männern loszuziehen. Komisch, daß man Schuldgefühle hatte, wenn man schwachen Männern die Frauen wegnahm. Bei starken Männern hatte man viel zuviel Angst dabei, überlegte er.

Wußte Jack etwas? Natürlich. Natürlich nicht. Aber wenn er es bis jetzt nicht weiß, dann wird er es nie erfahren. Er muß es wissen: kein Mann ist so dämlich. Irgend jemand wird es ihm schon erzählt haben. Arthur hatte keinen positiven Grund für die Annahme, daß Jack es wußte, aber er verließ sich auf seinen Instinkt und auf die Schlüsse, die er aus seinen Unterhaltungen mit Jack und aus Brendas Berichten gezogen hatte. Allerdings, sicher konnte man nie sein. Es machte ja auch nichts aus, solange Jack nichts dagegen einzuwenden hatte. Viel könnte er doch nicht daran ändern; er ließe sich nie scheiden. Es würde ihn zu teuer zu stehen kommen – in jeder Hinsicht. Und keine Frau ist es wert, daß man sich ihretwegen scheiden läßt.

Er hatte das Gefühl, daß Jack vielleicht versuchte herauszubekommen, was eigentlich los war, und daß er möglicherweise jetzt im Club saß und auf Brenda wartete. Dieser Gedanke setzte sich in ihm fest, bis er als Warnung über seine Lippen kam: »Hör zu, Schatz, ich geh eben mal vor und seh nach, ob Jack im Club ist. Ich glaub ja nicht, daß er da ist, aber ich will mich lieber vergewissern. Also wart auf mich, dauert nicht lange.«

Sie widersprach ihm nicht, sondern blieb zurück und rauchte die Zigarette, die er ihr angezündet hatte. Er ging die kiesbestreute Auffahrt entlang und durch das Tor. An der untersten Stufe blieb er stehen. Er war groß genug, um in die Fenster spähen zu können, und versuchte nun, bis zur Bar zu sehen. Es war schon recht günstig, daß er alle drinnen sehen konnte und sie ihn hier draußen im Dunkeln nicht entdeckten. Jack saß am hinteren Fenster allein an einem Tisch – und sah doch tatsächlich genau in seine Richtung. Seine Hand umfaßte ein halbgeleertes Bierglas. Arthur beobachtete ihn und fühlte ein jähes tiefes Interesse, so daß er kein Glied rühren konnte. Er sah, wie ein Mann an Jack herantrat, ihm auf die Schulter klopfte, offenbar ein paar nette, kameradschaftliche Worte zu ihm sagte und wieder wegging. Jack zuckte die Achseln, hob zerstreut sein Glas und trank es aus.

Also war der Halunke doch wirklich gekommen! Arthur konnte sich nicht bewegen. Erstaunen und Neugier nagelten ihn auf den harten Boden; seine Augen waren wie ein Fotoapparat, der das Bild langsam ins Gehirn übertrug. Dann erinnerte er sich wieder an Brenda, die unten auf dem Weg auf ihn wartete; er wandte sich ruckartig um und ging weg. Er fühlte sich plötzlich übermütig und glücklich, sein Blut strömte rascher, und seine Schuhe knirschten auf dem Kies, als käme er geradewegs von einer ausgiebigen und gelungenen Party.

Er fand sie, wo er sie verlassen hatte; sie stand wie ein Schatten zwischen den anderen Schatten der Hecke. Er hätte sie glatt übersehen, wenn sie sich nicht bewegt hätte, um sich bemerkbar zu machen. Er war so glücklich, daß er einfach blindlings und ohne Überlegung zur Landstraße zurückgelaufen wäre. Nun schwenkte er herum und bewegte sich in einem Halbkreis auf die Hecke zu, als sei er ein Fahrzeug, das von jemand anderem gelenkt wurde.

»Ich bin fast erfroren«, sagte sie halb verdrießlich, halb reuig, als hätte sie ihn für die Kälte verantwortlich gemacht und es täte ihr jetzt leid. Er sagte ihr, sie solle mit ihm den Weg runtergehen, zurück zur Bushaltestelle. »Warum?« wollte sie wissen.

»Weil Jack im Club ist.«

Sie schien nicht überrascht zu sein. »Hat er dich gesehn?«

»Ach wo.« Sie fragte ihn, was er jetzt tun wolle. »Du fährst nach Hause«, sagte er bestimmt. »Das ist das Vernünftigste. Ich setz dich in den Bus, und dann geh ich in den Club zurück und trinke noch 'n Glas, nur so, um mich dort mal sehn zu lassen.«

»Und was ist, wenn Jack fragt, wo ich heut abend war?«

»Sag, daß du auf eine Stunde bei deiner Schwester warst. Dann hast du Kopfschmerzen bekommen und keine Lust mehr gehabt, in den Club zu gehn.«

Das war einfach und einleuchtend, weil er es sich vorher nicht überlegt hatte. Wenn er zu lange nachdachte, fiel ihm nie so 'ne gute Ausrede ein. Sie war einverstanden, und am Ende des Weges küßten sie sich noch einmal. Vom schnellen Gehen war sie wieder warm geworden. »Tut mir leid, daß es schiefging«, sagte er bei der Bushaltestelle, »aber ich seh dich ja morgen abend, Schatz.«

»Ist schon gut. Wir waren ja zusammen, nicht?«

»Ja«, flüsterte er. »Ich liebe dich, Brenda.«

Der Bus kam, hielt, sauste ab, die dunkle Straße hinunter, und er sah ihm nach, bis das rote Schlußlicht um eine Ecke bog.

Er ging den Weg wieder zurück, allein, und fühlte sich dabei unbeschreiblich frei und erleichtert; er konnte es kaum fassen, daß wirklich er es war, der so empfand. Er hätte zwischen den Baumschatten tanzen mögen. Durch die Lücke zwischen den Ästen, die sich über ihm zu einem Spitzbogen vereinigten, konnte er die Sterne sehen. Er sang und pfiff, und sein Glücksgefühl wies ihm wie eine brennende Kerze den Weg und schützte ihn vor der schwarzeisigen Kälte der Nacht.

Er fühlte sich so beschwingt, daß er nur knapp zehn Minuten brauchte, um zum Club zurückzukommen. Er ging die hölzernen Stufen hinauf, und das kam ihm riskant vor, weil er sich riesengroß vor Optimismus fühlte – und stieß die Tür auf. Er sah sofort, daß Jack noch immer auf seinem Platz saß, nur daß sein Bierglas jetzt leer war und daß er sich nicht die Mühe gemacht hatte, ein neues zu bestellen.

Es waren etwa ein Dutzend Männer im Club, denn die Arbeitswoche ging ihrem Ende entgegen, und das Geld aus der Lohntüte war in dem abgrundtiefen Faß für Bier und Zigaretten verschwunden. Der Wirt und Pächter, in tadellos weißer, von der Firma gestellter Jacke, warf Pfeile. Er war als Mitspieler beliebt, nicht weil er besonders gut gezielt hätte, sondern weil er immer den Spielstand im Kopf behielt – ein Talent, das er in seinem Beruf entwickelt hatte. Arthur hatte auch einmal die Spielergebnisse zusammengerechnet, und da hatte der Wirt gegen Ende des Abends einige Fehler entdeckt, alle zu Arthurs Gunsten. »Na, was ist denn das für 'ne Rechnerei!« hatte er gerufen. »Du kannst ja nicht mal bis drei zählen! Hab mir gleich gedacht, daß es 'n bißchen schnell ging.« – »Das kommt daher, weil ich 'n Dummkopf bin«, grinste Arthur. »Ich hab immer nur beim Toto rechnen können.«

Er ging jetzt ohne Zögern quer durch den Raum und zu Jack an den Tisch. Bevor er seinen Mantel auszog und sich zu einem Bier setzte, klopfte er ihm freundschaftlich auf die Schulter. Die Freude, die ihn auf dem Weg hierher erfüllte, hatte etwas nachgelassen, aber er spürte noch immer eine gewisse angenehme Erregung. »Wie geht's, Jack? Ich hab dich ja 'ne Ewigkeit nicht mehr gesehn – mindestens zwei Wochen.«

Jack sah auf und nickte kurz: »Hallo.« Wenn er sich nur eines Tages mal entschließen könnte, diese Maske ängstlicher Besorgtheit fallen zu lassen, dachte Arthur, dann würde er wirklich gut aussehen. Jack hatte regelmäßige Züge und eigentlich noch ein recht junges, frisches Gesicht. Arthur bemerkte die Hosenklammern fürs Fahrrad, die seinen Overall an den Knöcheln festhielten. »Ich dachte, du hast heute Nachtschicht?« erkundigte er sich in einem brummig-freundlichen Ton.

»Ja, stimmt.« Wie alle Männer, die mit ihren Sorgen beschäftigt sind, beantwortete Jack jede Frage unumwunden und gab sich nie die Mühe, nach einer Ausrede zu suchen. »Ich hab nur gedacht, kommst mal her und trinkst vorher was. Ich kann dann um zehn hingehn. Ich hab jetzt nicht mehr so viel zu tun wie früher in der Dreherei.«

Es war ein schwieriges Unterfangen, den schweigsamen Jack zum Reden zu bringen. »Wie geht's denn Brenda jetzt?« Hat keinen Zweck, nicht nach ihr zu fragen, dachte er bei sich. Sonst riecht er was.

Jack sah ihn an, und dann, als Arthur seinem erstaunten Starren mit treuherzigen grauen Augen und der Andeutung eines nichtsahnenden Lächelns begegnete, wandte er seinen Blick weg zur Theke. »Der geht's gut.«

»Ist ihre Erkältung wieder weg?« Arthur überlegte sich, ob er das lieber nicht hätte sagen sollen, ob er nicht übertrieben hätte.

»Sie ist ja gar nicht erkältet«, sagte Jack eine Spur empfindlich. Er sah den Menschen, mit dem er sprach, fast nie an, sondern immer nur die Bar, andere Tische, die Reihe der Automaten oder die leere Wand.

»Ich dachte, jemand hätte gesagt, sie ist erkältet«, sagte Arthur, und dann bestellte er beim Wirt noch zwei Glas Bier, eins für Jack und eins für sich.

»Danke«, sagte Jack, eine Spur freundlicher. »Ich darf aber nicht zuviel trinken, sonst schlaf ich bei der Arbeit ein.«

Noch vor ein paar Minuten war Arthur mit Jacks Frau im Wald gewesen, und als er ihm jetzt hier gegenübersaß, bestürmten ihn so verschiedene Gefühle, daß er nicht wußte, welches eigentlich stärker war. Es war schwer zu entscheiden, was man als nächstes sagen sollte, wenn einem so vieles durch den Kopf ging. Er fragte Jack, wie es den Kindern ginge, und wieder fürchtete er dabei, zuviel gesagt zu haben.

»Es geht ihnen gut«, antwortete Jack. »Der Große kommt bald in die Schule. Dann hat Brenda weniger Arbeit.«

Das ist gut, dachte Arthur, und ehe er sich's versah, hatte er es auch schon ausgesprochen. Er trank einen großen Schluck Bier.

»Ja, dann wird sie mehr Zeit für sich haben«, stimmte Jack ihm zu.

»Dies Bier ist die reine Pisse«, erklärte Arthur laut, in der Hoffnung, die Pfeilspieler damit zu einer lustigen Kabbelei herauszufordern und die Unterhaltung über Brenda und Jacks Kinder abzubiegen. Es war zum Verrücktwerden: da saß er mit einem Mann, mit dessen Frau er was hatte, und konnte nicht aufhören, über sie zu reden. Aber offenbar ging es Jack auch nicht anders. Sie hatten beide schuld. Ich glaube, er weiß was, dachte er traurig.

Die Pfeilspieler wollten nicht nach dem Köder schnappen, den er ihnen hingeworfen hatte, und so blieb ihm nichts anderes übrig, als sich wieder Jack zuzuwenden und es mit seiner trübseligen Stimmung aufzunehmen. Plötzlich störte ihn das so sehr, daß er beinahe wünschte, er wäre mit Brenda in den Bus gestiegen und auch heimgefahren. Sie sprachen jetzt über Angeln. Arthur sagte, er hoffe auf baldiges Tauwetter, damit er Sonntag morgens sein Rad nehmen und nach Cotgrave oder bis hinter die Trowel-Brücke fahren könne. »Da kann man sich vor Fischen kaum retten«, sagte er, »die beißen an wie hungrige Wilde. Sie können es gar nicht erwarten, an den Haken zu kommen. Stehen kilometerweit Schlange. Ich weiß 'ne Stelle mit so'n paar alten Kalköfen, wo man sich unterstellen kann, wenn's regnet.«

Aber im Gegensatz zu den Fischen biß Jack ebensowenig an wie die Pfeilspieler. Das war schon 'ne Arbeit, den zum Reden zu bringen! Arthur bestellte zwei weitere Biere, aber er mußte feststellen, daß Jack immer schweigsamer wurde, je mehr er trank. »Na, was 'n los, Jack, alter Junge?« rief er lärmend. Er beugte sich zu ihm rüber und klopfte ihm auf die Schulter, wie er es oft bei der Arbeit tat, wenn Jack an seiner Mechanikerbank hockte und die Bohrer der anderen Kumpel nachschliff. »Warum machst du denn 'n Gesicht wie drei Tage Regenwetter? Du siehst aus, als ob dir was über die Leber gelaufen ist.«

Das war anscheinend das richtige Wort am richtigen Platz, denn jetzt lächelte Jack zum erstenmal an diesem Abend, und der gespannte, sorgenvolle Ausdruck wich vorübergehend aus seinem Gesicht. »Ich hab nichts«, sagte er mit freundlicher Stimme. Arthur überlegte, was wohl geschähe, wenn er jetzt plötzlich Jack erzählte, wie die Sache zwischen ihm und Brenda stand. Aus Freundschaft, aus einem kameradschaftlichen Gefühl heraus, hätte er sich beinahe dazu entschlossen. 's ist 'ne Gemeinheit, hielt er sich vor, so was 'nem Kumpel anzutun. Bloß für so 'n bißchen Liebe.

Der sinnende Ausdruck erschien wieder auf Jacks Gesicht, als grüble er minutenlang über ein bedrückendes Problem – welches Problem? überlegte sich Arthur – und als suche er zu erraten, ob jetzt irgendwas passieren würde. Arthur hätte ihm am liebsten die Hand geschüttelt und ihm alles gesagt, ihm gesagt, daß er – Jack – okay sei, 'n ganzer Kerl und schwer in Ordnung, und daß er sich doch nicht wegen so 'ner blöden Geschichte aufregen solle, wegen 'ner Frau, die da zwischen sie gekommen war.

Statt dessen zog er ihn in ein Gespräch über Fußball, und als sie ihr drittes Glas vor sich stehen hatten, war Jack auf einmal groß in Form und erklärte ihm, daß der Club von Nottinghamshire im nächsten Jahr in die Oberliga aufrücken würde. Jeder der Anwesenden gab seinen Senf dazu, und sie phantasierten wild drauflos, wenn die Sachkenntnis nicht ausreichte. Arthur hatte wenig dazu zu sagen und bestellte noch mehr Bier für sich und Jack. Er fand sich sehr anständig und großzügig, weil er Bier für Brendas Mann ausgab. Immerhin, dachte er bei sich, Jack ist doch 'n guter Kerl. Es ist schon ein Pech, daß alles so kommen mußte.

»Boltons Mittelstürmer ist der beste Torschütze, den's gibt, da kann einer sagen, was er will«, rief Jack, der nun richtig in Fahrt gekommen war. Arthur hatte ihn noch nie so lebhaft gesehen.

Der Barmann schüttelte seinen hageren Kopf und rief: »Ich glaub das noch nicht, Jack. Ist doch klar, daß sie's dies Jahr noch nicht schaffen.«

»Nein, glaub ich auch nicht«, stimmte einer der anderen Pfeilspieler zu. »Die können noch zehn Jahre so weiterspielen, und sie werden's doch nicht schaffen, das sag ich dir.«

Sie redeten sich allmählich heiß, nahmen dann und wann einen Schluck Bier und stellten ihre Überlegungen an, jeder voll Hoffnung, daß seine Prophezeiungen sich als richtig erweisen würden.

»Aber ihr müßt doch auch bedenken, daß Hull letzte Woche mit eingestiegen ist«, sagte Jack, der seinen Standpunkt verteidigen wollte, und griff nach dem nächsten Glas Bier, das der Wirt vor ihn hinstellte. Arthur beobachtete ihn und war dankbar, daß gewisse Naturgesetze die Menschen daran hinderten, die Gedanken der anderen lesen zu können. Das war schon prima eingerichtet.

»Macht ja überhaupt keinen Unterschied«, erklärte der Barmann. »Und wenn die ihre Aufstellung noch fünfzigmal ändern.«

»Und was ist mit Worrel und Jackson? Ihr könnt doch nicht behaupten, daß da kein Unterschied ist.«

Arthur hörte ihnen traumverloren zu, gelöst durch das Bier, das er getrunken hatte. Nur noch schwach war die Erinnerung an die kalte Erde des dunklen Waldes in ihm, auf der er vor Stunden mit Brenda gelegen hatte. Dies Gerede über Fußball hatte er schon oft genug gehört.

Er dachte nach und spielte dabei mit seinem Bierglas. Er hatte beschlossen, daß dies sein letztes Bier sein müsse, wenn er nicht mit einer richtigen Besäufnis loslegen und auf dem Heimweg in eine Hecke fallen wollte. Jack hat eben Pech, dachte er. Entweder man war der Gelackmeierte oder nicht. Und er mußte jetzt eben die Gelegenheit wahrnehmen und das Eisen schmieden, solange es heiß war. Brenda war schon 'ne großartige Frau, und er würde nicht eher Schluß machen, bis die Geschichte mal zum Krachen käme. Einmal würde es ja doch soweit sein, daran zweifelte er nicht.

Er fühlte sich jetzt viel wohler, weil Jack seinen Kummer vergessen hatte und über Fußball debattierte. Das Leben zeigte sich ihm mal wieder von seiner rosigen Seite. Er zog den Mantel an und sagte erst den anderen und dann Jack gute Nacht. Aber Jack hatte ihn ganz vergessen und ging so völlig in einer hitzigen und interessanten Debatte auf, daß er Arthurs Weggehen kaum bemerkte.

Die Luft traf Arthur beißend kalt, als er draußen auf den Stufen stand und sich den Mantel zuknöpfte. Es war inzwischen noch kälter geworden – das richtige Wetter, um ein paar Glas Bier gut zu verdauen. Doch bald würde das Tor des neuen Jahres sich weit öffnen, und dann käme die schöne Zeit, in der er mit Brenda lange Spaziergänge zum Strelley-Wald und den Feldern von Cossal machen und heimlich lange Abende in der warmen Frühlingsluft mit ihr verbringen würde.

Die Stufen des Clubhauses knarrten, als er sie hinabstieg. Als er zurückblickte, sah er, daß die da drin sich immer noch gewaltig in den Haaren lagen, über die Tische hinweg gestikulierten, lachten und tranken. Ihre Stimmen drangen heraus über den Rasen und die Tennisplätze und wurden dort von der bitteren Kälte abgewürgt.

Er verließ den Bereich der Lichter und konnte sich ein wieherndes Lachen nicht verkneifen. Der Widerhall ertönte ringsum, schien kurze Zeit auf dem geteerten Dach des Clubhauses zu verhalten und dann über die andere Seite des schrägen Daches hinabzugleiten. Morgen abend würde er Brenda sehen. Er zündete sich eine Zigarette an und pfiff sich ein Lied. Die Aussicht auf morgen erfüllte ihn mit Wohlbehagen.

In Gedanken versunken, kam er zu nahe an den Wegrand und stolperte über eine Baumwurzel. Mit ein paar wilden Flüchen richtete er sich wieder auf. Dann lachte er und ging weiter.

4

Robboe kam mit den Lohntüten herein. Von Drehbank zu Drehbank, von Maschine zu Maschine schritt er mit den Hunderten von kleinen braunen Umschlägen, die einer hinter dem anderen in einer langen, schmalen Schachtel lagen. Es herrschte freundliche Stimmung: Robboe lächelte und machte ein paar trockene Witze, war auf einmal nicht mehr der strenge, tüchtige Mechaniker, der durch die Gänge kam und mit dem Mikrometer in seiner tiefen, weiten Tasche spielte. Das Dröhnen der Treibriemen und Transportbänder wurde leiser, als fühlten sie, daß jetzt die stille Untätigkeit des Wochenendes nahte. Es kam Arthur vor, als könne er trotz des immer noch herrschenden Lärms die Verkehrsgeräusche auf der Eddison Road und die Lastwagen hören, die aus dem nahegelegenen Packhof rollten.

Er drückte auf einen Knopf und stellte seinen Motor ab. Mit großen schwieligen Händen fegte er die Stahlspäne vom Brett und schob sie mit dem Fuß in die Holzkiste, die für die Karre bereitstand, welche sie abholen und draußen auf dem Gang abstellen sollte. Dann begann er die Maschine zu reinigen: er rieb die Metallteile mit gewohnter Kommißgründlichkeit, bis sie glänzten, schnippte überall noch ein paar Späne weg, die sich in den Ritzen verkrochen hatten, und zog einen sauberen Baumwollappen zwischen Bohrern und

Schneidmeißeln durch. Er rieb an der Ölpumpe, bis sie in einem schönen, fleckenlosen Grau erstrahlte, und polierte die Spindel und die Handgriffe. Sein langer Körper bog und wendete sich, er arbeitete gemächlich, aber er pfiff dabei eine flotte Melodie, dachte an die Welt draußen, an die Mittagssonne und überlegte, ob wohl noch etwas davon übrig wäre, wenn er um halb sechs Schluß machte. Von seinem Platz aus war es schwer zu sagen: die kleinen Fenster hoch oben in der Wand waren zu schwarz, um viel Tageslicht hereinzulassen.

»Bitte«, sagte Robboe, der plötzlich neben ihm stand. »Falls du 'ne Minute Zeit für mich hast, möchte ich dir deine Lohntüte geben.«

Arthur richtete sich auf, wischte die Hände an einem Putzlappen ab und lächelte spöttisch. »Da werd ich nicht nein sagen, Mister Robboe.«

»Na, da wärst du auch der erste«, lachte der.

»Wieviel diese Woche?« Wie alle Akkordarbeiter kannte er genau die Anzahl der Pfundnoten, die in seiner Lohntüte steckten.

»Vierzehn«, sagte Robboe mit gedämpfter Stimme. »Das ist mehr, als die Mechaniker bekommen. Ich krieg noch mal Schwierigkeiten, weil ich dich so viel verdienen lasse. Wenn du nicht aufpaßt, werden die oben dir den Lohn drücken.«

Das war eine leise Warnung. Arthur ging unwillkürlich dagegen an. »Ich wüßte nicht, warum die das machen sollten«, erwiderte er brummig.

Aber Robboe ließ sich nicht beirren. »Als ich hier anfing, bin ich am Freitagabend mit sieben Shilling zwei Pennies in der Tasche nach Hause gegangen. Und jetzt sieh dir das an. Vierzehn Pfund. Das ist ein Vermögen.«

»Das glauben Sie doch selber nicht. Damals konnten Sie auch für zwei Pennies ein Päckchen Zigaretten und für drei 'nen halben Liter Bier bekommen. Und jetzt sehense mal, was diese Gauner mit uns anstellen.« Er hielt seine Lohntüte hoch und las: »Lohnsteuer zwei Pfund achtzehn Shilling und

Sixpence. Das ist doch nicht in Ordnung. Von dem Geld, das ich verdient hab! Na, ich weiß, was ich mit den Burschen am liebsten täte.«

»Da kannst du der Firma keinen Vorwurf machen«, erklärte Robboe. Jetzt, da er mit der Arbeit fertig war, zündete er sich eine Zigarette an. »Du solltest nicht so geldgierig sein.«

»Geldgierig! Scheiße. Ich hab meinen Lohn verdient, jeden Penny davon. Das könnense nicht leugnen.«

Robboe hatte einen angeborenen Respekt vor Schwerarbeit. »Das will ich ja gar nicht. Du sollst nur den Mund halten. Ist ja nicht nötig, daß jeder weiß, was du nach Hause trägst. Die würden mir doch nur alle an die Kehle springen und Lohnerhöhung fordern. Und dann könnte ich einpacken hier, das kannst du glauben.«

Er ging weiter, und Arthur schob die Lohntüte in die Tasche seines Overalls. Der Waffenstillstand war vorüber, der Späher des Feindes nicht länger in Sicht. Denn das war Robboe in Arthurs Augen: ein Spion; und er hatte diese Einstellung von seinem Vater übernommen. Obgleich jetzt kein Anlaß für einen offenen Krieg vorlag wie in den früheren schlechten Zeiten, hielt dieser Zustand immer noch aus verborgenen Gründen an, die man nicht recht verstehen, aber doch fühlen konnte. Der Freitagnachmittag war der Zeitpunkt, zu dem die verschiedenen Parteien sich unter der weißen Flagge trafen und bei dem die Lohntüten gewissermaßen die Rolle des Vermittlers spielten: den Männern, die in der Fabrik arbeiteten, wurde der Beweis ihres Wertes ausgehändigt, und dieser war erheblich angestiegen, seit die oben erwähnten Katz-und-Maus-Ideen nicht ohne Grund entstanden waren und Wurzel gefaßt hatten.

Als um halb sechs das Licht aufblinkte, schloß Arthur sich den Tausenden an, die durch die Fabriktore hinausströmten. Die Sonne war blaß und schwach und konnte die frostige Aprilluft kaum erhellen. Gedankenlos ging er die Straße hinab und traf an der Ecke mit seinem Vater zusammen. Und da war auch Mrs. Bull mit ihrem runden, vollen Gesicht, der plattgedrückten Nase, den breiten, dünnen Lippen und dem kurzen Grauhaar. Wie ein grimmiger Wasserspeier war sie, ein vertrautes Zubehör dieser Ecke für jeden, der hier vorüberkam. Sie wohnte in einem der oberen Häuser, die näher an der Fabrik lagen, und sie wartete hier auf ihren Mann, der als Maurer arbeitete, um ihm, wie Arthur dachte, sofort die Lohntüte aus der Hand zu reißen. Gleichzeitig jedoch beobachtete sie die Schicht, die aus der Fabrik kam – ein Schauspiel, das für sie nie an Interesse verlor.

Arthur und sein Vater gingen durch die Küche ins Wohnzimmer, an dessen Decke eine Hundert-Watt-Birne brannte. Fünf Menschen saßen in dem kleinen Raum. Margaret rückte ihren Stuhl vom Kamin ab, als Arthur seinen Rock aufhängte, bevor er am Tisch Platz nahm. William, ein fünfjähriger Knirps in Gamaschenhöschen und Strickmütze, lehnte an ihren Knien. »Hallo, Onkel Arthur! Hallo, Opa!« schrie er, als die beiden hereinkamen. Die Mutter tischte ihnen ein besonderes Zahltagsgericht auf: Bohnen mit Speck.

»Na, du willst dich wohl beliebt machen, Vera«, meinte Seaton aufgeräumt. »Du weißt auch, daß heute Zahltag ist.«

»So 'ne Unverschämtheit!« schimpfte sie lachend. »Wo ich mich jeden Abend für euch anstrenge. Ich weiß doch, daß du verrückt spielst, wenn du nicht 'ne Tasse guten Tee vorgesetzt kriegst.« Die beiden rührten nie einen Bissen an, bevor sie nicht mit ihren ungewaschenen Händen eine Tasse Tee zum Mund geführt und ausgetrunken hatten.

»Na, Alte, stell dich nicht so an«, rief Seaton dröhnend, beugte sich über seinen Teller und schaufelte die Bohnen emsig mit der Gabel auf. Sie stand am Kamin und sah zu, wie sie aßen. Nach kurzem Überlegen trat sie wieder an den Tisch, schnitt ihnen zwei dicke Scheiben Brot ab und sagte: »Da, damit ihr auch satt werdet.«

Margaret, eine vollbusige junge Frau von neunundzwanzig Jahren, saß nachdenklich am Kamin. William zappelte auf ihren Knien, versuchte ein Liedchen zu singen, hörte auf, um an der Bedeutung von Arthurs lautstarken Behauptungen herumzurätseln, und fiel dann, da er sie unverständlich fand, wieder in seinen Singsang zurück. Von Zeit zu Zeit schaute er unter den Tisch, um festzustellen, ob Arthur oder sein Großvater auch nicht versehentlich auf seinen rotbemalten Spielzeugwagen traten. Nun nahm Arthur ihn von Margarets Schoß, hob ihn hoch und setzte ihn auf seine Knie.

»So, du kleiner Lauser, jetzt werd ich dir mal 'ne Geschichte erzählen.« Seine derbe Stimme nahm einen feierlichen Ton an. »Es war einmal – sitz still oder ich erzähl nicht weiter. Und nimm deine Finger aus meinem Tee. – Es war einmal ein böser Mann, der wohnte in einem dunklen Wald in einem riesengroßen Schloß. Da drin tropfte das Wasser von den Wänden, Spinnweben so dick wie Gänsefedern hingen in allen Ecken, die Fenster knarrten, und überall gab es Falltüren, die die Leute einfach verschluckten, wenn sie 'ne unvorsichtige Bewegung machten . . .«

»Hör auf, Arthur«, unterbrach ihn Margaret, »der arme kleine Kerl muß sich ja zu Tode fürchten!«

»Ach was, der findet das schön. Nicht wahr, Billie?« William sah ihn gespannt an und wollte weiterhören. »Also, dieser Mann hieß Boris Karloff. Er war ein verrückter Doktor und hatte tausend blutrünstige Fledermäuse, die den Menschen, wenn sie durch die pechdunklen Wälder und über die sumpfigen Felder wanderten, jede Nacht die Kehle aufbissen. Denn, weißt du, dieser Doktor, dieser Boris, ließ seine Fledermäuse jede Nacht raus, und von den Mauern seines Schlosses aus konnte er die Leute schreien hören, wenn diese Vampire über sie herfielen. Dann stand er auf einem Turm, lachte und zückte seine Krallen, während er zum Abendbrot ein paar Kinder fraß.« Arthur stieß ein paar unheimliche Kehllaute aus. »Eines Nachts saß er nun in seinem Laboratorium inmitten all seiner Glasflaschen mit getrockneten

Menschenköpfen darin, als plötzlich ...« William sah ihn mit aufgerissenen Augen an, seine Finger spreizten und verkrampften sich unwillkürlich, sein Gesicht war rund und blaß, und seine Lippen taten sich im Laufe der Geschichte immer weiter auf.

»Ja, und denk dir ...«, damit erreichte Arthur mit einem Ruck den Höhepunkt seiner Erzählung, und alle anderen im Raum, die ihre Unterhaltung unterbrochen hatten, um ihm zuzuhören, zuckten zusammen, »... denk dir, es war der Teufel, der ihn besuchen kam. Die beiden standen nämlich sehr gut miteinander, und nachdem sie sich eine Weile über Mode unterhalten hatten und über die beste Art, wie man Leichen, je hundert Stück zu sechs Shilling, loswerden könnte ...«

Als Margaret den Satz über den Teufel hörte, schrak sie aus ihrer Versunkenheit auf. »Er wird noch denken, du sprichst von seinem Vater«, sagte sie mit tränenerstickter Stimme. Dann hob sie William, der erleichtert zu ihr aufsah, hoch und setzte ihn wieder auf ihren Schoß. »Du erschreckst ihn ja zu Tode, was, Billie?«

»Hat er dich wieder geschlagen?« fragte Arthur.

Die Frage löste eine drückende Spannung aus.

»Das tut er doch immer«, erwiderte seine Mutter mit haßerfülltem, anklagendem Ton. »Sie schläft heute nacht hier, um endlich mal Ruhe zu haben vor diesem besoffenen Schwein.«

»Dem lang ich noch mal eine«, versprach Arthur. Ja, dachte er, das ist Pech für 'ne Frau, wenn sie einen heiratet, der zuviel trinkt und nachher um sich haut. Aber eines Tages wird's ihn schon erwischen. Dann kommt er im Kohlenschacht um – hoffen wir's wenigstens. Er nahm die neue Lohntüte aus seiner Tasche und reichte seiner Mutter drei Pfundnoten. »Da, Mam, mein Kostgeld.«

»Danke schön, Arthur, bist'n guter Junge.«

William beobachtete mit glänzenden Augen, wie die

Pfundnoten von einer Hand in die andere übergingen. Er wußte schon, was sie bedeuteten: Bonbons, Busfahrten, Kekse, endlose Karussellfahrten auf dem Jahrmarkt – da hingen sie einfach zwischen Arthurs Fingern und verschwanden dann in der Hand seiner Großmutter. Sein Mund tat sich auf vor diesen unschätzbaren Werten, vor dieser Freitagabend-Transaktion unter seinen Augen, bei der schwindelerregende Summen in all ihrem Glanz über den Tisch wanderten.

Arthur bemerkte seine Aufregung: »Seht euch den kleinen Lauser an«, rief er. »Der macht ja in die Hosen, wenn er Geld sieht. Du solltest lieber deine Haarklammern verstekken, Margaret, sonst fängt er noch an, die Gaszähler aufzubrechen, um die Shillinge rauszuklauben.«

»Das macht er höchstens, wenn du ihm solche Ideen in den Kopf setzt«, gab sie zurück. »Blöder Hammel!«

Arthur zog eine Fünf-Pfund-Note aus seiner Lohntüte. William stand am Tisch. Er reichte gerade mit seiner Nase bis zum Tischrand und hielt sich mit seinen kleinen Händen an der Decke fest. Arthur schwenkte den Geldschein vor ihm hin und her: »Da, Bill, lauf zu Taylor und hol dir 'n paar Bonbons.«

William zitterte. Er sah die undeutlichen Umrisse eines riesigen bunten Bonbon-Bergs vor sich aufsteigen, den wahnwitzigen und doch entsprechenden Gegenwert für ein Stück zerknittertes schwarz-weißes Papier, genau so ein Stück Papier wie das, mit dem seine Mutter heute morgen die letzte Rate für ihre Waschmaschine bezahlt hatte. Seine Augen wanderten zu den aufmerksamen Gesichtern ringsum und kehrten dann langsam zurück zu Arthurs Hand, die wie ein Pendel den Geldschein vor ihm schwenkte. Er griff danach und verfehlte ihn. Während die andern über diesen mißglückten Versuch lachten und Arthur den Schein langsam weiterbewegte, lauerte der Kleine auf den besten Moment.

Wie ein Kolben stieß sein Arm in die Höhe und gleich darauf wieder herunter. Er hatte den Schein erwischt. In fieberhafter Eile riß er den Riegel an der Hintertür zurück, und eine Sekunde später, noch bevor jemand ihn aufhalten konnte, jagte er mit der Fünf-Pfund-Note die Straße entlang.

»Das geschieht dir recht!« rief die Mutter, die sich vor Schreck an die Brust gefaßt hatte, Arthur zu.

Arthur lief zur Tür, um den Schaden, den sein Leichtsinn ihm eingebracht hatte, wiedergutzumachen. Mit wenigen Schritten seiner langen Beine war er hinter William, der ein paar Meter vor ihm hastig durch die Dämmerung wackelte, etwas unsicher in seinen Gamaschenhöschen.

»Bill!« rief Arthur. »Komm zurück, du Schlingel!«

Das Haus hinter ihm dröhnte vor Gelächter.

»Komm zurück und gib mir den Fünfer wieder, ich geb dir dafür 'n Sixpence-Stück.«

An der Ecke bog William ab und lief, die Finger fest um den Geldschein gekrampft, auf den Laden zu. Die Eisen seiner Schuhe klapperten auf dem Pflaster, und er keuchte wie eine Zugmaschine.

Arthur packte ihn, hob ihn hoch und küßte ihn auf beide Wangen, während er ihm den Geldschein aus den schlaff gewordenen Fingerchen zog. »Da haste einfach so mit meinem Fünfer abhauen wollen, du kleiner Bandit? Mit meinem sauer verdienten Geld? Bonbons für fünf Pfund? Allmächtiger Gott! Du hättest dir schön den Magen verdorben, das kann ich dir sagen!«

William hatte in seinem kleinen Hirn die ganze Zeit über gewußt, daß es nur ein Spiel war, daß man nicht eine Fünf-Pfund-Note schnappen und hoffen konnte, damit sein Ziel zu erreichen und sich einen ganzen Berg Bonbons dafür zu kaufen. Deshalb weinte er auch nicht, sondern schlang die Arme um Arthurs Hals, voller Bewunderung und Liebe für seinen reichen Onkel, der in der riesengroßen Welt der Arbeit lebte und Fünf-Pfund-Scheine durch den Wirrwarr der Freitagabend-Küche schwenken konnte. Arthur trug ihn zum Laden und bahnte sich einen Weg durch die Kinderschar, die in ihrer Aufregung, Geld ausgeben zu dürfen, vor der Tür lärmte und schrie.

»Na, woll'n mal sehen, ob sie bei Taylor 'n paar Bonbons für dich haben, ja? Aber du bist ja schwer wie 'n Bleigewicht, Billie. Womit füttert deine Mutter dich eigentlich? Mit Kanonenkugeln? Du wiegst ja 'ne ganze Tonne, bestimmt. Und mit den Bonbons im Bauch wirste auch nicht leichter werden.«

Die Ladenglocke bimmelte, und er betrat mit dem kleinen dicken William auf dem Arm das Geschäft. Ein paar Frauen bezahlten gerade ihre Wochenrechnung. Fernsehn haben sie alle, dachte Arthur, aber ihre Fressalien holense noch immer auf Pump. William schaute auf die großen Glasbüchsen. Seine blauen Augen wanderten langsam hin und her, und seine Stupsnase sog die köstlichen Pfefferminz- und Schinkendüfte ein, die ihm von der Theke entgegenströmten.

»Was kaufst du mir, Onkel Arthur?«

»Wenn du 'n braver Junge bist, kauf ich dir für drei Pennies Karamelbonbons«, erwiderte Arthur und setzte ihn zu Boden. Die Fünf-Pfund-Note wanderte zurück in seine Hosentasche. Dann holte er eine Handvoll Kleingeld hervor und klaubte die erforderlichen Pennies heraus. William preßte die Tüte mit den Karamelbonbons fest an die Brust und ließ das Sixpence-Stück in seiner Tasche verschwinden. Arthur hob ihn auf die Schulter und trug ihn nach Hause.

Geräuschvoll wusch sich Arthur in der Küche und überschwemmte Brust und Gesicht mit ganzen Wogen warmem Seifenwasser. Dann tappte er halbblind zum Feuer, um sich zu trocknen. Oben im Schlafzimmer warf er den schmierigen Overall beiseite und wählte einen Anzug aus der Reihe von Bügeln, die da unter braunen Papierhüllen hingen, die den Stoff gegen Staub schützen sollten. Ein paar Minuten stand er in der Kälte, griff in die Taschen, wendete die Aufschläge um und freute sich an diesem Besitz, der hier an der Eisenstange vor ihm hing und gut seine hundert Pfund repräsentierte. Das war sein Reichtum, und er sagte sich wieder einmal, daß für Anzüge ausgegebenes Geld doch eine gute Anlage war, weil er sich in diesen Sachen wohl fühlte und auch wußte, daß er gut darin aussah. Von einer anderen Bügelreihe am Fenster nahm er ein Hemd, zog es über die schmuddelige Unterwäsche und knöpfte es zu. Dabei spitzte er die Lippen zu einem Pfiff, der die Stille des Raumes schrill durchschnitt.

Ein leiser Nieselregen ging nieder, als er zur Bushaltestelle eilte, frischrasiert und elegant. Sein an den Seiten kurzgeschnittenes und im Nacken unmilitärisch langes blondes Haar strömte einen feinen Duft nach Frisiercreme aus. Unter dem Mantel kamen die Beine der enggeschnittenen Hose hervor und fielen mit scharfen Bügelfalten auf die blankgeputzten schwarzen Schuhe mit den eckigen Kappen. Seine hohe Gestalt war ein wenig vornüber geneigt – die Folge der vielen Stunden, die er Tag um Tag gebückt über der Drehbank zubrachte –, doch jede Erinnerung an die Arbeit war aus seinem Kopf geschwunden, als er jetzt mit raschen Schritten die breite Straße überquerte, um sich in die Schlange der Wartenden an der Haltestelle einzureihen.

Er nahm auf dem Oberdeck Platz und rauchte eine Zigarette. Der Trolleybus setzte sich in Bewegung, und Arthur reichte dem Schaffner das Geld für die Fahrkarte. Von einem nahen Sitz kam der Qualm von brennendem Pfeifentabak, den er mit geräuschvollem Pusten von sich trieb. Pfeifenrauchen sollte verboten sein, dachte er. Diese Leute belästigen nur sich und andere damit. Doch andererseits, wenn man was mit einer Frau anfing, deren Mann Pfeife rauchte, konnte man sicher sein, daß alles gut gehen würde, denn pfeifenrauchende Ehemänner waren die langweiligsten auf der Welt und daher am leichtesten zu betrügen. So wie damals vor fünf Jahren der Mann von Joyce. Sie paffen nur den ganzen Tag vor sich hin wie ein Baby, das an seinem Schnuller nukkelt, und haben nichts anderes im Sinn. Sie sind zu egoistisch, um sich viel mit ihren Frauen abzugeben, und da ist dann der richtige Ansatzpunkt für Kerle wie mich.

Er kam zehn Minuten zu früh und war schon darauf gefaßt, noch lange auf Brenda warten zu müssen, aber sie stand bereits im Schatten der Kneipe. Sie hatten sich seit vier Tagen nicht gesehen, und für beide waren unterdessen zahllose Stunden langsam verstrichen. Hinter den erleuchteten Fenstern der Wirtschaft hörte man das Poltern umfallender Kegel. Ich weiß nie vorher, in welcher Stimmung sie sein wird, überlegte er, und ich weiß auch nicht, wie ich selbst gelaunt bin, wenn ich erst mal raus habe, ob sie verdrießlich ist oder lustig. Er nahm ihre Hand, aber sie zog sie weg und sagte mürrisch: »Wir wollen nicht lange hier rumstehen. Gehn wir irgendwohin.«

Was hat sie denn? fragte er sich verwundert.

Langsam gingen sie den Ropewalk entlang und kamen in einen ruhigen, nur schwach beleuchteten Bezirk, in dem sich mehrere Krankenhäuser und Arztwohnungen befanden. Von den Bäumen und Büschen wehte ein Duft herüber, und hinter einer niedrigen Mauer sahen sie, wie in einem Tal der Finsternis, die im letzten Jahrhundert von Spitzenfabrikanten erbauten Villen mit ihren schwarzen Fenstern. Dahinter blinkten die bunten Lichter der Packhöfe.

Noch bevor Brenda den Mund auftat, wußte Arthur, daß sie Sorgen hatte. Irgend etwas stimmt nicht, sagte er sich. Er spürte die quälenden Gedanken wie eine greifbare feste Schicht, die auf ihr lagerte.

»Warum sagst du mir nicht, was los ist?« Er hielt sie an, sah die hellblaue Bluse unter dem Mantel und begann ihn zuzuknöpfen: ein großer brauner Knopf, zwei, drei, vier. »Und jetzt schlag deinen Kragen hoch«, befahl er.

»Mach doch nicht so viel Umstände«, sagte sie.

Er legte die Arme um sie und küßte sie. »Du bist 'n feiner Kerl, Brenda«, sagte er. »Ich hab dich schrecklich gern.« Gerade weil sie aus einem unerfindlichen Grund Angst zu haben schien, sah sie besonders hübsch aus. Jetzt entspannten sich ihre Gesichtsmuskeln, und der Schimmer ihrer sanften

Züge wurde umrahmt und noch besonders hervorgehoben durch eine Aureole des Schweigens. Im Hintergrund vernahm man den Lärm der Stadt. »Nun sag mir doch, was los ist, Schatz.«

Ihr Gesicht wurde wieder hart. Sie wandte sich ab. »Dieselbe alte Geschichte«, stieß sie hervor.

Er verstand nicht. Sie sagte ihm nie gerade heraus, was in ihr vorging; es war, als fürchte sie, ein direktes Wort könne eine Wunde aufreißen. Vielleicht hoffte sie, durch dies Ausweichen irgendwelche verhängnisvollen Mächte zu beschwichtigen, die ein Unglück bestätigen oder gar noch verschlimmern konnten.

»Was für 'ne alte Geschichte?« fragte er. »Wir haben in der letzten Zeit von vielen alten Geschichten geredet.«

»Na schön«, sagte sie, »wenn du's unbedingt wissen willst: ich bin schwanger. Diesmal ganz bestimmt.«

Na und? hätte er am liebsten geantwortet. Was macht das? Du bist doch verheiratet. Warum regst du dich so auf? Wenn du 'n junges Mädchen wärst, dann läge die Sache anders.

»Und du bist schuld dran«, sagte sie bitter. »Du willst dich nie vorsehen. Du kümmerst dich überhaupt nicht drum. Ich hab immer gesagt, daß es mal soweit kommt.«

»Natürlich bin ich schuld«, sagte er voll ärgerlicher Ironie. »Ich bin immer an allem schuld, das weiß ich.« Ein großartiger Freitagabend war das! Irgendwas kam ihm dauernd in die Quere. »Du bist aber noch gar nicht dicker geworden«, sagte er nur.

»Du bist ja verrückt«, gab sie zurück. »Das dauert doch noch ewig.«

»Woher weißt du's denn dann?« Es gab ja immer noch eine Chance, daß sie sich irrte, daß sie nicht recht wußte, was sie da redete. Man darf die Hoffnung nie aufgeben, sagte er sich, selbst dann nicht, wenn du schon im Höllenfeuer sitzt und Flammen dir den Bauch versengen.

»Du glaubst mir wohl nie was, nein, Arthur?« rief sie empört. »Wahrscheinlich mußt du das Kind erst mit eigenen Augen sehn, bevor du mir glaubst!« Sie blieben an der Mauer stehen. Es regnete nicht mehr, und sie schauten auf die fernen Lichter.

»Aber woher weißt du's denn?« drängte er.

»Weil ich schon zwölf Tage drüber bin. Das ist 'n todsicheres Zeichen.«

»Nichts ist todsicher«, widersprach er.

»Aber das schon.«

Er wußte, daß sie recht hatte. Wäre es nicht so sicher gewesen, dann hätte sie vielleicht geheult und sich noch verzweifelte Hoffnungen gemacht. Er konnte ihrer Stimme anhören, daß sie sich in ihr Schicksal ergeben hatte. Während der letzten Tage war jede Hoffnung geschwunden; sie war fatalistisch geworden.

»Na schön«, begann er, »und was sollen wir jetzt machen?« Sie will, daß ich mich schuldig fühle, aber das kann ich einfach nicht. Es ist höhere Gewalt, so wie ein Grubenunglück. Ja, wahrscheinlich hätte ich mich vorsehn sollen, aber wozu treibt man's denn mit 'ner verheirateten Frau, wenn man auch noch so 'n Dings benutzen soll? Damit verdirbt man sich doch den ganzen Spaß. Dann kam ihm ein anderer Gedanke. Brutal und herausfordernd sprach er ihn aus. »Woher willst du denn wissen, daß es von mir ist?«

Sie zog ihren Arm weg und stieß ihn von sich. »Woher? Willst du vielleicht die Verantwortung nicht übernehmen? Willst du dich jetzt drücken?«

»Was für 'ne Verantwortung? Das ist doch Unsinn! Ich hab ja nur gefragt, ob es wirklich von mir ist. Das ist doch nicht unbedingt gesagt, oder?«

»Doch«, entgegnete sie, »es ist ganz bestimmt von dir. Mit Jack hab ich schon seit 'n paar Monaten nichts mehr gehabt.«

Na, wenn das stimmt, dachte er. Aber wie sollte er es wissen? »Und was sollen wir jetzt machen?«

»Kriegen will ich das Kind nicht, das kann ich dir sagen.«

»Haste denn schon was versucht? Irgendwas eingenommen, meine ich.«

»Ja, Pillen, aber die haben nichts genützt. Fünfunddreißig Shilling hab ich dafür gezahlt. Ich hatte gar nicht so viel, aber ich hab mir's von Em'ler, einer früheren Kollegin, geborgt. Weggeworfenes Geld.«

Er zog zwei zerknitterte Pfundnoten aus der Tasche und wollte sie ihr in die Hand drücken. Sie wies sie zurück. »So hab ich das nicht gemeint, und das weißt du auch.«

Doch er steckte ihr die Scheine in die Manteltasche. »Natürlich weiß ich das, aber du kannst das Geld trotzdem nehmen.« Er fluchte laut. Einerseits wollte er sie damit glauben machen, daß er mit ihr litt, andererseits versuchte er, sich selber in eine niedergeschlagene Stimmung zu zwingen. Aber es war Freitagabend, und diese Tatsache allein erfüllte ihn mit einer solchen Zufriedenheit, daß es schon einer größeren Tragödie oder einer ganzen Tonne Dynamit bedurft hätte, um ihn zu erschüttern.

»Fluchen hat keinen Zweck«, erklärte sie. »Denk dir lieber was aus.«

»Und du willst's wirklich nicht kriegen?« fragte er hoffnungsvoll.

Ihr bitteres Lachen schallte durch die leere Straße und sprang über die dunklen Häuser. »Du solltest dich mal auf deinen Geisteszustand untersuchen lassen«, gab sie zurück.

»Möglich«, meinte er. »Ich hab schon 'n paarmal dran gedacht, zum Doktor zu gehn, aber ich steh nicht gern Schlange.«

»Vielleicht würde 's dir auch noch Spaß machen, 'n eigenes Kind zu haben, ja?« fragte sie höhnisch. »Dann würdest du dir wohl ganz großartig vorkommen, was? Aber keine Angst. Nicht mit mir. Wenn du Kinder haben willst, such dir 'ne andere. Ich hab schon zwei.«

»Eben, dann kommt's doch auf eins mehr auch nicht an«,

redete er ihr zu. »Hab ich nicht recht, Schatz?« Er nahm ihren Arm und drückte ihn an sich. Ein plötzlich aufkommender Wind wehte eine leere Zigarettenpackung vor ihre Füße, und sie stieß sie zurück in den Rinnstein.

»Du hast 'n Vogel«, erklärte sie. »Was denkst du eigentlich, was Kinderkriegen ist? Für neun Monate bist du wie vergiftet. Die Brüste schwellen an, und auf einmal wird man dick. Und dann mußt du eines Tages schreien vor Schmerzen, und das Kind ist da. Aber das läßt sich alles noch ertragen, das ist nicht so schlimm. Nur daß man hinterher fünfzehn Jahre lang jeden Tag und jede Minute auf das Gör aufpassen und es versorgen muß. Du solltest das nur mal versuchen.«

»Kommt nicht in Frage«, sagte er düster. »Jedenfalls nicht, wenn's so ist, wie du sagst!«

»Hattest du was andres erwartet?«

Sie gingen weiter auf die große Fensterfront des Allgemeinen Krankenhauses zu. »Ich werd zu 'ner Tante von mir gehn«, sagte er. »Die weiß sicher, wie man's loswird. Sie hat vierzehn eigene Kinder zur Welt gebracht und bestimmt ebenso viele nicht.«

»Hoffentlich weiß sie was; denn wenn ich das nicht loswerde, gibt's 'nen Heidenkrach, das sag ich dir.«

Er war noch immer nicht imstande, ihre Sorgen mitzufühlen und die Sache ernst zu nehmen. Und er mochte die Art nicht, wie sie darüber sprach. Auf diese Weise kam man bestimmt nicht weiter.

»Mach dir keine Sorgen, Brenda-Schatz. Die Sache kommt in Ordnung, das ist so sicher wie Schnee im Winter. Am Sonntag geh ich hin und erkundige mich.«

Aber die Nacht war noch jung, wie es im Film so schön heißt.

5

Regen und Sonnenschein, Regen und Sonnenschein, und dann am nächsten Sonntag ein blauer Himmel mit prallen Wolken, die wie ein Luftkontinent voll milchweißer Berge über den Gipfel von Castle Rock zogen – ein gekröntes zottiges Löwenhaupt aus braunem Stein, das sein großes Maul über die Stadt hängen ließ, als wolle es häßliche Vorstädte verschlingen, die in der Armbeuge des angeschwollenen Trent eingefangen waren. Zwei Pärchen, die im Sonntagnachmittagsstaat auf dem Weg ins Kino waren, entflohen der feuchtkalten Luft und bestiegen einen zweistöckigen Bus, und als der hinter der dichtverrammelten Kneipentür von ›Horse and Groom‹ um die Ecke bog, war außer Arthur weit und breit kein Mensch mehr auf der Straße zu sehen.

Er ging die Ruddington Road entlang, trübsinnig, die Hände tief in die großen Manteltaschen vergraben, und wünschte, er könnte der Sorge, die Brenda ihm am Freitag so unversehens aufgehalst hatte, ebenso leicht den Rücken kehren wie vorhin an der letzten Straßenecke dem Schloß. Oder wenn er wenigstens die Kopfschmerzen loswerden könnte, die ihm der Versuch eingebracht hatte, seine Sorgen mit dem hellen Bier der Midlands wegzuschwemmen. Wer hätte auch an so was gedacht? Brenda war angebufft, hatte 'n Brötchen im Ofen, und jetzt mußte er zu Tante Ada, um sich bei ihr Rat zu holen, was zu machen sei, wie man Brenda da raushelfen und das Brötchen wieder aus dem angeheizten Ofen holen konnte. Um jeden Preis, hatte sie gesagt. Es mußte sein. Er hatte versucht, ihr gut zuzureden: war es nicht was ganz Natürliches? Richtig, hatte sie sarkastisch entgegnet, das und sein Pech. Er wußte wirklich nicht, wie man darum so ein Gezeter machen konnte, und begriff wieder mal, warum sich auch in diesen friedlichen Zeiten Männer zum Militär meldeten: um dem Ärger zu entgehen, in den einen die anderen reinzerren wollten. Die Leute machten immer aus 'ner Mücke 'nen Elefanten, aber man mußte einfach mitmachen oder doch wenigstens in das allgemeine Gejammer einstimmen; sonst konnte man abtreten. Man wurde abgeschoben wie ein angebrannter Bratapfel. Ja, so schaffen sie einen. Gestern abend hatte Brenda geschluchzt wie ein kleines Kind, und er hatte ihr mit einer Hand die Tränen aus den Augen gewischt und mit der anderen sich die Nase gewischt, weil er einen so gräßlichen Schnupfen hatte. Schließlich hatte sie geglaubt, er weinte auch, und war schon ein bißchen getröstet nach Hause gegangen. Aber sobald sie außer Hörweite war, hatte er schallend gelacht und sich einen angesoffen, bis er sternhagelvoll auf Strümpfen die Treppe hinaufgeklettert war, seinen guten Anzug an den nächstbesten Haken gehängt hatte und ins Bett gesunken war, um zu schlafen wie ein Klotz.

Auf der Eisenbahnbrücke drehte er sich um und sah die massige Schloßfront, die ihn noch immer verhöhnte. Ich hasse dies Schloß, sagte er zu sich selber, mehr als ich je was in meinem Leben gehaßt habe, und am liebsten würde ich tausend Tonnen knochentrockenes Dynamit da drüben in den Tunnel, in Mortimers Loch, reinschieben, damit das ganze Ding in die Luft fliegt und niemand mehr was davon sieht.

Mit aufgespeicherter Wut stapfte er weiter an den dunklen Läden und Häusern der Ruddington Road vorbei, durch den kalten Wind, der seiner Erkältung auch nicht grade zuträglich war.

Er stieß das Gatter auf, das zu Adas Hintertür führte. Womöglich sind ihre zwanzig Gören – oder wie viele hat sie eigentlich? – zu Hause, und man kann kein vernünftiges Wort mit ihr sprechen. Aber es kann ja auch sein, daß das Haus leer ist. Dann ließe sich schon 'n netter gemütlicher Schwatz veranstalten. Auf jeden Fall ist es besser, ich verbrenn mir nicht den Mund und erzähle ihr nicht, warum ich ihren Rat brauche. In fünf Minuten würde es doch die ganze Familie wissen. Solche Neuigkeiten machen so schnell die

Runde, daß man denken könnte, die haben auf jedem Dach 'ne Urwaldtrommel.

Durch die offene Tür sah er, daß das Klosettbecken gesprungen war. Der hintere Anbau des Hauses war sowieso baufällig, denn sie hatten hier früher mal Hühner gehalten und einen Teil der Mauer niedergerissen, um einen Maschendraht zu spannen, und das Asphalt-Pflaster hatten sie während des Krieges aufgerissen, um als Siegeszeichen ein Blumenbeet in V-Form anzulegen. Die Gardine hinter dem Fenster war an einer Ecke zerfetzt, aber sauber, obgleich die Tür oberhalb der drei Stufen seit Jahren Tag und Nacht ein wenig offenstand, weil der Hausbesitzer die unebenen Bodenfliesen nicht reparieren lassen wollte. Und dabei bezahlen sie jetzt doch pünktlich ihre Miete, dachte Arthur. Heutzutage saßen die Hausbesitzer auf dem hohen Roß und führten ein Leben wie im Paradies, während sie vor dem Krieg die Miete nur zu sehen bekamen, wenn sie sie einklagten.

»Jemand drin?« rief er von der Küche aus. »Gib mal Laut, Tante Ada!«

»Komm rein, Arthur«, rief sie zurück. Im Herd brannte ein mächtiges Kohlenfeuer, die Hitzewellen schlugen dem Eintretenden entgegen. »Aha, Dave arbeitet also noch im Schacht«, sagte er und beeilte sich, seinen Mantel aufzuknöpfen, bevor er vor Hitze erstickte. »Wo ist denn die ganze Bande?«

»Ins Kino.« Auf dem Tisch standen noch die Reste des Sonntagessens, und sie saß daneben, starrte in das lodernde Feuer und mußte ihren Blick davon losreißen, als Arthur hereinkam. Diese Glut schien für sie so was wie eine Kristallkugel zu sein, in der sie die Ereignisse der Vergangenheit sehen konnte, die ihr jetzt, da sie hinter ihr lagen, so düster sie auch gewesen sein mochten, verlockend vorkamen. Sie war eine Frau in den Fünfzigern, trug ein graues Kleid und hatte ein nett zurechtgemachtes Gesicht, ein Gesicht, das, wie Arthur sich erinnerte, früher breiter und plumper gewesen war.

Jetzt war es schmal geworden, und die Züge ähnelten wieder denen des jungen Mädchens von einst, nur daß so was wie eine Maske des Alters darüberlag.

»Na, wie geht's denn, alter Junge? Warum besucht deine Mutter mich nie mehr? Hat der alte Wüterich sie mal wieder kreuzlahm geschlagen?« Sie langte in den Herd, holte den Kessel heraus und setzte ihn geschickt auf die glühenden Kohlen.

Er legte seinen Mantel auf das Sofa. »Nein, der ist jetzt ganz zahm geworden. Seit Fred und ich erwachsen sind, wagt er sich nicht mehr an sie.«

»Setz dich, Kleiner«, sagte sie. »Ich mach dir 'ne Tasse Tee, dauert nur zehn Minuten. Schön, daß du mal rauskommst. Sonntag nachmittag ist die einzige Zeit, wo ich mal 'n bißchen Ruhe habe, und dann unterhalte ich mich gern mit jemand. Ab und zu ist es doch ganz angenehm, wenn das Haus leer ist. Es ist wirklich 'ne Freude, zu sehen, wie gut du immer in Schale bist, Arthur. Da sollte jeder junge Mann drauf achten, sag ich immer. Ach, weißt du, es ist einem, als wär man plötzlich in einem ganz anderen Haus, wenn die Gören nicht dauernd rumschreien und poltern. Eddie ist mit Pam und Mike nach Clifton, und da sind sie gottlob vor sechs nicht wieder hier. Die führen die ganze Woche durch hier so 'n Tanz auf, daß ich immer heilfroh bin, wenn ich am Sonntag die Tür hinter ihnen zumachen kann. Gestern abend waren wir im ›Flying Fox‹, und da hab ich so viel Gin mit Schuß gekippt, daß ich dachte, ich käme überhaupt nicht mehr nach Hause. Betty hatte sich 'nen Kerl angelacht, und der hat uns alle den ganzen Abend freigehalten. Er wird gut und gern seine acht Pfund geblecht haben, der Idiot! Aber er hatte 'n Wagen, also konnte er sich's wohl leisten, und dann dachte er wohl, nun hätte er Betty rumgekriegt, und du hättest mal sein Gesicht sehn sollen, als sie dann mit uns nach Hause ging, anstatt mit ihm abzuhaun! Er wollte schon Krach schlagen, aber Dave – der war natürlich auch mit –

ging auf ihn los und sagte, er würde ihn zusammenschlagen, wenn er nicht machte, daß er wegkäme. Na, der Junge wurde kreidebleich, setzte sich in seinen Wagen und fuhr ab. ›Was war ich doch blöd‹, sagte Betty dann, als er weg war, ›der hätte uns doch noch alle nach Hause fahren können!‹

Arthur lachte. »Da wär ich gern dabeigewesen«, sagte er. Er saß neben Tante Ada, wartete darauf, daß das Wasser im Kessel kochte, dachte an das kalte Aprilwetter draußen und fühlte sich glücklich – bis diese drückende Sorge wieder in seinem Kopf zu rumoren begann. Er hätte was drum gegeben, wenn er jetzt hätte schlafen können. Es kam ihm vor, als wäre er einen ganzen Monat nicht im Bett gewesen. Die Hitze des lodernden Feuers biß ihm in die Augen, und die Marmoruhr auf dem Kaminsims tickte mit einem leisen piependen Ton wie ein verendender Vogel, während Ada in der Glut herumstocherte und den Kessel wieder zurechtschob. Der Schrank auf der einen Zimmerseite neigte sich ein Stück von der Wand ab, weil die Fliesen darunter sich gesenkt hatten. Man merkte, daß zwischen Wohnzimmerfußboden und Kellerdecke ein zu großer Hohlraum gewesen war, in dem Adas drei Söhne während des Krieges ihre Beute verstaut hatten, wenn sie mal wieder aus der Armee ausgerückt waren und dabei ordentlich was mitgebracht hatten. Es war eine Art Spar- und Leihbank gewesen, aus der sie ihren Lebensunterhalt bestritten, wenn sie grade nicht im Kasten oder im Kittchen saßen. Über der Anrichte hingen zwei Bilder in länglichen Rahmen, die für die ganze Familie einen gewissen Erinnerungswert darstellten, weil ihr verstorbener Vater sie im Ersten Weltkrieg in Frankreich ergattert hatte. Er war Sergeant bei den Kanonieren gewesen, ein großer Säufer vor dem Herrn, und er war bis neunzehnhundertzwanzig dabeigeblieben; dann hatten sie ihn rausgefeuert, weil er, wie Ada behauptete, dauernd Ausdrücke gebrauchte, die sogar für Soldaten zu kräftig waren. Die Bilder, die er Ada mitgebracht hatte, stellten zwei schöne Mädchen dar, die, einen Chiffonschal über den zarten Schultern, an einer Marmorbalustrade standen. Im Hintergrund sah man je einen üppig blühenden Rosenstrauch. Doddoe war vor drei Jahren umgekommen, als er auf seinem starken Motorrad mit Beiwagen am Fuß einer ansteigenden Straße wie eine Kanonenkugel in den Laden eines Tuchhändlers gesaust war. Zähneknirschend und glotzend hatte Doddoe die Lenkstange umklammert, und erst als es zu spät war, hatte er gemerkt, daß er die Kurve 'n bißchen früher hätte nehmen müssen. Aber noch in der letzten Sekunde, bevor er sich den Schädel einrannte, hatte er sämtliche wüsten Flüche, die er je gekannt hatte, wie ein Schnellfeuer ausgespuckt. Ja, so muß man's machen, dachte Arthur, den die Hitze, die der Herd ausströmte, und das Fieber seiner Erkältung schon halb betäubt hatten. Doddoe wird schon gewußt haben, warum er damals die Kurve nicht richtig genommen hat.

Ada hatte jetzt einen anderen Mann, aber mit ihm hatte sich ihre Brut nicht mehr über die elf Kinder hinaus, die sie Doddoe geboren hatte, vermehrt. Jetzt war Ada zu alt oder auch zu gewitzigt, um sich noch mehr Kinder zuzulegen. Sie ruhte auf ihren Lorbeeren aus und genoß dies Dämmerlicht der Zurückgezogenheit. Denn Doddoe war wie eine Strafe Gottes über sie gekommen, hatte sie durch ein Leben der Kärglichkeit, der Besäufnisse und der Gerichtsvollzieher gejagt und ihr eine Horde Kinder angehängt, die früh lernten, sich ihr Recht selbst zu holen, und so wild und hemmungslos waren, daß sie ihre eigentliche Erziehung in Besserungsanstalten erhielten und für ein unbekümmertes Dschungelleben geschaffen schienen. Ralph, Adas jetziger Mann, war von sanfter Art, er brachte ihr fünf eigene Kinder mit ins Haus – daher das Gerede, sie hätte zwanzig Kinder; für sich selber erhoffte er nichts als ein friedliches Dasein, nachdem seine erste Frau an der Schwindsucht gestorben war und seine achtzehnjährige Tochter auch Blut gespuckt hatte und ihr gefolgt war. Aber Adas Söhne und Töchter waren keine friedlichen

Naturen und bereiteten ihm ein schlimmeres Leben als zuvor, nachdem er merken ließ, daß er auf Ada eifersüchtig war. Ada hatte noch mit fünfzig die Umgänglichkeit einer Kellnerin; sie hörte sich teilnahmsvoll alle Geschichten an, die andere Männer ihr erzählten, vergoß über einem Glas Bier mitfühlende Tränen und ging sogar gelegentlich mit so einem armen Kerl nach Hause und brachte ihn zu Bett, wenn sie meinte, sie könne ihm damit helfen. Ralph paßte das ganz und gar nicht, und seine Eifersucht war um so stärker, weil er selber das gleiche mit Ada erlebt hatte – nur daß er, an Möbel und fünf Kinder gefesselt, angerückt und bei ihr geblieben war. Er hatte das unbehagliche Gefühl, daß sie auch in Zukunft unglücklichen Männern ihre Gunst nicht würde versagen können. Dave, Adas Ältester, kaufte eine Platte mit dem Schlager ›Jealousy‹, und jedesmal, wenn Ralph sich über Adas weiches Herz ausließ und über die Tatsache, daß sie sich im Verein oder in der Kneipe mit zu vielen Männern unterhielt, begann die verhaßte Platte sich auf dem Teller zu drehen und diesen abscheulichen Tango herauszuquäken, der Ralphs sanftes Gemüt zur Raserei brachte. Eines Samstagabends holte er denn auch trotz Adas verzweifeltem Gejammer gegen Dave aus, und dieser schickte ihn sofort mit einem kräftigen Schwinger zu Boden. Aber Ralph hatte noch im Fallen Grammophon und Platte an sich gerissen, die nun auf dem Fußboden zerschellten. Danach begnügten Dave und die anderen sich damit, das Radio auf höchste Lautstärke zu stellen, wenn in irgendeinem Programm ›Jealousy‹ gespielt wurde. Ralph war ein besonnener Mensch, der Ada das ruhigste Leben bereitete, das sie je gekannt hatte – soweit ihm das möglich war, denn Adas Kinder waren Holz von Doddoes Stamm. Seit dem Ende des Krieges, als die ›Rotkäppchen‹, die Militärpolizei, ihre ewige Jagd nach Adas Söhnen aufgegeben hatten, war ihr Leben friedlicher geworden. Alle hatten Arbeit, und das Geld kam so regelmäßig, daß Ada sich schon lange keine Sorgen mehr darum machte, was geschehen sollte, wenn die Zeiten einmal schlechter würden. Den wildesten Radau gab es immer am Samstagabend, wenn die Fußballergebnisse durchkamen und die Anhänger der verschiedenen Clubs wütend aufeinander losgingen; aber am Sonntagmorgen saßen sie alle wieder mehr oder weniger einträchtig am Lautsprecher.

Während Arthur ins Feuer starrte, stellte Ada das Teegeschirr auf den Tisch, öffnete den Speiseschrank und holte ein Stück gekochtes Fleisch heraus. Dabei erkundigte sie sich, wie er sich in letzter Zeit gefühlt habe, als ob er inzwischen krank gewesen sei. Diese Fragen stellte sie regelmäßig allen Besuchern und allen Leuten, die sie auf der Straße traf – man hätte annehmen können, sie habe ihr ganzes Leben unter Kranken verbracht, was gar nicht der Fall war. Arthur erwiderte, er fühle sich ganz gut, aber Sorgen habe er trotzdem.

»Nanu!« rief sie, während sie mit einer Saucenflasche aus der Küche kam und sie auf den Tisch setzte. »So 'n hübscher junger Kerl wie du und Sorgen?«

Er hob den Kessel aus dem rotglühenden Kohlenbett und füllte kochendes Wasser in die Teekanne. »Na ja, Tante Ada, ich selber habe keine Sorgen – hab nie welche, das weißt du ja. Aber es ist wegen einem Kumpel von mir aus der Fabrik. Der geht mit 'ner jungen Frau, und nun haben sie Pech gehabt, und er weiß nicht, was er machen soll. Ich würd ihm ja gern helfen, aber ich weiß da auch nicht Bescheid. Und deshalb hab ich gedacht, ich komm mal her und rede mit dir.«

Ada schnalzte nachdenklich mit der Zunge und setzte sich. »Tja, ist ziemlich übel für das arme Schwein«, erklärte sie mit fatalistischer Miene. »Aber so 'n Blödsinn, daß er's überhaupt soweit hat kommen lassen. Konnte er sich denn nicht 'n bißchen vorsehen? Dann wird er's eben ausbaden müssen, wie damals Dave.«

Arthur fiel die Geschichte wieder ein: Dave hatte einem Mädchen ein Kind gemacht, und die hatte sich dann als eine ganz üble Person erwiesen, eine dürre, lasterhafte Hure mit einem Rattengesicht, die versuchte, ihm jeden Penny, den er verdiente, aus der Nase zu ziehen – bis er schließlich drohte, sie in einer dunklen Nacht von der Trent-Brücke ins Wasser zu schmeißen. Dann kam es zu einer gütlichen Einigung, und seitdem bezahlte er anderthalb Pfund die Woche.

»Na ja«, fing er wieder an, »aber kann man da nicht irgendwas machen? Ich meine nur ...«, doch nun wußte er nicht, wie er sich ausdrücken sollte, denn er hatte noch nie so offen gesprochen und verstand gar nicht mehr, wie er es sich so einfach hatte vorstellen können – »also manchmal tun die Frauen doch was, um es wegzukriegen. Kann man da nicht irgendwelche Pillen schlucken oder so?«

Sie war gerade dabei, Tee in eine große weiße Tasse zu gießen. Bei seinen Worten hielt sie plötzlich inne, bohrte mit einem Löffel in der Zuckerdose, und ihr alterndes Gesicht bekam einen mißtrauischen Ausdruck. Jetzt erst merkte er, daß sie ihr Gebiß nicht eingesetzt hatte. »Woher weißt du denn so was?«

»Ich hab's im Sonntagsblatt gelesen.« Er lächelte, aber er kam sich dabei wie ein Verbrecher vor und hatte wieder jenes verzweifelte Gefühl wie damals, als er seine Papiere bekommen und zum erstenmal beim Kommiß hatte einrücken müssen.

»Du solltest deine Finger aus solchen Sachen rauslassen«, warnte sie ihn. »Man weiß nie, wohin das führen kann.«

»Ist doch nur wegen meinem Kumpel«, sagte er. »Der sitzt im Dreck, und ich muß versuchen, ihm zu helfen. Man kann doch 'nen Kumpel nicht so im Stich lassen, wenn's ihm mal dreckig geht. Er ist 'n guter Junge, und er würde sich bestimmt auch für mich 'n Bein ausreißen, wenn ich in der Tinte wäre.«

Sie warf ihm einen argwöhnischen Blick zu. »Und du bist's auch bestimmt nicht selber?«

Er begegnete ihrem Mißtrauen mit einem harmlosen Gesicht, das fast Empörung über ihre Ungerechtigkeit spiegelte. Immer lügen, bis du blau anläufst, war sein Wahlspruch, dann glauben sie dir schließlich doch. »Mir wär's weiß Gott lieber, ich säße in der Patsche und nicht mein Kumpel«, versicherte er ernsthaft. »Dann täte mir's nicht halb so leid. Aber es geht nun mal um ihn, und ich muß ihm helfen. Dafür ist man ja befreundet.«

»Tja, ich weiß wirklich nicht, was ich dir da raten soll«, sagte sie, besänftigt von seinen kameradschaftlichen Gefühlen. »Es ist gefährlich, sich mit so was zu befassen. Ich hab mal 'ne Frau gekannt, die deswegen eingelocht wurde.«

Sie nahm nachdenklich einen Schluck Tee. »Das Mädchen ist etwa vierzehn Tage über ihre Zeit«, erläuterte Arthur. »Sie hat schon Pillen genommen, aber die haben nichts genützt.«

»Dann kann sie nur noch eins versuchen, soviel ich weiß«, begann Ada. »Sie muß ein heißes Bad nehmen und dazu heißen Gin trinken. Sag ihr, sie müßte zwei Stunden in der Wanne bleiben, so heiß, wie sie's irgend aushalten kann, und mindestens 'ne halbe Flasche Gin trinken. Damit müßte sie's eigentlich loswerden. Und wenn das nicht hilft, dann muß sie das Kind eben kriegen.«

Vor dem Haus ertönte ein Trampeln und Scharren. Die Haustür ging auf, wurde mit lautem Knall wieder zugeschmettert, und Stiefel und Schuhe polterten durch den Flur. Die Vorhut der Bande schälte sich aus den Mänteln, laut schnaufend nach dem schnellen Lauf von der Bushaltestelle.

»Das sind sie«, sagte Ada lakonisch.

Jane, Pam, Mike und Eddie stürmten ins Zimmer und schrien nach Tee. Arthur schob seinen leeren Teller und seine Tasse beiseite. Genau abgepaßt, dachte er frohlockend.

»Immer mit der Ruhe«, schrie Ada. »Die Kanne ist leer. Ihr müßt warten, bis das Wasser kocht.« Die große Jane mit ihrem ingwerblonden Haar warf sich aufs Sofa, und Arthur bemerkte, wie ihre großen Brüste unter dem Pullover schwappten. »Ihr zwei Säufer habt wohl den ganzen Tee allein ausgeschlappt, was?« rief sie mit hochrotem, empörtem Gesicht.

»Halt deine unverschämte Klappe«, herrschte Ada sie an und drohte ihr mit der Faust. »Sonst bekommst du überhaupt keinen Tee.« Schon war der Krach wieder im Gang. Doddoe hatte eine so wilde Nachhut hinterlassen, daß sein Geist noch immer im Hause umging. Wenn das meine Kinder wären, dachte Arthur, dann kämen sie damit nicht durch.

Den nächsten Anschnauzer bekam Pamela, weil sie das Radio zu laut gestellt hatte. Sie war vierzehn Jahre alt, eine jüngere Ausgabe von Jane, nur mit einem sanfteren Gesicht und kleineren Brüsten, aber ihre Arme waren ebenso voll Sommersprossen, und ihr Haar hatte dieselbe flammende Ingwerfarbe. Jetzt kamen Bert und Dave, die im Kino gewesen waren, versuchten Jane und Pam zur Vernunft zu bringen und erfüllten das ganze Zimmer mit schrillen Pfiffen und Schreien. Jeder brüllte jeden an, er solle sich in acht nehmen und sich gefälligst um seinen eigenen Dreck scheren. Ralph, den der Krach hier unten aus seinem Nachmittagsschläfchen gerissen hatte, kam auf Strümpfen die Treppe herunter. »Könnt ihr denn, verdammt noch mal, nich 'n bißchen weniger Radau machen?« rief er von der Treppentür aus, die Schuhe in der einen Hand, die Sportzeitung in der anderen, das Gesicht verzerrt von verbiesterter, ohnmächtiger Wut. Aber keiner nahm die geringste Notiz von ihm. Er war sich schnell darüber klar und bahnte sich resigniert einen Weg zum Feuer, wo er sich mit trübseliger Miene auf der Bank niederließ, um die Schuhe anzuziehen, während Ada ihm eine Tasse Tee eingoß.

Arthur ging mit seinen Vettern ins Vorderzimmer, um eine Partie Poker zu spielen. Sie schlossen die Tür zu, um sich gegen unerwartete und böswillige Überfälle aus dem Wohnzimmer zu schützen, drehten das Licht an und setzten sich um den glatten, polierten Tisch. Dave hob den Blumentopf herunter und stellte ihn neben dem Fenster auf den Fußboden.

»Aber nicht mogeln«, sagte Bert.

»Jeder, der hier mogelt, kriegt eine gelangt!« rief Dave, der noch vom letztenmal verbittert war. »Und das gilt dir, Bert. Du hast mir letzte Woche mit deinen drei extra Königen sieben Shilling abgeluchst.« Er riß Bert, der gerade austeilen wollte, die Karten aus der Hand, neigte sein rotes Gesicht tief darüber und begann das Päckchen durchzuzählen.

»Dann geb ich eben«, erbot Arthur sich und nahm die Karten. »Mir könnt ihr doch wohl traun, oder? Ich hab in meinem Leben noch nicht gemogelt, das will ich euch mal sagen.«

»Einem, der so angibt, kann man sowieso nicht traun«, brummte Bert ärgerlich. Wütend, mit geballten Fäusten, drehte er sich zu Dave um: »Wenn du mir noch mal die Karten wegnimmst, kannst du was erleben!«

»Dann hättest du nicht so schummeln sollen«, erklärte Dave. »Geschieht dir ganz recht.«

Arthur teilte die Karten aus, jedem fünf und sich selber, ohne daß die anderen es merkten, sieben. Die zwei niedrigsten Karten ließ er auf seinen Schoß fallen, bevor Dave oder Bert aufsahen. Vom Wohnzimmer her ertönten Schreie und dumpfe Geräusche. »Da, hört euch das nur an«, sagte Arthur mit unschuldiger Miene. »Jetzt hauen sie sich noch um die Brotrinden.«

Dave stieß ein lautes Gewieher aus. »Um den Trog.« Dann blickte er mit finsterer Miene in seine Karten.

»Der blufft«, behauptete Bert. »Hat bestimmt 'n Royal Flush.«

»Royal Flush, Scheiße«, rief Dave und warf seine Karten hin, ohne sich weiter zu bedienen. Bert tauschte zwei Karten aus, lächelte und legte einen Shilling mitten auf den Tisch. Arthur sortierte seine Karten und erhöhte dann auf eine Half-crown.

»Sachte, sachte«, sagte Dave, der sich nur noch als

Schiedsrichter fühlte. »Das ist 'ne Menge Geld. So kannst du nicht spielen.«

»Ach, der blufft doch, ist ja klar«, erklärte Bert überlegen und erhöhte den Einsatz auf eine runde Summe.

Aber Arthur bluffte nicht. »Bitte sehr«, sagte er und legte seine Karten auf den Tisch.

Joker, Dame, König, Kreuz-As. Er zog sieben Shilling ein.

»Wie viele Karten hast du denn bekommen?« erkundigte Bert sich argwöhnisch.

»So viel wie du«, gab Arthur zurück und setzte diesem Mißtrauen ein verkniffenes Gesicht entgegen. Beim letzten Spiel stieg sein Gewinn auf fünfzehn Shilling. Die beiden machten ein paar neidische und scherzhafte Bemerkungen über sein Spielglück, worauf Arthur sie herausforderte: »Mogeln? Natürlich mogel ich. Das mach ich immer. Habt ihr das noch nicht gewußt?«, woraus sie schlossen, daß er es nicht tat. Er schob sein halbes Dutzend Geheimkarten in den Haufen zurück.

Dann ging Arthur mit Bert ins Stadtzentrum, um noch einen zu heben. Auf der Brücke war es dunkel, und das Schloß war unsichtbar, versteckt wie hinter einer Wand aus Rauch, Nebel und Finsternis. Von dem sumpfigen Gelände da unten, den morastigen Kanalufern und den Elritzenbächen zog ein kalter Wind herauf, der Bert zu kräftigen Flüchen veranlaßte und Arthur dazu, seinen Mantel zuzuknöpfen.

Bert war ein untersetzter, hitziger, blauäugiger Sohn von Doddoe, der wohl wußte, daß eine Gefahr allerlei Unannehmlichkeiten mit sich bringen kann, und der sich doch jedesmal Hals über Kopf hineinstürzte, bis in dem Knäuel der Raufenden nur noch sein blondes, lockiges Haar zu sehen war. Derartige Angriffsmethoden hatte er in Erziehungsheimen und Besserungsanstalten gelernt. Seine Brüder hatten bei ihren Bemühungen, der Polente zu entwischen, mindestens ebensoviel Mut bewiesen, als hätte man sie mit gefälltem Bajonett in die Frontlinie gejagt. Aber Bert, der aus unbekannten Gründen der echteste Sohn Doddoes war, hatte keinen Versuch gemacht, sich vom Militär zu drücken. Im Gegenteil, er hatte sogar ein falsches Alter angegeben und darum schon mit siebzehn Jahren die letzte Offensive über den Rhein mitgemacht, und er war aus dem Schlachtengetümmel mit weniger Wunden hervorgegangen als seine Brüder, die in dem verlorenen Haufen der Deserteure gekämpft hatten. Bert war das getreue Abbild seines Vaters, wie Ada immer sagte, und sie liebte ihn darum und auch wegen seines scharfen Verstandes und seiner Sentimentalität, die er von ihr geerbt hatte. Bert hatte Ralph nie erlaubt, Doddoes Platz einzunehmen. Doddoe war ein polternder Diktator gewesen, und nun saß an seiner Stelle Ada fest auf dem Thron, während Ralph nur ein schwächlicher Prinzgemahl war, den Bert als Reichsprotektor niederzuschlagen drohte, wenn er einmal wagte, die Stimme gegen sie zu erheben.

Sie gingen schweigend den Abhang hinter der Brücke hinunter, überquerten den Castle Boulevard und betraten hinter einem Woolworth-Gebäude mit dunklen Fenstern eine Kneipe am Rand eines unbebauten Geländes, um sich hier das erste Bier des Abends zu genehmigen. Bert meinte, sie sollten versuchen, ein paar Nutten aufzugabeln, und als sich im schwach erleuchteten ›Match‹ nichts von Interesse zeigte, zogen sie von Kneipe zu Kneipe langsam weiter bis zur ›Nottingham Rose‹. Hier ließ das Unternehmen sich schon günstiger an; sie setzten sich mit zwei hübschen, ausgelassenen Mädchen zusammen und ließen sich von ihnen ausnehmen. Als die beiden aber bis zur Sperrstunde dreißig Shilling verkonsumiert hatten, entwischten sie ihnen und sprangen auf einen anfahrenden Bus. So schlängelten sich Arthur und Bert dann über den belebten Slab Square und schlugen den Heimweg in Richtung der Meadows ein.

Mit den feuchten Dünsten des Kanals kam die trübe Stimmung wieder, und Arthur grübelte über Brendas Sorgen, deren Gewicht jetzt schwerer auf ihm zu lasten schien denn je.

»Komm, wir gehn nach Hause und sehn, daß wir was zu essen kriegen«, schlug Bert vor. »Mama hat bestimmt 'n Stück Fleisch für uns übriggelassen.«

Arthur war es recht. Auf den Straßen war kaum noch ein Mensch zu sehen. Ein später Bus rumpelte hell erleuchtet auf dem Weg ins Depot an ihnen vorüber. Die Schaffnerin, die auf einem Rücksitz hockte, sah todmüde aus.

»Wenn mir diese Nutten je wieder vor Augen kommen«, Bert zündete sich eine Kippe an, die er aus den Tiefen seiner Manteltasche hervorgekramt hatte, »dann hau ich ihnen eins über den Schädel, das kann ich dir sagen.« Sie gingen vom Gehsteig herunter und überquerten das Kopfsteinpflaster der Straße.

»Die wollen ja nur saufen«, sagte Arthur, »aber was kannst du schon erwarten? Wenn du in der Kneipe 'ne Nutte aufgabelst, ist es immer riskant. Manchmal klappt's und manchmal nicht.«

Bert wütete immer noch vor sich hin und schwor blutige Rache, aber Arthur war ganz versunken in seinen Kummer, und als sie an der Pferdetränke beim Arbeitsamt vorbeikamen, fühlte er plötzlich das unwiderstehliche Verlangen, sich hinzulegen und sich darin zu ertränken. Er lachte. Nicht tief genug. Und kalt. Und außerdem, hatte Ada ihm nicht einen guten Rat gegeben? Er hoffte sehnlich, daß der Rat wirklich gut war und ihnen aus der Klemme helfen würde. Hinter der Schaufensterscheibe eines Fahrradgeschäfts schimmerten schwach die neuesten Sportmodelle, dazwischen die dunkle Pappfigur von Sir Walter Raleigh, der sich mit eleganter Geste verbeugte. Bert, dessen Sinne durch die Enttäuschung des Abends geschärft waren, blieb plötzlich stehen und drehte sich um, angelockt durch irgend etwas, das da auf der Erde lag. Ein leichter Geruch, ein schwacher Laut – wie ein Spürhund witterte Bert, daß auf dem Steinboden des Torwegs jemand liegen mußte. Arthur, der Hunger auf ein kräftiges Abendbrot hatte, fragte ihn ungeduldig, was los sei. Bert hatte die räuberischen Nutten vergessen. »Da ist so 'n armes Schwein hingeschlagen«, sagte er und bückte sich, um die leblose Gestalt näher in Augenschein zu nehmen. »Besoffen wie 'n Lord«, grinste er dann. »Stinkt auch so!«

Arthur stieß den Mann mit der Schuhspitze an, und Bert redete ihm zu, sich aufzurappeln. »Du kannst doch nicht einfach so liegenbleiben. Du holst dir ja den Tod.« Arthur, der allmählich auch Interesse zeigte, bemerkte, daß der Mann nichts auf dem Kopf hatte, und daß sein Anzug abgetragen und an den Ellbogen durchgescheuert war. Trotz der kalten Nacht trug er keinen Mantel, die Hosen waren wegen seiner gekrümmten Stellung hochgerutscht, und man sah, daß er zwar Schuhe, aber keine Socken anhatte. Etwa fünfzig, taxierte Arthur.

»Wir müssen ihn hochkriegen«, sagte Bert, aber trotz ihrer Bemühungen, ihn aufzurichten, konnten sie nur den Kopf und die Schultern ein wenig lüften. Er grunzte, aber er wollte nicht aufstehen. »Los, los, Kumpel, wenn du nicht in Schwung kommst, holt dich die Polente ab.«

Wieder grunzte der Mann und rollte mit den Augen, als wolle er die fünfzehn Biere, die er mindestens getrunken hatte, von sich geben. Plötzlich schüttelte es ihn von Kopf bis Fuß, er machte die größten Anstrengungen, sich zu erheben, schnaufte wie ein Walroß und ließ sich dann mit einem Seufzer wieder zurücksinken. Arthur spähte nach beiden Richtungen die Straße entlang, um festzustellen, ob auch kein Schutzmann in Sicht war. »Wenn wir ihn nicht hochkriegen, wacht er morgen früh im Kasten auf und kriegt 'ne Buße. Ranklin hat diese Tage Dienst, und der ist 'n ziemlicher Schweinehund.«

Bert schüttelte ihn, bis er ein paar gurgelnde Laute ausstieß und die Augen öffnete. »Wo ist deine Bude, Junge? Wo wohnst du?«

Der Mann streckte sich langsam wie ein Klappmesser und rollte dann wieder seitwärts. Bert bohrte ihm eine Faust unter die Achseln und hämmerte gegen seine Rippen, bis er endlich auf den Füßen stand. Im Laternenlicht sahen sie, daß seine Augen geschwollen waren. Bert meinte, er sähe aus, als hätte ihn einer zusammengeschlagen. Sie faßten ihn beide fest unter und führten ihn die Straße entlang und die Brücke hinauf. Bei der nächsten Laterne blieb Arthur stehen und brüllte dem Mann ins Ohr: »Wo wohnst du, Kumpel? – Wir müssen ihn wohl nach Hause schleppen«, fügte er, zu Bert gewandt, hinzu. Die Lippen des Mannes waren vom Saufen dick und verschwollen, er konnte kein verständliches Wort hervorbringen. Er bewegte den Mund, hob eine Hand und ließ sie wieder fallen. Schließlich bekamen sie den Namen der Straße heraus, aber die Hausnummer konnten sie ihm nicht entlocken. Wären seine Augen offen gewesen, so hätte die Bewegung seiner Lippen vielleicht einem Lächeln geähnelt. Von beiden Seiten gestützt, wankte er weiter. Als sie ihn losließen, weil sie meinten, er könne nun allein gehen, sackte er aufs Pflaster, und sie hatten ihre liebe Not, ihn wieder hochzukriegen. Bert redete mit ihm, als sei er nüchtern, fragte ihn, ob er einen netten Abend gehabt und ordentlich einen gekippt hätte. Dann behauptete er, der Kerl sei ein Ire, nannte ihn Paddy und wollte wissen, ob er schon mal den Stein von Blarney geküßt hätte und ob er in der Guinness-Brauerei in Dublin gearbeitet hätte.

Er wohnte in einer langen Straße, die vom Bahnhof zur Trent-Brücke führte, und Arthur schrie ihm wieder ins Ohr und fragte ihn nach seiner Hausnummer. Keine Antwort. »Ich weiß was«, sagte Bert plötzlich. »Doddoe war mal eine Nacht, als Mama ihn ausgesperrt hatte, hier in 'ner Pension. Die liegt 'n Stückchen weiter da unten.«

Der Mann war jetzt kein totes Gewicht mehr, seine Schuhe schleppten nicht mehr so schwer auf dem Pflaster. Als sie sich dem Haus näherten, stieß Bert ihn in die Seite: »Welches ist es denn, Paddy?«

»Das da«, röchelte er, und sie schwenkten ihn mit einem

Ruck herum auf das Eisengitter zu. Arthur steuerte ihn den Kiesweg entlang, während Bert das Tor offenhielt, damit es nicht in den Angeln quietschte und zufiel.

Der Mann stieß Arthurs Arm zurück. »Laß los«, sagte er, lehnte sich gegen die Tür und fummelte daran, um den Türknopf zu finden. Arthur half ihm dabei und fühlte die pulsierende Hitze dieses Körpers, die in die Hand einzuströmen schien. Als sie den Knopf schließlich umgedreht hatten, kippte der Mann vornüber und fiel ins Haus. Na, in ein oder zwei Stunden wird er von der Kälte wach werden und zu Bett gehen, dachte Arthur. Er schob den Mann noch ein Stück weiter, schloß die Tür und trat wieder auf die Straße.

Bert ging im Gleichschritt neben ihm her. »Das erspart ihm 'ne Nacht im Kasten«, sagte Arthur und riß ein Päckchen Zigaretten auf. »Dankbar war der Schweinehund nicht gerade.«

Bert reichte ihm die Brieftasche des Mannes. »Ich hab sie ihm abgenommen, ist aber nichts drin.«

Es war eine billige blaue Tasche, die so nach Schweiß roch, als hätte sie seit Jahren an der Negerbrust eines Kanalarbeiters geschwitzt. Auch nach Tabak roch sie, und eins ihrer Fächer hatte offenbar irgendwelche flachen dunklen Blättchen enthalten. Bert hatte recht: es befand sich nichts darin außer einem kleinen Zeitungsabschnitt, der säuberlich aus der Spalte für ›Offene Stellen‹ herausgetrennt war. Arthur knüllte das Papier zusammen und warf es auf die Straße, wo es über das Kopfsteinpflaster in ein Siel rollte.

6

Die üppigen unteren Partien von Brendas Körper glitten noch tiefer in die große Zinkwanne. Das Wasser war so heiß, daß sie es kaum aushalten konnte, aber sie seufzte, was heißen mochte, daß es so immer noch besser war als anders.

»Noch ’n Topf voll, Em’ler«, sagte sie.

Arthur lehnte verdrossen und ärgerlich am Büfett, als könne er es nicht über sich bringen, in diesem stickigen Raum seinen Mantel aufzuknöpfen. Fast schien es ihm, als sei dieser Mantel ein Schutz gegen Dampf, Gindünste und unberechenbare Weiber. Er hatte zu Hause schnell seinen Tee hinuntergestürzt, sich umgezogen und dann den Bus genommen, um zu Brenda zu fahren; denn sie hatte dringend von ihm verlangt, daß er bei der Zeremonie des ›Wegbringens‹ dabei sein müsse.

Em’ler, Brendas frühere Kollegin aus der Strumpf-Fabrik, war als Helferin zu dem großen Unternehmen beordert worden; es hieß, sie hätte nicht alle Tassen im Schrank. Kaum hatte Jack das Haus verlassen, um zur Nachtschicht zu gehen, als Brenda die Kinder mit einer gut bezahlten Nachbarstochter bis zehn Uhr ins Kino schickte. Dann wurde eine Wanne aus dem Kohlenkeller heraufgeholt, Ginflaschen kamen aus dem Schrank zum Vorschein, und Em’ler machte sich in der Küche zu schaffen, um das Feuer in Gang zu bringen und das Wasser aufzusetzen. Als sie die Hintertür öffnete und Arthur sie erkannte, prallte er zurück, denn er hatte erwartet, eine Fremde vorzufinden. Em’ler war in allen Wirtschaften als Schwatzbase bekannt, und Arthur sah blitzartig, wie sie morgen durch alle Kneipen der Stadt laufen und die Neuigkeiten von heute abend verbreiten würde. Aber gleich darauf fiel ihm ein, daß sie ja nicht ganz richtig im Kopf war und daß ihr Gebabbel daher wohl reichlich verworren ausfallen würde. Sogar wenn jemand ihr glauben sollte, würde er doch aus ihrem Geschwätz nicht klug werden. So lächelte er denn und sagte »Hallo, Schatz«, als er das große Zimmer betrat, in dem der Tisch unter das Fenster gerückt worden war, um Platz für die Zinkwanne zu schaffen, die jetzt mitten auf dem Fußboden stand.

Em’ler stand bei dem Eimer mit kochendem Wasser, der über dem Kohlenfeuer hing. Sie seufzte voller Mitgefühl für

Brenda und die Torturen in diesem Bad und sagte immer und immer wieder: »Ich weiß nicht recht«, in einem Ton, der Arthur so auf die Nerven ging, daß er sie am liebsten erdrosselt hätte. »Ich weiß nicht recht«, ertönte es schon wieder, und dann schöpfte sie mit einem Aluminiumtopf Wasser aus dem Eimer und ließ es in einem dünnen Strahl ins Bad rieseln, so daß neue Dampfwolken aufstiegen und sich nach allen Richtungen über die Decke verbreiteten. »Ich weiß nicht recht, ich weiß nicht recht.«

»Halt die Klappe!« fuhr Arthur sie an.

»Das ist bestimmt nicht gut für die Tapeten«, meinte Brenda und zwinkerte ihm zu. »Das letzte Mal haben sie sich überall von der Wand gelöst, und Jack war stinkwütend«, fügte sie lachend hinzu.

»Das hat er grade nötig«, erklärte Em'ler ärgerlich. »Wenn er seinen Grips 'n bißchen gebrauchen würde, dann wüßte er, daß er selber an allem schuld hat. Aber wie kann man von 'nem Mann erwarten, daß er Grips gebraucht?« Arthur grinste: sie dachte also, es sei Jacks Kind, das sie hier wegkriegen wollten. Wie sie sich dann allerdings in ihrem leicht verdüsterten Gehirn seine Anwesenheit in diesem Haus erklärte, war ihm unbegreiflich.

Brenda sah lächelnd zu ihm herüber. »Kopf hoch, Schatz, 's wird schon klappen! Trink doch 'n Gin. Em'ler, gieß Arthur was ein.« Ein bis zur Hälfte gefülltes Glas wurde ihm in die Hand gedrückt, doch nach dem ersten Schluck setzte er es ab und verzog den Mund. »Schmeckt er dir nicht?« rief Brenda aus der Wanne und winkte ihm mit der Hand.

»Das reine Gift«, sagte er.

»Mutters Ruin«, ergänzte sie lachend, mit einem ekstatischen Ausdruck im Gesicht, das von der elektrischen Birne grell beschienen wurde. »Ist doch großartig!«

»Na, wenn Em'ler so weitertrinkt, wundert's mich nicht«, erklärte er. »Wenn die so weitermacht, wird sie noch verrückter.« Em'ler hatte schon ein ganzes Glas gekippt.

»Die ist wie ich«, sagte Brenda. »Sie kann's vertragen.«

»Und ob!« stimmte Em'ler zu, während sie noch mehr Kohlen aufschüttete. »Bin damit groß geworden.«

»Daher hat sie auch ihren Tick«, bemerkte Arthur.

»So verrückt, wie du denkst, bin ich noch lange nicht«, warf Em'ler beleidigt dazwischen. »Nicht halb so verrückt wie ihr Männer!«

Brenda griff nach dem Glas mit warmem Gin, das auf dem Stuhl neben ihr stand, und als sie sich umdrehte, perlten Schweißtropfen auf ihrer Stirn, rollten ihr über Gesicht und Nacken und dann zwischen den Brüsten durch ins Wasser. Nachdem sie einen kräftigen Schluck genommen hatte, ließ sie ihre Hand schwer zurückfallen und schauerte zusammen, als das ruhige Wasser aufspritzte und Hitzewellen gegen ihren Körper branden ließ.

»Ich weiß nicht recht«, jammerte Em'ler, »ich weiß nicht recht, wirklich nicht. Ich kann's gar nicht mit ansehn, wenn sie so leiden muß.« Aber Brenda entnahm diesen Worten, daß Em'ler die Absicht hatte, sie von ihrem Vorhaben abzubringen, und wurde so ärgerlich, wie das heiße Wasser es irgend zuließ. »Es muß sein«, sagte sie.

Arthur warf Em'ler einen wütenden Blick zu. »Kannst du nicht endlich deinen Mund halten?«

Sie starrte zurück. »Halt du doch lieber den Rand«, zischte sie gehässig. Arthur zündete sich eine Zigarette an und warf das brennende Streichholz an ihrem Gesicht vorbei in den Herd. Sie trat wieder zu Brenda und versuchte, ihr noch mehr Gin einzuflößen. »Trink, Süße, das tut dir gut.«

Brenda nahm einen kleinen Schluck und setzte dann das Glas auf den Stuhl zurück. »Er ist zu heiß«, klagte sie.

»Soll ich noch 'n bißchen Wasser nachgießen?«

»Na ja, aber nicht zuviel.«

Em'ler ließ das kochende Wasser langsam ins Bad träufeln. »Noch mehr?«

»Ja.«

»Es bricht mir's Herz, wenn ich so was tun muß«, jammerte Em'ler. »Mir wär's lieber, das andere Zeug hätte was genützt.«

Brenda griff wieder nach ihrem Gin. »Ich hab's so lange genommen, wie's ging, aber jetzt ist es schon mehr als vierzehn Tage drüber.«

»Ich wollte, du kriegtest das Kind«, fing Em'ler wieder an. »Ich könnte doch drauf aufpassen. Du könntest es mir geben. Ich würd's schon großziehen, und es hätte 's gut bei mir, ganz bestimmt.«

»Das weiß ich, Em'ler«, versicherte Brenda. »Du bist goldrichtig, aber es kann eben nicht sein. Ich hätte zuviel Ärger davon.« Sie trank ihren Gin, und ihre Lippen verzogen sich, als er durch ihre Kehle rann. Em'ler holte aus ihrer roten Handtasche eine Zigarette mit Korkmundstück, die sie anzündete und Brenda in den Mund stecken wollte. Aber Brenda lehnte ab: »Sie würde ja doch nur naß. Gieß lieber noch 'n bißchen Wasser nach.« Ihre Augen verdrehten sich, und die Worte kamen nicht mehr deutlich über die Lippen. »Genug jetzt«, sagte sie beim vierten Schöpflöffel. Das Wasser stand ihr schon fast bis zur Brust.

Arthur zog seinen Mantel aus, setzte sich mit ausgestreckten Beinen hin und rauchte eine Zigarette nach der anderen. Er beobachtete, wie Brendas Gesicht verfiel und ihre Züge unter dem Feuer des heißen Gins und der kochenden Sintflut verschwammen. Nie wieder, sagte er sich, nie wieder. Keine solchen Siedebäder mehr für Brenda. Nie wieder. Eher schneid ich mir die Kehle durch. Er kam sich vor wie betrunken, obwohl er doch nur einen Schluck von dem Gin genommen hatte. Einerseits fühlte er sich als Mitspieler dieser Szene, wußte, daß er hier zwischen den beiden Frauen saß, unter der Hitze des Feuers litt und in den Dampfwolken, die aus dem Bad aufstiegen, fast erstickte. Andererseits betrachtete er das alles wie ein Fernsehspiel, innerlich unbeteiligt an allem, was er sah. Nur was in ihm war, schien ihm wirklich.

Und dieser Zustand änderte sich auch nicht; er wurde eher noch verstärkt durch die Erschöpfung nach dem langen Arbeitstag, die sich jetzt bemerkbar machte, und durch die Fieberschauer der Erkältung in seinen Adern. Die Zigaretten schmeckten wie Stallmist, aber er rauchte weiter. Er hatte Durst auf ein Glas Bier, aber es war keins im Hause, und er konnte jetzt auch nicht rausgehen in eine Wirtschaft und schnell eins trinken, denn er war außerstande, sich von dieser Szene loszureißen, die ihn eingeklemmt hielt wie ein Schraubstock. Und wenn er versucht hätte, das Gewinde zu lockern, dann hätten diese beiden Frauen sich bestimmt auf ihn gestürzt und ihn in Stücke gerissen.

Em'ler schrie los, daß sie Brenda ins Bett bringen wolle. »Du mußt endlich aufhören damit! Es langt jetzt!«

Brenda riß ihre braunen Augen weit auf; dann sah sie sich ruhig in der Küche um, als nähme sie ihr übliches Samstagbad. »Nein«, widersprach sie mit schwerer Zunge, »stell dich nicht an. So einfach geht's nicht.« Sie drehte sich um, als wolle sie ihren Entschluß bekräftigen; aber nun wallte das Wasser wieder, so daß sie stöhnte und vor Hitze die Augen schloß.

Arthur ging zu ihr und küßte sie auf die feuchte Stirn und den Mund. »Wird schon wieder gut werden, Liebste.«

»Ja, bestimmt«, sagte sie. »Bist 'n guter Kerl, Arthur.« Nie wieder, sagte er zu sich selbst. Warum mußte das alles sein? Er verstand einfach nicht mehr, warum sie es so weit hatten kommen lassen. Nie wieder.

»Los, Süße, komm«, sagte Em'ler mit ängstlicher Stimme. »Trink das.« Brenda hob es stumm an die Lippen und setzte es wieder hin, ohne zu trinken.

»Ja, Schatz, trink aus«, rief Arthur. Sie gehorchte und trank das Glas mit kleinen Schlucken leer. Em'ler schwatzte drauflos, um Brenda davon abzuhalten, die Augen zu schließen und ihrer aufkommenden Übelkeit nachzugeben. Sie fragte sie, wann sie das letzte Mal beim Dauerwellen war, erkundigte sich nach Jack und erklärte wieder einmal, eigentlich sei das hier seine Sache und er müßte von Rechts wegen dabei sein. Brenda öffnete die Augen und hob den Kopf: »Nein, das sollte er nicht«, widersprach sie. »Das wär nicht gut. Streich mir mal die Haare aus 'n Augen, altes Huhn. Jack ist lieber in der Fabrik, wenn hier so was los ist.«

»Es ist aber trotzdem nicht richtig«, beharrte Em'ler. »Die Männer denken immer, sie könnten so was ungestraft tun.« Sie warf einen bösartigen Blick auf Arthur, die grauen Augen erfüllt von ranzigem Haß. Er grinste, worauf sie den Blick abwandte und Brenda noch etwas Gin einflößte.

»Wieviel ist noch da?« fragte Brenda.

Em'ler sah in den Topf. »Nur noch 'n halbes Glas«, log sie. Brendas Haut wurde im Wasser lachsrot. Sie trank langsam ihr Glas aus und ließ den Kopf zurücksinken. Da sie jedoch keine Stütze für den Nacken fand, hob sie den Kopf wieder und senkte ihn dann leicht auf eine Schulter. Arthur empfand allmählich überhaupt nichts mehr. Sein Erkältungsfieber benebelte ihn so, daß er in eine Art Dämmerzustand fiel, Brendas Gesicht verbarg ihm der Wasserdampf, und die Luft war so warm und voller Gindünste, daß er minutenlang nicht wußte, wo er sich befand. Die stämmigen Tischbeine unter der karierten Decke sahen aus wie die Beine eines Kochs unter einer Schürze, und die schwere Anrichte mit dem beschlagenen Spiegel ähnelte dem Heck einer Kohlenschute, die im Abendnebel verschwand. Die Stühle und das Sofa, über das Brenda ihre Kleidungsstücke gelegt hatte, zeichneten sich auf den Fensterscheiben als feuchte bunte Flecken ab. Er wachte auf, als das Ginglas durch Brendas schwitzende Finger glitt. Em'ler, die im Herbeistürzen einen leichten Stuhl umwarf, der ihr im Weg stand, rettete den Gin davor, auf dem Teppich zu landen, wischte Brendas Finger mit einem Handtuch trocken und drückte ihr das Glas wieder in die Hand. »Jetzt brauchst du nicht mehr viel zu trinken, Süße«, beruhigte sie sie.

Brenda schob ihre Hand weg. »Ich will nicht mehr. Mir ist schlecht.«

»Ist doch nur zu deinem Besten«, beharrte Em'ler.

»Trink es«, redete Arthur ihr zu. »Nur noch 'n paar Tropfen, Schatz.« Jetzt roch er den Gin trotz seiner Erkältung, und jetzt verspürte auch er eine leichte Übelkeit.

»Mir wird ganz schwindlig«, sagte Brenda.

Em'ler goß noch etwas Wasser in die Wanne. »Halt die Augen offen«, ermahnte sie Brenda und sah sie beschwörend an, »dann geht's vorbei, Süße.«

»Ich kann sie nicht mehr offen halten.« Sie versuchte noch etwas Gin zu trinken, aber er rann ihr wieder aus den Mundwinkeln. »Das hat mir meine Mutter nicht beigebracht«, murmelte sie undeutlich und wiederholte diesen Satz noch mehrere Male, bis kein Wort mehr zu verstehen war. Dann begann sie mit mauzender Stimme zu singen.

»Ruhig, Süße«, sagte Em'ler liebevoll. Wütend drehte sie sich zu Arthur um: »Scheißkerl! Du dreckiger Scheißkerl!«

»Wer ist 'n Scheißkerl?« rief er und sprang überrascht auf. »Du bist ja verrückt, du häßliche Hexe!«

»Trink das, Süße«, sagte sie. »Los, nur noch 'n paar Tropfen. Und halt die Augen offen, dann fühlst du dich gleich besser.« Brenda hob das Glas an den Mund und trank. Danach starrte sie mit glasigen Augen vor sich hin und sagte nichts mehr. Ihr Gesicht war fahl und die Lippen fest aufeinandergepreßt. Em'ler wischte ihr mit einem Tuch den Schweiß vom Gesicht, strich ihr die Strähnen aus der Stirn und goß noch mehr heißes Wasser ins Bad. »So, das ist der Rest«, sagte sie und füllte das Ginglas noch einmal.

»Ich dachte, er wäre endlich alle!« Brendas Lippen verzogen sich. »Ich will raus«, jammerte sie. Em'ler sah auf den Rest Gin.

»Laß sie raus«, sagte Arthur. »Jetzt wird's ja endlich reichen.«

»Maul halten«, sagte sie bissig. »Das hier ist meine Sache.«

»Na bitte, dann mach weiter«, sagte er und zündete sich eine neue Zigarette an. Brenda stand plötzlich auf, und ihr dampfender rosa Körper entfaltete sich vor ihm wie eine voll erblühte Rose. Sie schwankte, als wolle sie gleich hinschlagen, und dann trat sie platschend auf den Teppich. Em'ler hielt sie mit einer Hand fest und rieb sie mit der anderen trocken.

»Kann ich was helfen?« bot Arthur sich an.

»Nein, danke«, versetzte Em'ler rasch. »Ich komm schon ohne *deine* Hilfe zurecht, besten Dank.« Sie griff nach einem Morgenrock, der auf der Sofalehne lag, und als sie sich dabei umdrehte, fiel das Badetuch von Brenda, so daß sie nackt dastand und dann auf das Feuer zu kippte.

Arthur sprang rasch hinzu, aber schon schob Em'ler ihn eifersüchtig weg, hielt das schwere Gewicht von Brendas Körper in ihren Armen auf und versuchte gleichzeitig, ihr den Morgenrock überzustreifen. »Stehen bleiben, Brenda. Halt doch nur 'n Augenblick still, bis ich ihn zugemacht hab.«

»Wenn ich was helfen soll, sag Bescheid«, sagte Arthur und lehnte sich bequem auf seinem Stuhl zurück.

»Maul halten, du Scheißkerl!« fuhr Em'ler ihn wieder an. »Das zahl ich dir noch mal heim!«

»Lieber Gott, so was Verrücktes wie dich hab ich in meinem Leben noch nicht gesehen, du schieläugige Wanze«, sagte er gleichmütig.

Brenda machte eine drehende Bewegung, schloß die Lider über den starren Augen und sank ohnmächtig auf den Teppich. Em'ler rannte in die Küche und kam mit einem Topf voll kaltem Wasser zurück, mit dem sie Brenda bespritzte, bis sie die Augen wieder aufschlug. Mit geradezu unheimlicher Kraft und Geschicklichkeit half sie Brenda wieder auf die Füße und führte sie bis zur Tür am Fuß der Treppe. Dann stieß sie die Tür auf, so daß sie die Stufen hinaufklettern konnte. »Komm jetzt zu Bett, Süße«, redete sie ihr liebevoll zu. »Jetzt ist es ja vorbei. Leg dich hin und schlaf alles aus.« Im Schneckentempo stiegen sie die Treppe hinauf.

Manchmal mußte Em'ler Brendas Füße und Beine anheben und sie auf die nächste Stufe setzen. Sie tat das alles so geschickt und fürsorglich, daß Arthur, der diese Manipulation von der Küche aus beobachtete, Gott dankte, daß Em'ler sich als eine so tatkräftige Hilfe erwiesen hatte und ihr in einer gerührten Anwandlung verzieh, daß sie ihn dauernd Scheißkerl genannt hatte. »Komm, Brenda, komm«, sagte sie immer wieder. »Komm, Süße. Nun noch 'ne Stufe. So ist es recht. Und jetzt noch eine. Und noch eine. Gleich sind wir oben. Und wir haben's auch bestimmt geschafft. So, jetzt nur noch eine Stufe.«

Brenda stieß in ihrer Trunkenheit ein helles Lachen aus. »Ist mir ganz egal, ob's jetzt weggeht oder nicht. Ist mir ganz egal.«

Em'ler schob Brenda auf das Bett. Sie fiel zurück, blieb reglos liegen, seufzte auf und schlief ein. Arthur stand im Türrahmen und sah, wie Em'ler den Kopf schüttelte und die Decke über Brenda breitete. »Geht's ihr besser?« fragte er.

Em'lers Gesicht verzog sich fast zu einem Lächeln; jedenfalls war ihre Miene freundlicher als je zuvor. »Brauchst dir keine Sorgen zu machen«, antwortete sie.

Er nahm eine Pfundnote aus seiner Brieftasche. »Da, Em'ler, kauf dir was dafür.«

Sie schob seine Hand zurück. »Ich will dein Geld nicht. Das kannst du behalten. Wirst es schon selber noch mal brauchen.«

»Sei doch nicht blöd«, widersprach er. »Kauf dir 'ne Bluse oder 'n Paar Strümpfe. Hast uns heute abend 'n guten Dienst erwiesen.«

Sie strich ihr Haar glatt. »Nee, von dir will ich kein Geld.« Ihre Stimme war wieder schroff geworden. Er versuchte, ihr den Schein in die Schürzentasche zu schieben, aber sie steckte ihn wieder in seinen Mantel.

»Na gut«, sagte er. »Wenn du absolut nicht willst, daß ich mich bei dir bedanke.«

Sie beugte sich vor, um das Licht auszudrehen. »Was bildest du dir eigentlich ein? Du willst dich bei mir bedanken? Das ist ja 'ne Unverschämtheit, Junge!«

»Ach, leck mich doch am Arsch!« fluchte er und wandte sich zum Gehen. Doch dann änderte er seinen Entschluß, kam zurück und küßte sie auf den Mund. »Danke«, sagte er.

Sie hob die Faust gegen ihn, aber er faßte das derbe Handgelenk und hielt es fest. »Untersteh dich«, sagte er, »dann kannst du was erleben.« Er drückte ihren Arm zurück, bis ihr Gesicht sich schmerzlich verzog.

»Laß mich los, du Scheißkerl«, sagte sie. »Da kommt jemand durch 'n Garten.« Er hörte ein Klopfen an der Hintertür und fuhr zurück. Im Dunkeln liefen sie schnell die Treppe hinunter.

»Brenda?« rief Jack von draußen. »Laß mich doch rein. Ich hab mein Brot vergessen.«

Arthur packte Em'ler beim Arm und flüsterte ihr zu: »Halt ihn auf und red 'n bißchen mit ihm. Ich geh dann durch die Vordertür raus.«

»Ich mach das, was mir paßt«, erwiderte sie laut in ihrem halb idiotischen Tonfall. »Du hast mir gar nicht zu sagen, ob ich ihn aufhalten soll oder nicht. Was ich tu, ist meine Sache, merk dir das endlich!«

»Du altes Biest!« zischte Arthur. »Halt doch die Schnauze!«

»Ich bin kein Biest!« schrie sie.

»Also gut. Aber brüll wenigstens nicht so.« Jack hämmerte an die Tür. »Mach auf, Brenda«, rief er. »Wer ist denn da bei dir?«

»Ein Biest bist *du*«, fuhr Em'ler fort, als hätte sie das Klopfen nicht gehört. »Und sogar 'n ganz gemeines, aber ich bin keins. Ich bin 'ne anständige Frau, und meine Papiere sind in Ordnung. Ich kann sie dir zeigen.«

»Hör auf!« stöhnte Arthur. Sie redete immer weiter und kramte in ihrer Schürzentasche herum, als wolle sie tatsächlich ihre Papiere hervorholen. Arthur ging ruhig durch das Wohnzimmer, hörte, wie Em'ler den Riegel hob und Jack barsch fragte, was er hier wolle. Und dann fing sie wieder davon an, daß sie ihre Papiere jetzt nicht finden könne, aber morgen wolle sie sie ihm zeigen. Arthur, der die Wohnzimmertür einen Spalt offenhielt, lachte, als er Jacks stammelnde Entschuldigungen hörte, mit denen er die wütende Em'ler zu beschwichtigen versuchte. Diese verstellte ihm aus Gründen, die ihr nur zu bekannt waren, noch immer den Weg. Brenda lag oben in tiefem Schlaf, und Arthur war es auf einmal völlig gleichgültig, ob diese Quälerei heute abend zum Erfolg geführt hatte oder nicht. Er fühlte sich so müde und fiebrig, als er hier auf der Türschwelle stand und sich nicht entscheiden konnte, in welcher Richtung er gehen mußte, um zur nächsten Wirtschaft zu kommen. Und wenn er tausend Frauen geschwängert hätte und ihre Ehemänner rachedurstig mit gezückten Messern hinter ihm her wären, ihm wäre es piepe gewesen.

Er ging die lange, leere Straße hinunter. Die frische Luft, die ihn plötzlich umgab, klärte seinen Kopf, seine Stimmung hob sich, und seine Sorgen wichen, jetzt, wo er ihnen nicht mehr Aug in Aug gegenüberstand. Die Lichter des Marktplatzes schienen einen Tanz um ihn aufzuführen. Jeder Pflasterstein warf das Echo seiner Schritte zurück. Aus den Türen der Wirtschaften drangen Bier- und Rauchschwaden. Er schlängelte sich zwischen den großen grünen Bussen durch, die ganze Lasten von Finsternis wegschaufelten, wenn sie mit ihren hellen Lichtern vorbeifuhren, und bahnte sich seinen Weg durch die Menge, die sich auf dem Slab Square um die Bibelforscher und Seifenkistenredner geschart hatten. Der Abend hatte sich wie eine tiefe Furche in sein Hirn gegraben, er konnte die Szene von vorhin einfach nicht loswerden: das lebendige, eindringliche Bild von Brendas weißem Körper, der in der Wanne lehnte, und das idiotische Gesicht von Em'ler, die ihr ein Glas Gin nach dem anderen reichte, bis

Brenda in eine hoffnungs- und willenlose Trunkenheit hinüberglitt und nicht mehr imstande war, zu sprechen oder einen Menschen zu erkennen. Es ist ihr Fehler, daß sie es so weit hat kommen lassen, fluchte er. Verdammt blödes Weib!

Mit schweren Schritten betrat er den ›Peach Tree‹, setzte sich und bestellte einen doppelten Rum. Danach fühlte er sich etwas besser, und seine Erkältung machte ihm weniger zu schaffen. Auf einem Podium am anderen Ende des Raumes bewegte sich so ein Schlangenkopf vor einem Mikrophon hin und her: jemand sang in falschen Tönen und mit weinerlicher Stimme. Er starrte dumpf auf die Rücken, die sich an der Bartheke nebeneinanderreihten, horchte auf das geschäftige Klicken der Ladenkasse und das rauhe, versoffene Organ des Schankmädchens. Die besessene Stimme floß ins Mikrophon, durchdrang Dunst und Rauch und schlang sich um Arthur, bis er den Wunsch spürte, dem wahnsinnigen Kerl, der den Lärm vollführte, an die Kehle zu fahren. Andere empfanden dasselbe. Arthur bemerkte einen Mann, der sich durch die Menge drängte, überall anstieß – »Verzeihung! Verzeihung!« – und auf den singenden jungen Mann zuging. Die beiden sprachen ein paar Worte miteinander wie zwei Freunde, die sich auf der Straße treffen. Der Sänger hielt eine Zigarette zwischen den Fingern, der andere hatte seinen Rockaufschlag gefaßt. Die Zigarette des Sängers war noch nicht angezündet, und er schien sie jetzt dem Mann anzubieten. In diesem Augenblick aber holte der Mann, der eben noch ein so freundliches Gesicht gemacht hatte, aus und versetzte dem Sänger einen kräftigen Faustschlag gegen die untere Gesichtshälfte. Seine Füße verfingen sich in den Mikrophonschnüren, und als er sich aufrappeln und zurückschlagen wollte, fiel er um.

Arthur freute sich darüber und lachte so laut und lange, bis er Seitenstiche bekam. Vielleicht hatte der Sänger gar nicht gewußt, daß er ein so abscheuliches Spektakel gemacht hatte, vielleicht hatte er gemeint, er hätte eine Stimme wie Gene Autry oder Nelson Eddy. Aber jedenfalls hätte er nicht so zu jaulen brauchen, und es geschah ihm ganz recht, daß man ihm das Maul gestopft hatte. Mit einem roten, verschwollenen und verstörten Gesicht ging der Sänger an Arthur vorbei und durch die Schwingtür hinaus. Während er ihm noch nachblickte, wurde die Tür von außen aufgestoßen, und herein kam Winnie, Brendas jüngere Schwester.

Sie sah zur Bartheke und zu den Tischen an der Wand hin und knöpfte ihren schwarzen Mantel auf, denn es war warm hier. Arthur bemerkte ein buntes Tuch, das sie sich wie einen Turban um den Kopf geschlungen hatte, Schuhe mit hohen Absätzen, Seidenstrümpfe und eine schwarze Handtasche.

»Hallo, Winnie«, rief er. »Haben Sie sich verlaufen?«

Sie hörte ihn nicht. Er hatte sie bisher erst einmal, und zwar bei Jacks Geburtstagsfeier im vorigen Jahr, getroffen, und sie war damals gegen zwei Uhr morgens in einem wilden Temperamentsausbruch über Jack hergefallen und hatte sämtliche Gläser und Flaschen mit einem Schürhaken vom Tisch gefegt, weil Jack versehentlich ein halbes Glas Bier über Brendas bestes Kleid verschüttet hatte. Diese Zerstörungswut hatte Arthur fasziniert, so daß er sich wünschte, sie näher kennenzulernen. Sie war eine zierliche Frau von fünfundzwanzig Jahren, und es kam Arthur vor, als sei sie höchstens halb so groß wie er. Bei Jacks Geburtstagsfeier hatte er sie ihrer langen schwarzen Haare wegen ›Gyp‹, Zigeunerin, getauft, und diese Bezeichnung hatte sie so erbost, daß sie ihm drohte, ihn zu ohrfeigen, wenn er nicht damit aufhörte. Er forderte sie auf, das draußen mit ihm zu erledigen, um nicht Jacks Party zu schmeißen; aber sie hatte abgelehnt und gesagt, er solle sich endlich anständig benehmen, sonst würde sie sich bei ihrem Mann über ihn beschweren, wenn er aus Deutschland auf Urlaub käme. »Na schön, Gyp«, hatte er geantwortet, und diese Bemerkung hatte ihren Wutausbruch veranlaßt, der die ganze Gesellschaft sprengte; das Bier, das Jack verschüttet hatte, war nur ein Vorwand.

Er stand auf und ging zu ihr. »Hallo, Winnie«, sagte er noch einmal. Den Namen ›Gyp‹ sparte er für später auf.

Sie sah ihn lächelnd an, ohne jedes Zeichen von Angriffslust, worauf er vorbereitet war. »Ich suche hier jemanden«, sagte sie.

»Vielleicht geht er heute mal fremd«, meinte er.

»Es ist eine Sie, Sie Klugscheißer«, kam prompt die Antwort.

Er nahm ihren Arm. »Kommen Sie, wir trinken einen zusammen.«

»Nein, ich muß gleich wieder weg«, sagte sie. »Ich bin noch nicht fertig mit 'm Hausputz. Bill kommt morgen abend auf Urlaub, und wenn nicht alles blitzt, kriegt er's mit der Wut und schlägt mir 'n blaues Auge.«

Aber er überredete sie, sich zu ihm zu setzen. »Ich nehme einen Gin mit Orangensaft«, sagte sie.

»Wie lange bleibt er denn?«

»Zehn Tage diesmal, aber nächsten Monat kommt er schon wieder. Er ist jetzt Sergeant bei der M. P.«

Er sah ihr zu, wie sie trank. Ihre kleinen vollen Lippen wirkten boshaft und streitlustig. Ihre Brüste, die im Verhältnis zum Körper übermäßig groß erschienen, spannten den roten Pullover. Faß nur an, sagten sie, und du wirst sehen, was dir blüht. Hügel des Mutwillens. Man käme nie auf den Gedanken, daß sie Brendas Schwester ist, überlegte er. Da muß vor etwa siebenundzwanzig Jahren mal irgendwas Komisches in der Familie passiert sein. Irgendein Zigeuner, der Wäscheklammern verkaufte, hat sich ihre Mutter vorgenommen und ihr für die Tasse Tee, die sie ihm vielleicht angeboten hat, was anderes dagelassen. Man braucht sich ja nur ihre Augen anzusehen, die hohen Backenknochen, das kohlschwarze Haar und die kleine gebogene Nase. Aber mal 'ne ganz nette Abwechslung, was anderes als diese breiten Puddinggesichter mit den Rosinenaugen und den ingwerroten Zotteln.

»Und wann hat Bill seine Dienstzeit abgerissen?«

»Jetzt fehlen nur noch zehn Monate dran. Ich bin froh darüber, und für ihn wird's so auch besser sein. Wenn man 'n Mann beim Militär hat, dann brauchte man gar nicht verheiratet zu sein.« Sie hatte eine reizvolle kleine Lücke zwischen ihren beiden Vorderzähnen, die jede Bewegung in ihrem Gesicht noch unterstrich: die kleine Lücke bewirkte, daß sie gelangweilter aussah, als sie wirklich war, oder trauriger, oder glücklicher – es war wie ein zusätzlicher Ausdruck ihrer Persönlichkeit, der Arthur ungeheuer reizte.

»Nein«, bestätigte er, »das ist kein Leben für 'ne Frau. Keinen zu haben, der sich um sie kümmert und sie mal ausführt, wenn ihr danach ist. Muß ja scheußlich sein für Sie. Eine Frau braucht 'nen Kerl, der bei ihr bleibt und sich nicht in Deutschland rumtreibt. Ich kann einen, der sich zum Militär meldet, einfach nicht verstehn, und schon gar nicht, wenn er verheiratet ist. Hab ich nie gekonnt. Und überhaupt, wenn er so 'ne süße Frau hat wie Sie, dann muß er ja glatt verrückt sein. So was in Nottingham sitzen zu lassen! Ich kapier die Welt nicht mehr; da kann man nur noch 'n Kopf schütteln. Kommen Sie, Süße, trinken Sie noch einen, dann wird Ihnen schon anders zumute. Ganz bestimmt. Selbst in den schönsten Friedenszeiten ist so 'n Kasernenleben nichts wert. Ich weiß das, ich hab's ja selber mitgemacht. Nein, Süße, je eher er wieder zu Hause ist, um so besser für alle beide. Dann kann er sich endlich so um Sie kümmern, wie sich's gehört. Dann sucht er sich 'n netten Job und kommt zur Ruhe und bringt jeden Freitag seine Lohntüte nach Haus. Was Besseres gibt's nicht. Sie müssen ihm schreiben und ihm sagen, daß er so schnell wie möglich nach Hause kommen und mit dem Soldatenspielen Schluß machen soll. Noch 'n Gin mit Orange? Ich nehme Porter mit Ale.« Er sprach leise auf sie ein, und seine Stimme klang, als ob er nicht wüßte, wie freundlich er war. Diese Masche war genauso wirkungsvoll wie Alkohol: er spann das Thema der armen, verlassenen Frau so lange aus, bis sie sich selber leid tat, und dann fing er an, sie mit ein paar derben Witzen aufzuheitern und allerlei Unsinn zu treiben. Als er sie dann wieder ›Gyp‹ nannte, war sie so vergnügt, daß sie kein Wort dagegen sagte.

»Wie geht's denn Brenda?« fragte er später, als sie bei ihrem dritten Gin angelangt war.

»Das müßten Sie doch besser wissen«, lachte sie. »Sie sind doch ihr Schwarm.«

Sie grinsten sich verständnisinnig an und wechselten das Thema. Er fühlte sich glücklich. Ob Brendas Sache nun in Ordnung gekommen war oder nicht, kümmerte ihn nicht mehr: er war nur froh, daß sie jetzt schlief und daß die Sache so oder so zu Ende war, und dies Gefühl der Erleichterung erfüllte ihn mit überschwenglicher Zärtlichkeit für ihre Schwester Winnie. Als die Uhr in der Wirtschaft auf zehn zeigte, hielt er ihre Hand und blickte nur auf, um eine letzte Lage zu bestellen, bevor die Sperrstunde ausgerufen wurde. Je mehr er sprach, um so weniger bemerkte er den Lärm ringsum. Sie saßen in einem magischen Ring ruhiger Unterhaltung, in den keine Störung eindringen konnte.

»Wenn's Ihnen recht ist, Süße, bring ich Sie nach Hause«, erbot er sich, als sie aufstanden und die Mäntel anzogen.

»Schön«, erwiderte sie. Er war so befangen in der Fieberstimmung seiner Erkältung, daß er sich kaum noch an Brenda erinnern konnte: es kam ihm fast so vor, als habe er vielleicht mal irgendwann von ihr geträumt, mehr nicht. Sie war verschwunden hinter einem Fieberschleier, versunken in dem dampfenden Wasser einer Zinkwanne. Eine Flasche kochenden Gin in der Hand, war sie Arm in Arm mit der bedepperten Em'ler ins Nichts entschwunden. Jetzt aber war er glücklich, denn er ging über die Derby Road mit Winnie nach Hause. Sie hatte seinen Arm genommen und anscheinend völlig vergessen, daß sie noch mit ihrem Hausputz fertig werden mußte, weil Bill morgen abend kam; und Arthur hütete sich, sie daran zu erinnern. Vollbesetzte Busse fuhren an ihnen vorüber. Am Canning Circus bestand sie darauf, daß sie den Platz möglichst rasch überquerten, damit sie nicht von irgendwelchen Nachbarn erkannt wurden, die von ihren Bierreisen heimkehrten. Jetzt wurde ihm klar, was ihn erwartete. Ich bin doch 'n Glückspilz, sagte er sich und hoffte im selben Atemzug, daß seine Ahnung ihn nicht täuschte. Neben ihm war sie zierlich wie ein kleines Mädchen. Du alter Kidnapper! beschimpfte er sich lachend, als sie in Winnies Straße einbogen. Jetzt hörten sie auf zu sprechen und gingen leiser. »Ich möchte nicht, daß die Nachbarn was merken«, flüsterte sie und drückte seinen Arm.

»Was können die Ihnen schon wollen?« fragte er spöttisch.

»Psst!« zischte sie. »Ihnen kann's ja egal sein, aber morgen abend ist Bill da, und wenn jemand mich mit Ihnen gesehn hat, gibt's 'nen Heidenstunk.«

Sein Fieber hatte ihn leichtsinnig gemacht, aber ihre energische und besonnene Mahnung brachte ihn wieder zur Vernunft, so daß er sich ruhig verhielt, bis sie im Haus waren. »Ich glaub nicht, daß uns einer gesehn hat«, meinte sie und knipste das Licht in der Küche an.

»Ist schon alles in Ordnung.« Er beugte sich zärtlich herab, um sie zu küssen. Sie schlang die Arme um seinen Hals und erwiderte seine Küsse mit der ganzen Gier einer leidenschaftlichen Frau, die ihren Mann zu lange hat entbehren müssen. »Wollen wir raufgehn, Süße?« fragte er.

»Ja, aber mach keinen Lärm.«

Er ging hinter ihr her, umarmte sie auf jeder zweiten Stufe und empfand dabei eine fast schmerzhafte Begierde nach ihrem kleinen wilden Körper. Er erinnerte sich, daß er vor kurzem unter ganz anderen Umständen eine andere Treppe hinaufgestiegen war. So hatte der Abend begonnen, und so ging er jetzt zu Ende. Sie hatte sich bis auf die Unterwäsche ausgezogen und lag erwartungsvoll im Bett. Noch nie hatte ein Abend für ihn so schlecht begonnen und sich dann so großartig entwickelt, dachte er, während er seine Socken auszog.

7

Jack nahm den kurzen Weg durch die Rahmen-Abteilung, denn seit seinem Aufrücken war die Zeit für ihn kostbar geworden. Als Arthur ihn den Gang entlangkommen sah, war er bestürzt über sein Aussehen: er schien in den letzten Monaten zusammengeschrumpft zu sein. Sein Gesicht war fahlgelb, die Lippen standen halb offen, als spräche er mit sich selber, das früher glänzende schwarze Haar war schlaff und tot, und er betrat die Werkhalle mit einer Miene, als habe er kein Recht, sich hier aufzuhalten. Er nickte Robboe flüchtig zu und ging dann zwischen den Reihen der Maschinen zu Arthur.

Arthur hatte bereits versucht, sich vorzustellen, was wohl geschehen sein mochte, als Jack am letzten Montag abend endlich ins Haus gelassen wurde, in sein Wohnzimmer, in dem nasse Tücher, leere Gläser und Ginflaschen herumlagen und in dessen Mitte eine große Zinkwanne mit noch dampfendem Wasser stand. Was hatte Em'ler ihm gesagt? Er hätte seinen rechten Arm darum gegeben, wenn er diese Szene hätte belauschen können. Sogar Brenda wußte nichts darüber, denn obgleich der Gin und das heiße Wasser ihre Wirkung getan hatten, konnte sie Arthur nichts Näheres erzählen. Sie hatte ein paar Tage später verdrießlich in der ›Royal Coach‹ gesessen und nur einige sarkastische Bemerkungen gemacht, wenn sie überhaupt den Mund auftat.

Als Jack auf ihn zutrat, unterbrach Arthur die Arbeit, klopfte ihm auf die Schulter und sagte, er freue sich, ihn zu sehen und er solle sich doch öfter blicken lassen, damit sie quatschen könnten wie in alten Zeiten. »Aber wahrscheinlich bist du jetzt, wo du so 'nen gutbezahlten Job hast, zu vornehm für so was geworden. Nächstens machen sie dich noch zum Aufseher, und dann wirst du wohl nicht mal mehr mit mir reden, wenn wir uns auf der Straße begegnen.«

Jack nahm diese Witzeleien kühl auf und ließ seine dunklen Augen über jede Einzelheit der ihm so vertrauten Drehbank schweifen, sah auf die Ölwanne, die Scheibenräder, die Spindel – überallhin, nur nicht in Arthurs Gesicht. »Du solltest dich wirklich freuen, daß ich gekommen bin«, sagte er. »Ich muß dir was sagen.«

»Aha, du hast wohl im Toto gewonnen?«

Jacks Gesicht wurde noch ernster und kummervoller: »Laß den Unsinn und hör lieber zu, was ich dir zu sagen hab. Ich hab nicht viel Zeit; in zehn Minuten muß ich wieder rüber an meine Arbeit.«

»Was ist denn los?« Arthur war etwas verärgert und fühlte sich unbehaglich, weil Jack so nervös war. Mit Leuten, denen die Nervosität im Gesicht stand, hatte er nicht gern zu tun.

»Ich bin gekommen, weil ich's für richtig hielt, dich zu warnen«, fuhr Jack fort. »Eigentlich dürfte ich dir's gar nicht erzählen, aber da wir sonst immer gut miteinander gestanden haben, tu ich's doch. Du solltest dich in den nächsten Tagen mal 'n bißchen vorsehn, denn hinter dir sind zwei Kommißtypen her, die dir eins verpassen wollen. Also ich hab dich gewarnt, obwohl du's weiß Gott nicht verdienst, nach dem, was du angerichtet hast. In deinem Alter hättest du vernünftiger sein können.«

In diesem Fall hältst du lieber den Mund, sagte sich Arthur. Laß ihn ausreden. Oder noch besser, bring ihn dazu, mehr zu erzählen. »Ich wüßte wirklich nicht, warum zwei vom Kommiß hinter mir her sein sollten. Aber jedenfalls danke ich dir für die Warnung.«

Diesmal sah Jack ihn beinahe an, doch glitt sein Blick zu einem Stapel fertiger Werkstücke hinüber. »Du bist nicht auf 'n Kopf gefallen, Arthur«, sagte er. »Ich glaube, du weißt ganz genau, warum sie hinter dir her sind. Aber ich kann dir's ja trotzdem sagen. Einer von den Kerlen ist Bill, Winnies Mann. Er behauptet, du hättest was mit seiner Frau gehabt. Und er sagt, du hättest auch was mit Brenda. Na, bei

Winnie bin ich nicht sicher. Könnte mir schon denken, daß du was mit ihr gehabt hast. Aber wegen Brenda hat er sich wohl geirrt. Ich sehe in solchen Sachen gern klar, und grade hier will ich natürlich wissen, was los war und was nicht. Ich bin sicher, daß das mit Brenda nicht stimmt. Aber wenn doch was dran ist, dann muß ich dich warnen, Arthur. Ich würde dir's schwer heimzahlen, wenn du was mit Brenda hättest. Aber ich denke doch, du bist mein Freund und würdest so was nicht tun. Im Grunde bist du ja doch 'n anständiger Kerl.«

Während dieser langen Ansprache hatte Jack dauernd die Fäuste geballt und dann die Hände wieder ausgestreckt, und als er fertig war, reichte Arthur ihm einen sauberen Lappen. Er nahm ihn und wischte sich bedächtig den Schweiß von Mund und Stirn. »Du kannst dich drauf verlassen, zwischen mir und Brenda ist bestimmt nichts«, sagte Arthur. Das, was er eben gehört hatte, beunruhigte ihn nicht; aber er spürte, daß nach seiner triumphalen Nacht mit Winnie die Dämonen der Gerechtigkeit ihn umzingelten, ihm die Fänge und Krallen seiner Existenz stumpf zu machen drohten. Aber man konnte nie wissen. Glück konnte sich jederzeit wandeln. Jetzt versetzt es dir einen Nackenschlag, und im nächsten Augenblick stopft es dir Zucker in den Mund. Hauptsache, man wurde nicht weich – wie Jack zum Beispiel.

»Weißt du«, sagte Arthur, »kann sein, daß diese beiden Kerle hinter mir her sind, aber wenn's Keilerei gibt, können sie was erleben. Die sollen sich nur in acht nehmen; vor denen lauf ich noch lange nicht weg.«

Jack schüttelte den Kopf. »Nein, das kann ich mir denken. Aber vielleicht wär's doch besser, denn wenn du denen nicht aus'm Weg gehst, wirst du Ärger haben.«

»Und diese Schweinehunde erst recht!« fluchte Arthur. Aber wohl war ihm dabei doch nicht. Er prügelte sich nicht gern und vermied es nach Möglichkeit. Nur Idioten benutzten Fäuste, weil sie nicht genug Grips hatten, sich anders durchzusetzen. Das war eine armselige Art, ein Problem zu lösen. Wenn es keinen Ausweg gab und zwei solche Raufbolde Blut sehen wollten, zwei solche Heiden, die keinen Verstand hatten und mit denen sich nicht reden ließ, dann blieb einem nichts übrig, als auszuholen, die Fäuste zu gebrauchen und auch die größten Schränke zusammenzuhauen, die einem entgegentraten.

»Also sag nicht, ich hätte dich nicht gewarnt«, meinte Jack.

»Tu ich nicht. Und vielen Dank für die Mühe. Ich werd schon aufpassen.«

»Dann bis zum nächstenmal.« Jack hatte sich schon umgedreht und ging den Hallengang hinunter.

»Wiedersehn!« rief Arthur hinter ihm her und ließ seinen Motor mit solchem Schwung an, daß der knatternde Lärm alle anderen Maschinen übertönte.

Nach Arbeitsschluß ging er mit hocherhobenem Kopf die Eddison Road entlang. Niemand nahm hier Notiz von ihm, doch er hatte auf einmal das Gefühl, daß Jack mit seiner Warnung recht gehabt hatte, denn er hätte darauf schwören können, daß ihm ein paar Abende vorher zwei Kerle nachgeschlichen waren. Er hatte zuerst gemeint, es seien vielleicht Polizisten, aber diese Möglichkeit wieder verworfen, da er seines Wissens keine Handtaschen gestohlen, keine Gaszähler erbrochen und keinen Ladenbesitzer erschlagen hatte. Nun hatten Jacks Worte ihm ein Licht aufgesteckt. Im Weitergehen überlegte er sich, wie es wohl gewesen war: Bill war aus Deutschland gekommen und hatte bestimmt noch am selben Abend in der Eckkneipe ein Bier getrunken. Und da hatte sich ein Gespräch mit einem von diesen schmallippigen Weibern, diesen sogenannten Nachbarinnen, ergeben, und die hatte nichts Besseres zu tun gehabt, als ihm zu berichten, was für eine gute und brave Ehefrau Winnie während seiner Abwesenheit gewesen war; aber gleichzeitig hatte sie auch durchblicken lassen, daß sich in der vergangenen Nacht irgendwas Verdächtiges ereignet haben müsse und daß Winnie vorher mit einem großen jungen und blonden Kerl im ›Peach Tree‹ gesehen wurde. Daraufhin war Bill nach Hause gegangen, und aus der folgenden Auseinandersetzung war Winnie mit einem blauen Auge hervorgegangen und Bill mit der Spur einer Tigerklaue auf der Wange. Winnie hatte gesagt, daß sie allerdings mit Arthur im ›Peach Tree‹ gewesen sei, aber nur, weil er dort mit ihrer Schwester Brenda verabredet war, die dann auch zehn Minuten später gekommen sei, und sie habe sich in dieser Wartezeit nur zu einem lumpigen Gin mit Orangensaft einladen lassen. Über den Nachhauseweg könne er sich ja bei Brenda erkundigen und in wessen Bett er schließlich gelandet sei. Falls er jedoch auch nur ein Wort darüber zu Jack sagen sollte, könne er sich auf eine weitere prächtige Kratzwunde auf der anderen Gesichtshälfte gefaßt machen. Aber Bill, der sich nach der stürmischen Fahrt über den Kanal auf ein eheliches Glück gefreut hatte, war durch diesen Streit so in Rage gekommen, daß er entschlossen war, Arthur für diese Enttäuschung bezahlen zu lassen. Einem jungen Mann, der es mit zwei verheirateten Frauen trieb, mußte das Handwerk gelegt werden. Er nahm sich Jack vor und erklärte ihm, daß ein Bursche namens Arthur, der mit ihm in der Fabrik arbeite, was mit Brenda habe. Jack hatte ihm nicht geglaubt, aber Bill hatte behauptet, er könne ihm beweisen, daß Arthur am letzten Montagabend Brenda nach Hause gebracht habe. Daraufhin hatte Jack ihm ins Gesicht gelacht und erzählt, daß er am Montag selber noch mal nach Hause gegangen sei und daß Brenda den ganzen Abend dort mit Em'ler, einer früheren Kollegin aus der Strumpf-Fabrik, zusammengesessen habe. Obgleich es ihm peinlich war, fügte er noch hinzu, daß Em'ler betrunken gewesen sei – nicht ganz die Art Frau, mit der man befreundet sein sollte – und daß seine Frau, als er kam, oben im Bett gelegen und bis zum nächsten Morgen wie eine Tote geschlafen habe. Bill erklärte Jack für einen elenden Idioten; Jack hatte nur gelächelt. »Na gut, wir werden ja sehn«, hatte Bill gesagt. Er sei jetzt für zehn Tage auf Urlaub hier und würde sich in dieser Zeit mal den jungen Lümmel kaufen, der es darauf abgesehen habe, ihr glückliches Eheleben zu zerstören. Ein Kamerad von ihm sei auch gerade auf Urlaub, und sie würden den Burschen beschatten und ihn in einer der nächsten Nächte zusammenschlagen. Jack hatte gemerkt, daß es Bill ernst damit war, und darum hatte er Arthur gewarnt.

Er bog in den schmalen Gartenweg ein. Die Dämmerung, die sich zwischen den Häusern ausbreitete, verwandelte den Tag in einen kühlen, windigen Aprilabend. Seine schweren Schuhe dröhnten auf dem Pflaster, als er durch den Hof schritt. Er hob den Riegel der Hintertür, ging durch die Küche ins Wohnzimmer und hängte seinen Mantel an einen Haken. Gewöhnlich begrüßte er die versammelte Familie mit einem kurzen »Hallo!«, doch heute abend war er zu sehr mit seinen Gedanken beschäftigt, um noch Sinn für Höflichkeit aufzubringen. Mürrisch setzte er sich an den Tisch und wartete darauf, daß seine Mutter ihm eine Tasse Tee eingoß. Das Radio dudelte in voller Lautstärke; er hob ärgerlich den Kopf.

»Stellt doch das Ding ab!« sagte er.

Aber es waren gerade altmodische Walzer im Programm, die seine Mutter besonders liebte. »Laß es doch an«, meinte sie, »ist ja so 'ne hübsche Musik.«

»Na schön, dann gib mir wenigstens 'ne Tasse Tee«, knurrte er.

Sie sah ihn erstaunt an. »Was hast du denn heute abend? So was von schlechter Laune!«

Er antwortete nicht. Das Radio spielte weiter. Fred, sein älterer Bruder, saß am Tisch und versuchte ein Kreuzworträtsel zu lösen. Er beobachtete, wie Arthur wortlos seinen Tee austrank, und wunderte sich auch über seine sonderbare Stimmung. »Ich geh jetzt rauf und höre oben Radio«, erklärte er dann.

Arthur folgte ihm. Oben setzte er sich aufs Bett.

»Du bist ja nicht grade sehr aufgekratzt«, sagte Fred. »Was ist denn los?«

Arthur hatte keine Lust, ihm seine Sorgen auseinanderzusetzen.

»Nichts«, antwortete er im Ton tiefster Niedergeschlagenheit. Er zündete sich eine Zigarette an, ging zum Fenster und warf das ausgebrannte Streichholz mit solchem Schwung hinaus, als sei es ein Stein, mit dem er jemanden treffen wollte. Dann blieb er noch einen Augenblick stehen, beobachtete die Kinder, die unter den hellen Laternen spielten, und horchte auf das ferne Dröhnen des Straßenverkehrs und das leise regelmäßige Geräusch der Maschinen in der Fabrik am Ende der Straße. »Ich kann's dir ja auch sagen, was los ist«, begann er dann. »Zwei Kerle sind hinter mir her, zwei Kommißtypen«. Er erzählte Fred die ganze Geschichte. »Winnies Mann ist aus Deutschland auf Urlaub da, und jetzt will er mich zusammen mit einem Kameraden schnappen, bevor sie wieder zurückmüssen.«

»Na, dann mußt du eben sehn, daß du ihnen nicht in die Quere kommst«, riet Fred ihm. »Gehst du heute abend aus?«

»Ja, wollte ich eigentlich.«

»Dann komm ich mit. Ich geh gern noch 'n bißchen an die Luft.« Ich kann ihm zwar nicht viel helfen, wenn's zu 'ner Schlägerei kommt, dachte Fred bei sich, aber ich kann wenigstens aufpassen, daß er nicht in so was reingerät.

»Willst du wirklich mitkommen?« Arthur mochte seinen Bruder nicht in Schwierigkeiten bringen. Um sich machte er sich keine Sorgen.

»Na, das hab ich doch eben gesagt. Ich mach gern noch 'n kleinen Spaziergang.«

»Vielleicht zu deiner Beerdigung«, warnte Arthur ihn.

»Und zu deiner«, gab Fred zurück. »Warum mußt du dir auch so was auf 'n Hals laden!«

Sie zogen beide keinen Mantel an. Auf dem raschen Gang zur Kneipe würden sie schon warm werden, und dort konnten sie sich mit ein paar Glas Bier anheizen. Auf der Straße gestand Fred, daß er wie gewöhnlich pleite war – mit dem Krankengeld von dreißig Shilling kam man nicht weit; aber Arthur sagte, er würde zahlen. Am Ende der Straße stand Mrs. Bull, und ihr Mondgesicht war ein Leuchtfeuer, das die Straße nach Neuigkeiten über gestrandete Wracks absuchte und nach Gerüchten über Schiffe, die demnächst scheitern würden. Außerdem spähte sie angestrengt ins Halbdunkel, um herauzufinden, wer wohl noch zu Taylor ging, um sich auf Pump Fressalien zu holen. Arthur stieß sie im Vorbeigehen versehentlich an.

»Kannst du nicht aufpassen, du Lümmel«, schrie sie hinter ihm her.

»Ich glaube, du hast sie angerempelt«, meinte Fred.

Arthur wandte sich um. »Ich hab Sie gar nicht gesehn«, rief er. »Sie stehn so oft hier, daß ich geglaubt hab, Sie wären 'n neuer Pfosten, der aufgestellt worden ist. Sie sollten lieber vorsichtig sein: beinah wär ich stehngeblieben und hätte aus Versehen meine Zigarette an Ihnen ausgedrückt. Aber wahrscheinlich ist Ihnen das schon manchmal passiert.«

Sie hob drohend ihre Faust gegen ihn. »Unverschämter Bengel! Ich hab gesehn, wie Sie sich mit verheirateten Frauen rumgetrieben haben. Erst neulich abend hab ich Sie in der Stadt erwischt; das können Sie nicht leugnen.« Sie hatte stets ein gerammelt volles Lager erpresserischer Skandalgeschichten, mit denen sie jeden bombardierte, der ihr in die Quere kam – Leuchtspurmunition und Dum-Dum-Geschosse, die sie hinter einem Wall aus altem Klatsch aus allen Rohren abfeuerte.

»Kümmern Sie sich doch um Ihre eigenen Angelegenheiten, Sie alte Schreckschraube!« brüllte Arthur.

»Ah!« kreischte sie mit jenem wissenden Ton, der ihn wahnsinnig machte. »Das könnte Ihnen so passen. Damit solche Schmutzfinken wie Sie immer lustig weitermachen können!«

Fred zog ihn am Arm. »Sie hat 'n Knall«, sagte er. »Die hat Gehirnerweichung.«

Sie gingen die Straße hinauf zum ›Peacock‹. Das Lokal war ziemlich leer, da es noch früh war, und sie fanden einen Tisch in einer Ecke gegenüber der Theke. Arthur bestellte die Getränke: 'ne Flasche für sich und ein Glas für Fred.

Arthur trank acht Flaschen Porter, und als Fred ihn so ein Glas nach dem anderen runterstürzen sah, merkte er, wie sehr ihm die Sache zu schaffen machte. Und noch etwas war außergewöhnlich: sonst rauchte Arthur beim Trinken stark, doch heute schien er das Päckchen Zigaretten, das Fred auf den Tisch gelegt hatte, gar nicht zu bemerken, während er Glas um Glas kippte: »Du willst dir wohl Mut machen?« fragte er vorsichtig.

»Wozu denn?« Es war eine unverbindliche Frage, hinter der die Warnung zu spüren war: laß mich in Frieden.

»Weil du dich besäufst. Du wirst noch Krach kriegen.«

»Nein, das werd ich nicht. Ich komm schon klar, ohne mich zu prügeln.« Die Antwort klang logisch, aber Fred wußte, daß sie nicht mehr galt, falls Arthur die Wut packte, bevor er Zeit hatte zu überlegen. Bei der siebenten Flasche rief er: »Hör mal, du Knallkopf, ich hab keine Lust, dich nach Hause zu tragen.«

»Wer hat das von dir verlangt?«

»Niemand. Du hast's noch nie getan. Aber du kannst nachher nicht mehr grade gehn.«

»Wie oft hast du erlebt, daß ich nicht mehr grade gehn konnte, weil ich zuviel gesoffen hatte?« fragte Arthur grollend.

»Zweimal. Aber das hat mir genügt.«

Arthur warf ihm einen finsteren Blick zu, aber Fred sah starr zurück, bis Arthur nachgab und nur noch sagte: »Ich komm schon allein zurecht, du brauchst dir keine Gedanken zu machen.«

»Na, ist ja gut«, versetzte Fred. »Ich hab nämlich keine

Lust, dich im Dunkeln die Ilkeston Road runterzuschleppen, vor allem wenn du kotzt wie 'n Reiher.« Er war nicht allzu besorgt: acht Flaschen Porter waren noch kein Grund zur Aufregung.

»Für mich ist 'n Glas heute abend genau das richtige«, erklärte Arthur.

»Ja, 'n Glas, aber nicht 'ne Badewanne voll.«

Arthur lachte, aber es war das Lachen eines Mannes, der plötzlich etwas Komisches hört, obgleich er im Grunde gar nicht zum Lachen aufgelegt ist: »Dafür hältst du dich ja mächtig zurück.«

Fred wies auf den halben Liter, den er vor sich stehen hatte. »Einer muß ja auch nüchtern bleiben und auf dich aufpassen.«

»Werd nicht unverschämt! Auf mich braucht keiner aufzupassen.«

»Denkste!« Fred blieb ungerührt. »Einer, der's mit zwei verheirateten Frauen hat und sich dabei so benimmt, daß ihre Männer es spitz kriegen, der braucht jemand, der auf ihn aufpaßt.«

Arthur mochte nicht, daß ihm dies Thema schon wieder vorgesetzt wurde. »Ich kann nichts dafür. Irgendwelche Nachbarn müssen mich gesehn haben und konnten natürlich die Klappe nicht halten. Die lassen einen einfach nicht leben.«

»Und die beiden Kerle werden dich bestimmt nicht leben lassen, wennse dich kriegen.«

»Ich werd mich schon vorsehn«, versicherte er. »Abwarten.«

»Genau das tu ich. Ich will dir ja nur 'n bißchen helfen, falls die beiden heute abend unterwegs sind. Und ich will eben nicht, daß du hier besoffen rumtorkelst und dich nicht mehr wehren kannst, wenn sie dich erwischen. Deshalb geb ich dir nur 'nen Rat: hau ab, sobald du sie siehst. Das ist das Beste, was du machen kannst. Du hast mir doch erzählt, es sind zwei Mordskerle, die aus Deutschland auf Urlaub da sind. Mit der ganzen Pisse, die du jetzt in dir hast, kommst du gegen die nicht auf.«

»Ich schlag mich besser, wenn ich was getrunken hab«, widersprach Arthur. »Das macht mich wild. Wenn die jetzt hier reinkämen und ich wär nüchtern, dann könnte 's mir passieren, daß ich ihnen die Hand schüttle und sage: ›Na, wie geht's denn, Jungs? Tut mir leid, aber ihr hättet nicht so dämlich sein und euch für zehn Jahre zum Kommiß melden sollen. Dann hättet ihr euch auch besser um eure Frauen kümmern können.‹ Wenn ich aber was getrunken hab, dann hol ich aus und schlag los.«

Vier junge Leute amüsierten sich am Wurfpfeilbrett. Sie spielten in zwei Parteien und erhoben bei jedem Treffer ein so wildes Geschrei, daß Fred den Eindruck hatte, es müßten mindestens neunzigtausend Pfund als Preis ausgesetzt sein. Entweder waren es schlechte Spieler oder sie waren betrunken, denn die Pfeile flogen gegen die Wand und die äußeren Drähte des Bretts und fielen dann wie verwundete Vögel zu Boden. Einer der Spieler holte mit wildem Schwung aus und schleuderte seinen Pfeil blindlings auf das Brett. Die Stahlspitze knallte laut gegen einen der äußeren Drähte, prallte ab und beschrieb in der Luft über Arthurs Bein ein paar lustige Purzelbäume.

Wenn Arthur an einem Tisch saß, hatte er immer Schwierigkeiten, seine Beine bequem unterzubringen. Unter dem Tisch fand meistens nur eins Platz; das andere streckte er in die Gegend, wobei zwischen dem oberen Rand seiner kurzen Socken und der etwas hochgezogenen Hose gewöhnlich ein Stück bloßes Bein zu sehen war. Die Arabeske des fliegenden Pfeils endete damit, daß er herabsauste und in dem weichen Fleisch von Arthurs bloßgelegtem Knöchel steckenblieb.

Sein Bein zuckte, aber der plötzliche Schmerz brachte ihn doch nicht dazu, aufzuspringen, denn er war so versunken in seine düsteren Gedanken, daß er nicht einmal hochgeschreckt wäre, wenn neben ihm eine Feuerwerksrakete explodiert oder ein Ziegelstein ihm auf den Kopf gefallen wäre. Er bückte sich, zog den Pfeil heraus und legte ihn auf den Tisch neben sein Glas.

Fred war immer wieder verblüfft über die Art, wie eine Schlägerei losging. Es war, als werde eine fehlerhafte Maschine angelassen, und man wußte, daß sie nun weiterlaufen würde, bis sie in Stücke sprang, wenn man nicht schnell hinlief und auf einen Knopf drückte, um sie abzustellen. Aber meistens war er in solchen Augenblicken so interessiert an diesem Zerstörungswerk, daß er ruhig zusah, bis die Maschine sich in eine unübersichtliche Masse von Schraubenmuttern und Bolzen verwandelte, die über den Fußboden rollten.

Der junge Mann, der den Pfeil geschleudert hatte, trug einen blauen Anzug, braune Schuhe, einen gelben Pullover und ein braunes Hemd ohne Schlips. Er hatte ein paar Pickel im Gesicht, das seltsam zerquetscht aussah, und seine schmalen Augen blickten so verglast, daß man spüren konnte, wie hinter ihnen der Alkohol rumorte. »Kann ich meinen Pfeil wiederhaben?« fragte er Arthur.

Arthur sah auf und erwiderte ruhig: »Dann mußt du dich aber zuerst entschuldigen, denn der Pfeil ist mir ins Bein gegangen.«

Am liebsten hätte Fred dem jungen Mann gut zugeredet: »Los, tu, was er sagt, dann ist alles in Ordnung!« Aber er blieb stumm sitzen und wettete mit sich, was nun als nächstes geschehen werde. Der junge Mann sah auf Arthur herab und sagte: »Ich will meinen Pfeil wiederhaben.« Hinter ihm riefen seine Freunde ungeduldig: »Nu komm schon, Ted! Nimm deinen Pfeil und wirf, du bist dran!« Der junge Mann grinste sie an und sagte dann mit einem leicht drohenden Unterton: »Gib mir meinen Pfeil wieder.«

Arthur stellte eine vernünftige Forderung: »Entschuldige dich, dann bekommst du ihn wieder.«

»Ich entschuldige mich bei niemandem«, schrie der junge

Mann, der plötzlich durch das Bier und den düsteren Trotz, die sein Gehirn vernebelten, einen Weg gefunden zu haben schien. »Gib mir meinen verdammten Pfeil wieder.«

Arthur stand auf und holte aus. Die gesamte Wut, die sich in den letzten Wochen in ihm aufgespeichert hatte, schien sich in seiner Faust konzentriert zu haben. Es war ein solcher Schlag, daß der junge Mann gegen die Theke taumelte, dort abprallte und mit sonderbaren Trippelschritten, die an einen Varietétänzer erinnerten, wieder nach vorn stürzte. Er schoß durch den Kreis seiner Freunde, die beiseite traten und ihn verwundert anglotzten. Dann schlug er zu und traf Arthur, und dieser schlug zurück, als sei er ein Roboter und der Schlag des jungen Mannes habe einen Mechanismus ausgelöst. Wieder taumelte der andere auf demselben Weg zur Bar zurück, diesmal jedoch mit einer leicht drehenden Bewegung. Und dann griff er mit Unterstützung seiner Freunde von neuem an.

Fred erklärte später, es habe ausgesehen wie eine fabelhafte Raufszene in einem Cowboy-Film. Er konnte eine objektive Beschreibung geben, denn er hatte sich sofort bei Beginn des Kampfes vor die Tür gestellt, die durch den Waschraum nach außen führte. Es tat ihm leid, daß er es seinem Bruder überlassen mußte, sich allein zu verteidigen, aber es blieb ihm nichts übrig, als den schwingenden Fäusten und den umstürzenden Tischen aus dem Weg zu gehen, weil der Arzt ihm seiner Bronchitis wegen verboten hatte, sich an Schlägereien zu beteiligen.

Arthur hielt sich gut, fand er. Der junge Mann hatte Arthur, als er ihn am Tisch sitzen sah, offenbar nicht für so groß gehalten und erkannte jetzt seinen Irrtum. Arthur war so viel größer als alle anderen, daß sie gar nicht recht an ihn herankamen. Er teilte Fausthiebe nach vorn, rechts und links aus, und es kam ihm auch nicht darauf an, seinen Gegnern mal mit seinen schweren Arbeitsschuhen einen gelegentlichen Tritt zu versetzen. Der Kellner und der Wirt versuchten, sich einen Weg zu ihm zu bahnen, worauf Fred rief: »Hau ab, Arthur!« Er sah, wie Arthur einhielt, zurückblickte, ihm zunickte, dem jungen Mann, der den ganzen Krawall verursacht hatte, noch eins überbriet und dann durch die Schwingtür verschwand.

Draußen trafen die Brüder wieder zusammen. »Laß uns diese Straße raufwetzen«, sagte Fred. Es brannte nur eine trübe Laterne, und an zwei Stellen lag der gelbe Lichtschein eines erleuchteten Fensters auf dem Pflaster. Sie gingen rasch weiter, und als sie um die erste Ecke bogen, hörten sie einen Tumult hinter sich. Fred wollte anfangen zu laufen, aber Arthur meinte, es sei besser, wenn sie ganz ruhig weitergingen, damit die anderen nicht merkten, welche Richtung sie eingeschlagen hatten. Im Gewirr der Straßen bogen sie um mehrere Ecken und gelangten schließlich auf die hell erleuchtete Alfreton Road. »So, jetzt könnte ich noch 'n Bier vertragen«, erklärte Arthur und knöpfte seine Jacke zu.

Nach dem Zehn-Uhr-Schluß in den Wirtschaften wurde auch der Canning Circus menschenleer und still. Ein paar späte Wagen fuhren im zweiten Gang die ansteigende Straße hinauf, zeigten ihre dunklen Schnauzen, als sie oben die Verkehrsinsel umrundeten, und verschwanden dann im Finstern einer anderen Straße. Der Mond beschien die blumenlose Rasenfläche der Verkehrsinsel, und die grünen Pfähle der Ampeln wirkten verglichen mit diesem Mondglanz nur schwach erleuchtet.

Arthur und Fred wanderten am Armenhaus vorbei und redeten über den Krieg. Fred unterstrich seine taktischen Bemerkungen mit heftigen Gesten und stellte beredte Vergleiche zwischen Korea und Libyen, Gebirge und Wüste, Infanterie und Panzertruppen an. Aus einer Wirtschaft, wo sie noch beim Aufwasch waren, fiel ein Lichtschein. Alle anderen Torwege und Gebäude waren wie ausgestorben, mit dunklen Fenstern, hinter denen die Jalousien heruntergelassen waren.

Nur noch wenige Menschen waren unterwegs: ein Mann stakste im Schatten daher, ein anderer überquerte kühn die Grasfläche der Verkehrsinsel und pfiff dabei den letzten Schlager vor sich hin. Aus der Wirtschaft kam mit unsicheren Schritten ein dritter, der einen gläsernen Bierkrug fest umklammerte. »Siehst du den da?« fragte Arthur und zeigte auf den Mann. »Was macht der komische Kerl bloß?«

Fred fühlte sich nur in seinem Redefluß unterbrochen; doch als sie näher kamen, hörte er, wie der Mann eine undefinierbare Melodie summte, als wolle er auf diese Weise den Zweck seiner Straßenüberquerung verschleiern. Er trat auf den Gehsteig und starrte aufmerksam in das Schaufenster eines Beerdigungsunternehmers.

»Ich möchte bloß wissen, was der vorhat«, sagte Arthur noch einmal.

Jetzt hatte der Mann einen Entschluß gefaßt. Er trat drei genau bemessene Schritte bis zum Gehsteig zurück und schleuderte den Bierkrug mit aller Kraft gegen das Fenster. Ein musikalisches und fröhliches Klirren ertönte, und Glasscherben prasselten auf das Pflaster, während der Mann dem Chaos, das er angerichtet hatte, geschickt auswich.

Der Lärm des splitternden Glases war der Startschuß für Arthur: er entsprach genau dem Anarchismus in ihm, war die vollkommene und passende Begleitmusik für ein Weltende und den eigenen Untergang. Arthur rannte auf die Stelle zu, und jeder Tritt seiner schweren Schuhe sandte ein Echo in den leeren Kreis der Häuser und hallte von den verlassenen Straßenecken wider.

»Los, komm!« rief er Fred zu.

Wie aus dem Boden geschossen waren plötzlich Menschen da, die das Schaufenster des Beerdigungsunternehmers umstanden, und neben dem Torweg sahen die beiden eine Frau, die den verdutzten Übeltäter beim Handgelenk gepackt hatte. Arthur blickte genauer hin und stellte fest, daß eine andere, jüngere Frau in einer Militäruniform, deren Farbe Arthur prompt gegen sie einnahm, offenbar das Kommando übernommen und jemanden zur Polizei geschickt hatte. Fred grinste das ausgezackte Loch in der Ladenscheibe an, von dem sich riesige Risse nach allen Seiten zogen, und die Grabsteine, Verzierungen und tönernen Blumenvasen, die mit Glassplittern übersät waren. Er lachte laut auf über diese Bescherung und stieß mit der Schuhspitze ein paar Splitter in den Rinnstein.

»Was ist denn los, Missis?« erkundigte sich ein Pfeifenraucher im Regenmantel. »Was hat er denn getan?« Dabei wies er mit dem Kopf auf den Mann, der immer noch am Handgelenk festgehalten wurde und jeden neuen Ankömmling freundlich anlächelte.

»'n Bierkrug ins Fenster geschmissen«, erklärte Arthur.

»Das da hat er getan«, sagte die Frau in der Khakiuniform und deutete auf das zerbrochene Fenster wie ein Museumsführer, der ein besonders kostbares Stück zeigt. Sie war etwa fünfunddreißig Jahre alt, und ihr mächtiger Busen wurde durch die blankgeputzten Knöpfe der Uniform noch betont. Arthur bemerkte ihre schmalen Lippen, die hohen Backenknochen, die kleinen Schlitzaugen, die niedrige Stirn und das Haar, das sich zwischen dem rückwärtigen Rand ihres Schiffchens und dem ausrasierten Nacken kringelte. Er schätzte sie ab und überlegte, ob sie wohl jemals geliebt worden war. Er bezweifelte es. Sie gehörte zu jenen Frauen, die jedem Mann, der ein bißchen nett zu ihnen sein will, ins Gesicht spucken, aber zugleich vermutete er, daß sie zu den Frauen gehörte, deren größter Wunsch es ist, geliebt zu werden. Nur daß sie eben jedem, der es versuchte, einen Tritt versetzen würde – das konnte man ihrem Gesicht ansehen. Alte Rattenvisage, sagte er zu sich, jawohl, das ist sie. Zum Kotzen!

»'n kesser Vater«, meinte einer der Umstehenden halb bewundernd, halb verächtlich. »Die weiß genau, was sie will.«

»Dafür werden Sie noch 'n Streifen kriegen«, rief Arthur. »Quer über'n Hintern!«

Aber das Interesse der Menge konzentrierte sich vor allem auf den Übeltäter, der stumm und ergeben neben der Frau stand, die sein schlaffes Handgelenk umklammerte. Er war weder jung noch alt, ein Mann, der gewissermaßen zwei Generationen angehörte, ohne daß eine von ihnen sich seiner wirklich angenommen hätte. Sein Gesicht war wie gezeichnet von einer Reihe von Ehejahren, sein Verhalten hingegen deutete eher auf einen Einzelgänger, auf einen etwas kauzigen Menschen, der aussah, als gehöre er nirgendwo hin. Das alles brachte Arthur auf den Gedanken, daß der Mann nicht ganz bei Trost sei. Auch die Frau in Uniform sah aus, als habe sie nie ein wirkliches Heim gehabt und gehöre nirgendwo hin, aber dafür hatte sie sich in den Dienst von Ordnung und Gesetz gestellt und hatte somit die Sympathien der Menge gegen sich. Der Mann wandte sich dem Fenster zu. Er hatte braunes Haar, das über einer schmalen Stirn nach hinten gekämmt war, und sein rosiges Gesicht sah aus, als sei es eben gründlich gewaschen worden. Mit seinem freien Arm zeigte er durch die Scheibe auf eine schwarze Vase mit einem Metallgitter darüber und einen grauen Grabstein, auf dem der Beginn einer Inschrift eingemeißelt war: »Im liebenden Gedenken an ...«

»Ich wollte ja nur eins von den Dingern da«, sagte er und sah sich um, als erhoffe er die Zustimmung seiner Umgebung. »Und eins von denen.« Er sprach in einem weinerlichen Ton, als habe er niemals ernstlich die Absicht gehabt, die Scheibe einzuwerfen, und als meine er, die ältere Frau neben ihm müsse ihn deshalb endlich wieder loslassen.

»Warum hast du bloß so 'n Blödsinn gemacht, Kumpel?« rief Arthur ihm zu. »Das Fenster war's doch gar nicht wert!«

Der Mann sah ihn mit hoffnungsvollem Blick an und zeigte wieder auf die beiden Gegenstände. »Ich wollte die da haben«, erklärte er eigensinnig.

Einige mitfühlende Stimmen stärkten sein Selbstvertrauen. Er hoffte offenbar noch immer darauf, daß man ihn laufen ließe, und schien doch erfreut, daß er so eine Attraktion war. Seinem staunenden Blick und dem einfältigen Lächeln war zu entnehmen, daß er zu träumen glaubte oder nicht recht wußte, wo er war, oder daß das Ganze eine Art Spiel war. »Ich wollte die da für meine Mutter«, begann er wieder und wies mit dem Kopf zum Schaufenster. Seine Stimme klang, als wolle er weitersprechen; aber dann verstummte er plötzlich, und man hatte den Eindruck, daß er nicht mehr als einen kurzen Satz auf einmal hervorbringen konnte und nur in einem Augenblick der Erregung versucht hatte, diese Grenze zu überschreiten.

»Komm, wir gehn nach Hause«, schlug Fred vor. »Die alten Hexen hier wollen ihn doch nur an die Polente ausliefern. Willst du das noch abwarten?«

Aber Arthur wollte dableiben. Er stand so unbeteiligt da, als sähe er eine Theatervorstellung, auf deren Entwicklung er keinen Einfluß nehmen konnte. »Wo ist Ihre Mutter denn?« fragten jetzt mehrere Leute gleichzeitig.

Die Frau in der Khakiuniform warf sich in die Brust. »Laßt ihn in Ruhe«, kommandierte sie. »Das wird ihn die Polizei schon fragen, und dann muß er antworten.« Wieder ertönte eine Stimme aus der Menge und fragte den Mann, wo seine Mutter denn sei. Er drehte sich mit ernstem Gesicht um und antwortete feierlich: »Ich hab sie vor drei Monaten begraben!« Dann sah er die Frau, die ihn festhielt, an und sagte freundlich: »Ich wollte wirklich nichts Böses, Missis.«

»Trotzdem«, erwiderte sie, »das hätten Sie nicht tun dürfen.«

Eine Frau verkündete, daß die Polizei im Anrücken sei. Fred trat noch näher an den Mann heran. »Verrückt, so was zu tun«, sagte er in einem Ton, der jede Hoffnung auf Beistand ausschloß.

»Na, da gibt's doch bessere und größere Fenster in der

Stadt, die du einschmeißen könntest«, fügte Arthur hinzu. »Ich weiß zum Beispiel 'n feines Fenster auf der Ling Row mit Möbeln dahinter.«

»Ich wollte 's doch für meine Mutter haben. Ich hab sie doch neulich erst beerdigt.«

»Und dafür bekommst du sechs Monate in Lincoln«, kam eine Stimme aus dem Hintergrund. Der Ruf, der sowohl geographische wie juristische Kenntnisse bezeugte, rief allgemeines Gelächter hervor. Die Frau, die den Mann festhielt, forderte die Leute auf, ruhig zu sein und ihn in Frieden zu lassen: diese ewigen Sticheleien mußten ihn ja nervös machen!

»Lassen Sie mich laufen, Missis«, sagte er leise zu ihr, denn es kam ihm vor, als habe sie mit ihrer Aufforderung bewiesen, daß sie auf seiner Seite war. »Seien Sie doch fair. Ich hab ja nichts Böses gewollt. Ich hatte doch nur 'n paar Glas getrunken.«

Die Frau in der Khakiuniform wandte sich mit einem Ruck zu ihm um. »Halten Sie den Mund! Sie bleiben jetzt hier und warten, bis die Polizei kommt.«

»Also hört euch das an«, sagte jemand. »Die redet mit ihm, als wär er 'n Dreck, das arme Luder.«

Wieder ging eine Welle der Neugier durch die Menge: man wollte Näheres über den Mann erfahren. Sie fragten ihn, wo er wohne, wie viele Kinder er habe, wo er arbeite, wie er heiße und wie alt er sei. Aber die vielen Fragen verwirrten ihn so, daß er nicht antworten konnte. Die Frau in der Khakiuniform forderte die Leute mit lauter Stimme auf, diese Untersuchungen doch der Polizei zu überlassen. Es klang, als hielte sie es für ihre einzige Aufgabe auf Erden, hier zu bleiben, bis die Obrigkeit erschiene.

Der Mann blickte noch immer hilfeflehend auf die Frau neben ihm. »Lassen Sie mich laufen, Missis«, bat er wieder. »Seien Sie doch fair.« Sie hielt sein Handgelenk ganz lokker gefaßt, aber er kam nicht auf die Idee, sich loszureißen und wegzulaufen. Arthur hingegen war schon seit einiger

Zeit der Meinung, daß dies das einzig Richtige sei. »Warum haust du nicht ab, Junge«, flüsterte er ihm zu. »Das kannst du doch ganz leicht machen. Ich halt dich bestimmt nicht auf und mein Bruder auch nicht.«

»Reden Sie dem Mann keinen Unsinn ein!« bellte die Uniformierte ihn an.

»Halt doch dein dämliches Maul, du Rattengesicht«, gab er verächtlich zurück. »Dir sollten sie mal den Hintern versohlen. Was hast du davon, wenn du den da an die Polente verkaufst? Warum könnt ihr denn so 'nen armen Hund nicht leben lassen?« Dann wandte er sich wieder an den Mann. »Los doch, hau ab!« rief er ihm zu. »Die alte Wachtel hier kann dich doch nicht aufhalten!«

Der Mann hatte jetzt so viele Verbündete, daß er bei jeder neuen Stimme, die sich erhob, freudig aufblickte. Und das strahlende Lächeln wich auch nicht aus seinem Gesicht, als er noch einmal erzählte, daß er erst vor kurzem seine Mutter begraben habe. Die Leute riefen nun, man solle ihn laufenlassen, aber die Frau in Khaki, die mit leicht gespreizten Beinen vor ihm stand, hielt ihren Posten. Arthur nahm eine angezündete Zigarette und schob sie ihm zwischen seine zitternden Finger. »Los, hau ab!« flüsterte er.

»Ich kann doch nicht«, erwiderte er und zog nervös an der Zigarette. »Die Frau da läßt mich ja nicht los.«

»Die hat doch nichts damit zu tun«, redete Arthur ihm zu. »Reiß dich los und mach, daß du wegkommst.« Sofort tat sich ein Gang auf, durch den er entwischen konnte. »Die buchten dich ein«, sagte Arthur, »ganz bestimmt.«

Ein panischer Schrecken trat in das Gesicht des Mannes, und mit einem Ruck riß er sich los.

»Sie bleiben hier!« herrschte Rattengesicht ihn an.

Er sah sich bestürzt um und wußte nicht, was er tun sollte, unfähig, die eiserne Klammer, die sein Gehirn gepackt hatte, zu sprengen. Arthur war beiseite getreten, um ihn auf dem Fluchtweg nicht zu behindern. Mit einemmal prägte sich in den Gesichtszügen des Mannes ein rascher Entschluß aus, und das Lächeln, das so lange darauf zu sehen war, verschwand mit einem Schlag.

Rattengesicht unternahm einen Versuch, ihn zurückzuhalten. Sie packte ihn am Arm, aber er stieß sie grob beiseite. Wieder versuchte sie, ihn zu greifen, doch er hielt ihr Handgelenk fest und drehte es um, und der Beifall der Menge verlieh ihm die Kraft, sich endgültig von ihr loszumachen. Nun stand er zitternd da, auf dem Sprung.

So plötzlich, wie der Fluchtweg sich vor ihm geöffnet hatte, schloß sich die Menge aus irgendeinem Grund wieder vor ihm. Nie zuvor war Hoffnung so rasch aus einem Menschenantlitz geschwunden. Ein Polizeioffizier stand ihm gegenüber.

Fragen wurden gestellt und ehrlich, kurz und bereitwillig beantwortet. Es schien fast, als sei der Mann schon oft dasselbe gefragt worden und als fühle er sich erleichtert, weil ihm nun die Entscheidung abgenommen war, ob er weglaufen solle oder nicht. Er genoß es sichtlich, Antworten zu geben, als hinge seine Rettung davon ab, daß er sich bereitwillig zeigte. In seinem Lächeln lag der sehnliche Wunsch, die Polizei durch die Klarheit seiner Antworten zufriedenzustellen und das nun still gewordene Publikum mit ihrem Inhalt zu amüsieren. Die beiden Frauen, die ihn festgehalten hatten, machten ihre Aussagen.

»Weitere Zeugen?« fragte der Polizist und sah sich in der Runde um. Niemand rührte sich. Der Mann wurde in den Polizeiwagen verfrachtet, der um die Verkehrsinsel fuhr und dann durch eine Nebenstraße ins Stadtzentrum. Die Funkantenne schwankte beim plötzlichen Anfahren.

Es kam Arthur vor, als erwache er aus einem Traum, und das erste, was er spürte, waren seine kalten Füße. Er dachte an Brenda, die jetzt warm, behaglich, in tiefen Schlaf versunken in ihrem Bett lag. Vielleicht hatte sie auch die beiden Kinder zu sich ins Bett genommen. »Ich könnte noch 'n Glas

Bier vertragen«, sagte er zu Fred, als sie die Alfreton Road entlanggingen.

»So was hätt ich nicht für möglich gehalten!« rief Fred in hilfloser Wut. »Wie kann einer nur so was tun?«

»Sie ist eben 'n widerliches Biest«, fluchte Arthur. »Sie hat kein Herz im Leib. Ein Stein ist sie, 'n Granitblock, ein alter Blutsauger, 'n Kartoffelgesicht, 'ne schieläugige Wanze, ein verdammter Spitzel. Aber der Mann war trotzdem 'n lahmes Huhn.« Die breite, von Geschäften und Werkstätten gesäumte Straße lag hell im Licht des Mondes und einiger Laternen. Arthur ging nachdenklich, die Hände in den Taschen, am Rand des Gehsteigs. Leute gab es, die würden ihre eigene Mutter verpfeifen! Da konnte man genausogut unter wilden Tieren im Dschungel leben. Nein, besser sogar. Selbst die Schinderei beim Militär war noch erträglicher als so was. Da wußte man wenigstens, daß man sich dauernd vorsehen mußte. Irgendwie konnte man sich da schon durchboxen. Auf der Straßenmitte kam ein Wagen angebraust und dahinter ein Motorrad, das in wildem Tempo in Richtung Basford davonraste. Ein Polizist, der die Schlösser der Ladentüren kontrollierte, sah ihnen etwa fünfzig Meter weit nach. Fred ging ruhig weiter, und Arthur hielt noch immer seinen Arm fest. Zwischen einer Schule und einer Kirche, die beide leichenstarr und verödet dastanden, bogen sie in die Hartley Road ein. Fred erklärte, er hätte Lust, jemandem die Finger um die Kehle zu legen und so lange zuzudrücken, bis er hin wäre. Über der leeren Straße lag ein angenehmer Tabakduft, der von der Boulevard-Fabrik kam. Bei der nächsten Kreuzung schlug Arthur vor, den Heimweg abzukürzen.

Sie traten vom Gehsteig und gingen quer über die Vorstadtstraße mit ihren schlafenden Häusern auf die gegenüberliegende Ecke zu. Während sie sich noch, jeder tief in Gedanken, mitten auf dem Fahrdamm befanden, tauchte aus einer Seitenstraße ein kleiner schwarzer Wagen auf, der mit Vollgas nach Hause strebte. In ihrem dumpfen Schweigen überhörten sie das Nahen des Wagens: er jagte über den Asphalt auf sie zu, und der Mann am Steuer bemühte sich im letzten Augenblick, sie nicht zu überfahren.

Fred war noch müder und noch mehr mit sich beschäftigt als Arthur; trotzdem merkte er als erster, was geschah. Autoreifen quietschten über das Pflaster, aber die Schwenkung kam nicht schnell genug. »Aufpassen, Arthur!«

Bremsen kreischten, und Fred machte einen Satz. Er wollte Arthur am Arm mitziehen, aber es war zu spät, sein Bruder kippte vornüber. Ein Hammerschlag traf Arthurs Oberschenkel, etwas stieß ihm in die Seite, eine scharfe, harte Kante streifte seine herabhängende Hand, und er fiel flach auf die Straße. Die Handflächen und das Gesicht wurden gegen eine harte, kalte Fläche gepreßt, und ihm war, als werde ihm eine Schaufel mit glühenden Kohlen in den Hals geschoben. Dann schien eine Hand ihn unter Wasser zu drücken. Neben ihm stoppte der Wagen.

Arthur war imstande sich aufzusetzen. »Wo ist die Karre?« fragte er und rieb sein Bein.

Fred, dem die Knie zitterten, redete ihm zu, aufzustehen. »Bist du denn noch ganz beieinander?«

»Verdammt noch mal, hat der mir eins verpaßt«, fluchte Arthur. »Wenn ich diesen Mistkerl zu packen kriege, kann er was erleben.« Fred hakte seinen Arm unter die Achsel des Bruders und zog ihn auf die Füße. Als sie auf den haltenden Wagen zugingen, hörten sie den scharfen Knall der zuschlagenden Tür. Der Mann, der ausgestiegen war, zündete sich eine Zigarette an.

»Ihr blödsinnigen Idioten!« brüllte er ihnen entgegen; offenbar hielt er den Angriff für die beste Verteidigung. »Könnt ihr denn nicht aufpassen, wo ihr hinlauft?« Dabei holte er mit dem Arm aus, als wolle er Arthur zu Boden schlagen. Es war ein mittelgroßer Mann in offenem Regenmantel, sein Kinn reckte sich aus einem ordinären Gesicht. Sein kleiner Viersitzer stand wartend am Rand des Gehsteigs. Arthur fühlte den dumpfen Schmerz einer Schwellung am Oberschenkel und in der Seite und mußte sich sehr zusammennehmen, damit seine Beine ihn nicht in eine andere Richtung trugen, als er eigentlich einschlagen wollte. Fürs erste sagten weder er noch Fred ein Wort; die Offensivtaktik des Mannes schien Erfolg zu haben.

»Ich hätt euch alle beide totfahren können! Lauft ihr immer so rum, als hättet ihr keine Augen im Kopf? Oder wart ihr zu besoffen, um überhaupt was zu merken? Ihr solltet mal lieber nüchtern bleiben, dann würdet ihr nicht Leute wie mich in Lebensgefahr bringen und könntet über 'ne Straße gehn wie vernünftige Menschen.«

Der Whisky-Atem des Mannes strömte ihnen entgegen. Immer ruhig bleiben, dachte Fred, seit der Sache am Canning Circus sind wir stocknüchtern. »Ich glaub eher, Sie sollten nicht soviel trinken«, sagte er warnend. »Wir könnten Sie wegen Trunkenheit am Steuer anzeigen.

Der Mann warf ihm einen wütenden Blick zu, trat einen Schritt näher und warf die frisch angezündete Zigarette auf die Straße. Arthur, der mit zusammengepreßten Lippen dastand und keinen Ton sagte, übersah er. »Sie sind schuld, Sie ganz allein, und das wissen Sie auch verflucht gut«, schimpfte er weiter und baute sich, die Hände in den Taschen seines Regenmantels geballt, vor Fred auf, dessen Entgegnung er offenbar als eine lahme Ausrede ansah. »Sie haben einfach die Augen zugemacht und sind über die Straße gegangen. Sie trainieren wohl als Schlafwandler und wollen nachher mit der Nummer im Varieté auftreten, was? Ich hab Sie genau beobachtet, und gehupt hab ich, bis ich fast geplatzt bin. Aber ihr seid nicht nur blind, ihr seid auch noch taub.«

»Sie wissen ganz genau, daß Sie überhaupt nicht mit der Hand an die Hupe gekommen sind«, erwiderte Fred ruhig. »Und in der Karre da gibt's wahrscheinlich gar keine Hupe. Die ist ja so klein, daß keine mehr reingeht, wenn Sie erst mal Ihren fetten Wanst reingequetscht haben.«

Der Mann trat noch näher und hob die Faust. »Lassen Sie gefälligst diese Unverschämtheiten!« drohte er. Fred sah ihn nur an. Er hoffte immer noch, vermeiden zu können, was er bereits als unvermeidlich erkannt hatte.

Jetzt aber schob sich Arthur zwischen die beiden, packte den erstaunt glotzenden Mann bei den Aufschlägen seines Regenmantels und stemmte ihn hoch. »Wenn Sie nicht endlich die Luft anhalten und Ihr Maul zumachen«, brüllte er wie ein Stier mit wutbleichem Gesicht und blutunterlaufenen Augen, »dann mach ich Kleinholz aus Ihnen!«

Der Mann, der etwa zwanzig Zentimeter über der Erde schwebte, öffnete den Mund und klappte ihn dann langsam wieder zu, ohne einen Ton hervorzubringen. Seine Augen drehten sich verzweifelt nach allen Richtungen, und man sah seinem geisterbleichen Gesicht an, daß er sich ärgerlich, aber auch ängstlich fragte, wie er bloß in eine so scheußliche Lage geraten war. Als Arthur ihn losließ, taumelte er blaß, erschöpft und hoffnungslos betrunken rückwärts gegen eine Hauswand.

Fred mit seinem fixen Verstand kam plötzlich auf eine teuflische Idee. »Los, wir kippen ihm seine Karre um! Die ist doch nicht größer als 'n Kinderwagen.« Arthur stimmte lachend zu. Das war eine gute Gegenmaßnahme, die gerechte Strafe für diesen Blechkasten, der ihn zu Boden geworfen hatte, und für den unzurechnungsfähigen Fahrer, der da an der Mauer lehnte.

Sie stellten sich mit dem Rücken gegen den Wagen, der eine am Vorderrad, der andere am Hinterrad. Sie strengten sich mächtig an, stöhnten und machten sich einen Riesenspaß, ihre Schultern dagegenzustemmen und über das ungeheure Gewicht zu jammern, als handle es sich um einen mächtigen Wolseley. Dann griffen sie geschickt mit den Händen nach, packten die Tür, das Trittbrett, die Räder und die Kotflügel.

Langsam hob sich der Wagen. Er schien leichter zu werden.

»Hau ruck!« rief Arthur.

Noch eine letzte Anstrengung. »Es geht«, stellte Fred mit strahlendem Lächeln fest.

»Nur noch 'n bißchen«, rief Arthur, »gleich ist es soweit.«

Sie hörten nichts mehr. Obgleich sie einen einfachen Racheakt ausführten, empfanden sie doch einen herrlichen Gemeinschaftsgeist, der ihre Herzen mit dem hellen Licht einzigartiger Macht und Kraft erfüllte, mit der Befriedigung des Gelingens und der Hoffnung auf größere und bessere Taten. Das Gewicht, das sie stemmten, erschien anfangs ungeheuer, dann wurde es leichter und leichter, bis der Wagen schließlich zu schweben schien wie ein Schmetterling. Als dieser Punkt der Balance erreicht war, hätten sie am liebsten schallend gelacht und gebrüllt wie begeisterte Krieger, und sie hätten es wohl auch getan, wenn das ihren Plan nicht gefährdet hätte.

Der Wagen kippte und landete im Bruchteil einer Sekunde mit einem knirschenden Krach auf der Seite; dann blieb er ruhig auf dem Pflaster liegen. Er sah jetzt eigentlich hübscher aus als vorher: mit seinen vier Rädern, die geradezu dekorativ aus dem Chassis ragten, wirkte er so still und würdevoll, fast wie ein Maulesel, der sich nach harter Tagesarbeit in seinem Stall zur Ruhe ausgestreckt hat.

Der Mann an der Hausmauer schlief tief und fest.

Als sie davongingen, spürte Arthur seine Schmerzen nicht mehr. Er fühlte sich so fröhlich und angeregt und so voll guter Laune wie schon seit Monaten nicht. Er hoffte nur, daß die nächsten Tage rasch vorübergehen würden, daß Jack zu seiner geliebten Nachtschicht zurückkehrte und Brenda frei war, damit er sich nach der Arbeit wieder zu ihr in ihr schwach erleuchtetes Wohnzimmer schleichen konnte.

Das vorstädtische Labyrinth der schlafenden Straßen zwischen der Zigaretten-Fabrik und der Fahrrad-Fabrik zog sie an wie ein riesenhafter Busen und hüllte sie in mitfühlendes Dunkel. Hinter den Siedlungen mit den neuen roten Backsteinhäusern lagen Felder und Gehölze, die sich bis zum Erewash-Tal und zu den Hügeln von Derbyshire hinzogen. Als die Brüder zu Hause anlangten, unterhielten sie sich fröhlich und planten für den ersten schönen Sonntag im Frühjahr eine Radtour nach Matlock.

8

Mrs. Bulls bösartiges Geschwätz durchlief wie ein elektrischer Funke einen ganzen Stromkreis von einem Pol zum anderen, und man konnte sich nur wundern, daß so selten eine Sicherung durchschlug. Eines Mittags zu Anfang des Sommers, als ein niedriger, verhangener Himmel mit baldigem Regen drohte, stand sie an der Ecke, um den Schichtwechsel in der Fabrik zu beobachten. Plötzlich ertönte ein leises, fast zupfendes Geräusch: ein Schuß aus einem Luftgewehr. Mrs. Bull tat einen Satz und warf entsetzt die fetten Arme in die Höhe. Sie fuhr sich mit einer Hand an die Backe und schrie:

»Verflucht! Allmächtiger Gott! Da hat mir einer was versetzt.«

Mehrere Minuten lang kreischte sie wie ein angestochenes Ferkel – wenigstens erzählte das später die alte Mrs. Mackley, die sich das angeschwollene Gesicht betrachtete, hocherfreut darüber, daß jemand Mrs. Bull so etwas angetan hatte. Allerdings hatte Mrs. Mackley das nicht zu äußern gewagt, sondern ihr Beileid bezeugt: »Na, ich möchte nur wissen, was für 'n verdammter Lausebengel das gewesen ist!«

Gewitzt, wie sie war, spähte Mrs. Bull, noch immer fluchend, nach allen Seiten, um zu entdecken, wer den Schuß auf sie abgegeben hatte. Ihre tiefliegenden Knopfaugen durchforschten die ganze Häuserreihe von der Straßenecke bis zur Fabrik und wieder zurück von der Fabrikmauer bis zu ihrem Standort. Kein Stein, nicht die leiseste Bewegung entging diesen Augen, die ein Fenster nach dem anderen, ein Stockwerk nach dem anderen musterten. Man munkelte, daß die Regierung sich ihren Namen für den Erkennungsdienst vorgemerkt habe, falls es wieder mal zu einem Krieg kommen sollte.

»Jetzt hab ich's«, erklärte sie plötzlich und wandte ihr Kinn ruckartig Mrs. Mackley zu, während ihre Augen starr auf ein Fenster im letzten Haus gerichtet waren. Das Fenster stand ein wenig offen. Dort wohnte Bernard Griffin mit seiner geschiedenen Mutter, und Bernard hatte ein Luftgewehr. Der beißende Schmerz auf ihrer Wange ließ Mrs. Bull vermuten, daß das Gewehr sich noch immer in seinem Besitz befand. Das Memorandum in ihrem Gehirn wurde aufgeblättert: als Kind zweimal in die Erziehungsanstalt geschickt, weil er Gaszähler erbrochen und Bleiplatten von Kirchendächern gestohlen hatte; dreimal vom Militär desertiert; einem Mädchen ein Kind gemacht, und drei Monate Gefängnis, weil er die Alimente nicht gezahlt hatte. Abgesehen davon war er als Menschenhasser bekannt. Mrs. Bull hatte gewissermaßen über jeden in dieser Straße eine Akte angelegt.

Mit Mrs. Mackley, die als Zeugin mitkommen mußte, ging sie zur Hintertür der Griffins und pochte so kräftig daran, daß der gegenüberwohnende Nachbar schwor, sie hätte die Türplatte eingeschlagen, wenn sie noch ein einziges Mal dagegen geklopft hätte. Niemand zu Hause. Zumindest kam niemand an die Tür.

Die Hand an ihr geschwollenes Gesicht gepreßt, ging sie zurück. Die meisten Arbeiter waren schon vorbeigekommen. Sie hatten es eilig gehabt, ein Café oder eine Fischbratküche aufzusuchen. Diese Einbuße ihrer täglichen Unterhaltung und dazu die schmerzende Wange versprachen Mrs. Bulls Mann eine höchst ungemütliche Mittagsmahlzeit.

Gelegentlich war Fred gezwungen, zuzugeben, daß Arthur sich nicht sehr nett benahm. Ja manchmal, so fluchte er innerlich, konnte er ein wirklich ekelhafter Bursche sein. Wenn jemand ihm in die Quere kam, war er imstande, ihm einen ganz üblen Streich zu spielen – wenigstens mußte man es so ansehen, wenn man nicht wußte, daß es lediglich aus Rache geschah. Mrs. Bull hatte dauernd darüber geklatscht, daß Arthur es mit verheirateten Frauen triebe, und sowohl Arthur wie Fred betrachteten das als unverzeihliche Sünde, vor allem weil die Behauptung zutraf. Arthur war sich klar darüber, daß sie ihn nicht nur in äußerste Gefahr brachte, sondern ihm auch seinen guten Ruf verdarb, und wenn er die Straße hinauf oder herunter kam, störte ihn ihr Glotzen und auch ihr undeutliches verächtliches Gemurmel, mit dem sie ihn als einen widerlichen Schürzenjäger brandmarkte. Er hatte keine Ahnung, wie Mrs. Bull soviel über ihn hatte erfahren können, und es lag ihm nichts daran, es herauszufinden. Sicherlich hätte man auch über sie irgendeinen Klatsch aufbringen können, aber das interessierte ihn nicht; diese Art der Rache kam ihm nie in den Sinn. Doch obwohl es gegen seine Natur war, Gleiches mit Gleichem zu vergelten, wollte er sich rächen, und als er eines Morgens nicht zur Arbeit gegangen war, weil er sich den Magen verdorben hatte, kam er auf die Idee, ein kleines Bleigeschoß aus dem Luftgewehr gegen sie abzufeuern. Trotz Mrs. Bulls außerordentlicher Beobachtungsgabe konnte sie doch nicht hören, wie er nach dem Schuß das Fenster schloß; er brauchte es nämlich gar nicht zu schließen: er hatte durch ein Loch in der Fensterscheibe geschossen. Seit einigen Tagen schon hatte seine Mutter die Absicht gehabt, ein Stück Pappe vor dem Loch zu befestigen und hatte es immer wieder vergessen. Als Arthur schoß, saß Fred im selben Zimmer am Tisch und füllte sein Formular für die Krankenkasse aus. Arthur lud noch einmal, drückte ab und zerschmetterte die Reste des Gipspudels auf dem Kaminsims. Seit Arthur für zehn Shilling das Luftgewehr von Bernard Griffin erstanden hatte, mußte das nette Tierchen immer als Zielscheibe herhalten und hatte bereits Kopf und Brust eingebüßt. Die geschickten Schützen hatten nur einen formlosen Rumpf aus schwarzem und weißem Gips übriggelassen, der auf vier noch unversehrten Beinen stand.

Am Nachmittag hatte sich wie ein Lauffeuer die Nachricht verbreitet: Mrs. Bull ist angeschossen worden. Nicht mit einem richtigen Gewehr, sondern mit einem Luftgewehr, setzte der Erzähler hinzu, wenn der andere, je nach seiner Einstellung zu dem Opfer des Attentats, lachte oder ein entsetztes Gesicht machte. Mrs. Bulls Miene war noch nie so wütend und entschlossen gewesen wie jetzt, wenn sie mit wilden Gesten erklärte: »Dieser hinterlistige Schweinehund! Wie kann man sich nur so an einer armen Frau versündigen, die noch nie einer Menschenseele was zuleide getan hat!«

Sie lauerte Bernard Griffin auf, als er von seiner Arbeit als Fensterputzer nach Hause kam; doch als sie über ihn herfiel und behauptete, er habe mit seinem Luftgewehr auf sie geschossen, brauste er noch wütender auf, als wenn er es wirklich getan hätte. »Wie hätte ich denn auf Sie schießen können?« empörte er sich. »Erstens mal war ich den Vormittag auf Arbeit. Sie können ja meinen Meister fragen, wenn Sie 's mir nicht glauben wollen. Und zweitens hab ich mein Luftgewehr letzte Woche an einen Kumpel von mir in Mansfield verkauft.«

Arthur, der in Hemdsärmeln am Gartentor lehnte und die Szene voll Interesse und Anteilnahme beobachtete, schüttelte bei Mrs. Bulls heftigen Anwürfen mißbilligend den Kopf. Fred hörte vom Schlafzimmerfenster aus zu. Er wußte genau, daß Mrs. Bull, während sie sich einer Person voll und ganz zu widmen schien, durchaus imstande war, sich plötzlich aus einem unerfindlichen Grund einem Zuschauer zuzuwenden und ihn irgendeiner Untat zu bezichtigen, die nach Rache schrie. Und möglicherweise konnte sie dabei auch einmal an die richtige Adresse kommen. Darum hielt Fred es für ungünstig, wenn Arthur sich jetzt in ihrer unmittelbaren Nähe aufhielt.

»Außerdem«, fuhr Bernard Griffin fort, »woher wollen

Sie denn wissen, daß es jemand aus diesen Häusern hier war? Ist doch auch möglich, daß der Schuß von weiter hinten gekommen ist. So 'n Luftgewehr trägt ziemlich weit.«

Sie kam zu der Überzeugung, daß Bernard nichts vorzuwerfen war, und nun wandten ihre Augen sich blitzschnell von ihm ab, und man konnte ihr ansehen, daß sie in Gedanken die ganze Straße nach anderen Verdächtigen absuchte. Man kann's ihr nicht übelnehmen, dachte Arthur. Mit diesem blauen Fleck auf der Backe sah sie aus, als habe ihr jemand eine Flasche Tinte ins Gesicht geworfen.

Die beiden Brüder gingen zu einer verbilligten Vormittagsvorstellung ins Kino. Der Raum war voll von alten Rentnern, Kindern, die die Schule schwänzten, Handlungsgehilfen, die nur nachmittags arbeiteten, Schichtarbeitern und Kumpels, die gleich ihnen krankgeschrieben waren. Ein alter Mann hinter ihnen rauchte einen fürchterlichen Knaster. Drei Reihen weiter hinten fing ausgerechnet beim Höhepunkt eines Cowboy-Films ein Baby zu brüllen an. Als sie herauskamen, noch ganz benommen vom Knattern der Doppellader und dem Trommeln von Pferdehufen, deren Reiter wie Racheengel durch bleichen Sonnenschein und treibenden Sand dahergaloppierten, stieß Arthur auf Brenda. Sie war beladen mit Einkaufskörben, sah frisch und unschuldig, rotbackig und gesund aus und rief ihm mit einer gewissen Samstagabend-Schärfe in der Stimme zu, er solle mal 'n bißchen aufpassen und den Leuten nicht auf die Füße treten. Er hatte sie seit einer Woche nicht gesehen. »Da, Schatz, nimm 'ne Zigarette«, sagte er, aber sie wollte nicht auf der Straße rauchen.

»Mir geht's gut«, antwortete sie auf seine Frage.

»Und was macht Jack?« erkundigte er sich. »Ich hab ihn schon ewig nicht mehr gesehn.«

»Er sieht jetzt besser aus.«

Er zündete sich eine Zigarette an. »Und Em'ler?«

»Gut.« Sie lachte. »Sie hält noch immer alle anderen für verrückt.«

»Also diese dämliche Person sollte sich lieber mal untersuchen lassen«, erklärte er; im stillen hielt er sie für die Urheberin des ganzen Klatsches.

»Ach wo, die ist doch ganz harmlos. Und neulich abend war sie wirklich Gold wert.« Es war das erste Mal, daß sie ›diesen Abend‹ erwähnte, und er freute sich, denn er hoffte, nun würden sie die Akten darüber schließen und sich wieder näherkommen.

»Ich wollte ihr 'n Pfund schenken, weil sie uns so geholfen hat, aber sie wollte nichts nehmen. Beinahe hätte sie mir die Augen ausgekratzt. Ich mag Em'ler leiden, bestimmt. Sie ist 'n gutes Ding. Aber manchmal kann sie mich rasend machen. Und ich glaub auch, sie ist 'ne Klatschbase, denn so 'n altes Weib aus unserer Straße weiß auf einmal, daß ich was mit 'ner verheirateten Frau hab, und macht mir's Leben schwer.«

Sie lachte hell auf. »Na, wenn du dir wegen so was Gedanken machst, solltest *du* dich lieber mal untersuchen lassen und nicht Em'ler.«

»Das ist es doch nicht. Mir kann's gleich sein, wer was über uns weiß. Aber diese Alte hat's doch drauf abgesehn, Stunk zu machen.« Er erzählte ihr, wie er mit dem Luftgewehr auf Mrs. Bull geschossen hatte, und Brenda erklärte darauf, er sei verrückt und auf diese Weise hätte er ihr ein Auge ausschießen können.

»Die hat's nicht anders verdient«, versicherte er. »Der kann so was nur guttun. Jetzt wird sie sich's zweimal überlegen, bevor sie wieder anfängt, auf der Straße rumzuklatschen.«

»Na, dann laß mich nur wissen, wie's weitergeht. Wenn du eingebuchtet wirst, schick mir 'ne Karte; dann komm ich ins Gefängnis und bring dir 'n Kuchen mit 'n paar Feilen drin.«

»Danke«, meinte er sarkastisch. »Ich wußte ja, daß du zu mir hältst. Übrigens, wie geht's denn Winnie und Bill?«

»Bill ist wieder abgefahren. Ich glaub nicht, daß er viel von seinem Urlaub gehabt hat. Nächtelang ist er hinter irgend 'nem Kerl hergewesen, der was mit Winnie gehabt haben soll. So einer, der unbedingt ihre Ehe kaputtmachen wollte. Winnie hat Stein und Bein geschworen, daß kein Wort davon wahr ist, aber ich glaube, sie war doch froh, als er wieder abfuhr.«

Jack ist 'n tiefes Wasser, dachte Arthur. Er hat nicht mal Brenda von Bills Vermutung erzählt. Warum nicht? Eigentlich komisch, wenn man sich's überlegte. Jack hat von der Sache mit mir und Winnie gewußt, und trotzdem hat er Brenda nichts davon gesagt. Er hat nicht mal so davon gesprochen, wie 'n Mann eben mit seiner Frau redet, nur um die Zeit rumzubringen, bis das Teewasser kocht oder während einer Zigarettenpause. Und offenbar hatte auch Winnie ihrer Schwester nicht erzählt, daß er damals an jenem Abend mit ihr ins Bett gegangen war. Vielleicht will Jack sie nicht erst auf solche Ideen bringen. Nein, sein Dschungelreich war sicherer, als er dachte. »Kann ich heut abend kommen, Schatz?«

»Lieber morgen, so gegen neun, wenn die Kinder im Bett sind. Aber paß auf, daß nicht wieder was passiert, ja?«

»Bestimmt. Du kannst dich von jetzt an auf mich verlassen.«

Ein Windstoß fegte durch die Straße, und ein Fahrrad, das mit dem Pedal an der Kante des Gehsteigs lehnte, krachte auf das Pflaster. Aus dem Friseurgeschäft kam ein Mann gelaufen und stellte es wieder auf. Brenda sagte, sie müsse jetzt nach Hause und Jack was zu essen machen. »Um halb acht muß er wieder weg.«

»Also, ich komme dann morgen abend.«

Fred stand wartend an der nächsten Straßenecke und las eine Zeitung.

»Was Neues?« fragte Arthur.

»Nicht viel. Ein Kind ist in Wollaton Cut ertrunken. Ein Mann hat drei Monate für Ladendiebstahl bekommen. In Radcliffe war 'n großer Verkehrsunfall. Ein Bergmann ist im Schacht umgekommen, und nächstens wollen sie 'n Drei-Mächte-Treffen veranstalten.«

»Ist das alles?«

Die sinkende Sonne warf einen orangefarbenen Schein über die Dächer, und ein leuchtend grünes Licht lag auf den Mauern der Häuser gegenüber. Das Grellerwerden der Farben in der Dämmerung, an dem auch die ockerroten Ziegelmauern der Aborte teilhatten, schien eine plötzliche Stille hervorzuzaubern. Genau um diese Zeit klopfte Mr. Bull an die Hintertür bei Seatons. Als Fred sein hageres, unruhiges Gesicht erblickte, war ihm sofort klar, daß seine Frau ihn zu diesem Besuch gezwungen hatte. Der Mann, der da im Arbeitsanzug auf der Türschwelle stand und nicht recht wußte, was er sagen sollte, tat ihm leid. Manche Frauen machen ihren Männern das Leben schon schwer, dachte er. Die lassen keinen in Frieden leben. Während Mr. Bull sich noch immer nicht zum Sprechen entschließen konnte und Arthur durchs Küchenfenster Grimassen schnitt, überlegte Fred, wie Mrs. Bull darauf kommen konnte, daß Arthur der Übeltäter war.

»Ich hab gehört, Sie hätten meine Frau angeschossen«, sagte Bull und scharrte dabei nervös mit einem Fuß auf der Türschwelle. Sein Benehmen ließ Fred überlegen, wie es wohl kam, daß ein unstet blickender Mann auch stets eine unstet blickende Frau heiraten mußte. Die Muskeln in Bulls Gesicht zuckten; er wollte wütend werden, hatte aber Angst, seine Stimme über den üblichen Gesprächston zu erheben. Darum bat er Fred nur, ihm einigermaßen überzeugend zu versichern, daß niemand in diesem Hause auf seine Frau geschossen habe; dann würde er sich zufriedengeben und wieder gehen. »Ich hab nicht auf Ihre Frau geschossen«, antwortete Fred barsch. »Ich weiß überhaupt nicht, wovon Sie reden. Fragen Sie lieber anderswo nach.« Schon wollte er Bull die Tür vor der Nase zuschlagen, doch so leicht ließ dieser sich nicht abspeisen. Wenn er mit leeren Händen wieder zu seiner

Frau kam, würde es eine äußerst unangenehme Szene setzen. »Hören Sie«, begann er wieder in einem Ton, als wolle er Fred einen gütlichen Handel vorschlagen, »meine Frau ist heute morgen mit 'nem Luftgewehr angeschossen worden, und sie meint, Sie hätten eins hier im Haus.« Die weinerliche Stimme des Mannes ging Fred auf die Nerven. Wie kann man es nur mit so einem Kerl aushalten, der immer schon weiß, daß er im Unrecht ist, bevor er überhaupt was sagt, dachte er. »Na ja, aber das stimmt eben nicht«, erklärte er. »Wir haben kein Gewehr im Haus.«

»Wo denken Sie eigentlich, wo Sie hier sind?« rief Arthur von innen. »Im Hauptquartier der Königlichen Scharfschützen vielleicht?«

Bulls Augen öffneten sich weit und klappten dann wieder halb zu. Ein ärgerlicher Zug breitete sich über sein Gesicht. Er schrie auf einmal los, die beiden seien ein verdammtes Pack, sie hätten keinen Anstand im Leibe, sie verdienten mal 'ne ordentliche Abreibung und würden sie auch von ihm bekommen, sobald sie sich draußen blicken ließen.

Arthur erhob sich von seinem Stuhl beim Feuer. Wie ein Laternenpfosten stand er plötzlich vor Bull: »'ne Abreibung kriegst du, und zwar sofort, wenn du nicht deine dreckige Schnauze hältst!« Sie starrten einander an, und Bull sah aus, als hätte er eben die letzten Worte seines Lebens gesprochen. Dann drehte er sich um, ging zum Gartentor, fummelte am Riegel und verschwand. »Das arme Schwein kriegt's jetzt mit seiner Alten zu tun«, meinte Arthur. »Es gibt schon Pechvögel.«

Plötzlich sahen sie Mrs. Bull die Straße heraufkommen. Sie hatte einen seltsam schwingenden Gang, als käme sie geradewegs von einem Schiff. Die Stelle auf ihrer Wange war noch sichtbar, doch ihre Gesichtshälfte war seit Mittag schon etwas abgeschwollen. »Ich finde, es steht ihr sehr gut, bestimmt«, bemerkte Arthur.

»Die hat nichts Gutes im Sinn«, meinte Fred. »Wenn die

so angewalzt kommt, gibt's Krach.« Arthur erklärte, er wolle jetzt nach oben gehen und das Gewehr holen, und noch bevor Fred ihn bitten konnte, keinen Unsinn zu machen, schlug die Tür am Fuß der Treppe zu, und Arthur polterte wie ein Grubenpferd die Stufen zum Schlafzimmer hinauf. Fred setzte sich ans Feuer und wartete auf den Ausbruch des Unwetters.

Schon war Mrs. Bull an der Tür und ratterte dagegen wie ein Maschinengewehr. Fred rauchte weiter. Das Klopfen wiederholte sich. »Die sind drin«, hörte er Bull sagen. »Ich weiß, daß sie drin sind.«

Fred ging zur Tür, öffnete sie langsam, bat die beiden herein und versicherte ihnen, wie leid es ihm täte, daß er sie so lange nicht gesehen habe; sie sollten sich doch öfter mal blikken lassen. Mrs. Bull betrat die Küche so vorsichtig, als befürchte sie einen Hinterhalt. Als sie drinnen war, ließ sie ihre Augen überall umherschweifen wie ein Gerichtsdiener, der die Einrichtung zu Versteigerungszwecken abschätzt. Fred war nur froh, daß sein Vater nicht zu Hause war, denn der hätte sie im Handumdrehen wieder an die Luft gesetzt. Wenn der Alte irgendwas nicht ausstehen konnte, dann war's 'ne Klatschbase, und Arthur war in dieser Hinsicht nach ihm geschlagen.

»Tut mir leid, daß ich Ihnen nicht 'ne Tasse Tee anbieten kann«, fuhr Fred fort, »aber er ist eiskalt.« Mrs. Bull war mit übereinandergeschlagenen Armen an der Tür stehengeblieben, als wollte sie sich erst mal vergewissern, ob das Haus auch sauber war, bevor sie eintrat, oder als versuchte sie, in die Schränke zu sehen, um herauszufinden, was sie an Eßwaren enthielten. Aber Freds Urteil über sie stand auch schon fest: sie gehörte zu jener Sorte, die mit der Miete immer drei Monate im Rückstand ist, wenn sie auch nur elf Shilling die Woche beträgt, und die jeden Montagmorgen an der Tür der Pfandleihe steht, obgleich der Mann einen gut bezahlten Posten hat.

Endlich richtete sie einen entschlossenen Blick aus ihren kleinen tiefliegenden Augen auf ihn, der schwere Unterkiefer bewegte sich langsam, und sie begann zu sprechen: »Ich bin wegen des Gewehrs gekommen, das ihr hier habt.«

»Gewehr?« fragte Fred und richtete sich auf, als habe dies Wort ihn wie ein Schlag getroffen. »Wir haben doch kein Gewehr hier. Wofür halten Sie uns eigentlich? Glauben Sie, hier ist Cammell Lairds?«

Es war ihm immer unverständlich, wie Menschen so schnell aus der Fassung geraten konnten. Vielleicht war es die Erwähnung von Cammell Lairds, der großen Gewehr-Fabrik in den Meadows, die sie so aufbrachte.

Sie rührte sich noch immer nicht aus ihrer Ecke, hob aber drohend die Faust gegen ihn. »Sie unverschämter Lausekerl! Man hat mich heute mit 'nem Luftgewehr angeschossen, und ich werd schon rauskriegen, wer das war.«

Fred begegnete ihrer Drohung mit einer Miene entrüsteter Unschuld; doch ihm graute schon vor dem Krach, der losgehen würde, wenn der Alte nach Hause kam und die beiden hier antraf. Er war nur eben fortgegangen, um sich die Haare schneiden zu lassen. »Sie sind nicht die einzige, der das passiert ist«, versicherte er in einem Ton, als sei so etwas das Verwerflichste, was es gab, und als müsse man gegen solche Anschläge erbarmungslos vorgehen. »Grade vor 'ner Stunde hab ich gehört, daß Mrs. Morris auch beschossen worden ist, oben auf der Straße, als sie eben zur Ilkeston Road einbiegen wollte. Sie hat's meiner Mutter erzählt, als die weg war, um für meinen Vater was zu essen einzuholen. Darum war ich ja auch so wütend auf Ihren Alten, weil der mich doch beschuldigt hat. Dabei hab ich in meinem ganzen Leben in unserm Haus kein Gewehr gesehn. Mein Vater würde das gar nicht zulassen.«

Er sah ihren Augen an, daß sie ihre Meinung über ihn änderte. Sie war fast überzeugt. »Na denn, also gut«, sagte sie, und Bull fügte hinzu: »Ich hab dir doch gesagt, daß sie's nicht waren.« Mit einem Ruck wandte sie sich zu ihrem Mann um: »Du hältst den Mund. Bis jetzt hab ich das Gewehr noch nicht gefunden; aber ich geb keine Ruhe, bis ich's habe.«

Gerade als sie hinausgehen wollten, ertönten hinter der Treppentür schwere Schritte, und dann erzitterte die ganze Küche von einem gellenden Hohngelächter, das aus der Kehle eines Wahnsinnigen zu kommen schien. Starr vor Schrecken sahen sie sich um und machten sich unwillkürlich auf ein entsetzliches Ereignis gefaßt.

Die Tür wurde aufgestoßen, und Arthur stand mit gespreizten Beinen auf der untersten Stufe. Seine Gestalt füllte den ganzen Türrahmen aus. Er hatte ein Luftgewehr angelegt und zielte damit auf die Bulls.

Fred glotzte sprachlos auf diese Erscheinung. Purpurrote Wellen überzogen Mrs. Bulls Gesicht. Mr. Bull stand zitternd da, voller Angst, daß seine Frau ihm jetzt befehlen werde, gegen Arthur vorzugehen. »Da ist es!« kreischte sie. »Der hat's, dieser unverschämte Schweinehund! Der hat auf mich geschossen!«

Arthur bemühte sich, seine Gesichtsmuskeln zu meistern und sein Lachen zu bekämpfen. »Raus mit euch!« schrie er. »Raus, oder ihr kriegt noch 'ne Ladung, aber diesmal in euren fetten Wanst!«

Schäumend vor Wut schrie sie zurück, sie werde zur Polizei gehen und dafür sorgen, daß er ins Gefängnis komme, und überhaupt müsse es gesetzlich verboten werden, ein Luftgewehr im Haus zu haben. Dann fuhr sie ihren Mann an: »Na, los doch! Was stehst du noch so rum? Schlag ihn doch, schlag ihn!«

»Raus mit euch, aber 'n bißchen hopp!« rief Arthur immer wieder zwischen dröhnenden Lachsalven. Bull rührte sich nicht: er stand da, als seien seine Füße mit Pflöcken in den Boden gerammt. Mrs. Bull hatte keine Lust, noch einen Schuß abzubekommen; darum erklärte sie, sie wolle jetzt lieber gehen, fügte aber hinzu, sie werde bald wieder da sein und einen Polizisten mitbringen. »Na wenn schon«, lachte Arthur, »der wird mir nichts beweisen können. Kein Mensch wird das Gewehr hier finden, das garantiere ich Ihnen.«

Von Arthur gefolgt, traten sie den Rückzug durch die Küche zum Gartentor an. Fred sah unterdessen seinen Vater die Straße heraufkommen, mit frisch geschnittenen Haaren und einem Gesicht, so wütend, als sei er in der Fabrik um die Jahresgratifikation betrogen worden. Er begegnete den Bulls, noch ehe sie das Gartentor erreicht hatten. »Hallo«, rief er, »was habt ihr denn hier zu suchen?«

Arthur erklärte ihm, sie seien ins Haus eingedrungen und hätten ein fürchterliches Geschrei angestellt, es hätte hier jemand 'n Luftgewehr.

»Ach nee, wirklich?« sagte der Alte und wandte sich gegen Mr. Bull. Sie waren gleich groß, aber Mr. Seaton war breiter und hatte einen größeren, ausgeprägteren Kopf. »Ich dachte, ich hätte euch schon mal gesagt, daß ich euch nie wieder in meinem Haus sehn will?« fragte er und hob drohend die Faust.

Ringsum gingen die Türen auf, und die Bewohner der Nachbarhäuser kamen heraus, um zu hören, was hier vorging.

»Ihr seid nichts als 'ne Bande von Dieben und Verbrechern!« kreischte Mrs. Bull die Seatons an. Die Angelegenheit versprach größere Ausmaße anzunehmen als die mit leerem Magen ausgefochtenen Kämpfe der Vorkriegszeit. Alte Fehden lebten wieder auf, unterdrückte Feindschaften wurden auf einmal publik, und Mrs. Robin fiel in Ohnmacht und schickte vorher noch schnell ihren Mann weg, um einen Whisky zu holen, wodurch er einen Vorwand bekam, sich aus den Streitereien herauszuhalten. Das war günstig für ihn, denn er bestand darauf, daß seine Söhne in den Pfadfinderbund eintraten, und wählte regelmäßig die Liberalen, war somit ein Verräter gegenüber der einheitlich anarchistischen

Labour-Einstellung der ganzen Straße. Fred sagte zu Mrs. Bull, sie sei schuld an der ganzen Sache, und zwar nur, weil sie überall rumgeklatscht habe, Arthur treibe es mit verheirateten Frauen. Daraufhin drohte Mrs. Bull ihm, sie würde ihm eins in die Fresse schlagen; sie sei bestimmt keine Klatschbase, da könnten die Leute behaupten, was sie wollten. Es wurde immer dunkler, die Gesichter wurden immer unkenntlicher. Jeder schrie jeden an und drohte mit Schlägen. Mrs. Robin war durch den Whisky wieder zu Leben erwacht, aber die wilden Flüche ringsum ließen sie gleich wieder in Ohnmacht fallen. Irgend jemand schrie sie plötzlich an, sie sei ein altes Gerippe, und dann sah sie, wie Arthur Mr. Bull mit den Fäusten vor sich hertrieb. »Du Schweinehund!« sagte er jedesmal, wenn er seine Faust von neuem schwang. »Altes Lügenmaul!«

»Das bin ich nicht«, protestierte Bull.

»Das bist du.«

»Nein.«

Dann ein kraftvoller Stoß, wie der Knalleffekt eines Feuerwerks, und Mrs. Robin fiel wieder in Ohnmacht.

Die Leute gingen auseinander, Türen schlugen zu. Es war inzwischen stockdunkel geworden. Der alte Seaton ging ins Haus zurück, um seinen Tee zu trinken und ein paar Bissen zu essen. »Das wird sie zur Vernunft bringen«, murmelte er vor sich hin.

Ein Polizist erschien und erkundigte sich, ob sie hier ein Luftgewehr hätten. Auf Arthurs Aufforderung hin stellte er eine Haussuchung an, fand aber nichts. Arthur hatte sogar die pockenartigen Überreste des zerschossenen Pudels vom Kaminsims im Schlafzimmer verschwinden lassen und sie zusammen mit dem Gewehr in einem Kohlenhaufen unter der Treppe versteckt. Dem Polizisten gegenüber leugnete er alles ab. Der sah in der ganzen Sache nur einen nachbarlichen Streit und ermahnte sie lediglich, Frieden zu halten. Selbst der Fleck auf Mrs. Bulls Wange verlor seine Beweiskraft durch die Andeutung, er könne ja auch von der Faust ihres Mannes rühren. Mrs. Bulls Stolz war durch das Erscheinen des Gesetzeshüters Genüge getan, und Arthur blieb in der Folge von ihren Klatschereien verschont.

Sie ging zwar noch immer zu ihrem Beobachtungsposten am Straßenende, wählte aber nun einen Platz mehr zur Straßenmitte hin, wo die Schußlinie aus Arthurs Fenster durch zwei Aborthäuschen unterbrochen war – und das auch noch, als Arthur zu seiner vierzehntägigen Übung eingezogen wurde.

9

Juli, August – Sommerhimmel lagerte über der Stadt, auf den Dächern der westlichen Vororte. In den von der Sonne verbrannten Hinterhöfen schmolz der Teer, und sein antiseptischer Duft vermischte sich mit den Gerüchen, die den überfüllten Mülleimern entströmten, ließ die Farbe an den Vordertüren noch mehr austrocknen, Türklopfer und Briefkästen rosten und die Blumen auf den Fenstersimsen welken. Aus den Schornsteinen der Fabriken ringelte sich der Rauch schwarz in die Bläue.

Arthur, der an seiner Drehbank schwitzte, hielt auch jetzt das rasche Arbeitstempo des Winters ein, um sein Einkommensniveau auf gleicher Höhe zu halten. Wie ein Wurfspeer schnellte das Leben davon: es war wie ein blauer Luftraum, hinter dem wie eine Dämmerzone die Erinnerungen an Arbeitslosigkeit und Schuljahre lagen und davor die noch undurchsichtigere Zone der Todeserwartung – ein Gegenwartsdasein, dessen Höhepunkte die Begegnungen mit Brenda an ein paar schönen Abenden bildeten, wenn die Straßen warm und lärmend waren und über den Dächern die Wolken im Mondlicht wie auf der Flucht dahinzogen. Sie liebten sich im Wohnzimmer oder im Schlafzimmer und spürten, wie draußen rings um ihr winziges Boot voll unwandelbarer

Hoffnung und Glückseligkeit die Wogen des Vorstadtmeeres ebbten. Eines Nachts, als er in seinem Bett lag, neben sich auf dem Fußboden die Decken, die er vor dem Einschlafen abgeschüttelt hatte, hörte er den Deckel eines Mülleimers klappernd auf das Pflaster des Hinterhofs fallen – eine Katze war wohl auf nächtlichem Raubzug; und plötzlich erinnerte er sich, wie Fred ihn als sechsjährigen Knirps einmal bei der Hand genommen und mit ihm in ein Speisehaus gegangen war. Und die Spitze des ins Blaue jagenden Wurfspeers trug tödliches Gift, als die Schlagzeilen der Zeitungen das Wort ›Krieg‹ wie einen Nagel in seine starrenden Augenhöhlen rammten. Die besten Erinnerungen waren die an seine Stunden mit Brenda, jene Stunden, in denen er nur den Wunsch hatte, in ihrem Bett bleiben zu können und es nie wieder verlassen zu müssen, die Arme um ihren Körper zu schlingen und bis in den Morgen hinein diese behagliche Wärme zu genießen. Aber Mitternacht war das Äußerste; sonst konnte er Jack in die Arme laufen, wenn dieser müde und übellaunig von der Nachtschicht kam. Es mußte gut sein, immer mit einer Frau zusammen leben zu können, dachte er, mit ihr in einem Bett zu schlafen, das ihm und ihr gemeinsam gehörte, so daß niemand ihn hinauswerfen konnte, wenn er ihn hier erwischte.

Die Zukunft enthielt Gutes und Schlechtes, womit man rechnen mußte: den kommenden Sommer (gut), die militärische Übung Ende August (Fegefeuer), den Jahrmarkt im Oktober (großartig), die Freudenfeuer-Nacht (gut, falls einen dabei nicht eine Rakete in Stücke riß), und zu Weihnachten ... Weihnachten. Und dann würde das neue Jahr die Fäuste nach einem ausstrecken, einen beim Genick pakken und blindlings auf den Kamm einer neuen Woge ziehen. Wenn man in einer Stadt lebte und in einer Fabrik arbeitete, konnte einen nur der Kalender über den Ablauf der Zeit unterrichten, denn es war nicht einfach, den Wechsel der Jahreszeiten zu verfolgen. Der Frühling ging in den Sommer über, der Herbst wurde zum Winter; aber Arthur gewann nur am Wochenende seinen flüchtigen Eindruck von den Übergangserscheinungen der Jahreszeiten – nur samstags und sonntags, wenn er am Kanalufer entlang zum Angeln aufs Land radelte. An manchem langen Sommerabend setzte er sich mit einem Federmesser und einem Stück Holz auf die Schwelle der vorderen Haustür und bemühte sich, einen Fisch zu schnitzen, den er als Schwimmer verwenden wollte. Neben ihm auf der Schwelle brannte eine angezündete Zigarette unnütz zu Asche, während er den halbfertigen Fisch immer wieder gegen das Licht hielt, um die Proportionen von Kopf, Leib und Schwanz abzuschätzen. Später bemalte er ihn dann mit komplizierten Mustern, nahm grau, rot und orange für Kopf und Augen und gab ihm einen graublauen Leib von der Tönung eines Enteneis. Es wurde ein sonderbarer Fisch, aber Arthur hoffte doch, er werde seine lebendigen Gefährten an den mit einem Köder versehenen Haken locken. Und wenn er dann am Kanalufer unterhalb Hemlock Stone und der Bramcote Hills saß, warf er die Angelschnur über den stillen, schmalen Wasserarm, auf den am gegenüberliegenden Ufer der Holunder seine Zweige hängen ließ, und weiße Wolkenfetzen zogen über das grüne Laubwerk. Es war ein ruhiger und friedlicher Platz, an dem nur selten Menschen vorüberkamen. Ein steiler, mit Sträuchern bewachsener Hang grenzte ihn ab, und an der Böschung neben dem Treidelpfad lehnte sein Fahrrad. Man sah und hörte hier nichts von der Stadt. Sie lag nur vier Meilen entfernt hinter den Hügeln, aber doch fern genug, um ihm das Gefühl von Ruhe und Frieden zu geben, wenn er, eine Zigarette zwischen den Fingern, dasaß und seinen Schwimmer nahe dem anderen Ufer beobachtete, die konzentrischen Ringe, die sich auf dem Wasser bildeten, und die Wasserkäfer, die gewandt, wie winzige Ruderboote, zwischen breitblättrigen Wasserlilien hin und her glitten. In der khakifarbenen Provianttasche aus der Militärzeit hatte er belegte Brote, eine Thermosflasche mit Tee und eine Flasche Bier für den späten Nachmittag, genug also, um es hier auszuhalten, bis die tiefen Schatten dunkel und kalt wurden. Dann band er seine Angelruten an die Lenkstange und radelte nach Hause, im Wettlauf mit den Minuten der Dämmerung, die dem Zeitpunkt, an dem überall die Lichter aufflammten, entgegeneilten. So vergingen viele Sonntage seines Sommers, dieser funkelnden, bunten Jahreszeit, deren dunkle Ränder sich aus den schläfrigen Nachmittagen in der Fabrik zusammensetzten, wenn er die Spindel seiner Drehbank zu rasendem Tempo zwang und die Muskeln aus ihrem natürlichen Schlafbedürfnis aufrüttelte. Der Rest war ein flüchtiger Anblick des Himmels mittags und abends, ein Gefängnisleben, aber doch immerhin erträglich, weil er wußte, daß er Arbeit hatte und sich keine Sorgen zu machen brauchte, woher sein Essen, das nächste Glas Bier, die Zigaretten oder ein neuer Anzug kommen sollten.

Manchmal erinnerte er sich daran, wie er mit knapp achtzehn Jahren in die Khakiuniform gesteckt worden war, wie er in einem Sportanzug mit Kragen und Schlips die Räume der Intendantur betreten und sie am anderen Ende als eingekleideter Soldat wieder verlassen hatte, die Montur über der Sportjacke und die Schultern behängt mit den sonderbarsten Ausrüstungsgegenständen. Wenn er dann seine Gürtelschnalle putzte, hatte er manchmal an seine Vettern und die Art gedacht, wie sie durch den Krieg gekommen waren: große, grimmig entschlossene Deserteure, immer wieder von den ›Rotkäppchen‹ oder der Polente geschnappt, immer wieder ausgebrochen, ständig auf der Flucht, versteckt lebend, allein oder mit einer Hure, zum Stehlen gezwungen, um sich Nahrung und Geld zu verschaffen, da sie weder Lebensmittelkarten noch Arbeitsbücher besaßen. Ein unsicheres Spiel war es gewesen, und Arthur wunderte sich nur, warum sie es so lange ausgehalten hatten, warum sie nicht doch über den Kanal gegangen waren, um sich totschießen zu lassen und allem ein Ende zu machen. Aber jetzt wußte er, daß sie doch richtig gehandelt hatten, denn sie waren immer noch da und am Leben, hatten Arbeit und verdienten ein gutes Stück Geld trotz des Militärs. Arthur erinnerte sich, wie Dave während des Krieges einmal zu seinem Vater gesagt hatte: »Vor anderthalb Jahren hab ich auch stempeln gehen müssen, genau wie du, Harold. Wir alle haben mächtig strampeln müssen, um überhaupt durchzukommen, und jetzt wollen diese Kerle uns einziehen. Meine Mutter mußte elf Kinder großziehn, dabei hatte Doddoe immer nur Gelegenheitsarbeit. Dann hab ich mal eines Nachts die Hintertür von 'nem Laden aufgebrochen, weil wir nichts zu essen hatten. Als ich damals nach Haus kam – also Harold, das werd ich in meinem Leben nicht vergessen –, das war die schönste Mahlzeit unseres Lebens. Fünfzehn war ich damals, und 'n paar Monate lang bin ich jede Woche in irgend 'nem Laden eingebrochen, aber einmal in der Nacht haben diese Schweine mich doch geschnappt. Und weißt du, was ich dafür bekommen hab? Ja, ja, du weißt's, Onkel Harold, aber ich sag's trotzdem noch mal. Drei Jahre Borstal. Und als ich dann rauskam, war Krieg, und sie wollten mich einziehen. Ja, denkst du vielleicht, ich würde für diese Schweinehunde ins Feld gehn?«

Arthur sah noch Daves Gesicht vor sich: mager und halbverhungert, rot und rissig von Wind und Wetter, nachdem er mehr als siebzig Meilen auf einem gestohlenen Fahrrad von Manchester her über die Pennines gefahren war mit leerem Magen, nur um den ›Rotkäppchen‹ zu entgehen. Es war ein Donnerstag, und da die Wochenrationen am Freitag ausgegeben wurden, hatten sie nur Brot, Marmelade und Tee im Haus. Seaton hatte Dave damals angeboten, eine Woche bei ihnen zu bleiben. Er blieb drei. Eines Nachmittags, als er gerade ausgegangen war, erschien die Polizei und fragte nach ihm, und während sie noch im Haus herumsuchten, stahl Arthur sich auf einen Wink seines Vaters hinaus. Er traf Dave, der mit seinen langen Beinen die Pedale eines gestohlenen Fahrrads trat und ein Lied pfeifend die Straße heruntergesegelt kam. Gerade hatten die Sirenen Fliegeralarm gegeben, und während Arthur Dave schnell erzählte, daß er jetzt nicht nach Hause kommen dürfe, erfüllten bereits weiße Rauchwölkchen die Luft, und der schmale lange Schatten eines deutschen Flugzeugs glitt wie ein Sarg über die Dächer. Arthur hätte fast laut aufgelacht. Sie waren mitten im Krieg, sie kämpften gegen die Deutschen, und nach den Neun-Uhr-Nachrichten sprach Churchill im Radio und erzählte ihnen, wofür sie kämpften – als ob das noch nötig gewesen wäre. Denn was war da noch zu machen? dachte er. Sich vom Militärdienst drücken, desertieren wie Dave? Nein, es blieb einem nichts anderes übrig, als schlau zu sein. Sonst gar nichts. Zwei Jahre den Kopf einziehen und dann froh sein, wenn man's hinter sich hatte. So begann er denn seine Stiefel blankzureiben, und als der Sergeant kam und alles so blitzend und blinkend, so sauber und ordentlich sah, erklärte er, Arthur werde einen guten Soldaten abgeben. Jawohl, schlau sein, dachte er wieder. Ihr Mistkerle kriegt mich nicht unter. Er wußte noch genau, wie es gewesen war, als Adas drei Söhne bei Kriegsausbruch nach ihren Stippvisiten beim Militär heimkamen. Er hatte es miterlebt, wie Uniformen und Ausrüstung im Schlafzimmerkamin verbrannt wurden und dann Rauch aus Schornsteinen aufstieg, die gewöhnlich nicht benutzt wurden.

Weil Arthur so groß war, steckte man ihn zur Militärpolizei, gab ihm eine Trillerpfeife und eine rote Kappe. Dann mußte er sich wie ein Grubenstützbalken aufstellen und die Ausweise der Glücklichen kontrollieren, die das Lager verließen, um ihren Urlaub anzutreten oder weil sie ihre Dienstzeit rum hatten. Er war ein ›Rotkäppchen‹ geworden. Welche Ironie! Und was für ein Spaß für die ganze Familie! Er hingegen ärgerte sich die ganze Zeit. Er bekam fünf Shilling pro Tag und dachte voll Bitterkeit an die zwei Pfund, die er an seiner Drehbank verdient hatte. Aber fangt nur einen Krieg an, sagte er sich, dann werdet ihr mal sehen, was für ein schlechter Soldat ich sein kann. Die da oben mußten ja wissen, daß keiner Lust hatte, zu kämpfen. Darum waren sie auch gar nicht so scharf drauf, sich in einem nächsten Krieg auf sie zu verlassen. Beim Kommiß hieß es: »Krepier nur, Jack, mir geht's gut«, und draußen hieß es: »Jeder für sich selbst.« Es lief alles auf dasselbe hinaus. Eigene Meinungen zählten nicht. Intelligente Kooperation? Es war wie beim Schauringen; man mußte sich dumm stellen und sich in einem Halb-Nelson fangen lassen, obgleich man genau wußte, wie man sich daraus befreien konnte. Wirklichen Frieden hatte man nur, wenn man weit weg von dem allem war, am weidenbestandenen Ufer eines Kanals saß und darauf wartete, daß ein Fisch anbiß, oder wenn man mit einer Frau, die man liebte, im Bett lag.

Jetzt gibberten sie schon wieder nach einem neuen Krieg, diesmal gegen die Russen. Aber sie versprachen dabei, daß es ein kurzer Krieg sein würde: ein paar mächtige Explosionen, und dann würde alles vorbei sein. So 'n Quatsch! Wir sollen Seite an Seite mit den Deutschen kämpfen, die uns im letzten Krieg ihre Bomben auf den Kopf geschmissen haben? Für was halten die uns eigentlich? Für Idioten natürlich; aber diesmal sollen sie sich getäuscht haben. Die denken, sie haben uns mit ihren Versicherungsscheinen und Fernsehapparaten das Maul gestopft, aber mich können sie nachher von hinten besehn. Die sollen schon merken, daß sie sich verrechnet haben. Wenn ich bei meiner vierzehntägigen Übung auf dem Bauch hinter 'nem Sandsack liege und auf 'ne Zielscheibe schieße, dann sehe ich jedesmal, wenn mein neues Gewehr losgeht, genau die Gesichter vor mir, die ich treffen will. Jawohl, genau. Die Gesichter von den Schweinen, die mir das Gewehr in die Hand gedrückt haben. Blitzschnell stell ich mir ihre dämlichen Visagen mit den glänzenden Brillengläsern vor, und ich sehe, wie sie ihre dicken Bücher und Akten wälzen, um auszutüfteln, wie sie uns arme Kerle in 'ne Uniform stecken und uns dazu bringen können, Schlachten in einem Krieg zu schlagen, in den sie selber nie gehen werden – und dann drück ich ab. Krack-krack-krack-krack-krack-krack. Und dann kommen andere Gesichter dran: der rotznasige Bursche, der meine Einkommensteuer einzieht, der schieläugige Mistkerl, der unsere Rentengelder einsammelt, der Wasserkopf, der mich dauernd belämmert, ich soll zu 'ner Gewerkschaftsversammlung kommen oder 'n Aufruf gegen das, was in Kenia passiert, unterzeichnen. Als ob mir das nicht völlig wurscht wäre!

Er erinnerte sich daran, wie sein Vater im Hintergarten gegraben hatte, um einen Luftschutzbunker zu bauen, wie er selber in das Loch gestolpert war und eine Ohrfeige dafür bezogen hatte. Und später hatte dann die ganze Familie da unten auf den Brettern gesessen, sich in der naßkalten Luft die Seele aus dem Leib gehustet, den juckenden Körper gekratzt und auf den unheimlich hohlen Lärm der Schiffsgeschütze hinter den Wäldern von Beechdale gelauscht. Mit weißem Gesicht war sein Vater um Mitternacht hereingestürzt, in der einen Hand die Teekanne, an die Finger der anderen ein halbes Dutzend Tassen gehängt. Er hatte den niedersausenden Bombensplittern getrotzt und war mit knapper Not unter dem deutschen Flugzeug hinweggewitscht, das die Fabrik mit seinen Bordwaffen bestrich. Die ganze Welt schien in dem langgezogenen jaulenden Pfeifen einer fallenden Bombe aus den Angeln gehoben, und man konnte nur dasitzen und abwarten, abwarten, abwarten, stumm, solange dieses Pfeifen dauerte, nicht atmen, keinen Finger rühren, die Augen weit aufreißen, bis die Explosion auf dem Güterbahnhof oder in einem Häuserblock in der nächsten Straße einem glücklich zum Bewußtsein brachte, daß man noch am Leben war.

Und wenn er sich's richtig überlegte, dann hatten Adas Söhne es gar nicht so falsch gemacht. Gegen Ende des Krieges wurden sie zum letztenmal geschnappt und ins Militärgefängnis gesteckt. Dave kam sechs Monate vor der Demobilisation in die B.L.A.*. Der Krieg war vorüber, und in Berlin traf er Arthurs Schwester Margaret, die als Kellnerin bei der NAAFI** arbeitete. Arm in Arm spazierten sie Unter den Linden, betrachteten sich die ausgebombten Häuser, unterhielten sich über die alten Zeiten, tranken starkes Bier und lachten sich schief darüber, daß ausgerechnet sie beide sich in den Trümmerstraßen von Berlin begegnet waren.

Im Jahre fünfundvierzig kam Dave auf Urlaub. Eines Samstag abends stieß Arthur in der Nähe des ›Horse and Groom‹ auf seinen eben aus Deutschland angelangten Vetter. Dave trug eine schicke, tadellos saubere Uniform, und oberhalb seiner Brusttasche prangten fünf Ordensbänder. »Ich wußte gar nicht, daß man für den Aufenthalt im Militärgefängnis auch Orden kriegt«, lachte Arthur. Dave erzählte ihm, wie Ada und die anderen ein Schild mit der Aufschrift »Willkommen in der Heimat, Dave« am Bunker angebracht und Fahnen aus dem Schlafzimmerfenster gehängt hätten, als sei er ein Held, und fügte dann hinzu: »Die Bänder hab ich im Army-Laden gekauft. Kosten nur zweieinhalb Shilling, und für 'n Entlassungsurlaub machen sie sich ganz gut. Also bis später, Arthur. Ich hab da drin noch 'ne kleine Verabredung.«

Der Abschied von Brenda fiel Arthur nicht leicht. Nach einer schweigsamen Busfahrt nach Wollaton gingen sie Arm in Arm den Bramcote Lane hinunter. Vor einer Reihe mit Buschwerk bewachsener Hügel streckten sich Weizenfelder, von denen einige schon abgemäht waren. Der Duft nach Weizenspreu, der in der Luft lag, weckte Erinnerungen in Arthur: »Als Junge bin ich oft hier draußen gewesen, Heidelbeeren suchen. Einmal, als ich mit meinem Vetter Bert los war, trafen wir 'n paar Kinder, die schon 'ne Menge Heidelbeeren hatten, und Bert nahm sie ihnen weg. Ich wollte nicht, aber Bert sagte, damit hätten wir uns viel Sucherei erspart.«

* British Liberation Army

** Navy, Army and Air-Forces Institute

Brenda blieb stehen, um die Strickjacke, die sie über dem Arm trug, glattzustreichen. »Ich glaub schon, daß du die Kinder nicht beklauen wolltest«, meinte sie kritisch, »wenigstens nicht im Ernst. Du bist mir einer, Arthur. Du kennst nie den Unterschied zwischen Recht und Unrecht.«

»Doch«, widersprach er, »den kenn ich schon. Du kannst mir höchstens vorwerfen, daß ich's für unwichtig halte, ob man ihn kennt oder nicht. Und das ist es doch auch, was, Schatz?« Er stellte die Frage mit ernstem Gesicht und sah sie an.

»Manchmal ist es doch wichtig. Man kriegt dann nicht so leicht Krach. Und du bist für Krach geboren. Komm, hilf mir mal übers Gatter.«

Er ergriff ihre Hand, als sie die erste Stufe hinaufstieg. »Für Krach geboren? Nee. Ich will dir mal was sagen, ich bin in meinem Leben immer friedlich gewesen. Ich mag keinen Streit, und ich will auch niemand was antun. So was regt mich viel zu sehr auf, genau wie das Saufen. Aber manchmal kann man einfach nicht anders. Halt deinen Rock runter, Schatz, sonst kann ich alles sehn. Ja, hierher kommen immer die Liebespaare, und damit geht's dann los, wenn er seiner Liebsten übers Gatter hilft.«

Sie lachte: »Sachen sagst du! Aber 's war deine Idee, hier rauszugehn, und du weißt ganz genau, daß 'ne Frau kaum übers Gatter kommt, ohne 'n bißchen was von ihrer Unterwäsche zu zeigen. So, jetzt halt meine Hand fest! Hops! Danke, geschafft!«

Er sprang hinüber, und dann bogen sie in einen Heckenweg aus Ligustersträuchern ein, über den das Korn wehte wie Flittergold. »Aber es ist doch wirklich 'ne Schweinerei, daß die einen jedes Jahr wieder zu 'ner Übung holen. Die können doch keinen Menschen in Frieden leben lassen.«

Sie nahm wieder seinen Arm. »Ist doch nur für vierzehn Tage, und du weißt genau, daß dir's im Grunde nichts ausmacht. Die Männer gehn doch alle ganz gern hin.«

»Das kann ja sein, aber ich nicht«, protestierte er. »Ich hasse das Militär, ganz bestimmt, und ich hab's immer getan. So was kannst du nicht von mir behaupten. So blöd bin ich nicht, daß mir so was gefällt.«

»Na gut, vielleicht dir nicht. Aber vielen andern ganz sicher. Denen macht's eben Spaß, 'ne Uniform anzuziehn und mit 'nem Haufen anderer Männer zusammenzusein. Wenn jetzt 'n Krieg ausbrechen würde, dann würden sie zu Millionen angelaufen kommen und sich melden.«

Die Bramcote Hills hatten grüne Felder rings um ihre Füße, Gruppen verkümmerter Bäume entlang der Kammlinie und Flecken kurzgeschorenen Grases an den Hängen. Er stellte sich vor, wie er und zweihundert andere mit aufgepflanztem Bajonett hier hinaufklettern mußten, stolpernd, fallend, rennend. Und dann hieß es, blindlings in die Bäume feuern. Ein paar gut placierte Maschinengewehre und Granatwerfer, und schon ist eine ganze Reihe von Bataillonen weggefegt, überlegte er. »Aber ohne mich. Ich halt mich da raus. Ich hasse das alles. Ich mag nicht mal drüber reden.«

Die Aussicht auf die Trennung schien Brenda nicht so zu bekümmern wie Arthur. Ja es kam ihm fast vor, als mache sie ein ganz glückliches Gesicht beim Gedanken an die vierzehn freien Tage, die vor ihr lagen. »Macht doch nichts, Arthur, du bist ja bald wieder da. Ist doch auch nur einmal im Jahr. Und wenn's vorbei ist, dann kommt der Jahrmarkt, und dann Weihnachten. Die Zeit rennt; bevor wir's uns versehn, sind wir alt.«

»Ich nicht«, widersprach er mürrisch. »Man ist so alt, wie man sich fühlt, und ich hab noch gar nicht angefangen zu leben.«

»Und bevor du heiratest, wirst du das auch nicht.«

»Heiraten? Ich? Keine Angst. Ich würde nur dich heiraten, weil ich dich liebe, aber das ist eben nicht möglich. Und wenn ich dich nicht kriegen kann, Schatz, dann werd ich wahrscheinlich auch keine andere nehmen.«

Seine Aufrichtigkeit gefiel ihr, doch sie erwiderte: »Das sagen sie wohl alle. Aber paß auf, in einem Jahr denkst du schon anders. In deinem Alter meint jeder, daß er nie heiratet. Jack hat auch so gedacht, das hat er mir selber erzählt. Da denkt man, man könnte sein Leben lang allein bleiben, sagte er, aber plötzlich merkt man dann, daß man's doch nicht kann.«

»Na«, meinte Arthur mit einem verschmitzten Lächeln, »dann brauch ich doch nicht erst zu heiraten, oder? Heirate nicht, solange du nicht unbedingt mußt, das ist mein Wahlspruch.« Er stieß ihr scherzhaft mit den Fingern in die Seite, dann packte er sie, um sie zu küssen.

»Hör auf!« schrie sie. »Du quetschst mich ja tot! Und außerdem darfst du mich hier nicht küssen; da drüben geht 'n Mann, der kann uns sehn.« Sie war leicht gereizt.

»Ach wo, der sieht uns nicht«, grinste er.

»Und glaubst du vielleicht, man heiratet nur deswegen? Wenn du das denkst, bist du auf'm Holzweg. Manche Leute tun's ja vielleicht, aber die meisten heiraten aus andern Gründen.«

»Du weißt aber auch alles«, sagte er spöttisch. Jetzt waren sie beide so ärgerlich, daß man die Funken sprühen sah. »Aber ich bin auch nicht von gestern. Ich weiß genau, wann ich so weit bin, daß ich heiraten will, und jetzt bin ich eben noch nicht soweit.« Er sah ihr drohend ins Gesicht: »Dir wär's wohl recht, wenn ich heirate, ja?«

»Sei nicht albern«, versetzte sie kurz. Sie freute sich, daß sie ihn aufgebracht hatte. »Du weißt ganz genau, daß ich das nicht möchte. Aber wenn du mal heiraten willst, dann will ich dir nicht im Weg stehn. Ja, lach nur, wenn du willst; du weißt schon, wie ich's meine. Jetzt liebst du mich, das weiß ich, aber es kann doch sein, daß du mich in 'nem halben Jahr nicht mehr liebst.«

Du lieber Gott, dachte er, in 'nem halben Jahr sind wir vielleicht schon alle tot. Lachend tanzte er auf dem Pfad vor ihr her, beugte und streckte seine langen Beine, verschwand zwischen den hohen Halmen und stürzte plötzlich wieder hervor, um sie zu erschrecken. Sie mußte auch lachen. »Geh weg!« rief sie. »Du bist ja verrückt! Aus dir soll einer mal schlau werden.«

»Ja«, sagte er atemlos und legte den Arm um sie, »genau das denk ich auch von dir. Aber es kümmert mich nicht weiter, denn ich geb mir nie viel Mühe, aus den Menschen schlau zu werden. Auch so was, das sich nicht lohnt.« Sein Glücksgefühl schwand auf einmal, und ihm war, als hätten sich die riesigen Räder der Welt gedreht und rollten direkt auf ihn zu, um ihn zu zermalmen. Die vierzehn Tage Militärdienst kamen auf ihn zu wie eine Wurfkeule. Die Tatsache, daß Brenda die Trennung von ihm nicht sehr schwer zu nehmen schien, und der weite blaue Himmel dieses Sommerabends fanden keinen Widerhall in ihm. Er fühlte sich leer gegenüber all den Farben und Formen der Landschaft.

»Wohin woll'n wir denn gehn, Arthur?«

Er wußte es nicht. Es war in mehr als einer Hinsicht eine schwierige Frage. Handeln, dachte er. Das entspricht meiner Natur besser. So schüttelte er denn seine trübe Stimmung ab, führte sie dicht an der Hecke entlang weiter und bog dann scharf nach rechts ein. Hier verbarg das Korn sie vor allen Blicken. Er begann die Halme niederzutreten.

»Das geht doch nicht«, sagte sie. »Du darfst nicht so drauf rumtrampeln.«

»Was geht nicht? Wenn's mir aber Spaß macht? Und außerdem, was schadet es denn?«

»Eben das hab ich vorhin gemeint«, erklärte sie mit einem leichten Lächeln. »Du kennst nicht den Unterschied zwischen Recht und Unrecht.«

»Tu ich auch nicht. Und ich will auch gar nicht erst, daß einer versucht, mir's beizubringen.«

»Ach, ich glaube, das war doch 'ne gute Idee. Ist 'n hübscher Platz hier«, sagte sie und betrachtete die weiche Höhlung am Ende der Hecke. »Ich lieb dich wirklich, Arthur«, fügte sie hinzu. Sie setzten sich und küßten sich leidenschaftlich.

Er stand auf der Plattform des Derby-Bahnhofs und wartete auf den Zug nach Birmingham. Eben noch war er am Büfett gewesen und hatte sich eine Tasse Tee und ein Brötchen einverleibt, und dann hatte er sich groß und aufrecht neben einem Schokoladen-Automaten, der außer Betrieb war, aufgepflanzt, so sauber gewaschen und rasiert, daß seine flekkige Uniform den guten Eindruck nicht beeinträchtigte. Auf einer Bank in der Nähe war ein Sitzplatz frei, aber er wollte lieber stehen, um die messerscharfen Bügelfalten seiner Hose nicht zu verderben. Seine Gedanken waren noch bei dem wilden Abschied von Brenda, draußen im Feld: Sie waren bis Mitternacht dort geblieben und hatten den letzten Bus versäumt. Unter einem hellen Mond waren sie nach Hause gewandert, und die Vollkommenheit dieser Abschiedsstunde hatte die leise Vorahnung eines Verhängnisses in ihnen ausgelöst, die Ankündigung eines unausweichlichen Endes, gegen das man wohl kämpfen, das man jedoch nicht besiegen konnte. Sie hatten kein Wort darüber gesagt, aber sie hatten es beide gefühlt und so voreinander durch übertriebene Lustigkeit zu verbergen gesucht. Etwas Bitteres war in ihrer Leidenschaft gewesen. Zärtlichkeit ohne Überzeugungskraft und ein Sarkasmus, der die Liebe wegwarf wie einen Handschuh, den sie beide in ihrer Eile und Hast nicht aufheben konnten.

»Bleib gesund«, hatte sie gesagt. »Sei brav. Wir sehn uns bald wieder.«

Hoffentlich, hatte er gedacht.

Ein Gepäckträger kam den Bahnsteig entlang und rollte eine beladene Karre vor sich her. Arthur stand reglos da und beobachtete, wie die dünnen Regenvorhänge einer nach dem anderen auf die schwarzen Lok-Schuppen fielen, ein feines, hochsommerliches Gesprüh, das ein unerträgliches Gefühl von Langeweile und Leere in ihm auslöste. Fünf Soldaten kamen lärmend über die Überführung, stiegen die Stufen zum Bahnsteig herab und erfüllten die feuchtkalte Luft mit albernen Witzen. Arthur erkannte sie. Sie erkannten Arthur. Sie polterten in ihren derben Stiefeln auf ihn zu und warfen die Tornister auf die Bank. Er war verloren, eingefangen in ihr lautes Grölen, das er mit seinem eigenen Rufen, Händeschütteln und Schulterklopfen noch verstärkte. »Wenn das nicht der alte Ernie Ambergate ist!« Sie waren für dasselbe Lager bestimmt und kannten einander vom letzten Jahr her.

Arthur war jede Nacht betrunken. Die vierzehn Tage waren eine lange Zeit, unmöglich nüchtern zu ertragen, denn er haßte jede Veränderung, und vor allem haßte er das Militär. Er hatte eine Drahtschere in der Tasche, um nachts wieder ins Lager zurückzugelangen. Dann lag er frohlockend im Graben, kappte einen Stacheldraht nach dem anderen, rollte ihn sorgfältig auf, spürte die feuchte Erde an seinen Hosen, die Grashalme, die sein Gesicht kitzelten, die Brombeerranken, die sich in seine Knöchel bissen, und robbte auf dem Bauch vorwärts, damit das Licht aus der Wachstube ihn nicht traf, bis das Loch im Zaun so groß war, daß eine ganze bewaffnete Division hätte hindurchmarschieren können.

Beim ersten Antreten behauptete der Spieß, er könne die Konturen von Arthurs Schädel nicht erkennen, weil zuviel Haar drauf sei, und Arthur erklärte sich lachend einverstanden, sich die Haare schneiden zu lassen, nahm sich dabei aber insgeheim vor, es zu vergessen, bis die vierzehn Tage vorüber waren – was ihm auch gelang. »Du bist jetzt 'n Soldat und kein Teddy-Boy«, hatte der Spieß gesagt, aber Arthur wußte, daß beide Bezeichnungen nicht zutrafen. Wenn jemand ihm sagen wollte, was er war, dann war er überhaupt niemand mehr. Nicht mal sein eigener Name stimmte noch, wenn er auch im Soldbuch stehen mochte. Wer bin ich? fragte er sich. Ein sechs Fuß hoher Grubenstempel, der dringend nach einem Bier verlangt. Ja, das bin ich. Und wenn irgendein neunmalkluges Schwein mir erzählen will, wer ich bin, dann bin ich ein Dynamithändler, ein Luftgewehr-Verkäufer, ein Hundert-Tonnen-Tank-Händler, ein Arbeiter an der Drehbank, der darauf wartet, die ganze Armee auffliegen zu lassen und ins Jenseits zu befördern. Ich bin ich und kein anderer; und was die Leute auch von mir denken mögen, als was sie mich immer bezeichnen: das bin ich bestimmt nicht, denn sie wissen 'nen Dreck von mir.

Am zweiten Tag stand er im Pissoir und starrte mit wütenden Augen auf die graue Wand vor ihm, als wolle er mit seinen Blicken die obszönen Kritzeleien, die er früher so komisch gefunden hatte, durchdringen und statt dessen die Rennlisten von heute und die Tips für die morgigen Rennen sehen. Die Sekunden, die er hier verbrachte, vergingen wie Tage, jede ein Güterzug, der durch seinen Magen fuhr, ein Dynamo in seinem Hirn, ein Amboß in seinem Herzen, ein Schraubstock um seine Lippen, die doch trotzdem immer wieder murmelten: »Schweine, Schweine, Schweine« – bis Ambergate vom Frühstück hereinkam und ihm freundschaftlich in den Rücken stieß. Mit erhobener Faust fuhr Arthur herum, voller Freude, sich mit jemandem schlagen zu können. Aber er hielt sich noch rechtzeitig zurück, denn das konnte er ja Ambergate nicht antun, seinem guten Kumpel, der aus irgendeinem Schacht weit hinten im Hügelland von Derbyshire kam.

Die Tage und Nächte gingen nicht schnell genug herum. Die Schießübungen machten ihm Spaß. Ihn freute die Vorstellung, wie die Patronen aus dem gebogenen Magazin sprangen, und der pfeifende Laut, mit dem sie der Zielwand entgegenflogen, war für ihn wie Musik. Er schoß gern, das mußte er zugeben. Es bereitete ihm Genugtuung, etwas zerstören zu können, auch wenn es nur Bretter auf Pfählen waren. Lieber hätte er etwas Greifbareres zerstört: Häuser oder Menschen; doch das war vorläufig nicht möglich. Wenn er gerade nicht dran war und hinter dem Sandsack liegen mußte, stand er gern in der Nähe und hörte zu, wie die Kugeln gleichzeitig aus einem Dutzend Gewehren flogen, lauschte dem an- und abschwellenden Ton, diesem unbezähmbaren Rhythmus, der die Luft mit fesselloser Freude aufriß.

Jeden Abend ging er mit Ambergate aus, um sich zu betrinken. Auf dem weiten Weg schmiedeten sie gemeinsam ihre Pläne für private Kriege und Revolutionen, Raub und Brandstiftung, spannen die unmöglichsten Träume und behandelten das alles wie einen Witz. Und wenn sie dann aus der Ortschaft zurückkehrten, gab es für sie in der ganzen Welt nichts mehr als ihr eigenes Ich, die Gegenwart, diese Minuten mit vollem Leib, wandernden Beinen und Hüften, gegen die der rauhe Khakistoff scheuerte. Arthurs trunkene Lieder hallten wie Frühlingstollheit über dunkle Felder und Wälder und erfüllten die schönsten Stunden dieser vierzehn Tage. Sie kamen an Bauernhäusern vorüber, die vor ihnen verschlossen und verriegelt waren, und es sah so aus, als wollten die Türen und Fenster Arthurs selbsterfundene Gesänge von sich weisen, die brausend daherdröhnten wie der Ausbruch irgendeines halbvergessenen Urlauts.

Eines Nachts hatte er sich aus irgendeinem Grund von seinen Kameraden in der Wirtschaft abgesondert und mußte den Rückweg allein antreten. Der klare, blaue, brennendheiße Tag war vorbei, und nun umgab ihn eine pechdunkle Nacht voll jagender Wolken. Die Hände in den Taschen, eine Melodie pfeifend, bewegte er sich schwankend vorwärts, so viel Bier im Leib, wie nur irgend hineingegangen war. Plötzlich tauchte ein purpurn flammender Blitz die Straße vor ihm in gleißende Helle. Er sah Baumgruppen vor sich, die er bisher gar nicht bemerkt hatte. Während des folgenden krachenden Donnerschlags pfiff er unwillkürlich seine Melodie weiter; doch der erste Blitz hatte wie eine Pflugschar in sein Hirn eine tiefe Furche gegraben, die der zweite mit seinem grellen Licht noch verbreiterte. Schrecken erfaßte ihn, und seine Beine begannen zu zittern. »Was ist los?« sagte er, und noch einmal lauter: »Was ist los?« Im dumpfen, gleichmäßigen Rauschen des Regens ging er weiter und zählte die Sekunden zwischen Blitz und Donner. Dann begann er wieder zu pfeifen, eine Marschmelodie diesmal, die seine Schritte beflügelte, bis er stehenblieb, um sich eine Zigarette anzuzünden. Der nächste Blitz schien die Erde zu spalten. Unmittelbar darauf erfolgte eine Donnerexplosion, als flöge eine Pulverfabrik in die Luft. Die Bäume bogen sich tief über die Straße, und er hatte Angst, erschlagen zu werden. Es war seit Jahren das erste Mal, daß ein Unwetter ihm Furcht einflößte.

Als Junge war er, wenn ein Sommergewitter aufzog, jedesmal schreiend von der Straße weggelaufen, um sich in der dunklen Küche oder unter der Treppe zu verstecken. Das hatte bis zu jenem Sommer gedauert, in dem der Donner sich in Bomben und die Blitze in Geschützfeuer verwandelten und ihm damit die Harmlosigkeit der Naturerscheinungen zum Bewußtsein brachten. In einer Sommernacht während des Krieges war er einmal durch das Dröhnen von Explosionen und ein aufzuckendes Licht vor dem Schlafzimmerfenster aufgewacht, wütend über die Notwendigkeit, jetzt aufstehen und in einen Luftschutzbunker gehen zu müssen, und verwundert darüber, daß die Sirenen kein Warnsignal gegeben hatten. Oder hatten die anderen im Haus wie er die Sirenen überhört? Fred hatte sich in seinem Bett aufgesetzt und ihm gesagt, daß es nur ein Gewitter war. Nur ein Gewitter? Großartig! Das Grollen und Dröhnen da draußen hatte ihn wie Musik in den Schlaf gewiegt. Jetzt mußte er in seiner Angst und Erschöpfung an jene Nacht denken, und lachend ging er weiter, bis er die Lichter des Lagers ganz nahe vor sich sah. Aber nun bedeuteten sie ihm keine Zuflucht mehr; er hätte noch meilenweit durch das Unwetter wandern können.

Er stieß die Tür der Quartierstube auf, schnallte seinen

Gürtel ab und warf seine Mütze fort. Das letzte, was er hörte, bevor er hinsackte, war ein rollender Donner.

Als er am nächsten Morgen um acht Uhr aus dem weichen Schlummerschacht emporgehoben wurde, lag er ausgezogen im Bett, die Decken ordentlich über ihn gebreitet. Er öffnete die Augen, konnte jedoch keinen Arm rühren, um sich zu kratzen. Seine Glieder waren fest an den Bettrahmen geschnallt. Er hob den Kopf einige Zoll hoch und merkte, daß die Stube leer war. Sie müssen alle beim Frühstück sein, dachte er. Der Sonnenschein strömte herein, verwandelte den gebohnerten Fußboden in einen Spiegel, überflutete den Ofen mit Licht und bestrahlte die säuberlich zurechtgelegten Monturen auf den gemachten Betten. Sein Kopf schmerzte, und er versuchte, sich von den Riemen zu befreien, die ihn ans Bett fesselten. Aber sie waren fest geschnürt und gaben nicht nach. Minuten später lag er wieder in tiefem Schlaf.

Er wurde vom Lärm der Kameraden geweckt, die vom Frühstück kamen, und durch Ambergate, der geräuschvoll seinen Blechbecher im Tornister verstaute. Moore bot Arthur Tee an.

»Ernie«, sagte Arthur mit flacher, krächzender Stimme zu Ambergate, »bind mich los.«

Moore hielt ihm den Tee hin. »Trink das hier, dann wirst du dich besser fühlen.«

»Bind mich erst los.«

Da er merkte, daß keiner ihn losbinden würde, schlürfte er laut den Tee. Die anderen lachten über seine Lage.

»Welcher Schweinehund hat mich festgebunden?« fragte er.

»Du bist nicht festgebunden«, versicherte Moore ihm.

»Ach nein. Wer hat das getan?«

Mit lustigem Zwinkern erklärte Ambergate ihm den Fall: »Als wir gestern nacht hier reinkamen, lagst du platt auf'm Fußboden, und als wir dich ins Bett legen wollten, hast du um dich geschlagen. Wir wollten dich dann einfach die ganze

Nacht so liegen lassen, aber dann kam der Sergeant vom Dienst rein und schrie: ›Was macht der Kerl da am Fußboden in dem Pisseteich?‹ – ›Der ist ohnmächtig geworden, Sir‹, sagte ich. Da wurde er ganz blau vor Wut und brüllte: ›Ins Bett mit ihm! So 'n Lausekerl hat nichts auf dem Fußboden zu suchen. Bringt das Schwein ins Bett!‹ – ›Aber er stößt immer mit seinem dreckigen Stiefel nach mir, wenn ich 'n anfassen will‹, hab ich gesagt. ›Quatsch keinen Blödsinn‹, sagte er. ›Der Kerl muß ins Bett. Ich werd euch gleich mal zeigen, wie man ihn anpacken muß. Und dann, verdammt noch mal, Arthur, dann hast du doch dem Sergeant direkt in die Eier getreten. Na, Jungs, ist es wahr oder nicht? Genau dahin. Also der Sergeant bekam beinah 'n Anfall. ›Festbinden den Mistkerl! Soweit kommt das, daß mir so 'n Schweinehund das eintritt, was ich nicht mal meiner Mutter zu zeigen wage. Den werd ich mir morgen mal vornehmen. Na warte, mein Junge!‹ Na, und da haben wir dich eben angebunden. Dienstlicher Befehl!«

»Du Lügenmaul!« schrie Arthur. »Im Varieté solltest du auftreten. Mit der Nummer kriegst du fünfzig Shilling die Woche. Und jetzt bind mich los.«

»Kommt nicht in Frage«, erklärte Ambergate unter dem Gelächter der anderen. »Damit du wieder um dich schlägst.«

»Bind mich los!«

Der Sergeant steckte den Kopf durch die Tür und schrie: »Antreten!«, und binnen einer halben Minute war die Stube leer, abgesehen von Arthur, der an sein Bett geschnallt sich nicht bewegen konnte. Aber so unangenehm war diese Situation gar nicht für ihn, denn er fühlte sich todmüde und erschöpft: er schloß die Augen und schlief wieder ein.

Um elf Uhr kam der diensthabende Offizier in die Stube.

»Wer ist denn das faule Schwein, das hier am hellichten Tag schläft?« schrie er. »He, du, was machst du hier?«

Arthur klappte die Augen auf. Er versuchte seine Arme und Beine zu bewegen; dann erinnerte er sich, rollte mit den

Augen und schloß sie wieder. Der Offizier stieß und schüttelte ihn. »Verdammt noch mal, Mann, was machst du hier? Aufstehen, los!«

Endlich sah Arthur ihn an: »Ja, Sir?«

»Was machst du noch hier im Bett?« fragte er wutschnaubend.

Arthur verfiel auf die nächstbeste Ausrede: »Mir ist schlecht. Ich fühl mich gar nicht wohl. Ich hab Kopfweh und Magenschmerzen und 'n Gefühl, als wär ich am Bett festgebunden.«

»Na, großartig. Und warum hast du dich nicht krankgemeldet?«

»Ich bin nicht rechtzeitig aufgewacht.«

Der Diensthabende schnalzte mit der Zunge, als könne er diese Welt nicht mehr verstehen. »Verdammte Hunde!« fluchte er. »Ich schicke den Sergeant her, damit er dich ins Revier schafft.«

Die Tür schlug zu, es herrschte wieder Ruhe. Der Diensthabende versäumte, den Sergeant zu schicken, und Arthur blieb bis zum Nachmittag im Bett. Er vergaß völlig, daß er festgebunden war, und schlief sich ordentlich aus. Die Stunden vergingen ihm so angenehm schnell, daß er später zu Ambergate sagte, sie sollten ihn doch so liegen lassen, er könne sich keine bessere Art vorstellen, diese vierzehn Tage herumzubringen, vorausgesetzt, er bekäme gelegentlich eine Tasse Tee und eine Zigarette.

10

Er hatte sich umgezogen, und nun stand er in einer Tuchjacke und enggeschnittenen Hosen in der Tür des ›Match‹ und sah sich in dem L-förmigen Raum um. An einem Ecktisch saßen Brenda und Winnie und hatten je ein Glas Bier vor sich stehen. Brenda blickte auf und lächelte. Sie war nicht darauf gefaßt gewesen, ihn hier zu treffen. »Darf ich mich dazusetzen?« fragte er.

»Klar.« Ihr Kopf war nachdenklich nach vorn geneigt, und sie trank in kleinen Schlucken von ihrem Bier. Ihr Hals blieb unsichtbar, bis sie das Glas wieder hinsetzte. Arthur fragte sich, was sie wohl vor ihm verbergen wollte. Er hatte das Gefühl, daß er hier unerwünscht war, obgleich sie sein Angebot, ihnen noch ein Glas zu spendieren, dankbar angenommen hatten.

»Stimmt was nicht, Schatz?« fragte er.

Sie sah auf und lächelte. »Wieso? Mir fehlt nichts.«

»Wir könnten ja vielleicht anderswohin gehn. Hier ist es ja heute abend so öde wie auf'm Friedhof«, sagte er und wandte den Leuten, die sich an der Bar drängten, den Rükken.

»Ich möchte hierbleiben«, sagte sie sanft.

Sie hat 'ne Verabredung, dachte er. Sie will hier 'nen Mann treffen.

»Na schön, ist mir auch recht«, sagte er und bestellte noch etwas zu trinken.

Winnie erkundigte sich, ob es ihm im Lager gut gegangen wäre, und er erzählte, es sei besser gewesen als 'ne Ferienreise nach Blackpool, denn im Lager hätten sie nicht in Salzwasser geschwommen, sondern in gutem, starkem Bier. Er hatte Winnie seit Brendas Gin-and-Tonic-Party nicht mehr gesehen, und sie erschien ihm heute begehrenswerter als je, denn sie hatte sich groß aufgemacht: mit einer schicken weißen Bluse, einem schwarzen Kostüm und einer neuen Dauerwelle. Es sah aus, als habe sie sich vorgenommen, nun auch einmal richtig auf die Pauke zu hauen, weil sie gehört hatte, daß Bill sich, fern am Rhein, mit irgendeiner Deutschen die Zeit vertrieb. Arthur war ziemlich sicher, daß seine Vermutung zutraf, denn das ›Match‹ hatte den schlechtesten Ruf in der ganzen Stadt. Er konnte seine Augen nicht von ihr losreißen und fühlte sich wie ein König, weil er zwei so appetitliche und zutunliche Frauen zum Bier einladen konnte.

Er neigte sich zu Brenda. »Du siehst 'n bißchen verärgert aus heut abend, Schatz«, sagte er. »Freust du dich denn nicht, daß ich wieder da bin?«

Sie trank ihr Glas aus, bevor sie antwortete. »Haben sie dir eigentlich in deiner Schule nicht das Schreiben beigebracht?«

Das war es also. Er hatte ihr nicht geschrieben. »Ich hatte keine Zeit, Schatz. Ich hab dir doch schon vorher gesagt, daß sie mich fürchterlich rankriegen würden dort.«

»Nicht mal für 'ne Postkarte?« fragte sie muffig.

»Aber ich sag dir doch, die haben uns vom ersten bis zum letzten Augenblick geschliffen. Ich hatte kaum einen Fuß ins Lager gesetzt, da hatte ich auch schon 'n Gewehr in der Hand, und dann ging's los. Zehn Meilen im Trab, mit aufgepflanztem Bajonett und bei strömendem Regen. Und dann durch Unterholz kriechen, daß einen die Brombeerranken in Fetzen rissen. Ich kann euch sagen, als wir fertig waren, konnte ich nicht mal mehr 'ne Tasse Tee an 'n Mund heben. Na, und dann kam das Exerzieren, Unterricht, Wacheschieben, Kampfübungen ohne Waffe, Kartenlesen und dazu an den meisten Tagen noch Schießübungen. Ihr habt keine Ahnung, wie die uns durch die Mühle gedreht haben. Die sehn schon zu, daß sie was für ihr Geld kriegen. Immer hab ich dran gedacht, dir zu schreiben, aber ich hatte einfach keine Minute für mich, Ehrenwort. Nicht mal meiner Mutter hab ich 'ne Zeile geschrieben. Die hat sich halb zu Tode geängstigt um mich, und als ich heute nachmittag nach Hause kam, ist sie gleich über mich hergezogen und hat gesagt, sie hätte gedacht, ich hätte 'n Bauchschuß gekriegt oder wär unter 'n Panzer gekommen oder sonstwas.«

»Hättest du nicht mal abends Zeit gehabt?« fragte sie, noch immer nicht ganz überzeugt, trotz seiner ernsten Miene.

»Abends?« wiederholte er vorwurfsvoll. »Bis zehn haben

diese Mistkerle uns den Stubenboden wienern lassen, oder wir mußten unsere Gewehre reinigen. Ausgeschlossen, daß man da mal loskam. Hinterher war ich immer so erledigt, daß ich nicht ein einziges Mal einen gehoben hab. Und außerdem mußten wir ja auch noch Wache schieben, beinahe jede Nacht. Ich kann euch sagen, das waren die schlimmsten vierzehn Tage meines Lebens.«

Er hatte es ihr plausibel gemacht; aber nun fragte er sich selber, warum er ihr eigentlich keinen Brief geschrieben hatte, und er mußte sich eingestehen, daß er es vergessen hatte. Sicher, von Zeit zu Zeit hatte er mal an sie gedacht, aber es war ihm nie eingefallen, ihr zu schreiben. Außerdem, fragte er sich, wäre das nicht gefährlich gewesen? Angenommen, Jack hätte eines Morgens seinen Brief von der Türmatte aufgehoben und ihn gelesen. Jack war 'n guter Kerl, aber ein stilles Wasser, einer, bei dem man sich nie recht auskannte, einer von der Sorte, die plötzlich wild werden und einen furchtbaren Krach schlagen, wenn sie drauf kommen, daß man sie schon lange an der Nase rumgeführt hat. Und davon abgesehen, Briefeschreiben war zu strapaziös.

Bei Brenda kam er heute abend nicht an. Aber Winnie schien etwas umgänglicher. Trotzdem überraschte er die beiden, als er um neun erklärte, daß er nach Hause gehen und nach diesen harten vierzehn Tagen beim Militär erst mal ausschlafen wolle. »'s ist eigentlich noch früh«, meinte Brenda, doch sie machte keinen Versuch, ihn zurückzuhalten.

»Um uns brauchst du dir keine Sorgen zu machen«, lachte Winnie mit einer Ausgelassenheit, die für ihren Mann nichts Gutes verhieß. »Wir können schon selber auf uns aufpassen.«

Die Tür schlug hinter ihm zu. Er ging mit raschen Schritten die Straße hinauf und zwängte sich durch einen Trupp Soldaten den Lichtern und dem lebhaften Verkehr auf der Hauptstraße entgegen. Er wollte fort von den zwei Frauen, die einfach nichts von ihm wissen wollten. Mit ausgesucht derben Ausdrücken verfluchte er sie: die beiden waren drauf aus gewesen, mal 'ne tolle Nacht zu erleben, und hatten einen Heidenschreck bekommen, als er das ›Match‹ betrat und sich an ihrem Tisch niederließ. Sie hatten sein Bier getrunken und dann noch die Unverfrorenheit gehabt, ihm zu zeigen, daß er nicht erwünscht war. Nicht daß er es ihnen übelnahm, weil sie auf seine Kosten getrunken hatten. Von den Frauen in Nottingham erwartete er nichts anderes. Die waren, wie er sich selber sagte, ein unverschämtes Pack, so egoistisch, daß sie sich ihr Bier von einem Mann bezahlen ließen, gleichgültig, ob seine Gesellschaft ihnen behagte oder nicht. Huren, alle miteinander. Aber jetzt war Schluß damit. Sie hatten ihr Teil von ihm bekommen, und nun war es aus. Brenda war all die Aufregung, die er ihretwegen gehabt hatte, gar nicht wert. Als ob es was ausmachte, ob er ihr nun geschrieben hatte oder nicht. Das war nur ein Vorwand gewesen, um Stunk zu machen. Höchstwahrscheinlich war sie froh gewesen, ihn von hinten zu sehen, als er das Lokal verließ, und vermutlich hatte sie ihn auch die ganzen vierzehn Tage über betrogen, gar nicht zu reden von dem armen Jack. Anstatt sich im ›Match‹ zu besaufen, sollte sie lieber zu Hause sitzen und auf ihre beiden Kinder, die armen Würmer, aufpassen. Wenn ich jemals heiraten sollte, dachte er, und wenn meine Frau sich so aufführen würde wie Brenda und Winnie, da würd ich ihr die kräftigste Abreibung verpassen, die 'ne Frau je erlebt hat. Umbringen würd ich sie. Meine Frau hat für die Kinder zu sorgen, die ich ihr mache, und das Haus in Ordnung zu halten. Und wenn sie da ihre Pflicht tut, dann kann ich sie ja ab und an mal ins Kino mitnehmen oder am Samstag einen mit ihr trinken gehen. Aber wenn ich drauf käme, daß sie sich hinter meinem Rücken rumtreibt, dann säße sie, bevor sie überhaupt weiß, was los ist, mit zwei blauen Augen wieder bei ihrer Mutter. Jawohl, das würde sie.

Er ging auf den Slab Square zu. Mit jeder Faser seines Körpers drängte es ihn nach Kneipenlärm, und er hatte den dringenden Wunsch, sich in einen Wasserfall von Bier und Gelächter zu stürzen. Die Hauptstraße war von überhängenden Lampen erleuchtet, die so zögernd brannten, als wollten sie verlöschen, sobald das prüfende Auge eines Kontrollmitgliedes der Lord's Day Observance Society* auf sie fiel. Sonntag, dachte er grimmig; da ist sogar noch der Montag besser, wenn er auch der erste Tag der Woche ist, an dem man wieder schuften muß. Einige Wirtschaften gaben gewisse Lebenszeichen von sich, aber sie hatten nicht jene eindringliche Gewalt, daß sie das Gewicht des Weiberärgers, das ihn so niederdrückte, von ihm nehmen konnten.

Eine Gruppe von Menschen hatte sich am Tor von St. Mary versammelt. In der Kirche strahlten Lichter, und am Straßenrand stand ein Daimlerwagen wie ein preisgekrönter schwarzer Spaniel. Arthur zwängte sich durch die Menge. Er hoffte, daß wenigstens das ›Horse and Groom‹ am Sonntagabend eine Garantie für Lärm und Radau bieten würde. Manchmal trafen sich hier irische Kanalarbeiter, um den Rest ihres Wochenlohns zu versaufen und dann am Montag gleich den Vorarbeiter um einen Vorschuß anzugehen. Sein Vetter hatte mal mit ihnen zusammen gearbeitet und ihm von ihren sonderbaren Gewohnheiten erzählt: an jedem Wochenende verabredeten sie sich jeweils zu zweit in einer Ecke des nächstliegenden Feldes, um wegen der Lohntüte miteinander zu ringen. Es bestand die Bedingung, daß der Gewinner dem anderen ein Pfund für seine Wirtshauskosten überlassen mußte. Harte, gefühllose Burschen, dachte Arthur, während er in den hellen Lichtschein der von ihm erwählten Kneipe trat. Noch bevor er sich sein erstes Glas von der Theke holte, fühlte er sich durch die Bierdünste im Raum wie neubelebt.

»Ziemlich ruhig heute abend«, sagte er zu der Frau hinter der Theke, als sie den Krug vor ihn hinsetzte.

* Kontrollorgan für die behördlich verordnete Sonntagsruhe

»Ja«, sagte sie, preßte die Ellbogen an den Körper und lächelte mit dünnen Lippen. »Wir hatten letzten Sonntag Krach hier. Sie haben 'ne Schlägerei angefangen –« sie meinte die heute nicht anwesenden Kanalarbeiter –, »und dann mußte die Polizei kommen und alle an die Luft setzen. Haben Sie denn gar nicht davon gehört? Wir hätten beinah unsere Lizenz verloren.« Er berichtete, daß er im Lager gewesen sei. »Eine rauhe Bande, diese Iren«, bestätigte er.

»Sie hätten sie sehn sollen«, fuhr sie nicht ohne einen gewissen Stolz fort. »Wie die Löwen haben die gekämpft. Und dabei hab ich gehört, daß sie jeden Sonntag zur Kirche gehn, weil sie katholisch sind. Also das kann ich nicht verstehn, wirklich nicht.«

»So sind die eben«, bemerkte er. »Mein Fall wär das nicht. Ich bin in meinem Leben in keiner Kirche gewesen. Nicht mal getauft bin ich.«

»Na«, meinte sie, »wenn Sie heiraten, werden Sie doch mal in die Kirche gehn, das kann ich Ihnen jetzt schon sagen.«

»Ich nicht«, lachte er und schob ihr sein leeres Glas hin. »Erstens mal werd ich gar nicht heiraten und zweitens, wenn ich's doch tun sollte, dann nur auf'm Standesamt.«

»Da müssen Sie abwarten, was Ihr Mädchen dazu sagt. Sie können doch noch gar nicht wissen, wie die eingestellt ist.«

»Also, wenn sie so ist, dann heirate ich sie gar nicht erst. Ich hab 'ne Tante, die fromm war, und die ist jetzt völlig durchgedreht. Ihr Junge ist mit zehn Jahren von einem Auto überfahren worden, und seitdem ist sie nie wieder ganz zu sich gekommen. Und nicht nur das, sie säuft sich dabei auch noch zu Tode. Was die an einem Tag in sich reinlaufen läßt! Eine Flasche Bier nach der andern. Und deshalb heirate ich bestimmt keine Nutte, die fromm ist.«

»Wenn Sie erst mal verliebt sind, heiraten Sie jede«, sagte sie.

»Ich nicht. Noch 'n Glas, Schätzchen. Aber diesmal 'n Black-and-tan*.«

Einige Tische im Raum waren besetzt, aber es tat sich nichts Besonderes. Hinten an der Wand bemerkte Arthur einen interessanten Tisch, von dem eine gewisse Lustigkeit ausging. Von den vier Personen, die dort saßen, fiel ihm besonders ein junges Mädchen auf, dessen Finger sich um ein Glas Shandy, eine Mischung von Bier und Ingwerbier, schlossen. Ihr braunes Haar war am Hinterkopf zu einem hübschen Oval frisiert, und aus ihrem Mantelkragen lugte der Zipfel eines braunen Seidenschals. Sie trug keine Ringe an den Fingern, und soweit er sehen konnte, hatte sie nur die Lippen geschminkt und war recht blaß – wahrscheinlich hatte sie ihre Tage. Eine Familie, schloß er, denn das Mädchen sprach nicht viel, sagte nur von Zeit zu Zeit ziemlich laut: »Das stimmt doch nicht, Mam«, und verstummte dann wieder, während die Mutter sich weiter mit dem jungen Mann und der Frau unterhielt, die mit ihnen zusammensaßen. Die beiden letzteren waren verheiratet, entschied Arthur. Tochter und Schwiegersohn, oder vielleicht auch Sohn und Schwiegertochter. Und das Mädchen war die Tochter der Frau, zweifellos. Man sah es schon an der Ähnlichkeit. Sonderbar, überlegte er, daß er immer sofort wußte, ob eine Frau verheiratet oder unverheiratet war, ganz abgesehen davon, ob sie einen Ehering trug oder nicht. Es war eine Frage der Intuition. Man brauchte sie nur eine halbe Sekunde anzusehen, und dann sagte man sich: »Sie ist verheiratet« oder »Sie ist nicht verheiratet«, und in zehn Fällen hatte man neunmal das Richtige getroffen. Und noch einen anderen Test gab es – obwohl man sich da schon eher mal irrte: er konnte an dem Gesicht einer jungen Frau, selbst wenn sie einen weiten Mantel anhatte, die Größe und Form ihrer Brüste erkennen. Bei einer schmallippigen, gesprächigen Frau mit einem Wind-

* Mischung von Porter und Ale

hundgesicht waren sie meistens flach wie Porridgeteller und kleiner als Fasaneneier; bei einer Frau mit vollen Lippen und runden Wangen hingegen, die gern lachte, hatte man immer was zum Festhalten. Am schwierigsten ließen sich die sogenannten ›stillen Wasser‹ beurteilen: meistens hatten sie allerhand vorzuweisen, und wenn das nicht der Fall war, dann glichen sie doch den körperlichen Mangel durch Leidenschaft aus. Und das Mädchen, das eben seinen Blick aufgefangen hatte, gehörte zu dieser schwer bestimmbaren Kategorie.

Sein Black-and-tan wurde vor ihn hingesetzt.

Nun sah *sie* in seine Richtung. Ich kann nicht so unverschämt sein und da rüberstarren, sagte er sich, während er lächelte und eine Hand hob, um den Wink, den sie ihm noch gar nicht gegeben hatte, zu beantworten. Sie lächelte auch und wandte sich dann rasch wieder ab, um irgend etwas gegen eine Behauptung ihrer Mutter vorzubringen. Er hob sein Glas und betrachtete sein eigenes Gesicht in dem großen Spiegel über der Theke.

Warum nicht? dachte er. Weil sie mit ihrer Mutter zusammensitzt, du Idiot. Na und? Weil ihre Mutter es nicht erlauben würde, darum. Aber ich will ja gar nichts von ihrer Mutter. Die soll mich doch ... Sie sieht wirklich nett und freundlich aus, also Grund genug, um mich 'n bißchen anzustrengen. Er sah wieder hin und sah ihren weißen Hals. Hat wohl ihren Schal abgenommen, weil es ihr zu heiß wurde. Es tat ihm leid, daß sie so in das Gespräch mit den anderen verwickelt war. Sie weiß ganz genau, daß ich sie ansehe und darauf warte, daß sie auch hersieht, dachte er. Noch fünfundzwanzig Minuten bis zur Sperrstunde. Die Zeit rennt.

Er wandte sich wieder zur Theke und bestellte noch ein Glas. Die Frau, die ihn schon einmal mit Brenda gesehen hatte, fragte ihn, wo denn seine Freundin sei.

»Freundin?« fragte er. »Das war nicht meine Freundin. Das war 'ne Kusine von mir aus Sheffield, die zu Besuch hier war. Ich hab ihr nur 'n bißchen die Stadt gezeigt. Jetzt ist sie wieder zu Hause.«

»Ich wollte nicht neugierig sein«, sagte sie. »Sie kamen mir nur so allein vor.«

»Keine Angst«, gab er zurück. »Ich bin manchmal gern allein. Ich fühl mich wohl, wenn ich allein bin, denn wir sind zu Hause 'ne große Familie, und den ganzen Tag über arbeite ich mit tausend andern Menschen zusammen. Da ist es geradezu 'ne Erholung, wenn man mal allein sein kann. Für mich gibt's nichts Schöneres, als mit meinem Rad aufs Land zu fahren und stundenlang bei Cotgrave oder bei Trowel rumzusitzen und zu angeln.«

»Das kann ich gut verstehn«, erwiderte sie, »mir geht's genauso. Es ist kein Vergnügen, 'ne Wirtschaft zu führen, wo die Leute den ganzen Tag ein und aus gehn und man bis zum späten Abend auf'n Beinen sein muß. Aber was soll man machen? Man verdient ganz gut dabei. – Ja, bitte, Sie wünschen?« Die letzten Worte sagte sie etwas lauter und sah dabei über Arthurs Schulter. Er drehte sich um und trat dann beiseite, um das Mädchen, das er vorhin dauernd angesehen hatte, an die Theke zu lassen. Sie dankte ihm und bestellte vier Päckchen Chips. Ihr Mantel stand offen, und er bemerkte darunter ein tiefgelbes Kleid, das von oben bis unten mit Knöpfen in derselben Farbe besetzt war. Mit einem raschen zweiten Blick musterte er ihre schlanke, aber gute Figur.

»Hat jemand Geburtstag?« fragte er.

»Nein«, antwortete sie bereitwillig. »Wir feiern Mams Silberhochzeit.«

Die Kellnerin legte die Chips und das Wechselgeld auf ein Tablett und ging dann an das andere Ende der Theke, um dort einen doppelten Whisky zu servieren. »Aber Ihr Vater ist doch nicht dabei«, meinte er. »Ist er tot?«

»Sie leben getrennt«, antwortete sie. »Eigentlich war das nur 'n Spaß, daß Mama ihre Silberhochzeit feiert. Ich mag solche Späße nicht.«

Wirklich nicht? dachte er. »Trinken Sie doch 'n Glas mit mir, wo Sie mal da sind«, forderte er sie auf.

Sie blickte über die Schulter zu dem Tisch hinüber, und als sie sah, daß die anderen ins Gespräch vertieft waren, willigte sie ein: »Gut. Ich nehme einen Shandy, wenn ich darf. Was für 'n schwarzes Zeug trinken Sie da eigentlich? Sieht aus wie Sirup.« Er sagte es ihr. »Ich hab schon davon gehört«, meinte sie, »und hab's glaub ich auch mal versucht, aber 's war zu stark für mich.« Sie nippte an ihrem Shandy. »Das hier ist grade so, daß ich's vertragen kann.«

»Ach, ich bin auch nicht direkt 'n Säufer, aber heute abend brauchte ich mal 'nen ordentlichen Schluck, weil ich grade von meiner vierzehntägigen Übung zurück bin. Nach so 'ner Anstrengung muß 'n Mann mal einen kippen.«

»Das glaub ich gern. Bei welcher Truppe sind Sie denn?«

»Infanterie. Aber nächstes Jahr bin ich fertig damit.«

»Freuen Sie sich darüber?«

»Und ob. Ich kann's kaum erwarten, bis ich das hinter mir hab.«

»Meine Schwester hat einen von der Luftwaffe geheiratet«, erzählte sie. »Er sah richtig schick aus in seiner Uniform. Aber jetzt ist er ausgeschieden, und sie haben 'n Haus in Wollaton. Meine Schwester erwartet nächsten Monat 'n Baby.«

»Wohnen Sie auch da draußen?« fragte er. Er hatte sein Glas noch nicht angerührt.

»Nein«, antwortete sie, »wir wohnen in Broxtowe, in der Siedlung. Ich wohne gern in den hübschen neuen Häusern da. Es ist zwar weit bis zu den Geschäften, aber dafür haben wir viel frische Luft.« Er schlug ihr vor, ihren Leuten die Chips zu bringen und dann wieder an die Theke zu kommen. »Na schön«, sagte sie. Er hörte, wie sie laut ihrer Mutter erzählte, sie habe einen Kollegen getroffen und wolle sich ein bißchen mit ihm unterhalten. Er trank.

»Ist Ihre Mutter schwerhörig?« fragte er, als sie zurückkam. Er bot ihr eine Zigarette an.

»Ja, das ist sie. Wenn die Leute auf der Straße hören, wie ich sie anschreie, denken sie, ich brülle immer so. Nein, vielen Dank, ich rauche nicht.«

Er lachte und fragte sie nach ihrem Namen.

»Doreen. Ein scheußlicher Name, was?« Sie streckte ihre gesunde, spatenförmige Zunge ein wenig heraus und ließ sie gleich wieder im Mund verschwinden.

»Wieso, was haben Sie denn dagegen? Doreen ist 'n ganz hübscher Name. Ich heiße Arthur. Na ja, es sind beides keine besonderen Namen, aber das ist doch nicht unsere Schuld, was?«

»Ach, ich könnte mir schon 'nen hübscheren Namen vorstellen als meinen.«

Er trank den letzten Schluck Black-and-tan. »Wenn Sie mich fragen, dann ist keiner zufrieden mit dem, was er hat. Und wenn alle zufrieden wären, würde auch irgendwas mit der Welt nicht stimmen. Wo arbeiten Sie denn?«

»Ich? Bei Harris, in der Haarnetz-Fabrik. Also gut, jetzt nehme ich doch 'ne Zigarette. Aber Mam darf das lieber nicht sehn, sonst schimpft sie. Ich arbeite dort schon seit vier Jahren, seit ich aus der Schule bin.«

Also neunzehn, richtig geschätzt, sagte er sich. »Ich bin in der Fahrrad-Fabrik«, erzählte er ihr. »Ich arbeite gern bei 'ner großen Firma: da hat man 'ne Gratifikation zu Weihnachten, im Sommer 'n Betriebsausflug nach Blackpool und Sportclubs, in denen man auch was zu trinken bekommt. Ja, die sorgen ganz gut für ihre Leute.« Schöne Angabe! dachte er. Sie hatte ihr Glas ausgetrunken. »Nehmen Sie doch noch 'nen Shandy. Los, davon werden Sie noch lange nicht betrunken. Einen Shandy, Miss! Und außerdem hat Ihre Mutter heute Silberhochzeit.«

»Sie brauchen sich gar nicht so anzustrengen, um mich zu überreden. Ich nehm gern noch 'n Shandy. Und Sie natürlich noch 'n Black-and-tan.«

»Sie passen aber scharf auf«, meinte er. »Ihnen entgeht

so leicht nichts.« Seit sie an die Theke gekommen war, hatte er bereits sein zweites Glas gekippt.

»Man soll sich nichts entgehen lassen«, lachte sie.

»Was machen Sie denn so unter der Woche?« erkundigte er sich. »Gehen Sie auch mal ins Kino?«

Sie sah ihn etwas mißtrauisch aus ihren braunen Augen an. »Nur montags. Warum?«

»Das ist ja komisch. Ich geh auch gern montags ins Kino. Ich finde immer, Montag ist der beste Tag für so was, denn am Wochenende geh ich einen heben und komme mit meinen Kumpels zusammen, und an den anderen Tagen hab ich immer 'n Haufen zu tun, mein Rad putzen und meine Angelgeräte in Ordnung bringen. Und Montag ist auch immer der beste Abend fürs Kino, weil sie dann 'n neues Programm bringen. In welches Kino gehn Sie denn?«

»Ins Granby.«

»Da bin ich montags auch schon 'n paarmal gewesen«, sagte er. »Aber ich hab Sie noch nie gesehn.«

»Das kommt davon, weil noch 'n paar hundert andere Leute im Kino sind«, erklärte sie scherzhaft.

»Also dann treffen wir uns morgen abend um sieben, ja?« schlug er vor.

»Na, Sie legen aber 'n Tempo vor! Gut, aber nicht in der letzten Reihe!«

»Warum nicht? Ich kann nicht gut sehn, wenn ich nicht in der letzten Reihe sitze. Wenn ich weiter vorn sitze, seh ich alles verschwommen. Wahrscheinlich ist irgendwas mit meinen Augen nicht in Ordnung.«

»Sie müssen sich 'ne Brille anschaffen, das ist doch klar«, sagte sie.

»Ich weiß. Aber so 'n Ding steht mir bestimmt nicht. Ich würde damit aussehn wie 'n mieser Buchhalter oder 'n Steuereinnehmer. Und außerdem, so schlecht sind meine Augen gar nicht. Bevor ich sechzig bin, brauch ich keine Brille, und so lange leb ich wahrscheinlich nicht.«

»Na, Sie sind ja 'n Pessimist! Wie kommen Sie denn darauf?«

»Dies ewige Gerede über Krieg.«

»Das ist doch nur Gerede. Das hat nichts zu sagen«, erklärte sie.

»Also wenn der Krieg nicht vor morgen abend ausbricht, kann mir's gleich sein.«

Sie zuckte die Achseln. »Die Männer sind doch alle gleich. Ihnen merkt man an, daß Sie in 'ner großen Fabrik arbeiten. Sie sind ganz schön gewieft. Wahrscheinlich unterhalten Sie sich den ganzen Tag mit den Frauen, was?«

»Haben Sie 'ne Ahnung! Dazu hab ich viel zuviel zu tun.«

»Na ja, ich will's Ihnen mal ausnahmsweise glauben.«

Der Zeiger rückte auf fünf Minuten vor zehn. »Was gibt's denn morgen im Kino? Was Gutes?«

»Nanu, Sie sagten doch, Sie gingen oft ins Granby?« fragte sie mit einem scharfen Unterton in der Stimme. »Da weiß man doch aus der Vorschau, was in den nächsten Wochen kommt.«

Reingefallen. »Das schon«, sagte er, »aber da paß ich nie so auf. Das hab ich schon wieder vergessen, wenn ich aus'm Kino rauskomme. Ich hab 'n verflucht schlechtes Gedächtnis. Ich vergesse auch den Film selbst, wenn's nicht grade 'n wirklicher Reißer ist, einer mit Boris Karloff oder so was. Ich hab bestimmt schon tausend Filme gesehn, wie jeder andere Mensch auch, aber erinnern kann ich mich kaum an 'n halbes Dutzend. An ›Heinrich V.‹ erinner ich mich. Den hab ich vor Jahren gesehn, aber dafür sechsmal. Und ich hab auch die lange Rede an sein Heer gelesen, die er vor der Schlacht hält. In einem Buch von meinem Bruder.«

»Können Sie sie auch aufsagen?«

Einiges davon wußte er. Bestimmte Sätze, von der lauten Stimme des Königs gesprochen, tönten ihm noch im Ohr, aber er konnte sie nicht wiedergeben. ›Denn welcher heut sein Blut mit mir vergießt, der wird mein Bruder‹ . . . ›bei ihren vollen

Schalen frisch bedacht‹ . . . ›man stell ihm einen Paß aus und stecke Reisegeld in seinen Beutel‹ . . . ›die Alten sind vergeßlich‹ . . . ›der mit uns focht am Sankt-Krispinus-Tag‹ . . . Seine Finger vergaßen für einen Augenblick den Henkel des Bierkrugs, und er erhob sich, als könne er so das unheilbringende Sausen der Pfeile bei Agincourt und den tobenden Ansturm der beiden Heere besser hören, die einander in diesem bunten Gemetzel vernichteten, diese Männer, die Arme und Beine für ein Versprechen von Raub und Brandstiftung aufs Spiel setzten.

»Ich hab's vergessen. Es ist zu lange her. Aber wenn Sie wollen, kann ich's Ihnen aus Sams Buch abschreiben.«

»Nein, machen Sie sich nicht so viel Mühe. Aber Laurence Olivier ist doch 'n prima Schauspieler, nicht? Sieht toll aus. Er erinnert mich immer an 'n jungen Mann, den ich mal kannte und der bei uns im Büro beschäftigt war.«

Die Frau deckte die Tücher über die Gläser und Flaschen. »Sperrstunde! Sperrstunde, bitte das Lokal zu räumen!«

»Wir sehn uns also morgen abend, ja?« sagte er.

»Ja. Um sieben Uhr. Aber Sie müssen auch wirklich kommen. Lassen Sie mich nicht sitzen!«

Die Lichter begannen zu flackern, um die Gäste an den Aufbruch zu mahnen.

»Wie können Sie so was sagen! Ich komme bestimmt.« Doreens Mutter rief nach ihr. »Also, Wiedersehn.«

»Cheerio, bis morgen.«

Das hat geklappt, sagte er sich, während er auf die Straße hinaustrat. Das hat geklappt, wiederholte er, als er weiterging, zurück zum ›Match‹. An den Bushaltestellen standen die Leute, die aus den Wirtschaften strömten, Schlange – jede dieser Schlangen ein zappelnder Kaulquappenschwanz des Wochenendes. Wie die Zeit vergeht, dachte er. Ehe wir's uns versehen, haben wir Jahrmarkt, und dann kommen die dunklen Nächte und der eiskalte Winter, und dann, zu Weihnachten, sitzen die Leute überall in den Clublokalen, essen

Schokolade und Schweinspastete und saufen sich einen an. Im Dezember werd ich dreiundzwanzig. Bald 'n alter Mann. Als er bei der Kirche um die Ecke bog, sah er Winnie, die allein an den dunklen Schaufenstern des Woolworth-Gebäudes entlangging.

»Ich dachte, du wolltest zu Bett gehn?« meinte sie, als er sie einholte.

»Ich hab mir's anders überlegt. Wo ist Brenda denn?«

»Die hat sich gelangweilt und ist nach Hause gegangen.«

Er spürte, daß sie log. »Mit wem denn?«

»Es ist so wahr, wie ich hier stehe!« rief sie und blieb stehen, um ihre Lüge zu bekräftigen. »Sie hatte auf einmal fürchterliche Kopfschmerzen und hat 'n Bus genommen, um nach Hause zu fahren.«

Er drängte sie gegen die Häuserwand, um den Vorübergehenden Platz zu machen. »Wenn sie unbedingt so 'n Spiel mit mir treiben will, kann ich sie nicht dran hindern«, erklärte er. »Aber sie wird schon noch mal merken, daß sich so was nicht lohnt, das kannst du ihr von mir bestellen.«

Winnie sah ihn mit ihren kohlschwarzen Augen an: »Du bist verdammt zu hell, das ist es eben.«

Sie gingen weiter, und er legte den Arm um ihre Hüfte. »Laß nur, Gyp, ist ja nicht unsere Angelegenheit. Du brauchst nicht gleich so wütend zu werden.« Er überlegte, daß die Chancen, diese Nacht mit ihr zu verbringen, günstiger standen, wenn sie keinen Bus nahmen. Seine Vermutung, daß dieser aufregende Tag doch noch zu einem guten Ende führen konnte, schien sich zu bestätigen, als sie liebevoll seinen Arm drückte. Heute morgen war er noch in Shrewsbury gewesen. Die Bilder und Eindrücke des Tages und Abends zogen in rascher Folge an ihm vorüber: Städte, Landschaften, Himmel, Bahnhofsgerüche, Lokomotivenrauch, verdrängt durch die stickige Luft in einem Autobus und Bierschwaden, und nun die Aussicht auf den Duft eines Frauenkörpers und Schlafzimmergeruch als Krönung eines bewegten, leidenschafterfüllten Tages. Während sie schweigend die ansteigende Straße zu Winnies Haus hinaufgingen, hoffte er im stillen, daß Doreen die Verabredung mit ihm für morgen abend nicht vergessen und ihn nicht zu lange vor dem Kino warten lassen würde. Seine Ansichten über die Frauen von Nottingham hatten sich ein wenig verschoben. Natürlich waren sie alle drauf aus, einem das Geld aus der Tasche zu ziehen, aber die meisten waren trotzdem ganz in Ordnung, und gewöhnlich konnte man bei ihnen erreichen, was man wollte, wenn man vorsichtig zu Werke ging und sich genügend umsah, um sich die richtige Art Frauen rauszupicken.

11

Mit ihren neunzehn Jahren hatte Doreen schon Angst, sie werde ›sitzenbleiben‹. Ihre Freundinnen in der Haarnetz-Fabrik, die schon verheiratet oder verlobt waren oder doch mit jemand gingen, zogen sie ständig auf, weil sie noch immer keinen festen Verehrer hatte. Seit sie jedoch Arthur kannte, konnte sie wie andere Mädchen von ihrem Freund erzählen, und ihr ovales Gesicht lächelte, wenn sie seine Höflichkeit und Großzügigkeit, seinen Fleiß und seine liebevolle Art pries. Sie malte sein Bild: ein großer, weltgewandter junger Mann, fast dreiundzwanzig Jahre alt, der seinen Militärdienst längst hinter sich hatte, ein Mann, der ein guter Soldat war und jetzt ein guter Arbeiter, denn er verdiente wöchentlich vierzehn Pfund im Akkord. Und er würde auch einen guten Ehemann abgeben, daran war nicht zu zweifeln, denn er war immer aufmerksam und freundlich. Und obendrein sah er auch noch gut aus: groß, schlank und blond. Welches Mädchen wäre mit einem solchen Mann nicht glücklich? Und, so versicherte sie, er liebte sie, und sie liebte ihn, soweit sie es beurteilen konnte. Wenn sie mit den anderen Frauen und Mädchen beim Essen in der Werkkantine saß, berichtete sie, wie bei ihrer ersten Verabredung ein junger Bursche ihr gegenüber eine freche Bemerkung gemacht hatte. Daraufhin hatte Arthur sich umgedreht und den Kerl beinahe an der nächsten Wand zerquetscht. Doch ihre Freundinnen meinten nur, daß Doreen jetzt zwar einen Freund habe, daß sie aber nicht mit ihm verlobt sei, und darauf käme es an. Denn so ein Ausgehfreund konnte sich eines schönen Tages verdrücken und nie wieder von sich hören lassen. Wenn einer aber erst mal verlobt war, dann überlegte er sich das zweimal. Es war ja gut und schön, wenn ein Mädchen einen Freund hatte, aber das hieß noch lange nicht, daß er einen auch heiraten würde. Doreen widersprach heftig und frischte die Farben von Arthurs Bild täglich auf, bis die anderen widerstrebend zugeben mußten, daß sie zwar nicht richtig verlobt war, aber doch wohl einen Freund hatte, auf den sie sich verlassen konnte.

Arthur hingegen sah diese Beziehung mit anderen Augen. Ein Monat war seit ihrer ersten Begegnung verstrichen – die Nächte wurden dunkler, länger und kälter, die Zeit des großen Jahrmarkts rückte näher –, und er hatte Doreen nur dreimal im Kino getroffen. Der Gedanke, mit einem Mädchen auszugehen, das weder verlobt noch verheiratet war, behagte ihm; doch da sie ihm auf der hintersten Reihe im Granby seine Handgreiflichkeiten mehr als einmal verwiesen und ihn auch nicht mit zu sich nach Hause genommen hatte, spürte er kein Verlangen, sie öfter als einmal in der Woche zu sehen. Er konnte nicht leugnen, daß sie nett war und auch hübsch – wenigstens soweit sie während der langen Gutenacht-Küsse seinen kundigen Händen erlaubt hatte, dies festzustellen; aber er hatte keine Lust, diesen Flirt zu einer festen Einrichtung zu machen, während Doreen offensichtlich darauf aus war. Gewiß, sie war schon in Ordnung und lachte auch gern, und es war angenehm, neben ihr durch die Straßen zu gehen, ohne fürchten zu müssen, daß zwei Kommißtypen ihm deswegen nachstellten; aber Arthur war sich auch klar darüber, daß diese Beziehung zu einem unverheirateten Mädchen ihn eines Tages unwillkürlich und ganz gegen seinen Willen an den Rand jenes schwindelerregenden und gefürchteten Höllenabgrunds führen konnte, den die älteren Leute mit dem schönen Wort ›Ehe‹ bezeichnen. Und diese Aussicht erschien ihm noch weniger verlockend als die Möglichkeit, einmal mit der erhobenen Faust eines wütenden Ehemanns Bekanntschaft zu machen. Es war ein Jammer, dachte er, daß einem immer nur die Wahl zwischen einem größeren und einem kleineren Übel blieb.

Er konnte Doreen auch nicht öfter sehen, da er seine Abende und Wochenenden zwischen Brenda und Winnie aufteilte. Später sollte er zwar einsehen, daß es vernünftiger gewesen wäre, den sicheren Rosenpfad mit Doreen zu wandeln, aber das gefährliche Vergnügen, es mit zwei verheirateten Frauen zu treiben, war allzu süß und verlockend. Wenn er an seiner Drehbank stand und die Spindel sausen ließ, dachte er häufig über Brenda und Winnie nach. Wie die Werkstücke, die durch seine Hände wanderten, wechselte er die beiden Frauen ständig gegeneinander aus, nahm Winnie mit ins ›Langham‹ und ging mit Brenda in die ›Rose‹, und die ganze Zeit über fragte er sich, wie lange es wohl gut gehen würde. Winnie wußte alles über Brenda und nannte ihn darum oft einen gemeinen Kerl und rechten Schlingel; Brenda jedoch war schwerfälliger im Denken und kam nie auf die Idee, daß er hin und wieder mal eine Nacht bei ihrer Schwester verbrachte. Es war schon finster, was er trieb, und seine finstersten Gedanken drehten sich um den drohenden Zusammenstoß mit den Kommißtypen. Aber er war mit der Zeit gewitzigter und vorsichtiger geworden, so daß in dieser Hinsicht kaum Gefahr bestand, daß das Drahtseil, auf dem er balancierte, nachgab und er aus dem Gleichgewicht kam.

Er trat aus dem Nieselregen, lehnte sich mit dem Rücken an einen Glaskasten, in dem die Standfotos eines Technicolor-Films hingen, und schaute über die Straße, um ein Anzeichen von Doreen zu erspähen. Die nasse Landstraße war mit neuen rosafarbenen Häusern gesäumt, die in diesem Wetter noch düsterer wirkten als die schwarzen Gebäude von Radford. Er wandte sich den Fotos zu: ein Kriegsfilm und ein Lustspiel, Korea und Slapstick, zuerst Marinesoldaten, die in einer von Sturzbombern heimgesuchten Schlucht um ihr Leben kämpfen, und hinterher Abbot und Costello, die unter dem dröhnenden und seligen Gelächter des Publikums von Mördern gejagt wurden, bis sich alles auf die übliche Weise in Wohlgefallen auflöste, worauf alle unter den Klängen von ›God save the Queen‹ den Ausgangstüren zustrebten.

Es fehlten nur noch wenige Tage bis zum großen Jahrmarkt, eine Woche bis zur Eröffnungsrede des Bürgermeisters, und riesige Lastwagen, vollbeladen mit Karussellteilen, und Wohnwagen rumpelten über die Midlands von allen Straßen her in die Stadt und auf das große, offene Gelände nahe dem Stadtzentrum zu. Der Jahrmarkt bildete den Höhepunkt des Jahres, die Zeit, zu der man Leute traf, die man seit Ewigkeiten nicht mehr gesehen hatte. Es war Tradition, daß jeder junge Mann sein Mädchen dahin führte, und Doreen, die so viel auf Brauch und Tradition gab, hatte in den letzten vierzehn Tagen immer wieder herauszubekommen versucht, ob Arthur sie wohl auffordern würde, mit ihm hinzugehen. Er ahnte es, aber sein Versprechen, mit Brenda und Winnie den Jahrmarkt zu besuchen, lag schon so lange zurück, daß er es nicht mehr brechen konnte, auch wenn er es gewollt hätte.

In einem Plastikregenmantel bog sie um die Ecke und hob winkend den Arm. »Tut mir leid, daß du warten mußtest, ich bin zu spät nach Haus gekommen.« Lächelnd zeigte sie weiße Zähne, während sie sich aus ihren Mänteln schälte, und als Arthur nun an die Kinokasse trat, wirkten die beiden wie ein verliebtes, seit langem verlobtes Paar, das nur der Wohnungsknappheit wegen noch nicht geheiratet hatte.

Um zehn Uhr machten sie sich auf den weiten Weg zu Doreens Haus und wanderten über die breite Straße am Rande der Siedlung. Arthur erinnerte sich, eine Luftaufnahme davon gesehen zu haben: ein riesiges Spinnennetz aus Alleen, geraden und halbmondförmigen Straßen und einer Schule, die wie eine lauernde schwarze Spinne in der Mitte hockte. Sie kamen an einer Bude vorüber und kauften ein Paket heiße Kartoffelchips, die nach Essig und Salz rochen. Doreen erwähnte den Jahrmarkt: »Gestern war ich in Forest. Die haben schon 'ne Menge Karussells aufgebaut.«

»Ach?« sagte er nur, als habe er noch nie von dem Jahrmarkt gehört.

»Und Lastwagen hab ich auch gesehn«, fuhr sie fort. »Sie kamen über die Bobbers Mill-Brücke.«

»Mit sechs Jahren bin ich mal auf dem Jahrmarkt verlorengegangen«, erzählte er. »Zuerst hat mir's Spaß gemacht, weil ich auf allen Karussells umsonst fahren konnte. Um elf Uhr fing ich an zu heulen, und als ich 'n Polizisten sah, hab ich ihm erzählt, daß ich verlorengegangen bin, und er hat mich mitgenommen auf die Norwood-Wache. Da haben sie mir Kuchen und Tee gegeben, weil ich hungrig war, und als ich mich satt gegessen hatte, hab ich ihnen gesagt, wo ich wohne, und sie haben mich in 'nem Polizeiwagen nach Haus gefahren. Ich kann mich heut noch erinnern, wie gut der Kuchen geschmeckt hat. Ich muß damals schon 'n verrückter Kerl gewesen sein, denn bevor sie mir was zu essen gaben, hab ich immer so getan, als wüßte ich nicht, wo ich wohne. In solchen Fällen sind die von der Polente ganz ordentliche Leute, aber gegen meinen Vetter waren sie nicht so nett. Der hatte mal fast alle Gas- und Elektrizitäts-Zähler in 'ner Straße ausgeplündert, und als sie 'n dann erwischten, haben sie ihn geschlagen, um rauszukriegen, wo er das Geld versteckt hatte. Aber es war schon alles futsch. Sie haben ihn dann deswegen ins Erziehungsheim geschickt, und wenn er in den Ferien nach Hause kam, haben ihn alle gefragt, ob er noch immer für das

Gaswerk arbeitete und wo denn die kleine braune Geldtasche und seine Dienstmütze wären.« Er drehte einen festen Ball aus der Papiertüte, in der die Chips gewesen waren, und warf ihn in den Rinnstein, wo er noch ein Stück weiterrollte.

Doreen sagte nichts dazu. Ein paar Minuten gingen sie schweigend nebeneinander her. Er wußte, sie erwartete von ihm, daß er zuerst sprach. Wie jedesmal, wenn er sich zu seinem Nachteil entscheiden sollte, fühlte er sich in die Enge getrieben. Jetzt warf auch sie ihre Papiertüte nachdrücklich zu Boden und nahm seinen Arm.

»Gehst du diesmal zum Jahrmarkt?« fragte er endlich kurz vor der Straßenbiegung, an der sie wohnte.

»Wahrscheinlich«, erwiderte sie verkniffen. »Ich geh eigentlich jedes Jahr hin.«

»Ich auch, wenn ich mir auch nicht viel draus mache. Diese ewige Karussellfahrerei, von der einem ganz übel wird. So schön find ich das gar nicht.«

»Manche Leute mögen es«, sagte sie scharf. »Sehr viele sogar.«

Der Jahrmarkt dauerte drei Tage, und der Höhepunkt war der Samstagabend, für den er sich mit Brenda und Winnie verabredet hatte. Natürlich erwartete auch Doreen, daß er an diesem Abend mit ihr hingehen würde.

»Hättest du denn Lust, mit mir hinzugehen?« fragte er in einem weicheren, nachgiebigeren Ton.

Sie drückte begeistert seinen Arm. »Ach, Schatz, das wär himmlisch!«

»Dann gehen wir Freitag«, fuhr er fort. »Mir ist Freitagabend der liebste, dann ist es nicht so voll wie Samstag. Und am Samstag kann ich sowieso nicht, weil ich meinem Freund versprochen hab, mit ihm nach Worksop zu fahren. Er hat 'n Motorrad, und ich soll auf'm Soziussitz mitfahren.« Ihre Hand wurde steif. Wofür hält sie mich eigentlich? überlegte er. Meint sie vielleicht, wir wären verlobt oder so was und ich wär verpflichtet, mit ihr hinzugehn?

»Am Freitag kann ich nicht«, sagte sie, »da muß ich zu meiner Schwester. Ihr Baby kommt jetzt bald, und ich geh jeden Freitagabend hin und helf ihr im Haushalt.«

Sie gab's ihm Schlag auf Schlag zurück, tischte ihm auch was auf. »Schade«, sagte er. »Ich wär gern mit dir gegangen. Wie ist es denn mit Donnerstag?«

»Das ist kein guter Abend«, meinte sie. »Da hat der Jahrmarkt grade erst angefangen. Aber ich will dir natürlich keine Schwierigkeiten machen.«

Er überhörte ihren sarkastischen Ton. »Ach wo«, sagte er. »Es wird sich schon einrichten lassen.«

Sie waren am Gartentor ihres Hauses angelangt. »Ich kann nicht mehr lange hier rumstehn«, sagte sie. »Ich muß reingehn, weil ich mir noch die Haare waschen will.«

»Um wieviel Uhr wollen wir uns also Donnerstag treffen?«

»Vielleicht um halb acht an der Ecke vom Gregory Boulevard?« Er hörte die Enttäuschung in ihrer Stimme. Aber sie hatte sich bereits überlegt, daß Donnerstag gar nicht so schlecht wäre. Auf jeden Fall würde sie ein paar von ihren Kolleginnen aus der Fabrik treffen, und die würden sie Arm in Arm mit ihrem Freund sehen. Allerdings, wenn sie Samstag hingingen, würden sie Gott und die Welt treffen. Sie gab ihm an diesem Abend nur einen kurzen Abschiedskuß.

Am Samstag traf er Winnie und Brenda an derselben Stelle und zur gleichen Stunde, an der er sich zwei Tage zuvor mit Doreen verabredet hatte. Er hakte Brenda rechts und Winnie links unter, und dann wanderten sie zu dritt auf den Lichterschein des Jahrmarkts zu, in ihrem besten Staat, ungeachtet des Grundsatzes: zieh an einem solchen Abend deine ältesten Sachen an, damit Bratheringe, Kartoffelchips, Türkischer Honig, Pfefferkuchen und Ölfarbe dir nichts ausmachen. Jack war zu Hause geblieben, um seine Wettscheine auszuschreiben, die Gewerkschaftsgebühren durchzurechnen und in sein Hauptbuch einzutragen, wie Brenda erzählte.

Die Jahrmarktslichter lagen wie eine funkelnde, bläßlich orangefarbene Decke über der Dunkelheit. Auf den Gehsteigen drängte sich die Menge ruckweise zwischen den Zelten und Karussells hin und her. Kinder hielten die Schnüre ihrer Donald-Duck-Luftballons fest, Frauen und Mädchen trugen Matrosenmützen aus Papier mit der Aufschrift »Küß mich schnell« oder »Dich hat's erwischt«. Andere preßten Porzellanhunde und dergleichen an sich, die sie an den Glücksrädern oder beim Pfeilwerfen gewonnen hatten. In der Luft lag ein durchdringender Geruch nach heißen Waffeln und Essig. Sie hörten die dumpfen Stöße der Kolben an den rotbemalten Motoren, die die Raupenzüge und die Arche Noah antrieben. Vom Turm der großen Rutschbahn und dem hohen Mast des Riesenrads drangen gellende Schreie, und es war, als vereinten sich der ganze Lärm und die Lichter zu einem magnetischen Sumpf, der auf Meilen in der Runde die Menschen anlockte und verschluckte.

Er zog die beiden Frauen mit sich, blieb an einer Bude stehen, um eine »Küß-mich-schnell«-Mütze für Winnie und einen »Dich-hat's-erwischt«-Hut für Brenda zu kaufen, und entging, als sie durch das Eingangstor schwenkten, um Haaresbreite der Kastration durch einen Eisenpfosten, den er in dem Gewühl nicht gesehen hatte. Winnie hielt sich an seiner Jacke fest, um ihn nicht zu verlieren. »Wo wollen wir zuerst hin?« schrie sie.

»Immer mir nach«, befahl er mit dröhnender Stimme.

Plötzlich kreischte Brenda: »Ich hab meinen Hut verloren!«

»Laß ihn sausen«, erwiderte er. »Ich kauf dir 'n andern.«

Sie drückte ihn mit der Hand fest auf ihren Kopf. »Nein, er ist doch noch da.«

Vom Pferdekarussell ertönte weiche Musik; auf und nieder schaukelte es im Kreis zu den einschmeichelnden Klängen des Orchestrions. »Die Pferde!« rief Winnie begeistert. »Ich möcht 'n Shilling für die Pferde!«

»Sie halten grade«, sagte Brenda. »Los, wir steigen schnell auf.« Sie hob ihren Rock, und Arthur schob von hinten nach. Dann zog er Winnie mit sich, die ebenfalls ein Pferd erkletterte und mit einer Hand ihre Papiermütze festhielt.

»Das ist 'n Karussell für Rentner«, schrie Arthur. »Aber wartet nur, wenn wir erst in der Rakete sitzen.« Als die Pferde sich hoben, blickte er über die Köpfe der Menge auf ein wimmelndes Durcheinander von Kindern und Erwachsenen.

Bei ihrem langsamen Vordringen zum Mittelpunkt des Jahrmarkts hielten sie noch einmal an, bestiegen einen Raupenzug, und als das Verdeck über ihnen herunterging und es dunkel wurde, küßte Arthur zuerst Brenda und dann Winnie. Dann, als die Plane zurückglitt und ihnen einen Sternenhimmel enthüllte, lachten die beiden Frauen schallend und mit hochroten Gesichtern über Arthurs leidenschaftliche Liebkosungen und versuchten, sich seinen geschickten, kräftigen Armen zu entwinden. Das war was anderes als mit Doreen, dachte er. Die hatte ihn am Donnerstag auf Schritt und Tritt überwacht, so daß er überhaupt keinen richtigen Spaß haben und sich von Herzen freuen konnte. Und dann war sie noch 'ne halbe Stunde stehengeblieben, um mit dieser dämlichen Kollegin aus ihrer Fabrik zu schwatzen.

»Jetzt woll'n wir mal unser Glück versuchen«, schlug Winnie vor. »Wir lassen Pennies rollen und gewinnen 'nen Shilling!« Winnie ließ die Münzen in rascher Folge aus dem hölzernen Schlitz über die numerierten Felder rollen und verlor fünf Shilling in ebensoviel Minuten, während Brenda sorgfältig zielte, aber auch nicht mehr Glück hatte. Arthur ließ seine Münzen langsam hinuntertrudeln, ohne zu zielen, aber er gewann dabei, wahrscheinlich nur, weil er immerzu laut verkündete, er sei ein Glückspilz. Zum Schluß siegte aber doch Brendas Berechnung: sie gewannen zwei Shilling, kauften sich Lebkuchen dafür, schlenderten dann langsam die Reihe der Schaubuden hinunter und kauten an den leckeren Lebkuchen. Aus der Tierschau flogen sie raus, als Arthur versuchte, Winnie ein paar halbtoten Pythonschlangen vorzuwerfen, die sich im Schlaf aufgeringelt hatten. »Du wärst 'n feiner Bissen für die«, lachte er, als sie sich in seinen Armen wand. »Die armen Viecher sehn ja aus, als wären sie seit Weihnachten nicht mehr gefüttert worden.« Der Besitzer jagte sie die Stufen hinunter, indem er eine Peitsche über ihre Köpfe schwang.

Beim Pfeilwerfen gewann Brenda eine Schmuckplakette. »Das kommt davon, weil du letztes Jahr so viel im Club geübt hast«, meinte Winnie mit verständnisinnigem Grinsen. »Eigentlich müßtest du hier auch was gewinnen können, Arthur.«

»Klar, ich bin Scharfschießer«, erwiderte der. »Aber wenn du frech wirst, werf ich dich nachher den Löwen vor. Also nimm dich lieber in acht.«

Aller Ernst, alle Vernunft waren zum Teufel gejagt: sie waren wie eingesperrt in riesige Ballons aus Licht und Vergnügen, denen sie nicht mehr entkamen. Die wenigen Quadratmeter des Jahrmarkts wurden zu einer Welt voller Zelte und Buden. Es gab nur noch Schießstände und Karussells, Bretter und Gerüste, Schiff-Schaukeln, Motoren und Riesenräder, und eine Menge, die jedes Gefühl für Ort und Zeit verloren hatte, mitten in diesem Höllenspektakel gefangen.

Winnie wollte unbedingt Geisterbahn fahren, und Arthur kam sich vor wie ein Vater mit zwei Kindern, denen er hier ein Versprechen erfüllte, das er ihnen in der festlichen Vorweihnachtszeit gegeben hatte. Sie warteten, bis ein Wagen frei war, und kaum hatten sie die Geisterfahrt angetreten, als pechschwarze Finsternis sie überfiel und infernalische Schreie vor ihnen aufgellten, die nach Arthurs Ansicht aus dem Wagen vor ihnen kommen mußten. Er stand auf, um mit den Gespenstern zu kämpfen, deren Unheimlichkeit große Lettern an der Fassade der Bude ankündigten.

»Bleib sitzen«, warnte Brenda.

»Ja, sonst schnappt dich der Buhmann«, fiel Winnie ein, die sich am meisten fürchtete, obgleich sie diese Fahrt vorgeschlagen hatte. Auf der ersten Strecke herrschte lediglich Dunkelheit; die Gespenster, die einen schrecken sollten, mußte man wohl aus der eigenen Phantasie erstehen lassen. Arthur, der keine Angst hatte, schwor Stein und Bein, es sei viel zu dunkel, um überhaupt etwas zu sehen, und schrie, er wolle sein Geld zurückhaben. Ein paar Mädchen in dem Wagen vor ihnen lachten über sein Geschimpfe und wurden dadurch aus dem legitimen Schrecken herausgerissen, für den sie einen Shilling bezahlt hatten.

Er sprang heraus und rannte ein paar Meter, bis er sie eingeholt hatte: sie sollten bei dieser Geisterreise auf ihre Kosten kommen. Seine Hände strichen an ihnen auf und ab, und sie schrien entsetzt auf. Das wiehernde Schnauben eines flüchtigen Pferdes dröhnte durch den dunklen Tunnel, das Todesröcheln eines überfahrenen Mannes ertönte mit hohlem Krächzen, und schließlich stieß Arthur einen wilden Schrei aus, als habe eine Flintenkugel ihn jählings aus dem Elend dieser Welt erlöst. Er verließ den Wagen der Mädchen, und als seiner Berechnung nach der Wagen mit Brenda und Winnie wieder neben ihm angelangt war, stieg er ein.

»Wer ist da in unsern Wagen gestiegen, Alf?« fragte eine Frauenstimme. Er stand still und hielt den Atem an.

»Das weiß ich nicht«, antwortete der Mann. »Ist hier jemand reingekommen?« Arthur hörte, wie er ihr auf den Schenkel klopfte und versuchte, sie zu beruhigen. »Keine Angst, Lil!«

»Aber es ist bestimmt jemand zugestiegen«, jammerte sie. »Sieh doch nur, da steht er.«

Der Mann streckte seine Hand aus. Er berührte Arthurs Bein und zog die Hand rasch wieder zurück, als sei er an eine Starkstromleitung gekommen. »Wer sind Sie?« fragte er.

»Boris Karloff«, antwortete Arthur mit hohler Stimme.

Die Frau quietschte auf. »Ich hab dir doch gleich gesagt, wir sollten hier lieber nicht rein, aber du wolltest's ja unbedingt. Immer du mit deinen verrückten Ideen.«

»Aber 's ist doch gar nichts«, versicherte der Mann, jetzt schon weniger überzeugt. »Das ist doch nur einer von den Mechanikern. Allerdings ist es 'n ziemlich starkes Stück, einem die Fahrt so zu versauen.«

»Ich will Blut trinken«, sagte Arthur. »Nur einen Becher voll, zum Abendessen.«

»Sag ihm, er soll weggehn«, wimmerte die Frau. »Sag ihm, er soll in 'nen andern Wagen einsteigen.«

»Brenda!« schrie Arthur dröhnend. »Winnie! Wo seid ihr?« Dann lachte er. Er wollte nicht noch einmal zurücklaufen, also konnte er die Fahrt auch in diesem Wagen mitmachen. Sie kamen um eine Kurve, und hier schaukelten plötzlich die leuchtend weißen Knochen eines hängenden Skeletts vor ihnen – ein Anblick, der den ganzen Tunnel mit hallenden Schreien erfüllte.

»Sag ihm, er soll aussteigen«, wiederholte die Frau ständig. Sie wurde immer aufgeregter: »Man weiß doch gar nicht, wer das ist!«

»Ich bin Jack, der Halsaufschlitzer«, sagte Arthur. »Aber heute abend schlitz ich nicht.«

»Was für schreckliche Sachen er sagt!« stöhnte sie.

»Aber beruhige dich doch, Lil«, sagte Alf. »Es ist doch alles in Ordnung. Wir sitzen ja nur in der Geisterbahn. Bald sind wir wieder draußen.«

»Ich hab Angst«, winselte sie. »Er hat so 'n scheußliches Lachen. Wer weiß, vielleicht ist er aus 'ner Irrenanstalt entwischt.«

Als der Wagen sich dem Skelett näherte, reckte sich Arthur. »Passen Sie auf, Missis, jetzt werd ich Ihnen 'nen Gefallen tun: wenn Sie mich in Ihrem Wagen mitfahren lassen, hau ich dem hier eins in die Schnauze.«

»Steigen Sie aus!« schrie sie und verbarg ihr Gesicht in den Händen. »Ich will das nicht sehn!«

»Ruhe, Ruhe«, sagte der Mann. »Heul doch nicht. Ich werd mich bei der Direktion beschweren.«

Arthur holte gegen das Gespenst aus; es war ein großes Tuch, auf das die Knochen mit Leuchtfarbe gemalt waren. Er bekam es mit beiden Händen zu fassen und verfing sich darin. Als er sich freimachen wollte, fiel es von mehreren Haken herunter und stürzte sich über ihn, als sei es lebendig. Es hüllte ihn in seine Falten: es hatte den Kampf mit ihm aufgenommen. Er war sechs Fuß tief begraben in einem Sarg aus Sackleinwand. Die Wagenräder rumpelten gegen seine Füße, er hörte die Frau schreien, fühlte die Hände des Mannes, der versuchte, ihn hinauszustoßen, und merkte, wie die Menschen von Wagen zu Wagen liefen, während er durch ein Loch in der Leinwand aus Leibeskräften brüllte: »Feuer! Feuer! Rette sich, wer kann!« Er kämpfte mit der Finsternis, hörte auf zu lachen, um wieder nach Winnie und Brenda zu rufen, stieß und schlug um sich, bis seine Arme sich endlich aus den schweren schwarzen Hüllen herausarbeiteten und die schimmernden Skelettknochen sich ihm wie Tigerstreifen über Kopf, Schultern und Rücken zogen.

»Gewonnen!« brüllte er. »Ich hab das verdammte Skelett besiegt!«

Plötzlich war der Wagen wieder draußen an der Luft, unter den flammenden Lichtern, der Musik, den wirbelnden Karussells und dem gleichmäßigen Stampfen der Motoren – und jetzt bahnte sich ein Mechaniker, der einen Schraubenschlüssel schwang, durch das Getümmel den Weg zu ihm.

Rasch packte Arthur das Tuch und warf es dem Mann über, und während der sich laut fluchend zu befreien suchte, nahm Arthur Winnie und Brenda bei der Hand und zog sie auf den in höchster Fahrt rotierenden Magneten des nächsten Karussells zu.

Am Rande des Jahrmarktgeländes blieben sie vor einer

Bude stehen und tranken eine Tasse Tee. Die Papierhüte hatten die Köpfe gewechselt: Brendas Mütze sagte jetzt »Küß mich schnell« und Winnies »Dich hat's erwischt«, und Arthur stahl sich, wo das Gedränge am dichtesten war, von jeder einen Kuß, während die andere den Rücken wendete. Es war während eines solchen köstlichen Augenblicks – sie wollten eben noch einmal das Pferdekarussell besteigen –, als Doreens Gesicht plötzlich in der Menge auftauchte. Mit Augen, in denen noch das Feuer der Erregung brannte, blickte er von Winnie auf und sah Doreen, die sich zwischen zwei Filzhüten nach ihm umschaute. Das Licht in seinem Blick erlosch und wich einem breiten Lächeln. Um ihr zu zeigen, daß er sie erkannt hatte, hob er leicht den Arm und winkte.

»Wer ist das?« fragte Brenda und drehte sich um.

»Ein Mädchen, das in unserer Straße wohnt.«

Brenda bahnte sich einen Weg zum Pferdekarussell, und Arthur hielt noch einmal nach Doreen Ausschau, aber die wogende See der Köpfe und Papierhüte hatte sie bereits wieder davongespült.

Jeder mit einer Eistüte in der Hand stiegen sie auf den Cake Walk; stampfend, stoßend und lachend standen sie auf dem Schüttelbrett, dessen Maschine sie ratternd vorwärtsschob: erst Brenda, hinter ihr Winnie, die ihre Taille umklammert hielt, und schließlich Arthur, der sich an allem festhielt, was seine Hände zu greifen bekamen. Danach schlug er vor, die große Rutschbahn auszuprobieren, einen hohen hölzernen Turm, um den sich eine Gleitrinne wand, glatt genug, daß man in rasendem Tempo hinuntersauste, aber so gesichert, daß die Menschen nicht wie die Vögel über die Zelte und Buden davonflogen und sich den Hals brachen. Beim Eingang nahmen sie sich jeder eine Matte, und während sie sich die schmalen Holzstufen hinauftasteten, hörten sie das dumpfe Gleiten der Menschen, die draußen hinunterrutschten.

Als sie oben durch eine Öffnung hinaustraten, schickte Arthur zunächst Winnie hinab. »Gib mir keinen Schubs«, kreischte sie, »ich will nicht so schnell runtersausen.« Schon verschwand sie aus seinem Gesichtskreis, gefolgt von Brenda. Arthur setzte sich auf seine Matte und wartete, daß der nächste ihm einen kräftigen Stoß versetzte. Er schaute über die Lichter und Zeltdächer und die Menschen, die einen rauhen Aufschrei zum Himmel sandten, diesen alljährlichen dreitägigen wilden Schrei aus vierzigtausend Stimmen. Er fühlte sich wie ein König hier oben, dessen Macht sich über alles da unten erstreckte; bis zwei Hände ihm in den Rücken stießen und ihn in den Taumel beförderten, überlegte er, wie viele Kolonnen Soldaten man wohl für den Fall einer Rebellion aus der Menge da unten bilden könnte.

Er schoß die glatte, gewundene, abschüssige Rinne hinunter, immer rundherum, und mit jeder Sekunde zog es ihn einem Ozean entgegen, in dem er gleich wie ein Wassertropfen verschwinden würde. Da aber Winnie und Brenda ihn in diesem trüben, wirbelnden Meer erwarteten, wurde die Aussicht, mit einem Plumps hineinzufallen, weniger erschreckend. Er versuchte sein Tempo zu beschleunigen, indem er sich von den Wänden der Gleitbahn abstieß. Dann reckte er sich hoch, um seitwärts auf das Gewirr von Zelten, Lichtern und Lärm zu blicken, in das er jetzt hineintauchte, und während er immer schneller hinabschoß, schwoll das Getöse zu einem ohrenbetäubenden Schrei an. Eine knappe Minute dauerte die Fahrt, aber ihm erschien sie wie eine Ewigkeit. Die vielen Gedanken, die dabei auf ihn einstürmten, brachten ihn um den eigentlichen Genuß. Nun war er wieder in Erdnähe; gleich würde er das Ende der Bahn erreichen und sachte auf einen Stapel von Matten gleiten. Er fühlte sich erleichtert, weil es nun vorüber war. Jetzt konnte er nur noch warten, sagte ihm eine innere Stimme. Warten auf was? In voller Geschwindigkeit bog er um die letzte Kurve, bar aller Gedanken, auf eine fast erhabene Weise geläutert, bis er auf dem Mattenstapel landete.

Winnie und Brenda standen im Vordergrund der Menge. Jack, in einem Overall und mit einem Gesicht, über das sich bei Arthurs Anblick grenzenloses Erstaunen breitete, hielt Winnies Arm gefaßt. Rechts daneben standen in Khakiuniform der große Kommißtyp und sein Freund. Bills Gesicht schwoll an vor Wut und Rachedurst. Er sprang aus der Menge vor, mit der deutlichen Absicht, Arthur zu erwürgen, sowie er ihn zu fassen bekäme. Noch ehe er sich bewegte, hatte Arthur die Gefahr erkannt, war blitzschnell auf den Beinen, und als der Soldat in Reichweite war, versetzte er ihm einen Fußtritt und tauchte in die Menge. Das letzte, was er sah, waren die zerknirschten Gesichter von Brenda und Winnie, das letzte, was er fühlte, die Hand des Soldaten, die von seinem Ellbogen abglitt. Dann senkte er den Kopf, stürzte vorwärts und verlor sich im Gewühl.

12

Wenn er an Winterabenden durch die Straßen wanderte, hielt die Bewegung ihn warm trotz der kalten, nächtlichen Leidenschaft aufkommender Winde. Seine Schritte führten ihn immer geradeaus zwischen Ladenhäusern hindurch, deren fingerdünne Schornsteine sich über den Dächern wie Schweinezitzen reckten und Hitze und Rauch in den kalten Trog eines windigen Himmels strömen ließen. Die Sterne versteckten sich wie Scharfschützen und lugten nur hin und wieder zielend hervor, wenn die Wolken ihnen eine Scharte offenließen. Im Winter fiel es ihm leicht, seine Geheimnisse für sich zu behalten, denn da klopfte jede dunkle Straße ihm auf die Schulter und wurde zu einem Freund, und die Gasaugen der Laternen sahen den Vorübergehenden an, ohne zu zwinkern. Die Häuser standen in Reih und Glied, mächtige Wälle der Sicherheit, und die Menschen darin fühlten sich behaglich und waren dankbar, daß sie dem breiten Strom der rauhen

Winde entkommen waren, die Regen aus den Bergen von Derbyshire und Schnee von den Heidehügeln Lincolnshires heranbrachten. Grauer Regen rauschte die Traufen hinab und ergoß sich über das Straßenpflaster in den Rinnstein: eine liebliche Melodie, wenn man ihr am Kohlenofen zuhörte oder auf dem Weg in eine Wirtschaft, ins Kino oder ins heimliche Bett einer unbußfertigen verheirateten Frau. Arthur hielt im Dunkeln seine Zigarette nach unten. Er hatte sich auf ein gefährliches Spiel eingelassen. Noch hatte er die Hand voller Trümpfe, aber nach jedem erfolgreichen Raubzug zwischen Brendas oder Winnies Bettlaken fühlte er, daß einmal in einer dunklen Nacht die Trumpfkarten für ihn unerreichbar ganz unten im Stapel liegen würden.

Als er Doreen nach dem Jahrmarkt wiedertraf, hatte er – angesichts der Tatsache, daß sie ihn zusammen mit zwei Frauen und zu einem Zeitpunkt gesehen hatte, zu dem er vorgeblich in Worksop war – eine empörte Miene aufgesetzt und von ihr erfahren wollen, warum sie seinen Gruß nicht erwidert und sich statt dessen schleunigst in der Menge verloren hatte. »Ich wollte dich doch meinen Kusinen vorstellen«, sagte er, »und du hattest nichts Eiligeres zu tun als wegzulaufen, als wolltest du nicht in der Öffentlichkeit mit mir gesehn werden.« Sie hatte eine Gegenfrage: selbst wenn die beiden Frauen seine Kusinen waren, was sie bezweifelte, warum hatte er ihr dann erzählt, er wolle mit seinem Freund auf dem Motorrad nach Worksop fahren? »Ich weiß, das habe ich dir gesagt«, entgegnete er, noch immer im gekränkten Ton, »und es stimmte auch. Aber noch bevor wir 'ne halbe Meile gefahren waren, hatten wir 'ne Panne und konnten nicht weiter. Wir wollten dann mit 'nem Bus hinfahren, aber die waren alle überfüllt. Und als ich dann von ihm aus nach Hause ging – er wohnt auf der Mansfield Row –, traf ich Jenny und Lil, und die baten mich, mit ihnen zum Jahrmarkt zu gehn. Das konnte ich ihnen doch nicht abschlagen, Schatz.« Sie glaubte ihm und sagte sich, daß sie auf dem

Jahrmarkt vielleicht doch nicht so hätte weglaufen sollen, denn Arthur war ein aufrechter und ehrlicher Mensch, und es war nicht recht, ihn so schlecht zu behandeln.

Er verstaute seine volle Lohntüte sicher in der Tasche seines Overalls und machte sich daran, die Drehbank zu reinigen. Eben hatte er die Metallteile geputzt, als er Jack neben sich stehen sah.

»Tag, Arthur«, sagte Jack ruhig. Arthur wunderte sich über seine feierliche Aufmachung und machte einen Witz über Jacks Beförderung. Denn Jack war unterdessen Aufseher geworden, überwachte einen Teil der Fertigung und trug einen sauberen, von oben bis unten zugeknöpften braunen Overall.

»Wie geht's denn?« fragte Arthur.

»Ach«, meinte Jack, »in letzter Zeit kann ich nicht klagen.«

»Wir haben uns lange nicht gesehn«, fuhr Arthur mit einem geheimen Lächeln fort. »Zuletzt auf'm Jahrmarkt, was?«

»Ja«, erwiderte Jack. »Und da hatten wir auch nicht viel Zeit, uns was zu erzählen, nicht? Ich hätte damals eigentlich 'n paar Fragen an dich gehabt, aber du schienst es ja sehr eilig zu haben.«

»Stimmt«, bestätigte Arthur. »Ich konnte mich nicht aufhalten. Der dicke Soldat hatte es auf mich abgesehen. Warum, weiß ich auch nicht, aber du warst ja selber dabei, wie er auf mich losging. Wenn es was damit zu tun hatte, daß ich mit Winnie auf'm Jahrmarkt war – da war doch nun wirklich nichts dran. 'n paar Minuten vorher hatte ich Winnie und Brenda zufällig getroffen und sie auf die große Rutschbahn eingeladen. Also das ist doch wohl nichts Schlimmes, oder? Wer war der Kerl eigentlich?«

Jacks Augen waren starr auf die Drehbank gerichtet. »Bill, Winnies Mann. Seine Einheit ist jetzt in England stationiert.«

»Na ja, aber deshalb brauchte er doch nicht so sauer zu werden«, beschwerte sich Arthur.

»Er behauptet, du hättest was mit Winnie gehabt«, antwortete Jack.

Arthur nahm einen Schraubenschlüssel auf und klopfte damit auf seine Handfläche. »Dazu hat er gar keine Veranlassung. Wenn du den Kerl wiedersiehst, dann kannst du ihm von mir sagen, er sollte sich mal 'n bißchen vorsehn. Das paßt mir nicht, wenn man mir so was vorwirft. Die Leute sollten nicht so 'ne schmutzige Phantasie haben.«

Eine Pause entstand. Dann fing Jack plötzlich wieder an zu reden: »Warum wirst du nicht endlich mal vernünftig, Arthur! Warum tust du dich nicht mit 'nem netten Mädchen zusammen und gründest 'nen Haushalt? Das würde dir bestimmt guttun.«

Arthur überhörte die erste Frage. »Wenn dich das interessiert, 'n nettes Mädchen hab ich schon. Aber ich werd mir's doch zweimal überlegen, bevor ich mich endgültig entschließe. Vorläufig bin ich noch nicht soweit.«

»'s wird dir schon gefallen, wenn du dich entschließt«, versicherte Jack. »Glaub mir.«

»Vielleicht mach ich's«, meinte Arthur lächelnd. »Aber im Grunde hab ich doch nicht viel Lust, meine ganze freie Zeit mit 'ner Frau zu verbringen. Dann muß ich am Freitag mit der Lohntüte nach Hause spurten, sie bei ihr abliefern und mir noch ihr Gemecker anhören, weil ich zu wenig gebracht hab. Jetzt aber kann ich einfach nach Hause gehn, mich umziehn und mich dann ins ›White Horse‹ setzen, um 'n paar Biere zu zischen.«

Jack dachte einen Augenblick nach. Sein Gesicht nahm einen nervösen und angewiderten Ausdruck an, als müsse er sich zu einem Entschluß durchringen. »Ich hab das Bier im ›White Horse‹ nie besonders gemocht«, sagte er dann.

Arthur schien es, als nähme das Gespräch eine unverfängliche Wendung. »So oft bin ich ja auch nicht dort«, meinte er, »aber an Abenden wie heute, wenn's saukalt ist oder schifft, dann ist das ›White Horse‹ günstig, weil's ja nur ein

Katzensprung von mir bis dorthin ist. Und so schlecht ist das Bier auch nicht. Heute abend geh ich da bestimmt einen heben.«

Jack schien einen Entschluß gefaßt zu haben. »Ach«, sagte er fast fröhlich, »ich war ja noch nie 'n Säufer. Ist das ›White Horse‹ am Freitagabend eigentlich sehr voll?«

»So schlimm ist es nicht«, antwortete Arthur. »Und wenn ich den ganzen Tag an der Drehbank gestanden hab, dann muß ich hinterher einfach was trinken.«

Jack wandte sich zum Gehen. »Vielleicht hast du recht.«

»Wolltest du eigentlich was Besonderes von mir?« fragte Arthur.

Mit einem Stirnrunzeln nahm Jack die Hände aus den Taschen. »Nein. Ich wollte nur mal wissen, wie's dir geht.« Es war zehn Minuten vor Arbeitsschluß. »Also dann cheerio, Arthur«, sagte Jack und wanderte wieder den Gang hinunter. Arthur holte eine Zigarette aus seiner Tasche und riß ein Streichholz an dem Schleifrad der gegenüberstehenden Drehbank an. Irgendwas war mit Jack nicht in Ordnung, das fühlte er, denn er hatte noch nie einen so ausweichenden und verlegenen Blick gehabt. Die ganze Zeit, während er neben ihm stand, hatte er kaum gewagt, ihn anzusehen, und dann war er so plötzlich weggegangen, als hätte er ihm eigentlich einen Stoß in den Rücken versetzen wollen und sich's dann anders überlegt. Arthur griff nach der Kontrollkarte, um sich seine Wochenleistung auszurechnen.

Er hatte zum Abendbrot eine Tasse Tee getrunken und Würstchen und eingemachte Tomaten gegessen. Dann setzte er sich ans Feuer und rauchte eine Zigarette. Die anderen waren alle ins Kino gegangen. Er zog sein Hemd aus, wusch sich in der Küche und stellte sich dann wieder vors Feuer, um sich mit einem groben Handtuch trocken zu reiben. Oben in seinem Schlafzimmer musterte er die Reihe seiner Anzüge, Hosen, Sportjacken und Hemden. Da hingen sie: lebhafte Farben und Muster, gute Schneiderarbeit, insgesamt gut zweihundert Pfund wert, eine phantastische Garderobe, auf die er stolz war, weil die Anschaffung ihn viel Arbeit gekostet hatte. Aus einem unerfindlichen Grund wählte er den besten schwarzen Anzug, zog ein weißes Seidenhemd mit Perlmuttknöpfen über und schlüpfte in die Hose. Er nahm die Brieftasche und steckte Feuerzeug und Zigarettenetui in die Außentasche. Das Produkt dieses Freitagabend-Rituals stand dann unten im Zimmer vor dem Spiegel und knüpfte die Krawatte, kämmte das dichte blonde Haar ordentlich zurück und holte sich ein sauberes Taschentuch aus der Kommodenlade. Schwarze Schuhe mit eckigen Kappen spiegelten ein rosiges Gesicht, als er sich bückte, um nachzusehen, ob auch kein Stäubchen darauf war. Über seine Jacke zog er sein Zwanzig-Guinea-Glanzstück; einen dicken dreiviertellangen Mantel aus Donegal Tweed.

Die Luft auf der kalten und leeren Eddison Road war feucht, denn neben ihr floß der Leen, ein Bach, der sich von Newstead, Papplewick und Bulwell her durch Felder und Kohlengruben schlängelte. Hinter Arthur tönte der Pulsschlag der Maschinen, und ein Generator des Gaswerks stieß einen Laut aus wie eine jammernde Katze – ein gespenstisches Geräusch, das an Stärke ständig zunahm, bis er das graue Bürohaus am Gittertor passiert hatte.

Im ›White Horse‹ bestellte er einen Black-and-tan, knöpfte den Mantel auf und ließ sich auf einem Platz am Fenster nieder. Jedesmal, wenn draußen ein Bus vorüberrollte, spürte er, wie die Wand vibrierte. In der nur halbvollen Kneipe fühlte er sich seltsam abgetrennt von der ihm vertrauten Welt. Er ging nicht gern allein aus und hatte gehofft, hier ein paar Freunde zu finden. Das Alleinsein erschien ihm wie eine Fortsetzung der Plackerei an der Drehbank. Er wollte Lärm, Alkohol und Liebe. Wie er so an seinem leeren Tisch saß, bekam er fast Mitleid mit sich selber und überlegte, ob er nicht einen Bus nehmen und zum Slab Square fahren sollte, wo es sicher geräuschvoller zuging. Aber dann konnte er sich doch nicht dazu aufraffen und verwarf den Gedanken. Freitag war auch nicht der geeignete Tag, um Winnie oder Brenda zu treffen, weil die beiden dann meistens zu Bekannten gingen – so wenigstens hatten sie ihm erzählt; und wenn er jetzt noch versuchte, Doreen ausfindig zu machen? Dann konnte er ebensogut hierbleiben. Er dachte an jenen Abend vor mehr als zwölf Monaten, an dem er mit Brenda hierhergekommen und dann wie ein Schneeball die Treppe hinuntergerollt war, nachdem er sieben Gin und elf Biere getrunken hatte. Es war ein großartiger Abend gewesen, und die Erinnerung daran machte ihm das Herz jetzt noch warm. Und seit damals hatte er auf die verrückteste Weise mit Brenda, Winnie und Doreen herumjongliert, hatte sich wie ein Varietékünstler in die Luft geschnellt, um jedesmal sicher in dem einen oder anderen weichen Bett zu landen. Ein gefährliches Leben, sagte er sich.

Um halb neun betrat Onkel George die Wirtschaft. Arthur kannte ihn als Nassauer und mochte ihn nicht, aber unter diesen Umständen rief er ihn doch an den Tisch und lud ihn zu einem Bier ein. George stopfte sich eine Pfeife und schimpfte über das Wetter. Er wollte Regen haben.

»Na hör schon auf«, sagte Arthur rauh. »Wir hatten letzte Woche fünfzehn Zoll Regen. Der Boden ist noch völlig durchweicht.«

»Das ist er schon längst nicht mehr, mein Junge«, widersprach George. »Der Boden schluckt den Regen schneller als du zehn Liter Bier.«

»So einer wie du ist nicht zufrieden, wenn's nicht dauernd wie mit Eimern schüttet«, meinte Arthur.

»Ich hätte nichts dagegen«, erklärte George. Er war Gemüsegärtner, ein großer Mann mit einem scharfgeschnittenen roten Gesicht. Sie nannten ihn den ›Pfeifer‹, und die Familie hatte ihm diesen Spitznamen gegeben, weil er jedesmal, wenn man ihm auf der Straße begegnete, laut vor sich hin pfiff.

Mit eingezogenen Wangen und gespitzten Lippen, die Hände in den Taschen, marschierte er rasch im Takt einer unbestimmbaren selbsterfundenen Melodie dahin, die blauen Augen ausdruckslos, eine flache Mütze auf dem ergrauenden Haar. Er konnte kaum lesen und schreiben, aber hinter dieser blauäugigen Leere lag doch eine gewisse Gerissenheit, mit der er aus dem kleinen Stück Gartenland, das er bearbeitete, einen recht beachtlichen Verdienst herausholte. Als Arthur einmal an seinem Garten vorbeigekommen war, hatte er am Tor ein Schild mit der Aufschrift: ›Frisch geschnittener Salat, Kopf Sixpence‹ und vor der Barackentür eine Anzahl Leute gesehen, die Schlange standen. »Bei dem Geld, das der zusammenscharrt, muß er doch ganz schön helle sein«, hatte seine Mutter über ihren Bruder gesagt und sich dabei an die Stirn getippt. Und Arthur rief zum Entzücken seines Vaters, der die Familie seiner Frau nicht leiden konnte: »Wenn ich den noch mal pfeifen hör, schick ich ihm zu Weihnachten 'ne Packung Vogelfutter!«

George wechselte das Thema: »Hast du in letzter Zeit die Zeitung gelesen, Arthur?« zwei Drittel des Biers rutschten unter krampfhaftem Auf und Ab des Adamsapfels durch seine Kehle.

»Ich les sie jeden Tag. Warum?«

»Ich wollte nur wissen, was du über das große Rennen morgen denkst.«

Arthur hatte ihm, zu seinem eigenen Ärger, oft gute Tips gegeben. »Last Echo«, sagte er. »Auf den mußt du setzen.«

George schnappte nach Luft und trank den Rest seines Biers aus. »Aber der steht doch zwanzig zu eins. Mit der Vorgabe kann er nicht gewinnen.«

»Last Echo«, wiederholte Arthur, der George innerlich recht gab. »Ich weiß, er steht zwanzig zu eins, aber ich hab trotzdem 'n paar Pfund auf ihn gesetzt. Und wahrscheinlich setz ich noch nach. Riskier 'n Fünfer auf ihn, Onkel George, du wirst es nicht bereuen.«

George war unschlüssig. Der Rauch seines schwarzen Pfeifentabaks stach Arthur in die Augen. »Ich will erst mal hören, was der Buchmacher meint.«

Solche Hunde haben immer Glück, dachte Arthur. »Was der Buchmacher meint, interessiert mich nicht. Ich weiß, daß der Tip todsicher ist, und hab alles drauf gesetzt. Natürlich wird der Buchmacher dir sagen, du sollst die Finger davon lassen, weil er auch weiß, daß der Tip todsicher ist, und seine Moneten nicht verlieren will.«

George mußte die Logik dieser Überlegung anerkennen, aber es war noch immer ein mißtrauisches Flackern in seinen Augen. Arthur bestellte noch zwei Glas Bier. Es war sinnlos, darauf zu warten, daß George bestellen würde. Dieser Kerl hatte einfach kein Schamgefühl. Manchmal mußte man ihn direkt bewundern. Jetzt wollte George wissen, warum Last Echo ein so todsicherer Tip sei.

»Weil Lord Earwig mich heute aus Aintree angerufen hat. ›Bist du's, Arthur?‹ hat er gesagt. ›Paß auf, wir kennen uns doch schon so lange, und deshalb will ich dir mal zu 'n bißchen Kleingeld verhelfen. Ich weiß, du kannst's gebrauchen, wo du dich den ganzen Tag lang an dieser verdammten Maschine zuschanden arbeitest.‹ Nein, Onkel George, ich darf dir nicht sagen, woher Lord Earwig es weiß, denn ich mußte ihm schwören, daß ich keinem Menschen erzählen würde, wie er zu dem Tip gekommen ist. Wenn ich's täte, würde er aus dem Jockey-Club gefeuert, und dann könnte ich dir nie wieder so 'n prima Tip geben. Und meine Tips waren doch bisher immer in Ordnung, oder?«

George war beruhigt, wenn auch zu vertrauensselig hinsichtlich der aristokratischen Beziehungen Arthurs. »Ja, ja«, sagte er mit einem Augenzwinkern, »ich weiß schon, was du meinst.« Die Gläser waren wieder einmal leer, und George starrte ausdruckslos zur Theke, während ein leises Pfeifen von seinen Lippen kam. Als Arthur noch einmal bestellte, kippte er das Bier runter, als hätte er in den letzten zehn

Tagen keinen Tropfen gesehen. »Wie denkst du über den Krieg, Arthur?« fragte er.

»Krieg?«

»Ja. 'n Bekannter hat mir auf'm Markt erzählt, er hätte in der Zeitung gelesen, daß es in drei Monaten 'n Krieg gibt.«

Arthur lachte. »Mach dir keine Sorgen, Onkel George. Leute in deinem Alter ziehn sie nicht ein.«

»Darum geht's mir ja nicht. Ich dachte nur dran, daß alles wieder rationiert wird. Im Krieg ist es so verdammt knapp mit'm Essen.«

Dieser sternhelle Höhepunkt ihres Gesprächs ließ Arthur vor Vergnügen in sein Bier prusten. Onkel George konnte an nichts anderes denken als an Geld. Er war bestimmt auf Draht. Während des Krieges hatte er es irgendwie geschafft, sich vom Militärdienst zu drücken, und in einer Munitionsfabrik gearbeitet. In seiner Freizeit als Luftschutzwart hatte er Leuchtplaketten für die Verdunkelung, Gasmaskenbehälter und Schutzhüllen für Lebensmittelkarten angefertigt, und gegen Ende des Krieges hatte er genug beisammen, um sich sein Gartenland kaufen zu können. Abgesehen von seinem Gemüse machte er auch noch ein gutes Geschäft mit Eiern und Geflügel.

»Na, an deiner Stelle würde ich mich über 'n neuen Krieg nicht freuen«, meinte Arthur. »Wenn die 'ne Atombombe schmeißen, meinetwegen hundert Meilen von Nottingham entfernt, dann verpestet das den ganzen Boden, so daß nichts mehr wachsen kann. Und die Hühner sterben auch davon. Strahlung oder so nennen sie es. Neulich abend hab ich im Radio 'n Vortrag darüber gehört.«

George, der den meisten Dingen skeptisch gegenüberstand, hatte einen heillosen Respekt vor wissenschaftlichen Tatsachen. »Das ist doch nicht dein Ernst?« rief er. Mit blassem Gesicht setzte er das Bierglas ab. »Das ist das erste Mal, daß ich von so was höre.«

»Ja, du kommst eben nie mit Leuten zusammen, die Bescheid wissen«, sagte Arthur. »In deiner Freizeit stehst du ja nur beim Buchmacher rum.«

»Nein, mein Junge, so viel freie Zeit hab ich gar nicht. Ich muß für mein bißchen Geld hart arbeiten.«

»Ach, und du denkst wohl, ich spiel den ganzen Tag Poker? Aber jedenfalls kann ich dir sagen, daß diese Atombomben die Erde so vergiften, daß nichts mehr wächst. Ich hab's auch schon in der Zeitung gelesen; da hat 'n Doktor sechs Monate lang den Kopfsalat von atomverseuchten Stellen untersucht.«

Die Gläser waren leer, und George erhob sich, stocknüchtern trotz der genassauerten Biere. Nach einer langen Pause kam ihm jetzt Arthurs Stichelei wegen des Buchmachers wieder hoch. »Aber ich weiß genau, was Schwerarbeit ist, das kann ich dir sagen.« Er knöpfte seine Jacke zu, rückte die Mütze zurecht und setzte eine unternehmende Miene auf. »Ich geh noch in den ›Dog and Stag‹«, erklärte er und marschierte so laut pfeifend zur Tür, daß er Arthurs Erwiderung auf seinen kurzen Abschiedsgruß nicht mehr hörte.

Arthur trank allein noch ein Glas und beschloß, nach Hause zu gehen, einen Bissen zu essen und sich vielleicht ein Weilchen vor den Fernsehapparat zu setzen. Es würde ihm auch nichts schaden, wenn er mal früh ins Bett kam. Mit einem kurzen »Gute Nacht« für den Wirt verließ er das Lokal.

Das ›White Horse‹ lag an einer Ecke. Als Arthur aus der Tür trat, sah er einen Bus, der vom Bahnhof kam und an der gegenüberliegenden Ecke hielt. Ob ich rüberlaufe und noch in die Stadt fahre? überlegte er. Nein, entschied er ohne längeres Nachdenken. Er hörte, wie der Schaffner abklingelte, und schon rollte der Bus die ansteigende Straße hinauf wie ein erleuchtetes Gewächshaus, in dem Menschen gezüchtet werden. Arthur tauchte im Dunkel der Eddison Road unter. Als er ein paar Meter gegangen war, hörte er schwere Schritte hinter sich.

»Das ist er, ganz bestimmt. Gib ihm 'nen Tritt, Bill!«

Was war da los? Wer sollte 'n Tritt kriegen?

»Jetzt haben wir den Mistkerl endlich.«

»'s war auch mal Zeit.«

Zwei schattenhafte Gestalten erschienen neben ihm und packten ihn beim Arm. Mir gilt's also, dachte er und versuchte sich zu befreien. Er ließ seine Fäuste wie Windmühlen kreisen, bis er die beiden abgeschüttelt hatte.

»Nehmt euch in acht«, rief er, »sonst geht's euch dreckig!«

Er stand mit dem Rücken zur Wand, die Fäuste erhoben, und alles Blut hinter seinen Augen lud sich mit Trotz und verbissenem Selbsterhaltungstrieb auf. Endlich war der Krieg ausgebrochen, und gegen die schwingenden Fäuste und schweren Stiefel gab es kein Mittel als die eigenen Muskelpakete.

Sie verloren keine Zeit. Im Angriffseifer schob sich der eine vor den anderen, und Arthur holte mit aller Kraft gegen ihn aus, so daß der Mann die Hände vors Gesicht nahm und auf die Straße zurücktaumelte. Arthur atmete schwer und hielt einen Augenblick inne, um den zweiten Ansturm mit einem Fußtritt abzuwehren. Da ihm der Schwung nicht genügte, trat er einen Schritt zur Seite und erwischte den Kopf des Mannes mit der Faust. Irgendwie war plötzlich die Wand nicht mehr hinter ihm, aber er merkte es nicht, denn was er für die Wand hielt, versetzte ihm auf einmal einen Stoß, der ihm schmerzhaft durchs Rückgrat fuhr. Jemand packte ihn um den Hals und hielt ihn fest, aber er konnte sich wie durch ein Wunder herauswinden, bevor der andere Kerl dazwischenkam. Die Straße war frei, er hätte weglaufen können; aber aus einem Grund, den er später nie begreifen konnte, tat er es nicht.

Nun hatte er wieder die Wand im Rücken. Gemeinsam stürmten sie auf ihn los. Er konzentrierte seine ganze Kraft auf den einen, warf ihn zurück und stieß blitzschnell mit dem Fuß zu, um die Wucht des anderen abzufangen. Er führte einen Schlag gegen den ersten, dann gegen den zweiten, und der erste taumelte wieder. Aber noch waren sie bei Kräften, und auf Arthurs Gesicht landete ein Schwinger, daß er ein Gefühl hatte, als seien ihm sämtliche Knochen zerschmettert. Der Schmerz brach aus seinen Augen und überschüttete ihn mit einem Schauer orangefarbener Funken. Im selben Augenblick stieß er seine Fäuste vor und befreite sich, doch gleich darauf fühlte er wieder einen Stoß im Rücken und dann einen zweiten, der sein Kinn streifte. Er trommelte mit den Fäusten auf sie ein, gleichgültig, wen es traf. Die beiden hatten keine Identität, sie waren ununterscheidbar für ihn geworden, und dies Gefühl versetzte Arthur in Ekstase. Doch vier Fäuste waren mehr als zwei; trotzdem kam ihm noch immer nicht der Gedanke, wegzulaufen. Im ›White Horse‹ mochten hundert Leute sitzen und Bier oder Whisky trinken – für ihn war die Welt zu einem einzigen Kampf zusammengeschrumpft, der auf ein paar Quadratmetern ausgetragen werden mußte, und diese Welt hatte einen dunklen Purpurton.

Während er einen Schlag nach dem anderen austeilte, kam er sich vor wie im Traum. Er konnte sie noch immer von sich abhalten, hörte ihre Flüche und Rufe, einsilbige Wörter und Schnaufer, die um seinen Kopf schwirrten, wenn er die Angreifer immer wieder zurückstieß. Nach dem unflätigen Fluch des einen zu urteilen, dem rüttelnden Schmerz im Armgelenk und dem Stechen in seinen Knöcheln, hatte er eben den gewaltigsten und besten Hieb des Abends ausgeteilt. Jetzt würden sie wohl abhauen. Aber sie hauten nicht ab. Er fühlte einen Stoß gegen die Brust, gleich darauf noch einen, bohrte seinen Ellbogen in einen Magen und schlug mit der freien Hand zu. Er wurde von der Wand gezerrt. Ein Hieb auf den Mund wirbelte ihn herum, und der Boden hob sich und krachte gegen seine Schulter. Er trat mit den Füßen um sich, wand sich heraus, trieb einem der Männer die Faust ins Auge und kam wieder hoch. Sie zogen ihn herunter, und er rang mit ihnen und versuchte seinen Kopf aus dem Gliederknäuel zu recken. Er drückte die Finger in einen Hals, während sein

Kopf zurückgerissen wurde. Von der Hauptstraße ertönte ein Hupensignal, und noch ehe sein schneidender Laut endete, traf ihn ein Schlag, der ihm das Bewußtsein raubte.

Messer und Pfeilspitzen bohrten sich von allen Seiten in seinen Körper. Sie wollen mich umbringen, dachte er dumpf und versuchte sich zu erheben, wurde aber sofort wieder mit einem Fußtritt zu Boden befördert. Zusammengekrümmt lag er da. Sein dicker Mantel schirmte ihn etwas gegen die harten Kanten ihrer Stiefel ab. Dann hörten sie wohl jemanden die Straße entlangkommen und machten sich davon.

Die Wut half ihm sich aufzurappeln. Betäubt hielt er sich an der Wand fest, fühlte, daß der Zement aus einigen Ritzen gebröckelt war, und brach beim Versuch, sich aufzurichten, noch etwas mehr herunter. Er betastete sein Gesicht und versuchte, einen Schritt zu tun. Er spürte nichts als Rachedurst und wollte sich gar nicht darüber klarwerden, ob er es verdient hatte, in diesem Kampf zu unterliegen oder nicht. Sein größter Wunsch war, schnell noch einmal in das ›White Horse‹ zu gehen und vor der Sperrstunde noch einen doppelten Whisky zu trinken. Er klopfte seinen Mantel ab: die Brieftasche war noch da. Ein Schmerz durchzuckte seinen Kopf. Er sah eine verschwommene Welt voll purpurner und düsterer Flecken. Die Ziegel und Pflastersteine leuchteten fahl durch das Dunkel, und wenn er sie zu berühren versuchte, erfüllte ihn jede Bewegung mit Wut und Schmerz. Der Lebenswille pulste in seinen Fingerspitzen. Langsam schleppte er sich zum Hintereingang des ›White Horse‹. Er wollte auf seine Uhr sehen, aber sie war kaputt: die verbogenen Zeiger wiesen auf halb zehn. Sieben Pfund im Eimer, sagte er sich, während er auf die Toilette zusteuerte. Unter der trüben Glühbirne drehte er den Hahn auf, badete sein Gesicht in kaltem Wasser und weichte sein Taschentuch ein, um sich damit den Schmutz abzuwischen. Zwei Eckzähne waren locker. Er spülte das Blut aus seinem Taschentuch und griff nach seinem Kamm in der Tasche, er war zerbrochen, und so warf er ihn weg, spritzte sich etwas Wasser aufs Haar und strich es mit den Fingern glatt. Der Schmerz ließ ihn zu keinem klaren Gedanken kommen, er überflammte sein Gesicht, als er sich bückte, um seine Schuhe blankzureiben.

Er schlug den Mantelkragen hoch, stieß die Tür zur Wirtschaft auf, ging rasch an die Theke und verlangte einen doppelten Whisky. Die Lichter waren zu grell; er hatte ein Gefühl, als schwelle sein Kopf ins Riesige, und seine Augen brannten, so daß er blinzeln mußte und kaum etwas sehen konnte. Der Whisky fuhr ihm wie eine Flammenzunge in die Kehle. Er wunderte sich, daß keiner das Blut sah, das ihm übers Gesicht zu strömen schien, und wollte gerade einen zweiten Whisky bestellen, als ihn jemand am Ellbogen berührte. Er drehte sich um und erblickte Doreen.

»Hallo, Schatz«, sagte er mit einem Lächeln.

»Mein Gott, Arthur, was ist mit dir los?« sagte sie. »Du siehst ja fürchterlich aus.«

Er überhörte die Frage: »Wo kommst du denn her?«

»Ich war bei meiner Schwester und meinem Schwager, und dann sind wir hierhergegangen, um noch was zu trinken. Da drüben sitzen sie.« Da er der Richtung ihres Fingers nicht folgte, drehte sie sich wieder zu ihm um: »Aber was ist denn mit dir passiert? Was ist mit deinem Gesicht? Und wie ...«

Ihre Worte tönten plötzlich wie aus weiter Ferne, er grinste und sackte ohnmächtig zu Boden. Die ganze Welt war ein riesiger Stiefel, der sich auf seinen Kopf preßte, ihn vom Licht fortdrängte, hinunter in ein schützendes Dunkel voller Schmutz, Speichel und Sägespäne.

Zweiter Teil

Sonntagmorgen

13

Er befand sich in einem Zustand völliger Teilnahmslosigkeit. Gelegentlich setzte er sich etwas auf, um sein Kissen zurechtzuschieben, starrte verständnislos auf die rosa Wand seines Schlafzimmers und ließ sich dann wieder zurücksinken in einen heilsamen Schlaf. Wenn er aufwachte, verschlang er das Essen, das seine Mutter für ihn auf den Stuhl neben dem Bett gestellt hatte; aber wenn sie ihn fragte, was denn los sei und warum er schon seit Tagen hier herumliege wie ein toter Hund, hatte er nur kurze, mürrische Antworten.

»Mir geht's nicht gut.«

»Dann muß ich eben den Doktor holen.«

»So schlecht geht mir's auch wieder nicht.«

Es war ihm gleichgültig, ob er lebte oder starb. Noch hatten die Räder des Schicksals, die ihre tiefen Furchen in sein Hirn gruben, sich nicht gehoben, um ihn von ihrem Gewicht zu befreien. Er starrte auf die rosa getünchte Wand über dem Kamin, ein Knäuel undeutlicher Gedanken ballte sich in seinem Hirn, und er glaubte, wahnsinnig zu werden. Er hörte das Klappern der Teller und Tassen, das über die Treppe heraufdrang, das dumpfe Dröhnen der Fabrikturbinen am Ende der Straße, die Schritte der Menschen, die am Haus vorüberkamen, die Rufe der Kinder, die unter den Laternen spielten, Radios, die die Luft zersägten. Ein Flugzeug dicht überm Haus klang, als bliese ein asthmatischer Mann auf einem Kamm – aber das alles drang nicht bis in sein Bewußtsein, war nur eine wirre Geisterwelt, die über der schwarzen Wolke seiner Schwermut dahinzog.

Er sagte sich, daß er nun bald wieder imstande wäre, zur Arbeit zu gehen und abends in eine Wirtschaft oder ins Kino, daß er bald wieder einen Bus besteigen, in die Stadt fahren und zu Woolworth gehen konnte, um Weihnachtsgeschenke an den Ständen auszusuchen – aber nichts konnte ihn aus dem Halbschlaf reißen, in dem er nun schon seit drei Tagen lag.

Wie hundert Jahre erschienen ihm diese drei Tage, die ihre gleißenden Jahrmärkte, Freudenfeuer und Weihnachtsfeste um ihn kreisen ließen wie Brandeisen in einer Folterkammer. Wenn sein Blick von der Wand abglitt und er wieder in Schlaf sank, wachte er jäh aus wilden Träumen auf, an deren Inhalt er sich nicht erinnern konnte, sah auf das grinsende Zifferblatt der billigen Uhr auf dem Kaminsims und mußte feststellen, daß wieder nur zwei Minuten vergangen waren. Er wußte, daß es sinnlos war, gegen den kalten Druck dieser namenlosen Krankheit anzukämpfen oder sich zu fragen, wie sie ihn hatte befallen können. Er fragte auch nicht. Irgendwie mußte das alles mit der Niederlage zusammenhängen, die die beiden Kerle ihm beigebracht hatten. Das war eine Tatsache, die keiner weiteren Überlegung bedurfte. Er fragte sich nicht, ob er in diesem jämmerlichen Zustand war, weil er seine Liebhaberrechte bei zwei Frauen eingebüßt hatte oder vielleicht, weil die beiden Kommißbrüder gewissermaßen die Verkörperung der Härte dieses Lebenskampfes waren, auf dem alle Gesetze beruhten, die Ordnung, gegen die er sich sein Leben lang so gedankenlos und unmethodisch gewehrt hatte, daß seine Niederlage von vornherein feststand. Solche Fragen tauchten später auf. Vorerst hatte er es mit der einfachen Tatsache zu tun, daß die beiden Kerle ihn endlich erwischt – er hatte es eigentlich nicht anders erwartet – und auf dem Kampfplatz des Dschungelkriegs fertiggemacht hatten.

Er aß, aber er rauchte nicht und ging auch nicht gegen den wilden Strudel in seinem Hirn an. Er kam überhaupt nicht auf diese Idee, sondern wartete unwillkürlich darauf, daß die Flut wieder zurückgehen und ihn unversehrt auf eine Sandbank spülen werde, geheilt von diesem Nervenkoller und fähig, sein gewohntes Leben wieder aufzunehmen. Jeder Knochen seines Körpers schien seinen höchst eigenen Schmerz zu spüren, und als die Verzweiflung nachließ und er unter den wirklichen Schmerzen litt, die ihn zwangen, eine weitere Woche im Bett zu bleiben, wußte er, daß eben diese Verzweiflung zuvor wie eine Art Betäubungsmittel gewirkt hatte.

Am Samstagmorgen hatte er den barschen Ruf seines Vaters, der ihn weckte und zum Frühstück rief, nicht beantwortet. Klar und deutlich vernahm er die Stimme, die in regelmäßigen Abständen die Treppe herauf und durch die geschlossene Tür drang, aber er starrte nur die Wand an und fragte sich, wie oft sein Vater wohl noch rufen würde, ehe er die Sinnlosigkeit dieser Mühe einsah.

Später kam Fred und erkundigte sich, wie es ihm ginge.

»Warum?« fragte Arthur so gut er konnte.

»Na ja, ich wollt's nur wissen«, meinte Fred. »Ich dachte, wir sollten vielleicht lieber den Doktor holen, wenn du dich schlecht fühlst. Du siehst nicht grade gut aus.«

»Nein«, sagte Arthur.

»Haben die Kerle dich erwischt?«

»Ja. Laß mich in Ruhe. Ich geh am Montag nicht zur Arbeit. Aber sonst ist nichts mit mir. Mach die Tür zu, wenn du rausgehst.«

»Wer war eigentlich das Mädchen, das dich gestern abend nach Haus gebracht hat?« wollte sein Bruder wissen.

»Welches Mädchen? Laß mich in Ruhe.«

»Soll ich wirklich nicht den Doktor holen?«

»Nein. Scher dich raus.«

Fred ging und schloß die Tür hinter sich. Arthur sank in seinen Halbschlaf zurück. Was für 'n Mädchen? Es muß Doreen gewesen sein. Die hat mir doch noch 'n Brandy eingeflößt, als ich im ›White Horse‹ hinsackte. Und dann ist sie mit mir Schritt für Schritt die Eddison Road runtergegangen und hat mich gestützt. Er erinnerte sich, daß er versucht hatte, mit ihr zu sprechen, und überlegte, was er ihr wohl erzählt hatte, als sie ihn fragte, warum er so grün und blau aussähe. Bestimmt war ihm irgendwas Glaubwürdiges eingefallen, denn Lügen und Ausflüchte boten sich immer an, auch wenn man total durcheinander war.

Als er wieder klarer denken konnte, legte er sich eine Frage vor und ärgerte sich, weil er sie nicht beantworten konnte. Sie lautete: woher hatten die beiden Kerle gewußt, daß er an jenem Abend ins ›White Horse‹ gehen würde? Keiner von ihnen hatte zur Tür hereingeschaut, und durch die Fenster hatten sie auch nicht sehen können, weil die Vorhänge dicht zugezogen waren. Sie hatten gewußt, daß er drin war, und hatten draußen auf ihn gewartet. Wer also hatte es ihnen gesagt? Und hatte es ihnen überhaupt jemand gesagt? Vielleicht nicht. Vielleicht war es Zufall, daß sie gerade dastanden, als er um die Ecke der Eddison Road bog. Das glaubte er nicht. Die hatten da in der Dunkelheit auf ihn gelauert und gewartet, bis er rauskam.

Am vierten Tag schien die Sonne durch das Schlafzimmerfenster und warf eine Speerspitze aus Licht auf sein zerwühltes Bett. Er setzte sich auf und las den *Daily Mirror,* und um elf Uhr rief er nach einer Tasse Tee.

Seine Mutter brachte einen Teller mit Milchzwieback, den sie auf den Stuhl setzte. Sie sah zu, wie er einen Zwieback in den Tee stippte, und sagte dann: »Na, du siehst ja fein aus, das muß ich sagen. Wie ist das eigentlich passiert?«

Seine blau angelaufenen Augen blickten zu ihr auf. Seine Lippen waren geschwollen und sein ganzes Gesicht verschrammt. »Ich bin hingefallen«, sagte er. »Du weißt ja, was los ist, wenn ich betrunken bin. Willst du 'n Zwieback?«

»Ich hab schon welche gehabt. Hingefallen! Dabei kannst du dich doch nicht so zurichten!«

»Ich hab mit einem gewettet und bin von 'nem Gasometer runtergefallen«, sagte er.

»Das sieht mir eher aus, als hätte dich der Mann von irgend 'ner Frau vorgehabt. Dann sollt es dir 'ne Lehre sein. Man kann eben nicht mit dem Feuer spielen, ohne sich die Finger zu verbrennen.«

Er zog eine Grimasse und setzte die leere Tasse ab. »Aha, dann hat also Fred seinen Rand nicht gehalten. Nicht mal seinem eigenen Bruder kann man noch traun.«

»Über dich braucht mir keiner was zu erzählen«, erklärte sie und trat einen Schritt vom Bett zurück, um ihn genauer zu betrachten. »Ich seh auch so, was mit dir los ist. Schließlich bist du mein Sohn, nicht?«

Er konnte es nicht leugnen. »Ich bleib noch ein, zwei Tage im Bett. Ich fühl mich nicht recht. Mir tut der Rücken weh, und mein Magen ist ganz durcheinander.«

Sie kreuzte die Arme und sah ihn stolz und zärtlich an. »Soll ich dir noch 'ne Tasse Tee bringen?«

»Und arbeiten geh ich erst nächste Woche wieder«, beschloß er.

Sie nahm seine Tasse. »Stell dich nicht so an. Du kannst morgen zur Arbeit gehn.«

Sie will ja nur, daß ich wieder arbeite, dachte er. »Ich stell mich nicht an. Ich hab Magenschmerzen.«

»Dann hol ich dir 'n Magenbitter und 'n bißchen Öl und reib dir damit den Rücken ein. Soll ich auch noch 'n paar Zwiebäcke mitbringen? Ich hab im Laden 'n halbes Pfund gekauft.«

Er bereute, was er eben gedacht hatte: nein, sie wollte ihn gar nicht zur Arbeit treiben. Am liebsten hätte er die Arme um sie gelegt und ihr einen Kuß gegeben. Er tat es. »Gute alte Mam«, sagte er. »Ja, ich möchte noch 'n paar Zwiebäcke.«

Sie ging hinunter, um sie zu holen.

Er legte sich wieder zurück. Seine geschwollenen Augen brannten, und sein Kopf schmerzte, als sei sein Gehirn bloßgelegt. Das Denken verschlimmerte die Schmerzen, aber jetzt konnte er nicht mehr anders: er mußte nachdenken. Eigentlich war ja gar nichts Ungewöhnliches passiert: die beiden Kerle hatten ihn k. o. geschlagen – also keine Katastrophe, und außerdem war es nicht das erste Mal, daß er bei einer

Schlägerei den kürzeren gezogen hatte –, und trotzdem kam er sich vor wie ein Schiff, das immer im Dock gelegen hat und plötzlich auf offenem Meer treibt. Er bewegte nicht die Arme, um zu schwimmen, sondern gab sich völlig dem Rollen der Wogen und den scharfen Kanten des Treibguts preis. Für dieses Gefühl waren die Schläge und Hiebe der beiden Kommißbrüder nicht mehr verantwortlich, deren Nachwirkungen waren jetzt, am fünften Tag, vergangen.

Nein, es war der Mangel an Sicherheit. Es gab auf der ganzen Welt keinen Ort, den man als wirklich sicher bezeichnen konnte, und er wußte zum erstenmal in seinem Leben, daß es nie so etwas wie Sicherheit gegeben hatte und auch nie geben würde – mit dem Unterschied, daß er diese Tatsache nun klar erkannt hatte, während sie vorher für ihn nur ein natürlicher und unbewußter Zustand war. Und wenn du mitten im finsteren Wald in einer Höhle lebst, du bist doch nicht sicher, bei weitem nicht, dachte er, und du mußt beim Schlafen immer ein Auge offen halten, und neben dir, in Reichweite, muß ein Haufen dicker Steine liegen. Er sah ein, nach diesem Prinzip hab ich immer gehandelt, und darum wird's mich auch fernerhin nicht stören. Er hatte schon oft geträumt, daß er von der Höhe einer Klippe hinabstürzte, aber er konnte sich nicht erinnern, daß er nach dem Fall zerschmettert am Boden gelegen hatte. So war das Leben, dachte er: man schwebte an einem Fallschirm herunter wie die Jungens in dem Film über Arnheim, man zog hier und dort an einer Leine und bewegte sich so leicht, daß man nach den Dingen, die einem gefielen, nur die Hand auszustrecken brauchte. Eines Tages aber prallte man, ohne es zu wissen, unten auf, wie eine Seifenblase, die zerplatzt, wenn sie an etwas Hartes stößt, und man war tot, ausgelöscht wie ein Licht in einem Derbyshire-Sturm.

Nein, das ist nichts für mich. Ich will ein gutes Leben haben: einen Haufen Arbeit, ordentlich was zu saufen und, bis ich neunzig bin, jeden Monat 'n Weiberrock. Brenda und

Winnie waren ihm jetzt entrückt, eingesperrt von Jack und Bill, aber schließlich lag nicht nur ein Kiesel am Strand, und es gab mehr als ein Feld, auf dem Klee wuchs. Er schlief wieder ein, so tief und fest, als hätte er seit Jahren kein Auge zugetan. Und es war auch wirklich ein neues Erlebnis für ihn, denn noch nie hatte er länger als drei Tage im Bett gelegen.

Am Freitagabend kam Margaret und stieg, ein Kind auf jedem Arm, die schmale Treppe herauf. William kletterte hinter ihr her, in Gamaschenhöschen und mit einer Kappe, die Arthur ihm sofort vom Kopf riß und hochhielt. Aber William war so überrascht und erschrocken, seinen Onkel Arthur zu so ungewöhnlicher Zeit im Bett zu finden, daß er gar nicht nach seiner Kappe sprang. Margaret setzte sich und erzählte, daß sie nun auch einen Fernsehapparat habe. »Ach, Arthur, es ist einfach herrlich! Ich hätte nie gedacht, daß wir uns je einen anschaffen könnten, aber Albert trinkt jetzt nicht mehr soviel und hat versprochen, die dreißig Shilling pro Woche zu bezahlen. Und wenn er sich wieder mal mit mir anlegt, dann kann ich hinterher einfach den Apparat anstellen und ihn vergessen.« Sie vergaß sogar zu fragen, warum Arthur im Bett lag.

Fernsehen! dachte er wütend, als sie gegangen war. Die Leute würden glatt verrückt, wenn man's ihnen wegnähme. Aber mir wär's recht, wenn durch jede Straße 'ne Grüne Minna gefahren käme, und Männer mit Handbeilen müßten aussteigen und in jedes Haus gehn und die Kästen zerhacken. Die Leute wären außer sich. Die wüßten nicht mehr, was sie tun sollten. Das gäbe 'ne Revolution. Bestimmt, sie würden das Stadthaus in die Luft sprengen und das Schloß in Brand stecken. Aber mir würde 's nichts ausmachen, wenn's keine Fernsehapparate mehr gäbe, überhaupt nichts.

»Arthur«, rief seine Mutter von unten. »Hier ist 'ne junge Dame, die dich besuchen möchte. Sie will wissen, ob sie raufkommen darf.«

Er nahm an, daß Fred sich einen Scherz ausgedacht hatte. »Schick sie rauf!« rief er lachend. »Aber sag ihr, daß sie sich in acht nehmen muß.«

Er kannte genau die Schritte jedes Familienmitglieds, wenn sie die Treppe heraufkamen, aber die, die sich jetzt der Tür näherten, waren ihm fremd: es waren die leichten, zögernden Schritte einer Frau. Was war das für ein Scherz? Hatten sie ihm vielleicht eine seiner Tanten als junges Mädchen angekündigt? Oder war es Brenda? Oder Winnie? Nein, die würden nicht die Frechheit haben, ihn zu besuchen. Sein Herz stockte bei diesem Gedanken. Als die Besucherin den Türknopf drehte, knipste er das Licht an.

»Ja, richtig, das Zimmer da«, rief seine Mutter. Er hörte unten ein Gelächter und fluchte leise.

Die Tür öffnete sich, es war Doreen.

»Ich wollte mich mal erkundigen, wie's dir geht«, sagte sie, offensichtlich unsicher, ob sie richtig gehandelt hatte.

Er war erschrocken, denn er hatte die ganzen vier Tage nicht an sie gedacht. Dann aber richtete er sich in seinen Kissen auf und sagte: »Komm rein, Schatz, und setz dich. Ich hatte gar nicht erwartet, daß du mich besuchen würdest.«

»Das merk ich«, sagte sie trocken. »Du siehst mich ja an, als wär ich 'n Gespenst.«

»Bestimmt, ich hab dich nicht erwartet!« Er stützte sich auf den Ellbogen und sah mißtrauisch zu ihr auf.

»Das ist 'n hübsches Zimmer«, sagte sie. Ihr Blick fiel auf die Reihe seiner Anzüge, vor denen der Vorhang zurückgezogen war. »Sind das alles deine Sachen?«

»Nur 'n paar Lumpen«, sagte er.

Die Hände im Schoß, saß sie aufrecht da. »Ich finde, die sehn nicht nach Lumpen aus. Sie müssen dich 'n hübsches Stück Geld gekostet haben.« Sie hatte sich die Lippen bemalt und trug ein Parfum, dessen angenehmer Duft den Raum belebte.

»Ich verdiene nicht schlecht«, sagte er und blickte dabei

auf den bunten Schal über ihren Knien. »Und ich gebe mein Geld für Anzüge aus. Ich bin gern gut angezogen.« Er fühlte sich unbehaglich und beschämt, weil sie ihn im Bett überrascht hatte. Diesmal haben mir die da unten wirklich 'n Streich gespielt, dachte er. »Hast du diese Woche 'n guten Film gesehen?« erkundigte er sich. Selbst diesen kleinen Beitrag zur Unterhaltung lieferte er unwillig. Wenn es ihn erwischt hatte, wollte er allein in seinem Bau bleiben. Doreens Besuch brachte ihn so aus der Fassung, als sei ihre Anwesenheit lebensgefährlich für ihn.

»Ja, das hab ich«, erwiderte sie eifrig. Sie war erfreut, einen weniger mürrischen Ton zu hören. »Wirklich gut war der! ›Trommeln im Dschungel‹. Den hättest du auch sehn sollen, Arthur.«

»Hätt ich schon gern, ich konnte bloß nicht ausgehn. Meine Krücken waren beim Schuster, sollten neu besohlt werden. Er hatte sie mir für Montag morgen versprochen, damit ich an die Drehbank humpeln könnte, aber sie waren noch nicht fertig.«

Sie lachte. »Vielleicht kannst du nächste Woche mitkommen«, meinte sie. Auch sie fühlte sich zu unsicher, um eine direkte Frage zu stellen. Er sah verdrossen zum Fenster. »Es ist kalt heute abend«, bemerkte sie – ein Versuch, dem Gespräch eine Wendung zu geben.

»Im Bett nicht«, entgegnete er. »Hier ist es warm.« Und dann fuhr er, einer unwiderstehlichen Eingebung folgend, fort: »Du solltest reinkommen und es ausprobieren.«

»Bild dir bloß nichts ein«, lächelte sie. »Wofür hältst du mich eigentlich?«

»Ich wette, es wär nicht das erste Mal«, meinte er grinsend.

»Werd nicht frech!« Aber er entnahm ihrer Miene, daß es tatsächlich nicht das erste Mal wäre. Sie schlug wieder ein anderes Thema an, weniger verfänglich für sie, jedoch ärgerlich für ihn:

»Nun sag mir endlich, wie's dir geht. Du warst ja in einem fürchterlichen Zustand, als ich dich letzten Freitag vom ›White Horse‹ nach Hause brachte.«

»Ich fühl mich besser jetzt«, erwiderte er kurz.

»Ja, besser siehst du aus, das muß ich zugeben.« Wieder stockte die Unterhaltung. Dann nahm Doreen einen neuen Anlauf: »Was ist dir denn eigentlich passiert?«

»Das hab ich dir doch erzählt«, erwiderte er barsch. Er hatte ganz vergessen, was er ihr erzählt hatte. »Ich bin unter 'nen Pferdewagen gekommen. Ich hatte ihn zuerst gar nicht gesehn, und dann war's schon zu spät. Ich dachte, 's wäre zu Ende mit mir.«

»Du bist aber mächtig verschwiegen«, sagte sie gekränkt. »Du erzählst wohl nie jemandem was?«

»Warum auch? Es ist immer besser, man hält's Maul.«

»Das finde ich nicht«, widersprach sie. »Und du sprichst mit mir, als wär ich der letzte Dreck!«

»Ich hab dir doch gesagt, was los war«, sagte er, ohne auf ihren Trick hereinzufallen.

»Du schwindelst«, gab sie zurück. »Und das weißt du auch.«

Ist doch ziemlich gemein von mir, dachte er. Wo sie so nett zu mir gewesen ist. Laut sagte er: »Es würde dir doch nicht gefallen, wenn ich's dir erzählte.«

Sie legte ihre Hand auf seinen Arm. »Es macht mir nichts aus.«

Und mir ist es wurscht, ob's dir was ausmacht oder nicht, dachte er. »Ich bin von zwei Soldaten zusammengeschlagen worden, weil ich 'ne ganze Weile was mit zwei verheirateten Frauen gehabt hab. Und da haben sie mir aufgelauert. Zwei gegen einen. Wenn ich's nur mit einem zu tun gehabt hätte, den hätt ich fertiggemacht!«

Sie zog ihre Hand zurück. »Hast du auch noch was mit den beiden Frauen gehabt, nachdem du mich kennengelernt hast?«

»Klar«, erwiderte er. Er wollte sie zur Strafe für ihre Fragerei auch verletzen. Kann sie sich das nicht an fünf Fingern abzählen? dachte er.

Sie wandte ihr enttäuschtes Gesicht von ihm ab. »Das hättest du mir auch früher sagen können.«

Er war wütend auf sie, und er war wütend auf sich selber, weil er es ihr erzählt hatte. Er hatte sich nicht sehr anständig gegen sie benommen, das mußte er zugeben, aber andererseits hatte er ihr auch nichts versprochen. »Ist doch egal«, sagte er begütigend. »Ist ja jetzt alles vorbei.«

»Vielleicht«, meinte sie. Sie sah ihn wieder an und wartete darauf, daß er etwas sagte – daß er sagte, es täte ihm leid. Er dagegen war der Ansicht, daß er schon genug gesagt hatte, sogar viel zuviel. Aber es war besser, daß es nun raus war, daß er's hinter sich hatte.

»Ja, so war das«, fing er wieder an. »Aber jetzt werd ich die beiden Frauen nie wiedersehn. Die Sache lohnt sich nicht.« Er hob eine Hand und deutete auf sein verschrammtes Gesicht.

»Dann waren also die beiden Frauen auf dem Jahrmarkt gar nicht deine Kusinen?«

»Doch«, sagte er schroff, »das waren meine Kusinen. So 'n Lügner bin ich nun auch wieder nicht.« Er hatte ihr einen kleinen Finger gegeben, und sie wollte die ganze Hand.

»Sie waren's nicht«, widersprach sie, »aber du brauchst mir nicht mehr zu sagen. Ich kann deine Lügerei nicht leiden.«

Er war ärgerlich: »Laß nur, Erfahrung macht klug. Und wir waren nicht verlobt oder so was, vergiß das bitte nicht.«

Sie mußte die schmerzliche Logik seiner Bemerkung einsehen. »Trotzdem ...«, begann sie.

»Trotzdem freue ich mich, daß du mich besuchst«, sagte er munter. »Ich glaube, ich wär gar nicht wieder zurechtgekommen, wenn du's nicht getan hättest.«

»Ich wollte doch wissen, wie's dir geht. Letzte Woche warst du halbtot.«

Er rückte näher an sie heran, so daß er fast auf der Bettkante lag. Unter ihrem offenen Mantel trug sie eine grüne Bluse. Er fuhr mit der Hand hinein, aber sie wich zurück. »Um mich umzubringen, müssen schon mehr als zwei Soldaten kommen«, sagte er prahlerisch.

»Das kommt mir auch so vor«, sagte sie und versuchte sich seiner dreisten Hand zu entziehen. »Aber ich hab mir doch Sorgen gemacht und wollte mal nachsehen, was aus dir geworden ist. Ich mag dich gern, Arthur, und deshalb hab ich immer an dich gedacht und gehofft, daß du wieder zurechtkommst und nicht gestorben bist oder so. Als ich dich letzte Woche nach Hause brachte, hat deine Mutter mich angesehn, als hätte ich dich so zugerichtet. Sie war so kurz angebunden, daß ich mich überflüssig fühlte und gleich wieder wegging. Aber vorhin war sie sehr nett zu mir.«

Er hielt ihre Hand fest, und sie redeten noch eine ganze Stunde miteinander.

»Nächsten Montag gehn wir ins Kino«, sagte er, als sie aufstand und ihren Mantel zuknöpfte. »Wir treffen uns um sieben, oder wenn du willst, auch früher.«

»Nein, um sieben, ich muß ja auch noch was essen vorher. Ich bin immer hungrig, wenn ich von der Arbeit komme.« Sie beugte sich herunter, um ihn zu küssen, und er streckte beide Hände aus und hielt sie fest um Hals und Taille.

»Komm rein, Schatz«, flüsterte er, als er die Leidenschaft fühlte, mit der sie ihn küßte.

»Später, Arthur, später.«

Der Montag war nicht mehr fern, und vielleicht würde die Zeit schnell vergehen.

14

Ein Finger zuckte von der Bohrspindel zurück, dicke Blutstropfen flossen über seine weiße, ölverschmierte Haut und rannen die Handfläche hinunter. Er wischte sie mit ein bißchen Putzwolle weg: ein kleiner Schnitt nur, aber das Blut floß doch bis zum Handgelenk. Mit dem trockenen Zeigefinger der anderen Hand wischte er das Blut von seinem nackten, kräftigen Unterarm und spritzte es über den Boden. Er fluchte über die verlorene Zeit und ging zum Sanitätsraum, um seinen Finger behandeln und verbinden zu lassen. Da der Raum am anderen Ende der Fabrik lag, schritt er rasch durch den Mittelgang und hielt den Finger nach unten, so daß das Blut auf den ölgetränkten Boden des Flurs tropfte. Als er um eine Ecke bog, traf er auf Jack.

Arthur blieb stehen und sah zu, wie Jack sich eine Zigarette anzündete. Er strich bedächtig ein Streichholz an und hielt es so sorgfältig an das Ende der Zigarette, daß es sich, wie er sich vorgenommen hatte, unweigerlich entzünden mußte. Es war eine umsichtige und pedantische Handlung, wie alles, was er tat. Er warf das Streichholz fort, und als er nun, bevor er weiterging, aufblickte, sah er Arthur vor sich. Sonderbarerweise erschrak er und wurde blaß.

Arthur hätte nicht sagen können, warum, aber er war irgendwie gegen Jack eingenommen. Er begrüßte ihn nicht, sondern sagte nur, als er sein blasses Gesicht bemerkte: »Was ist denn mit dir los? Brauchst du vielleicht 'n Riechsalz?« Und im Bruchteil einer Sekunde, noch ehe ihm der Grund seiner instinktiven Abneigung bewußt wurde, kam auch schon die sarkastische Frage über seine Lippen: »Oder hast du etwa gedacht, die hätten mich umgebracht?« Jack rang nach Worten; er sah aus, als spüre er, wie sich eine Schlinge um seinen Hals zusammenzog. Wer sonst als Jack konnte den beiden Soldaten erzählt haben, wo Arthur an einem bestimmten Freitagabend vor zwei Wochen zu finden war?

»Dich umbringen?« sagte Jack. »Ich weiß nicht, wovon du sprichst!«

»Das hätt ich nicht von dir gedacht«, erklärte Arthur. »So 'n Kerl bist du also. Hältst die Schnauze, bis du eine reingelangt kriegst, und dann schreist du wie 'n angestochenes Ferkel.« Der Korridor war leer, sie bemerkten es beide im selben Moment. Arthur ballte die Faust, die jetzt ganz von dem Blut, das aus der Schnittwunde rann, überströmt war. Eigentlich lohnte sich's gar nicht. Auge um Auge, Zahn um Zahn, hieß es, aber er hatte mehr abgekriegt, als ihm zukam. »Warum hast du nicht den Mut und gibst es zu, du hinterlistiger, feiger Hund?«

Jack wich vor diesen harten Worten zurück und murmelte was Unverständliches. Sie traten zur Wand, um einen Karren vorbeizulassen, der mit verchromten Lenkstangen beladen war. Schweigend sahen sie einander an. Jack konnte die Augen nicht von Arthurs Finger losreißen, von dem Blut, das ununterbrochen wie Rubine auf den Boden tropfte, und bei jedem Tropfen zwinkerte er mit den Augen.

»Na, und wenn ich's ihnen gesagt hab, wo du warst?« stieß Jack endlich mit trotziger Miene hervor. »Du hättest das mit Brenda nicht anfangen sollen. Das war nicht richtig.«

Arthur verspürte die größte Lust, auszuholen und pausenlos auf ihn einzuschlagen, ihn quer durch die ganze Fabrik zu prügeln. Jack fühlte es und sah hinter dem Karren her, der jetzt um eine Ecke bog. Nicht hier, dachte Arthur. Ich kann ihm ja auf 'ner dunklen Straße auflauern, genau wie die Lumpen mir aufgelauert haben. »Du brauchst mir nicht zu erzählen, was recht und unrecht ist. Was ich tue, ist recht, und was die andern mir tun, ist auch recht. Und was ich mit dir tue, das auch. Schreib dir das hinter die Löffel.«

Jack hatte seine Zigarette fallen lassen. Jetzt zündete er sich eine neue an und wandte seine Augen von Arthurs nahem, steinhartem Gesicht ab. »Da kann ich dir ja auch sagen, daß Winnies Mann immer noch hinter dir her ist«, meinte er dann. »Er ist über Weihnachten auf Urlaub da. Paß also 'n bißchen auf.«

Arthur suchte mit einer Hand nach einer Zigarette, konnte aber sein Päckchen nicht finden. »Danke für den Hinweis. Aber wenn er's allein mit mir versucht, wird er's bereuen. Das kannst du ihm von mir ausrichten: wenn ich ihn erwische, schlag ich 'n zusammen, daß er ewig dran denkt. Und wenn ich das sage, dann mein ich's auch.«

Jack spürte, daß es ihm Ernst damit war: »Du suchst immer Streit, Arthur«, sagte er freundlich. »Du bist zu heftig. Und eines Tages mußt du das noch mal teuer bezahlen. Du willst es ja nicht anders.«

»Und du hast zuviel Schiß, um jemals 'n richtigen Krach zu kriegen«, versetzte Arthur, denn für den hatte er kein freundliches Wort mehr übrig.

»Kann schon sein«, sagte Jack. Dann, als er sah, daß Arthur noch immer mit einer Hand nach seinen Zigaretten angelte, hielt er ihm sein Päckchen hin: »Da, nimm eine von meinen.«

Doch Arthur hatte seine Zigaretten endlich gefunden. »Bemüh dich nicht«, sagte er. Beim Anreißen des Streichholzes beschmierte er die ganze Schachtel mit Blut.

Jack wäre gern weitergegangen, brachte es aber aus irgendeinem Grund nicht fertig. Außerstande, das Schweigen länger zu ertragen, fragte er: »Arbeitest du immer noch in der Dreherei?«

»Woher werd ich den Schnitt hier haben? Da bleib ich in alle Ewigkeit, wenn ich nicht vorher überschnappe.«

»Das bestimmt nicht«, sagte Jack. »Zu Weihnachten kriegst du 'ne dicke Gratifikation von der Firma. Wie viele Jahre bist du eigentlich schon hier?«

»Acht. Urteil auf lebenslänglich. Wenn's einundzwanzig werden, hätt ich ebensogut 'n Mord begehen können.«

Jack lachte hohl: »Stimmt.«

»Nicht, daß ich jemand umbringen wollte. Kein Mensch in der Welt ist 'n Mord wert. Höchstens aus Spaß. Jedenfalls jetzt noch nicht.«

»So darfst du nicht denken«, redete Jack ihm freundlich und geduldig zu. »Du sperrst dich nur immer gegen alles, Arthur. Wenn du das nicht tätest, könntest du dein Leben ganz schön genießen.«

»Das tu ich sowieso, Kumpel«, versicherte Arthur nachdrücklich. »Du brauchst nicht zu denken, daß ich nichts vom Leben hätte, bloß weil ich nicht so bin wie du. Ich hab mein Leben und du deins. Bleib du bei deiner Arbeit und deinen Rennwetten, dann bleib ich beim ›White Horse‹, beim Fischen und beim Vögeln.«

»Jeder hat eben seine Art«, gab Jack zu.

»Richtig. Und die ist bei jedem anders.«

Jack sagte nichts mehr.

»So, wenn ich jetzt nicht zum Sanitätsraum gehe, verblute ich hier«, sagte Arthur.

»Und ich muß noch zum Lager, 'n paar Ersatzteile holen«, sagte Jack erleichtert. »Vielleicht treffen wir uns wieder mal.«

»Möglich«, sagte Arthur und wandte sich zum Gehen.

Am Freitagabend ging er mit dreißig Pfund in der Tasche nach Hause: Wochenlohn und Gratifikation. Am Samstag kaufte er ein paar Spielsachen für Margarets Kinder, einige Geschenke für die anderen Familienmitglieder und kehrte, die Arme voller Pakete und eine Zigarre im Mund, aus der Stadt heim. Eine Wette auf Fair Glory im Zwei-Uhr-dreißig-Rennen brachte ihm zwölf Pfund ein. Er versteckte zwanzig Pfund in seinem Zimmer und stopfte den Rest in die Brieftasche, um sich damit ein paar schöne Feiertage zu machen.

Als er auf dem Weg zu Tante Ada über den Marktplatz kam, lag eine dunkle, niedrige Wolkendecke über der Stadt.

Es sah aus, als brauchte Gott nur auf einen Hebel zu drükken, um ein sechs Fuß hohes Schneetuch über die Erde zu breiten.

Tante Ada überhäufte ihn sofort mit Vorwürfen, weil er nicht rechtzeitig zum Mittagessen gekommen war. Jetzt, sagte sie, stünde alles in der Küche und sei eiskalt, bestenfalls noch als Katzenfutter zu gebrauchen. Arthur fuhr mit der Hand in die Manteltasche, förderte ein paar billige Kleinigkeiten für die Kinder zutage und verteilte Zigarren an Bert, Dave und Ralph. Bald war der ohnehin schon warme Raum von dicken Rauchwolken erfüllt. Ada erzählte, daß sie schon den ganzen Tag auf einen farbigen Soldaten von der Goldküste warteten. Er hieß Sam und war ein Freund von Johnny, der bei den Pionieren in Westafrika diente. Sam kam zu einem Lehrgang nach England, und Johnny hatte ihm gesagt, er solle bei dieser Gelegenheit doch mal seine Familie besuchen. Gestern war nun ein Telegramm gekommen: »Eintreffe vierundzwanzigsten Sam« – und Ada malte sich aus, daß der Ärmste jetzt wie eine verlorene Seele durch die kalte Stadt irrte und den Weg nicht finden konnte.

»Der denkt sicher, die Telegramme würden hier mit 'ner Urwaldtrommel weitergegeben«, meinte Bert und lachte dröhnend über seinen eigenen Witz. »Aber ihr könnt ihn gar nicht verpassen. Ihr braucht euch doch nur nach 'nem Mohrenkopp in Khaki umzusehen.«

Arthur ging mit ihm los, um auf dem Bahnhof und an den Bushaltestellen nach Sam zu suchen; eine Stunde später standen sie in der Nähe des Marktes an einer Teebude, ohne ihn entdeckt zu haben. Es war spät geworden, und kalt war es auch, und sie hätten jetzt gern mit vollem Bauch und mit einer Zigarette im Mund am prasselnden Feuer gesessen und die Fußballresultate gehört. »Es ist schon nach fünf«, sagte Arthur und schob seine Tasse weg. »Wenn der Kerl verlorengeht, kann ich's auch nicht ändern. Ich werd mich nicht zu Tode frieren, bloß um hinter 'nem Zulukaffer herzurennen.«

Sie gingen nach Hause. Sam war schon da. Er war ein untersetzter, stämmiger Neger mit einem ruhigen, intelligenten Gesicht, und er erzählte, daß er bereits mit dem Morgenzug gekommen sei und den Tag dazu benutzt habe, sich die Stadt anzusehen. In seiner gut gebügelten Khakiuniform mit drei breiten Streifen auf dem Ärmel saß er steif in einem rohrgepolsterten Sessel am Feuer und sah aus, als sei er in dieser heißen, überfüllten Küche kurz vorm Ersticken. Sein weißer Ledergürtel lag, sorgsam aufgerollt, auf dem Sofa unter dem Fenster. Sam war Mittelpunkt der allgemeinen Aufmerksamkeit. Als Bert und Arthur hereinkamen, stand er auf, um ihnen die Hand zu schütteln. »Freut mich, Sie kennenzulernen«, sagte er, und Arthur spürte den festen, warmen Griff seiner schwarzen Hand. Zwei von Tante Adas ingwerblonden Töchtern amüsierten sich königlich darüber, daß der arme Sam pausenlos irgend jemandem vorgestellt wurde, denn schon fünf Minuten später kam Dave vom Fußballspiel nach Hause und tat, als müsse er vor Überraschung an die Decke springen, weil er zum erstenmal im Leben einen Neger im Wohnzimmer sitzen sah. Die beiden Mädchen kreischten, das zweite Bataillon sei im Anmarsch und werde jeden Augenblick eintreffen, und Ada hob die Faust und gebot ihnen, den Mund zu halten. Ralph, der am Feuer hockte, eingeschlossen in seine eigene warme Welt, ignorierte den Lärm, drehte sich nur kurz um und fragte Dave, welche Mannschaft gewonnen habe.

»County hat vier zu null verloren«, sagte Dave. »Alle regen sich darüber so auf. So 'n Haufen Pech haben die aber auch noch nie gehabt.« Er warf seine Mütze nach den Mädchen, die über ihn lachten, zog die sauber gefaltete Fußballzeitung aus der Tasche und schleuderte sie Ralph mit den Worten hin: »Da drin kannst du die Halbzeitergebnisse sehn.« Das Blatt faltete sich in der Luft auseinander, und Ralph mußte rasch zugreifen und es im Flug packen, da es sonst im Feuer gelandet wäre.

Arthur saß bei einer Tasse Tee am Tisch und hörte sich genußvoll die allgemeinen Neckereien und die Fragen an, die auf den guten, unbefangenen Sam niederprasselten. Konnte er lesen und schreiben? Wer hatte ihm das denn beigebracht? Glaubte er an Gott? Und wie ging es Johnny in Afrika? Wie hielt Johnny es denn aus in diesem heißen Land? Amüsierte er sich gut? Hatte Sam Sehnsucht nach Westafrika? (»Na klar«, flüsterte Bert laut, »er vermißt doch die Urwaldtrommeln.« Ada warf ihm einen strengen Blick zu.) Wie lange war Sam schon beim Militär? Sieben Jahre? Kam ihm das nicht vor wie 'ne Ewigkeit? Und war er nicht froh, daß er jetzt nur noch drei Jahre vor sich hatte? Wie alt sind Sie, Sam? Was, erst zweiunddreißig! Und mögen Sie England? Na, Sie werden sich bestimmt bald eingewöhnen. Und haben Sie auch 'n Mädchen an der Goldküste? Ist sie hübsch? (»Ist sie so schwarz wie 'n Pik-As?« flüsterte Bert Arthur ins Ohr.) Wollen Sie sich kirchlich trauen lassen? Arthur spießte ein Stück Fleischpastete mit der Gabel auf. Er war froh, daß er den Weihnachtsabend hier bei Tante Ada verbringen konnte, und ließ sich behaglich von den Scherzworten berieseln, die wie Funken auf die offenen Pulverfässer der Gehirne fielen. Mit Bert und Dave ging er ins Wohnzimmer, und sie streckten sich in den Sesseln am Feuer aus, rauchten und hörten draußen auf der Straße die Leute vorbeigehen, deren Schritte die leeren Wochenendstunden zwischen dem Fußballkampf und der Öffnungszeit der Wirtschaften markierten. Der Türknopf rasselte, und herein kam Jane, eine dreißigjährige Frau mit ingwerblondem Haar und schmalem Gesicht, die sich auf die Armlehne von Daves Sessel schwang. »Ihr müßt alle 'ne Half-crown rausrücken, damit hier 'n Kasten Bier steht, wenn wir heute abend aus der Kneipe kommen.«

Ohne Widerspruch fuhren sie mit der Hand in die Tasche. »Und was ist mit Sam?« wollte Dave wissen.

»Der nicht«, antwortete sie. »Der ist unser Gast.«

»Ist auch besser so«, bemerkte Bert. »Der würde wohl doch nur mit Glasperlen bezahlen.«

Wütend wandte sie sich ihm zu. »Halt doch den Rand! Er geht heute abend mit euch aus, und du solltest lieber nett zu ihm sein, sonst kriegst du eine von Johnny gelangt, wenn er aus Afrika wiederkommt.«

Ein wenig später funktionierte das Haus wie eine Eieruhr: durch die Hintertür strömten Besucher herein und wurden zusammen mit Trupps der Familie durch die Vordertür wieder hinausgeschleust. Ada, Ralph, Jim und Jane rückten mit dem ersten Schub ab. Die Jugend unter sechzehn wurde in die letzte Kinovorstellung geschickt.

Arthur ging mit Bert, Dave, Colin und Sam. Sie hatten Mäntel übergezogen, aber Sam fror trotzdem. Zu zweien gingen sie hintereinander zur Brücke hinauf, und ein Junge, der ihnen mit einem Paket Bratfisch und Kartoffelchips entgegenkam, wurde vom Gehsteig gefegt. Über den Packhöfen lag dichter Nebel; die rasselnden Laute der Lastwagen wurden von seiner Feuchtigkeit umhüllt und gedämpft, bevor sie zur erleuchteten Straße hinaufdrangen. Oberhalb des gegenüberliegenden Gehsteigs sah man trübe orangefarbene Lichter rings um die große Bahnhofsuhr und daneben die schwarzen Umrisse der Kornspeicher.

Das ›Lambley Green‹ war fast leer. Dave bestellte Bier, und sie begannen ein Wurfspiel. Arthur spielte mit Sam gegen Colin und Bert, während Dave die Punkte zusammenrechnete. Sam verfügte über ein unheimlich sicheres Auge und traf jede Stelle, auf die er zielte – Bert sah den Grund in einer Erbanlage, die er von seinen Assagai schleudernden Vorfahren mitbekommen hatte. In der nächsten Wirtschaft, die schon etwas voller war, da sie dem Stadtzentrum näher lag, erbot Sam sich, eine Runde Bier auszugeben, aber sein Vorschlag wurde einstimmig abgelehnt. Arthur packte die Messingstange an der Theke und bestellte mit dröhnender Stimme fünf halbe Liter. Als er die Gläser eins nach dem anderen über seine Schulter weg nach hinten reichte, tröpfelte etwas Bier auf den Mantel einer Frau, die sich sofort mit drohender Gebärde gegen ihn wandte: »Können Sie denn nicht aufpassen?«

»Verzeihung, Missis«, sagte er fröhlich.

Ihr Mann stand neben ihr: ein großer Kerl mit dicken Lippen, einem schwarzen Schnurrbart und dunklem Haar, das von der niedrigen Stirn zurückgekämmt war bis zu dem weißen Schal, der aus dem schwarzen Mantelkragen lugte. »Trottel!« rief er. Arthur überhörte die Bemerkung und fuhr fort, die Gläser nach hinten zu reichen. »Sind Sie taub?« forderte der Mann ihn heraus. Kampfbereit ballte Arthur die Fäuste.

»Das muß er wohl sein«, sagte die Frau, kniff die Lippen verächtlich zusammen und musterte ihn mit wilden, rachsüchtigen Blicken. Arthur sagte kein Wort. Dave drängte sich durch die Menge, bis er neben dem Mann stand. »Suchst du Krach, Kumpel?« Von der Wand her schauten Sam und Colin herüber. »Wisch ihm eine, Arthur!« rief Bert.

»Ich such keinen Krach«, erklärte der Mann, wandte seine Augen von Arthurs kaltem, starrem Blick ab und versuchte, mit möglichst imponierender Haltung den Rückzug anzutreten. »Er soll nur aufpassen, was er tut, sonst nichts.«

»Es war doch 'n Versehen, oder?« sagte Dave laut. Mit rotem, wutverzerrtem Gesicht stand er dicht vor dem Mann.

»Hau ihm eine, Jack! Warum haust du ihm keine?« stichelte die Frau und nippte an ihrem Glas.

»*Sie* verdienten eigentlich 'ne Tracht Prügel, Missis«, sagte Dave. »Sie sind eine von denen, die überall Streit anfangen.« Nun kam der Wirt vom anderen Ende der Theke herüber. »Nun mal friedlich! Ich will keine Schlägerei in meinem Lokal.«

»Was ist denn los?« erkundigte Sam sich bei Arthur.

»Ich hab's nicht gern, wenn Leute meiner Frau Bier über den Mantel schütten«, sagte der Mann mürrisch.

Arthur lockerte die geballten Fäuste.

»Wenn's Whisky gewesen wär, dann hätte sie das Zeug aufgeleckt«, meinte Bert. »Los, wir gehn, hier ist es ja wie auf'm Friedhof. Lauter Leichenvisagen.«

Sie überquerten den Slab Square, tranken ein Bier im ›Plumtree‹, sahen kurz beim ›Red Dragon‹ rein und zogen weiter in die ›Skittling Alley‹ und die ›Coach Tavern‹. Schließlich drängten sie sich mit den Ellbogen durch die Menge, die die ›Reise nach Jerusalem‹ unternahm, ein Schneckenleib aus Lärm und Lichtern, der an dem Schneckenhaus von Castle Rock klebte.

Sam versuchte die Menschen zu zählen, die sich im Wohnzimmer versammelt hatten, aber als er bei zwanzig angelangt war, gab er es auf, da er nicht mehr wußte, wen er schon mitgezählt hatte. Jane goß Bier in Gläser und Tassen. »Los, Arthur, nimm die da!« Als Sam das Zimmer betrat, schwang sie sich zu ihm herum: »Haben Sie sich gut amüsiert?« fragte sie ihn mit heller, beschwipster Stimme. »Hier, das ist gutes Bier. Jim und ich haben's aus der Wirtschaft gleich nebenan geholt. Vor 'n paar Jahren sind Bert und Dave mal mit 'nem Hammer und 'nem Meißel in den Keller runtergegangen und haben 'n paar Ziegelsteine aus der Wand geschlagen, und dann haben wir zwei ganze Körbe voll Bier aus dem Kneipenkeller nebenan rausgeholt. Hinterher haben sie die Steine wieder ordentlich eingesetzt, und es hat nie jemand was gemerkt. Das war vielleicht 'n Fest damals!«

Arthur stimmte bei der Erinnerung an diesen Abend laut in das Gelächter der anderen ein, denn er war dabeigewesen und dachte jetzt wieder daran, wie er die Ziegelsteine, die sie ihm gaben, mit Kreide numeriert hatte.

Ada kam mit einer großen weißen Platte herein, auf der ein riesiger Haufen Sandwiches mit kaltem Hammelbraten lag. »Los, ihr Bande, da ist was zu essen. Und langen Sie ordentlich zu, Sam, Sie sollen sich hier wohl fühlen.« Dann wandte sie sich plötzlich zu Colin: »Wo ist denn Beatty? Ich dachte doch, heute, am Weihnachtsabend, würde sie wenigstens herkommen können.«

»Du solltest ihr nicht so viel Kinder machen, Colin«, meinte Dave.

»Ach, Beatty braucht man nur anzusehn, und schon verliert sie 'n Kind«, erklärte Bert, füllte sein Glas von neuem und griff nach einem Brot. Ada trug ein lustig gemustertes Kleid. »Wie gefällt Ihnen mein Wohnzimmer, Sam?« Er besah Wände und Decke und betrachtete die Weihnachtspostkarten auf dem Kaminsims, hinter denen man die Uhr kaum noch sehen konnte. »Arthur und Bert haben es mir vor zwei Jahren tapeziert. 'n Dekorateur hätte mich fünf Pfund gekostet, und sie haben's genausogut gemacht.«

»Abgesehen von den paar großen Falten«, sagte Arthur, der mit einer seiner ingwerblonden Kusinen unter dem Mistelzweig stand, mitten aus einem langen Kuß heraus. Ralph, der sich einen bunten Papierhut aufgesetzt hatte, und Jim in seiner Fliegeroffiziers-Uniform, der ebenfalls einen Papierhut trug, tanzten singend durchs Zimmer mit einer zweiten ingwerblonden Kusine, die in der Luftwaffenkappe ihres Schwagers prangte. »Gib nicht so an«, sagte Ada zu ihr.

»Bier will ich haben!« schrie sie.

Ada erklärte, sie bekäme eine Ohrfeige, wenn sie auch nur einen Tropfen anrührte. Sam saß auf dem Sofa, und irgend jemand stülpte ihm einen rosa Papierhut auf sein schwarzes Kraushaar. Nun erschien die schwindsüchtige Eunice mit Harry, ihrem Freund. Er war ein junger Mann mit breitem, blassem Gesicht und braunem, welligem Haar, das flach über seinen Kopf gebürstet war. Er arbeitete als Schweißer in einer der Meadow-Fabriken. Eunice trug einen kastanienbraunen Mantel mit wattierten Schultern, der sie ein bißchen breiter machen sollte, aber die eingefallenen Wangen und die dürren Handgelenke verrieten doch ihre Magerkeit. Man drückte ihnen Gläser und Sandwiches in die Hand, und Arthur, der nun in Schwung gekommen war, begann mit lauter Stimme ein Lied zu singen, in das die meisten Anwesenden einfielen. Bert, Colin und Dave saßen am Tisch und spielten ein paar Runden Solo. Ada forderte Sam auf, doch lauter zu singen, aber er sagte, er kenne diese Lieder nicht. »Kennen Sie ›Everybody Likes Saturday Night‹, Sam?« rief Bert vom Tisch herüber, und Sam strahlte vor Freude über das allgemeine Wohlwollen, das ihm entgegengebracht wurde. Einer nach dem anderen verschwanden sie in der Küche, bis Harry und Eunice allein zurückblieben. Sie drehten das Licht aus, setzten sich in die Fensternische und beobachteten den Verkehr auf der Straße.

Als in der Küche das Feuer niedergebrannt war, gingen alle zu Bett, und man konnte im ganzen Haus die Türen schlagen hören. Arthur, der sich hinter Sam die unbeleuchtete Treppe hinauftastete, sollte mit seinen beiden Vettern in dem großen Bett schlafen, während man für Sam ein Feldbett unter dem Fenster aufgeschlagen hatte. Die anderen schliefen sofort ein, Arthur hingegen wurde noch eine Weile durch die Geräusche im Haus wachgehalten. Er hörte den Knall einer zufallenden Tür, das Lachen einer weiblichen Stimme, einen schrillen Schrei der Entrüstung und das Schnarchen seiner Vettern. Ein schweres, dumpfes Wagenrattern tönte von der nahen Bahnstation herüber – es klang wie die Handfesseln eines Riesen, der über Trent Valley hergeschritten kam. Die Fensterscheiben klirrten, als ein Wagen vorbeifuhr. Die Schritte eines Mannes kamen an der Haustür vorüber, und vom Stadtzentrum her ertönten die melancholischen Schläge der Turmuhren.

Sam erwachte von den fluchenden Stimmen Berts und Daves, die sich gegenseitig die Bettdecke wegziehen wollten. Kinder rannten barfuß über den Flur, und die Sonne schien durch die Fenster. Sie ließen Sam allein, damit er sich ungestört anziehen konnte, und als Arthur, Bert und Dave die

Treppe hinabstiegen, strömte ihnen aus der Küche der kräftige Duft von gebratenem Speck entgegen. Jane und Jim unterhielten sich in ihrem Schlafzimmer, und Ralph drehte sich mit einem lauten Schnarchlaut hinter seiner verschlossenen Tür noch einmal im Bett um. Einer nach dem anderen wuschen sie sich im Küchenausguß. Als sie um den Frühstückstisch saßen, fing Bert wieder mit seinen Witzen über Sam an: »Oh, Mama, in meinem Zimmer ist 'n Zulukaffer!« Ada ermahnte ihn, nicht so albern zu sein und Sam in Frieden zu lassen. Als Sam erschien, setzte sie ihm drei gebratene Eier vor, und die Mädchen brummten etwas über Ungerechtigkeit; doch Ada befahl ihnen mit erhobener Faust, den Mund zu halten. Nach dem Frühstück setzten sie sich ins Wohnzimmer und rösteten sich am Kaminfeuer. In der Küche wurde der Lautsprecher angestellt, und die Sendung ›Family Favourites‹ tobte mit einem Concerto von Bach wie ein Seesturm durch alle Räume.

Sie gingen in die Stadt. Ein bitterkalter Wind kam vom Osten, und Dave prophezeite Schnee und neckte Sam, der Schnee wohl schon auf Postkarten, aber noch nie auf einer Straße gesehen hatte. In den Wirtschaften war es recht still, und es herrschte eine nachdenkliche Stimmung, als wollten die Menschen der Erinnerung an die vergangene Nacht zwei Stunden des Schweigens widmen. Sekundenlang schien ihnen die Sonne in die Augen, im nächsten Augenblick fegte ein Windstoß daher, der sie fast umblies. Im ›Horse and Groom‹ tranken sie ein Bier, und Arthur bemühte sich fünf Minuten lang, Sam zu erklären, was ein ›fliegender Händler‹ sei: »Ein Mann, der auf der Straße an einem Karren Obst verkauft.« Als sie wieder nach Hause kamen, stand im Wohnzimmer, in dem man das Kaminfeuer in Gang gehalten hatte, ein großer Tisch, und die Mädchen trugen gebackene Kartoffeln, Schweinebraten und Blumenkohl auf. Beim Essen herrschte allgemeines Schweigen. Große Teller mit Weihnachtspudding folgten, und dicke Ströme von Eierschaum rannen über die dunklen Ecken der herausgeschnittenen Keile. Aus der Küche, wo die Familie unter Adas strengem Regiment ihr Mittagsmahl verzehrte, drang ein Geräusch wie dumpfe Brandung. Dann versammelten sich alle im Wohnzimmer und spielten um einen halben Penny Newmarket, ein Kartenspiel. Der Deckel einer gläsernen Fruchtschale, den man in die Mitte des Tisches gestellt hatte, füllte sich rasch mit Münzen. Etwa ein Dutzend Menschen beteiligten sich an dem Spiel, darunter auch Sam und Ada, die ihre dicken Arme auf den Tisch stützte. Ungeduldige Zurufe ertönten, wenn die Karten nicht schnell genug fielen, Münzen glitten über die polierte Tischplatte, sobald eine neue Runde begann, und wenn sie vorüber war, klaubte die Hand des glücklichen Gewinners das Geld aus dem Glasdeckel. Ein zehnjähriges Mädchen scharrte sich alle Drei- und Neun-Pence-Stücke zusammen. »Das ist Betrug!« – »Schwindel!« – »Der Gewinner muß weitermachen!« – Sie weigerte sich, ihr Geld wieder einzusetzen, und erklärte, sie wolle jetzt zu einer Freundin gehen. Drohungen schwirrten durch die Luft. »Ich brauch nicht weiterzuspielen, wenn ich nicht will!« schrie sie zurück, rannte zur Tür und schmetterte sie hinter sich zu. Ada wandte sich an eins von Beattys Kindern und fragte, wann ihre Mutter denn kommen wolle. Dave fächerte seine Karten auf und warf eine Herz-Zwei auf den Tisch: »Beatty hat einfach zu viele Kinder«, sagte er mitfühlend. »Sie kann doch gar nicht alle auf einmal abfüttern. Ich kann mir einfach nicht vorstellen, wo die da drüben eigentlich alle schlafen. Wahrscheinlich hat Colin im Keller lauter Doppelkojen aufgestellt.« – »Ja, so 'ne große Familie hab ich noch nie gesehn«, warf Bert ein. »Jedesmal, wenn man zur Hintertür reinkommt, zerquetscht man 'n paar Kinder an der Wand.« Sam war verdutzt über diese Art zu scherzen, aber er stimmte doch in das allgemeine Gelächter ein. Der Tee wurde in drei Schichten serviert, wobei Ada die Organisation übernahm und ihre beiden unverheirateten Schwestern herumkommandierte. Annie war eine kleine Frau von etwa vierzig Jahren mit verblichenem Haar, das in Zöpfen um ihren Kopf gelegt war. Sie war von den vielen Jahren als Arbeiterin in der Spitzen-Fabrik ein wenig verkümmert und trug ein dunkelgrünes Kleid und eine schwarze Strickjacke. Bertha war größer und älter, hatte einen mächtigen Busen, eine dröhnende Stimme und war etwas netter gekleidet. Jetzt kam Ada mit einer Schüssel voll Salat aus der Küche, gefolgt von Bertha, die eine Schale Trifles anschleppte. Zum Schluß erschien Annie mit dem Weihnachtskuchen, dessen rosa Seidenband abgenommen und Ada als Krone auf den Kopf gesetzt wurde. Bert griff nach einem Butterbrot und brüllte nach Schinken. »Kannst du nicht 'n Augenblick warten, Bert?« sagte Annie. »Du siehst doch, daß ich alle Hände voll zu tun hab.« Arthur häufte sich Salat auf den Teller und balancierte auf seiner Gabel Tomatenscheiben über das weiße Tischtuch. Bertha stand mit der Teekanne am Ende des Tisches und goß nach, sobald eine Tasse leer war. Sie betrachtete Sam: »Das ist mal 'n ordentlicher Esser. Der schlägt sich den Bauch ganz schön voll«, lobte sie. Sam sah auf und lächelte. »Bekommt ihr beim Militär auch so 'n gutes Essen?« fragte Bert. »Bestimmt nicht«, fiel Ada ein, noch bevor Sam antworten konnte. »Oder wie ist das, Sam?« – »Nein, aber manchmal ist das Essen beim Militär auch ganz gut«, erklärte er mit instinktiver Diplomatie.

Bert nahm sich Mince-Pie von der Platte, die Annie eben auf den Tisch gestellt hatte. »Als ich bei der Besatzungsarmee in Belgien und Deutschland war«, rief er, »kriegten wir den reinen Schlangenfraß.« Dave lachte. »Und als ich beim Militär war, hab ich bestenfalls Wasser und Brot bekommen«, meinte er. »Wissen Sie, in welchem Regiment er war?« fragte Bert Sam, und als dieser den Kopf schüttelte, fuhr er fort: »Er war bei den R. C. D.'s. Wissen Sie was das ist, Sam?« Sam erkundigte sich, was das für eine Truppe sei. »Das ›Royal Corps of Deserters‹, das Königliche Deserteur-

Korps«, brüllte Bert über den ganzen Tisch. »Und in das Regiment treten wir alle wieder ein, sowie 'n Krieg ausbricht, was, Arthur?« Dave verlangte noch eine Tasse Tee, und Ada schimpfte, sie sollten sich ein bißchen beeilen, die beiden anderen Schichten müßten auch noch drankommen. So wanderte man also wieder ins Wohnzimmer, und während Sam zur Toilette ging, kam Jane herein, streckte die Hand aus und verlangte von jedem wieder eine Half-crown. »Für Bier«, erklärte sie. Als alle bezahlt hatten, fragte sie: »Wo ist Sam?« Arthur gab Auskunft, und Bert fügte hinzu: »Da sitzt er jetzt und hat sich 'ne Decke umgebunden.« – »Ja, aber er muß auch 'ne Half-crown berappen.« – »Wieso? Ich dachte, er ist unser Gast«, meinte Dave und warf noch zwei Schaufeln Kohlen ins Feuer. »Das macht nichts, deshalb kann er trotzdem zahlen«, behauptete Jane ungnädig. »Der hat Geld genug.« – »Na, und was ist mit Annie und Bertha?« erkundigte sich Dave. »Haben die beiden Nassauer auch bezahlt?« – »Richtig«, schrie Bert, »was ist mit den alten Betschwestern? Die stecken jeden Sonntag genug Geld in den Klingelbeutel; dafür haben sie immer was übrig.« – »Keine Angst«, versicherte Jane, »die müssen auch dran glauben.« Sie lauerte Sam im Flur auf und luchste ihm eine Half-crown ab.

Nachdem sie am Abend ihre Runde durch die Wirtschaften gemacht hatten, landeten sie schließlich im Railway Club und pichelten mit Ada und Ralph. Der Club, eine lange, niedrige Halle mit Tischreihen, sah aus wie eine Soldatenkantine, Theke und Podium am Ende des Raums. Die versammelten Gäste spielten ›Housey-Housey‹, ein beliebtes Gesellschaftsspiel. Auch Arthur, Sam, Bert, Dave und Ada kauften sich Karten und stapelten ihre Spielmarken vor sich auf. Als das Spiel auf dem Höhepunkt war, sprang ein Mann mit einer Mütze auf dem Kopf plötzlich wie von einer Tarantel gestochen auf und brüllte: »Housey!« Sam zuckte vor Schreck zusammen, die anderen schimpften über ihr Pech. »Na so was!« rief Ada. »Und mir fehlten nur noch zwei Karten, dann hätt ich gewonnen.« – »Ich brauchte nur noch eine«, sagte Arthur. »So 'ne Gemeinheit!« beschwerte sie sich. »Du hättest 'ne Flasche Whisky gewonnen.« Um halb elf brach die Bande auf und wanderte über die Eisenbahnbrücke nach Hause. Mäntel wurden auf den Küchentisch gestapelt, und die Garderobenständer waren so überladen, daß sie umfielen. Es gab Bier für die Erwachsenen, Orangeade für die Jugend unter sechzehn, und Jane, die den Ausschank im Wohnzimmer überwachte, paßte scharf auf. Beatty saß groß und laut mit Colin auf dem Sofa. Eileen, Frances, June und Alma, die auf Stühlen in der Fensternische saßen, stimmten im allgemeinen Lärm eine Gegenmelodie an, um die anderen zu ärgern. Arthur, Sam, Bert und Dave gruppierten sich um den Kamin. Ralph, Jim und Ada standen an der Tür, und Annie und Bertha teilten Fleischsandwiches aus. Frank, Beattys zweiundzwanzigjähriger Sohn aus erster Ehe, redete auf seine Verlobte ein, der übel geworden war, sie solle hinausgehen und sich übergeben, dann würde sie sich schon wieder besser fühlen. Harry, Eunice und ein Mädchen in Khakiuniform pflanzten sich auf die Sitzbank, und mehrere Kinder klammerten sich an die Tischbeine. Alma, ein fünfzehnjähriges Mädchen mit nußbraunem Haar und weit ausgeschnittenem Baumwollkleid, das den weißen Ansatz ihrer festen, runden Brüste sehen ließ, war eine willkommene Beute für Bert. Er zog sie unter den Mistelzweig, um sie zu küssen. Als er sie jedoch zwingen wollte, sich auch von Sam küssen zu lassen, lief sie aus dem Haus. Luftballons platzten, bunte Papierschlangen ringelten sich von der Decke herunter, und Bert hielt seine Zigarette hoch und bahnte sich einen Weg durch das Zimmer. Über den allgemeinen Lärm erhob sich plötzlich Janes Stimme, eine harte, kämpferische Stimme, die sich gegen Jim wandte: »Das glaub ich nicht. Das ist nicht wahr. Du solltest dir mal 'n bißchen besser überlegen, was du sagst, du Dreckskerl!« Bert schaffte es, daß Annie und Bertha sich unter dem Mistelzweig von Sam küssen ließen, und Bertha fragte Sam hinterher, ob er ihr wohl auch aus Afrika schreiben werde. »Und Sie müssen Ihr Mädchen von mir grüßen, hören Sie?« Ihr linkes, ein wenig schielendes Auge war durch den reichlichen Alkoholgenuß in seiner schrägen Richtung erstarrt.» Ja«, sagte er, »das will ich tun.« Ada fragte ihn, ob ihm diese Weihnachtstage gefallen hätten. »Ja, sehr«, versicherte er ernsthaft. »Und werden Sie auch Johnny alles von uns erzählen, wenn Sie wieder zurück sind?« wollte sie wissen. Sam versprach es. »Ich wünschte, Johnny wär hier«, fuhr Ada fort. »Er war immer 'n guter Junge. Nie hab ich auch nur 'n einziges böses Wort von ihm zu hören bekommen. Ich denk immer noch an einen Tag, als auf der Waterway Street ein Mann was zu mir sagte, das nicht grade nett war. Da ist mein Johnny doch die ganze Straße hinter ihm hergerannt. Der Mann rannte in sein Haus und schloß sich ein, aber damit wurde er meinen Johnny nicht los. Der rannte mit der Schulter gegen die Tür, bis der Mann aufschließen mußte, weil er Angst hatte, die Tür würde kaputtgehen, und dann hat Johnny ihn immer rund um den Tisch gejagt, bis er 'n zu fassen kriegte und gegen die Wand feuern konnte. Der Mann war hinterher immer sehr höflich zu mir.« Sie reichte Sam ein Glas Bier und küßte ihn unter dem Mistelzweig, bis Beatty rief: »Na, ich möchte doch wetten, das ist nicht der erste Schwarze, den sie küßt!« Jemand meinte, Ralph müßte jetzt eifersüchtig werden. »Eifersüchtig, so 'n Quatsch!« entrüstete sich Ada. »Sam ist wie mein eigener Sohn.« Die Mädchen kreischten jedesmal auf, wenn ein Luftballon platzte. »Na, wie gefällt Ihnen England?« erkundigte sich Jane bei Sam. Sie war eben für ein paar Minuten aus dem Zimmer gegangen. »Es gefällt mir sehr gut«, stammelte Sam. Sie schlang die Arme um ihn und küßte ihn, wobei sie ihrem Mann, der mit wütendem Gesicht neben der Tür stand, den Rücken kehrte. Zwei Mädchen gingen nach Haus, und Eileen und Frances brachten die Kinder zu Bett.

Frank führte seine Verlobte endlich hinaus, damit sie sich übergeben konnte, und dann gingen auch Eunice und Harry. Annie und Bertha zogen ihre Mäntel an und machten sich auf den Heimweg. Jane und Jim saßen mit leeren Gläsern auf dem Sofa: Jim schweigsam, Jane muffig. Sam erklärte, er wolle nun auch zu Bett gehen: »Denn morgen muß ich früh aufstehen, um meinen Zug zu erreichen.« Er erhob sich und nahm seinen Ledergürtel von der Stuhllehne. Auf einmal war es ganz still im Zimmer. Jane war aufgestanden und starrte voller Wut mit zusammengepreßten Lippen auf Jim. »So was wirst du nicht noch mal über mich sagen!« rief sie laut. Arthur sah das Bierglas in ihrer Hand. »Aber was hat er denn gesagt?« fragte Ada ratlos. Jane gab keine Antwort, sondern schlug ihrem Mann das Glas über den Schädel. Eine tiefe Wunde klaffte auf seiner Stirn, Blut sickerte heraus und rann immer schneller über sein Gesicht, bis es auf den Teppich tropfte. Er stand reglos wie eine Statue und sagte keinen Ton. Das Glas fiel Jane aus der Hand. »So was wirst du nicht noch mal von mir behaupten«, sagte sie wieder mit zitternden Lippen. »Warum hast du mich geschlagen?« brachte Jim endlich hervor; seine Frage klang wie ein erschrockener, reuevoller Schrei. »Weil du 'n bißchen vorsichtiger sein sollst mit dem, was du sagst«, rief sie, wich jedoch beim Anblick des strömenden Blutes einen Schritt zurück. »Was hab ich denn gesagt?« jammerte er. »So sagt mir doch, was eigentlich los ist!« – »Geschieht dir ganz recht«, erklärte Jane. Dave führte ihn zu einem Stuhl, und Arthur lief in die Küche und hielt ein sauberes Taschentuch unter den Wasserhahn. Sam stand noch immer mitten im Zimmer und sah aus, als wollte er gleich in Ohnmacht fallen. Das kalte Wasser, das Arthur über die Hände rann, weckte ihn auf. Er preßte das kalte, nasse Taschentuch gegen Jims Stirn und empfand dabei eine sonderbare Freude. Plötzlich fühlte er sich wieder lebendig, und ihm war, als habe er die Zeit seit seiner Schlägerei mit den beiden Kommißbrüdern in einem seelenlosen

Vakuum verbracht. Jawohl, bestätigte er sich, seit damals war er wie leblos gewesen, aber nun war er wieder erwacht, bereit, jedes Hindernis zu nehmen, jeden Mann und jede Frau, die sich ihm entgegenstellten, klein zu kriegen und die ganze Welt auf die Hörner zu nehmen, wenn sie ihn ärgerte, und sie in Stücke zu hauen. Das Krachen des Glases an Jims Stirn hallte immer von neuem in seinem Kopf wider.

15

Einmal ein Rebell, immer ein Rebell. Man kann nichts dafür. Und man kann es nicht verleugnen. Man soll ihnen zeigen, daß man ein Rebell ist und daß es sich nicht lohnt, wenn sie versuchen, dich unterzubuttern. Die Fabriken, die Arbeitsämter und die Versicherungen erhalten und schützen uns – so behaupten sie wenigstens –, aber in Wirklichkeit sind sie nur Narrenfallen, und wenn du dich nicht vorsiehst, schlukken sie dich ein wie Treibsand. In der Fabrik schwitzt du dich zu Tode, beim Arbeitsamt reden sie dir nur die Ohren voll, und die Versicherungen und die Steuerbehörde ziehen dir das Geld aus der Lohntüte und rauben dich aus. Und wenn nach all der Schinderei noch 'n bißchen Kraft und Leben in dir ist, holen sie dich zum Militär, und du wirst totgeschossen. Und wenn du schlau genug bist, dich vom Militärdienst zu drükken, fällt dir 'ne Bombe auf 'n Kopf. Ja, bei Gott, es ist 'n hartes Leben, wenn du nicht lockerläßt und dir von den verdammten Bonzen nicht dauernd die Schnauze in den Dreck drücken läßt; obgleich du eigentlich nicht viel machen kannst, falls du nicht anfängst, Dynamit zu fabrizieren, um die Regierungsgebäude in die Luft zu sprengen.

Von den Seifenkisten runter rufen sie dir zu: »Ihr müßt für mich stimmen und für dies und für das!«, aber wofür du auch immer stimmst, es kommt am Ende doch auf dasselbe raus, nämlich auf eine Regierung, die dir ihre Stempel kreuz und quer auf die Visage drückt, bis du nicht mehr die Hand vor Augen sehn kannst, und die dich auch noch dazu kriegt, alles in Kauf zu nehmen, so daß sie ruhig so weitermachen kann. Diese Kerle packen dich beim Wanst, beim Nacken und beim Schopf und halten dich fest, bis sie überzeugt sind, daß du nach ihrer Pfeife tanzt.

Aber paßt nur auf: diese Drehbank hier ist mein treuer Kumpel, denn sie hält mich zum Denken an. Und in der Hinsicht haben sie sich verrechnet: denn ich bin nicht der einzige, der so reagiert. Eines Tages werden sie bellen, aber wir werden nicht wie die Schafe in die Hürde laufen. Eines Tages werden sie ihre Lampen aufblinken lassen, in die Hände klatschen und rufen: »Los, Jungens, kommt! Stellt euch in einer Reihe auf und nehmt euer Geld in Empfang, denn wir wollen euch nicht verhungern lassen.« Aber vielleicht sind dann ein paar da, die lieber verhungern, und damit wird der Krach losgehn. Vielleicht sind ein paar da, die lieber Fußball spielen und nach Grantham Cut fahren und angeln wollen. Der große, dickbäuchige Gewerkschaftsbonze wird auf uns einreden, wir sollten nicht alles verderben. Sir Harold Bladertab wird uns 'ne Zulage versprechen, wenn alles wieder in Ordnung kommt. Chefinspektor Popcorn wird sagen: »Immer mit der Ruhe und keine Aufläufe vorm Fabriktor!« Feine Pinkel mit steifen Hüten werden behaupten: »Diese Kerle haben ihre Fernsehapparate, genug zu essen, Clubs, Bier und ihr Toto – manche haben sogar einen Wagen. Wir haben sie glücklich gemacht. Was wollen sie eigentlich noch? Ist das ein Maschinengewehr, das da losgeht, oder 'ne Fehlzündung an einem Wagen?«

Taktaktaktaktaktaktaktak! Hoffentlich muß ich das nicht erleben; aber ich weiß schon, ich werde dabei sein. Ich bin ein verfluchter Idiot, der versucht, die Welt zurechtzurücken. Aber ist das ein Wunder? Die versuchen ja auch mit mir zu machen, was sie wollen.

Arthur wurde Doreens fester Freund. Darin lag eine gewisse Süße. Wenn er seine Rebellion gegen die Gesetze der Liebe aufgab und sie nicht mit den Gesetzen des Krieges verschmolz, so gab es noch immer die große, erdrückende Macht der Regierung, gegen die er sich mit seiner weißhäutigen kräftigen Schulter stemmen, und tausend andere Gesetze, die man ignorieren und somit übertreten konnte. Jeder Mensch war sein eigener Feind, und nur unter diesen Kampfbedingungen konnte man mit sich selber ins reine kommen, und die einzig taugliche Waffe war Schlauheit – keine ruhige, wehleidige Schlauheit: die war noch schlimmer als der Tod –, die kraftvolle, geballte Schlauheit eines Mannes, der den ganzen Tag in der Fabrik arbeitete und dem am Wochenende vierzehn Pfund blieben, die er nach Belieben ausgeben konnte, gefangen in seiner Isolierung, und mit diesem halbbewußten, eingezwängten Lebenswillen, der nach Befreiung schrie.

In seinem Hirn stritten sich die Gedanken zu Tode, während er seine lebenslängliche Strafe an der Drehbank abbüßte. Die blutrote, klaffende Wunde auf Jims Stirn und Janes verbissenes, entsetztes Gesicht am zweiten Weihnachtstag hatten ihm, wie ein Licht, das durch einen Spalt scheint, gezeigt, daß ein Mann, dem am Sieg liegt, nur selten auf Sicherheit bedacht sein kann. (Und gleichzeitig dachte er, daß er bestimmt zurückschlagen würde, wenn eine Frau ihm das böte, was Jane Jim angetan hatte.) Siegen bedeutete überleben; halbwegs lebendig überleben hieß siegen. Zum erstenmal erkannte er: wenn man mit beiden Füßen fest auf der Erde stehen wollte, mußte man nicht unbedingt gegen seine eigene kraftvolle und unbekümmerte Natur angehen; man konnte seinen Feinden, die wie Ameisen über den großen Anfangsbuchstaben R des Wortes Regierung krochen, ruhig Fußtritte versetzen, aber man konnte auch einige der schönen und angenehmen Seiten des Lebens bejahen – wie er es früher schon getan hatte, wenngleich auf rücksichtslosere Art –, ehe die Regierung einen fertigmachte und die guten Seiten des Lebens einen bitteren Geschmack annahmen.

An einem schönen Sonntag Anfang März, an dem die Sonne auf eine Erde strahlte, die noch vor kurzem die kalte Berührung des Schnees gespürt hatte, und an dem die Luft kühl und frisch roch, hatte er sich mit Doreen am Rande der Wohnsiedlung verabredet. Es waren nur wenige Leute unterwegs, denn die Mittagsstunde war kaum vorüber. Arthur trug einen guten Anzug, Kragen und Schlips und schwarze Schuhe, und Doreen, die wartend dastand und dauernd zur Autobushaltestelle hinüberblickte, von der er kommen würde, hatte einen hellbraunen Mantel an und dazu, als obligate Sonntagsattribute, Nylonstrümpfe, elegante Schuhe und ein grünes Jersey-Kleid.

Er überquerte die Straße, groß und schlank, das kurze blonde Haar ordentlich zurückgekämmt, eine Hand in der Hosentasche. Sie wollten ein Stück zu Fuß gehen: Doreen wäre gern ein bißchen durch die Stadt gebummelt, Arthur wollte ins Freie. »Ich bin die ganze Woche über in der Fabrik eingesperrt«, erklärte er, »und der Sonntag ist der einzige Tag, an dem ich mal an die Luft kommen kann. Und außerdem hasse ich die Stadt.«

Sie vermutete hinter seinem Argument eine List, sie auf einsame Pfade zu locken, aber schließlich gab sie doch nach. Unterwegs fiel es Arthur wieder auf, wie neuartig diese Spaziergänge mit Doreen für ihn waren, ganz ohne jede Gefahr, die ihn früher so greifbar umgeben hatte, wenn er sich mit Brenda oder Winnie traf. Seine Ausflüge waren jetzt nicht mehr Expeditionen, bei denen man nur mit Vorsicht um eine Ecke biegen konnte, bei denen jede Kneipe erst mal auf die Möglichkeit eines taktischen Rückzugs im Falle eines Hinterhalts überprüft werden mußte, und bei denen jeder Schritt in dunklen Straßen, mit Brenda am Arm, zögernd getan wurde. Er vermißte das alles sehr bei Doreen. Sein Herz klopfte erregt, wenn er sich mit ihr einer Straßenecke näherte, und bis sie um sie herum waren, stockte die Unterhaltung, und mit einer sonderbaren Mischung von Enttäuschung und Erleichterung machte er sich klar, daß eine breite Allee der Sicherheit vor ihm lag.

Der Tag war zeitenlos und schön, mit vereinzelten Wolken, die hoch am Himmel dahinzogen. Die Linden am Wegrand erwachten zu neuem Leben: winzige, smaragdgrün schimmernde Knospen reckten sich empor, um den Frühling zu genießen, so frisch und saftig, daß sie den Durst des Betrachters stillten. Wenn man vom Weg aus zurückschaute, erschienen einem die letzten Häuser der Siedlung so grau und planlos, als habe ein Wahnsinniger sie nach Gutdünken über den Boden verstreut.

Sie hatte seinen Arm genommen, als sie auf die Kirche von Strelley zugingen, wo der Reitweg sich gabelte. Ein Pfad führte von hier durch die Felder nach Ilkeston, der andere zu den Kohlenschächten von Kimberley und Eastwood. Arthur fühlte sich glücklich hier auf dem Lande. Er erinnerte sich seines Großvaters, der ein Hufschmied gewesen war und in Wollaton Village ein Haus und eine Schmiede besessen hatte. Fred hatte ihn oft dorthin mitgenommen, und jene Bilder hatten sich Arthurs Gedächtnis tief eingeprägt. Man hatte sich sein Wasser von einer eigenen Quelle geholt, die Kartoffeln aus dem Garten gegraben und im Hühnerstall die Eier gesucht, die man dann mit einer Scheibe von der Speckseite eines eigenen Schweins briet, die geräuchert und gesalzen von der Decke hing. Das Gebäude war längst abgerissen, um Platz für die vorrückenden Armeen rosafarbener Häuschen zu schaffen, die sich über die Felder ergossen wie rote Tinte über grünes Löschpapier.

Langsam gingen sie auf Ilkeston zu, einen schmalen, steinigen Pfad entlang, der auf der einen Seite von einem niedrigen Zaun, auf der anderen von einer Ligusterhecke gerahmt war. Als der Weg sich erweiterte, bogen sie in Richtung auf

Trowel ab. Sie sprachen wenig. Arthur, der nach der Schule und der Fabrikarbeit hier draußen schon unendlich viele Sommerabende verbracht hatte, kannte jeden Weg und Steg. Sie kamen zu einem Haus, in dessen Fenster Schokolade und Limonade ausgestellt waren. Er hatte hier schon oft haltgemacht, wenn er zum Angeln an den Erewash-Kanal fuhr. Er hatte auf seinem Fahrrad den steinigen Pfad bewältigt, hatte jeden Stoß und jedes Ausrutschen genossen, hatte vor diesem Haus auf die Bremse getreten, daß sie kreischte, und den Kopf zum Fenster hineingesteckt, um sich etwas zu essen zu kaufen.

Doreen kaute eine Tafel Schokolade und trank eine Flasche Limonade. Die Frau, die Arthur wiedererkannte, fragte schlau: »Heute gehen Sie wohl nicht angeln?«, während sie im Fenster nach einer bestimmten Schokoladensorte suchte.

»Die Tafel mit Nüssen und Rosinen drin«, verlangte er. »Die wird dir schmecken, Schatz«, wandte er sich an Doreen. Dann beantwortete er die Frage der Frau: »Nein, heute nicht. Sie sehen doch, ich hab jetzt 'ne Freundin.« Zur Bestätigung faßte er Doreen um die Taille.

»So?« rief die Frau. »Na, da haben die Fische ja von jetzt ab Ruhe vor Ihnen.«

»Ich hoffe doch, es wird sich immer noch mal 'n bißchen Zeit zum Angeln finden«, erwiderte er. Dann bezahlte er, und die Frau schloß das Fenster.

Auf einer Drehbrücke über einem Fluß blieben sie stehen und lehnten sich an das Geländer. »Ich kenne von hier aus einen Abkürzungsweg zur Siedlung«, sagte er. »Wir brauchen gar nicht erst den Bus zu nehmen.« Er hatte den Arm um sie gelegt, und sie schauten hinunter auf die dunkelgrünen Binsen dicht vor ihnen. Eigentlich konnte man das da unten kaum einen Fluß nennen; es war der verkümmerte Seitenarm eines nahen Kanals. Das Wasser war ruhig und seicht und spiegelte die Wolken wider. Schweigend standen sie da, ringsum war kein Mensch zu sehen. Seine Hand schob sich ihren

Rücken hinauf und blieb auf ihrem warmen Nacken liegen. Er wollte sie küssen, doch sie wandte das Gesicht ab.

»Aber es sieht doch keiner her!« Wieder hielt er sie fest um die Taille und versank in eine trübsinnige Betrachtung des Wassers unter ihnen. Durch den glatten Spiegel sah man Elritzen, die sich anmutig in dem ruhigen, gläsernen Schweigen hin und her bewegten. Das Weiß und Blau des Himmels zeichnete Inseln auf das Wasser, so daß man den Eindruck gewann, als ginge es darunter in bodenlose Tiefen hinab und als schwämmen die Fische über ungeheure kobaltblaue Abgründe und Schluchten dahin. Arthurs Augen waren fest auf die schöne Erdmulde voll tiefelosen Wassers gerichtet und versuchten jede Aushöhlung und jede seichte Stelle zu erforschen, bis die Stille von außen in sein Inneres drang und kein Teil seines Körpers oder seines Geistes mehr den Wunsch spürte, sie zu brechen. Sie konnten ihre Gesichter im Wasser nicht sehen, aber sie fühlten sich vereint mit den Schatten der Fische, die zwischen den ragenden Binsen und den wuchernden Liliengewächsen dahinflitzten, und es zog sie dem Wasser zu, als gehörten sie dorthin, als müßten die Fänge der Welt von ihrem Fleisch ablassen, wenn sie in diese eingebildeten Tiefen hinabstiegen. Es kam ihnen vor, als sei dies von jeher ihr Zufluchtsort gewesen, zu dem sie nun zurückkehren wollten, als befänden ihre Geister sich schon dort, sänken in die ruhigen, unbewegten Tiefen und winkten ihnen, zu folgen.

Aber das ging nun einmal nicht. Früher oder später wurde man doch einmal hinabgezogen. In der Mitte des Wassers entstand ein Kräuseln, das sich in konzentrischen Kreisen ausbreitete und dann von einer zeitlosen Kraft aufgehalten wurde. Die Wellenlinien verloren sich im Riedgras nahe dem Ufer.

Sie brach das Schweigen. »Ich bin müde«, sagte sie.

»Dann komm, Doreen.« Er nahm ihren Arm und führte sie auf den Abkürzungsweg, von dem er gesprochen hatte.

Sie erreichten den einsamsten Platz dieses Nachmittags, an dem sie sich, überwältigt von unwiderstehlicher Leidenschaft, unter einer Hecke ins Gras legten.

Eines Samstag abends, als sie im Kino gewesen waren, erklärte er, er wolle noch ein Bier trinken, bevor er sie nach Hause brächte. Es regnete, und das war, wie er sagte, Grund genug, um sich noch ein bißchen in einer Wirtschaft unterzustellen. Sie schlug vor, einen Bus zu nehmen, da wären sie auch im Trockenen; er aber erwiderte, er könne es nicht ertragen, irgendwo Schlange zu stehen. »Das hab ich noch nie im Leben getan, und ich fang auch jetzt nicht damit an«, sagte er.

»Aber du brauchst dich doch nur höchstens fünf Minuten anzustellen«, meinte sie pikiert.

»Das dauert mir zu lange. Und außerdem hab ich gesagt, ich will 'n Bier trinken, oder?«

»Wozu brauchst du jetzt 'n Bier?« fragte sie und schlug den Mantelkragen hoch, um dem kalten, nadelfeinen Regen zu entgehen. »Wir können doch zu mir nach Hause fahren. Da ist es schön warm, und meine Mutter hat auch das Abendessen für uns fertig.«

Aber er war starrköpfig, und sein Widerspruchsgeist war gereizt. »Ich will 'n Bier trinken«, beharrte er, »und ich kann nichts Schlimmes dabei finden.«

»Aber ich«, erklärte sie. »Du trinkst zu viel.«

»Nein, das tu ich nicht. Seit ich dich kennengelernt hab, trink ich nicht mehr halb soviel wie früher. Und jetzt hör auf damit. Wenn ich 'n Bier haben will, kannst du mich doch nicht davon abbringen.«

»Na schön, aber nur eines«, sagte sie, als sie die Wirtschaft betraten. Rauch und Lärm überfielen sie.

»Trink doch auch was«, schlug er vor.

Sie willigte ein, einen Shandy zu bestellen, wollte sich jedoch nicht erst setzen, weil er dann, wie sie meinte, doch bis zur Sperrstunde bleiben würde. »Du willst mich wohl schon rumkommandieren?« lachte er. »Noch sind wir nicht verheiratet, weißt du.«

»Nein, nicht mal verlobt«, bemerkte sie ironisch.

»Na ja, wir kennen uns auch erst seit 'n paar Monaten.«

Sie zog ein saures Gesicht. »Und nennst du so was 'ne feste Freundschaft? Manche Leute denken vielleicht so, aber ich nicht.«

»So? Und wie ist das mit den letzten vierzehn Tagen?« fragte er.

»Gemeiner Kerl!« rief sie empört. »Mußt du mir das immer unter die Nase reiben?«

Er lachte leise und grinste sie an: »Na ja, mir gefällt's eben, wenn du so mit mir schimpfst und mich runtermachst.«

»Du solltest meine Worte ruhig so auffassen, wie sie gemeint sind«, sagte sie.

»Wenn ich dich nicht liebte, würde ich das auch tun.«

»Liebe!« rief sie. »Du weißt ja gar nicht, was Liebe ist.«

»Nicht genau vielleicht, Doreen. Aber bestimmt weiß ich darüber 'n bißchen mehr als du.«

»Du bist verrückt«, sagte sie. »Jawohl, verrückt.«

»Du lieber Gott! Was ist das bloß für 'n Gezeter, nur weil ich 'n Glas Bier trinken wollte und du deinen Kopf nicht durchgesetzt hast! Und jetzt seh sich mal einer an, wie du deinen Shandy runterkippst. Man könnte meinen, daß du in 'ner Kneipe großgeworden bist. Wenn ich dich so trinken sehe, würd ich mich direkt schämen, zu dir zu gehören, wenn ich dich nicht lieben würde.«

Sie biß sich auf die Lippen und starrte ihn wütend an. »So wie du mit mir redest und dich benimmst, könnten die Leute glauben, wir sind schon verheiratet«, stieß sie hervor. »Und immer mußt du deinen Willen durchsetzen!«

»Na, und freust du dich nicht drüber?« fragte er in demselben leichtfertigen und aufreizenden Ton wie zuvor. »Magst du das nicht? Und ist es nicht ganz in Ordnung?«

»Mein Gott«, sagte sie, »wenn wir hier nicht in 'ner Kneipe wären, würd ich dir jetzt bestimmt eine langen, und zwar 'ne saftige!«

»Sicher würdest du das, Doreen Greatton. Und mir würd's sogar Spaß machen. Aber du weißt auch, daß ich zurückhaun würde, nicht?«

»Es würde dir mal ganz guttun«, meinte sie, schon milder gestimmt. Dann fiel ihr seine Bemerkung wieder ein, und sie fuhr fort: »Und außerdem, wer behauptet denn, daß mir so was gefällt? Du wirst mich jedenfalls nicht soweit bringen, das kann ich dir sagen.«

»Ach, natürlich gefällt dir's; hör doch auf zu lügen. Hast du ganz vergessen, was du mir Nettes darüber gesagt hast und wie gern du's machst? Ich versteh das nicht: immer sagst du was, und dann behauptest du, du hättest ganz was anderes gemeint.«

Sie verstummte und sah zu, wie er noch ein Bier bestellte. Er bot ihr eine Zigarette an, und als sie ablehnte, rieb er sein Streichholz mit übertriebenem Schwung gegen die Schachtel und zündete sich eine an. »Du hältst dich immer für unwiderstehlich«, sagte sie bedeutungsvoll, »aber warte nur, ich werd dich schon noch kleinkriegen.« Als er sich umwandte, um das Streichholz wegzuwerfen, bemerkte er, daß der Mann neben ihm eine Uniform trug. Er war groß, gut gebaut und sah auf eine soldatische Weise gut aus, obwohl sein Gesicht unter dem dunklen Haar etwas zu rot war und wahrscheinlich bald aufgedunsen sein würde und der Schnurrbart über den leuchtend roten Lippen zu kurz gestutzt war. Seine Mütze lag neben einem leeren Bierkrug auf der Theke. Er sah Arthur so lange an, bis es deutlich war, daß die beiden sich erkannt hatten. Dann wandte er sich ab.

»Hast du deinen Kumpel heute abend nicht bei dir?« sprach Arthur ihn an.

»Wer ist das?« fragte Doreen und zupfte ihn am Ärmel.

Alles Sympathische wich aus den Zügen des Mannes, als er

mit einem wütenden Grunzen antwortete: »Was geht dich das an, ob ich meinen Kumpel bei mir hab oder nicht?«

»Wenn du noch immer Krach haben willst, kannst du eben mal mit rauskommen«, forderte Arthur ihn auf. »Sei ruhig«, sagte er dann zu Doreen. »Das ist 'n alter Kamerad von mir.«

Der Soldat rührte sich nicht. Er lehnte sich gegen die Theke, die Brauen gerunzelt und die Augen halb geschlossen, so daß er aussah, als habe er zuviel getrunken. Aber Arthurs stählerner Blick schien ihn einzuschüchtern. »Ich will keinen Krach«, murmelte er.

»Was soll das heißen«, rief Doreen mit hoher, erschrokkener Stimme. »Du sagst, das ist 'n Kamerad von dir?«

»Na schön, ich wollte dich auch nur warnen«, erklärte Arthur dem Soldaten. »Wenn du noch mal Krach haben willst, den kannst du kriegen.« Er wird sich nie bei mir entschuldigen, dachte er, und ich auch nicht. Wenn er nicht grade 'n Soldat wäre, dann wär er so einer wie ich: dann würde er sich auch an 'ner Maschine die Seele aus dem Leib schinden und sich überlegen, ob er nicht lieber Dynamit fabrizieren und das Stadthaus in die Luft jagen sollte. Aber nein, er ist eben 'n Idiot. Ich kann nicht verstehn, was Winnie in dem Kerl sieht, und ich wette 'nen Shilling, daß er noch viel Ärger mit ihr haben wird. Aber jetzt will ich 'n mal zu 'nem Bier einladen. »Los, Kumpel, trink 'n Glas mit mir«, sagte er.

»Nein, danke«, antwortete der Soldat.

»Ach was«, sagte Arthur freundlich, »trink schon.« Er bestellte ein Bier und ein zweites für sich, und die beiden Gläser wurden nebeneinander auf die Theke gestellt. Der Soldat sah so mißtrauisch darauf, als sei es ein Giftbecher.

Arthur hob sein Glas: »Prost! Trink aus, Kumpel. Nächste Woche heirate ich.« Der Soldat schien aus seiner bitteren Erstarrung zu erwachen und sagte: »Also dann, viel Glück.« Dann goß er den Inhalt des Glases mit einem Zug hinunter.

Sie fuhren mit dem Bus zur Siedlung hinaus und saßen während der Fahrt schweigend nebeneinander wie zwei Menschen, die zum erstenmal ein Flugzeug bestiegen haben und denen die Angst vor der ungewohnten Art der Fortbewegung die Lippen versiegelt. Als sie dann die gebogene Straße entlanggingen, fragte sie: »Wer war der Soldat?«

»'n alter Kumpel von mir«, antwortete er. »Ich hab 'n beim Kommiß kennengelernt.« Mehr wollte er nicht sagen.

Sie gingen durch den Garten zur Hintertür und kamen in den schmalen Gang zwischen Kohlenverschlag und Toilette. Arthur folgte Doreen in die Küche, in der es nach verbrauchtem Gas und Wäsche roch. Das Wohnzimmer war unordentlich und ungepflegt. Wenn ich hier wohnen würde, müßten sie aber 'n bißchen saubermachen, dachte Arthur. Quer durch den Raum war eine Leine gespannt, an der Wäsche zum Trocknen hing, und Kommode und Anrichte waren überhäuft mit alten, verbogenen Weihnachtspostkarten, Fotos, die gegen Haarbürsten gelehnt waren, Weckeruhren ohne Zeiger und Zigarettenpäckchen. Ein zwanzig Jahre alter Radioapparat auf der Kommode gab knatternde Töne von sich. Als die beiden das Zimmer betraten, stellte Doreens Mutter ihn ab. Der Tisch war fürs Abendbrot gerichtet: Teekanne und Tassen, Zucker, eine Büchse Kondensmilch, Brot, Käse und ein paar Messer und Gabeln.

Mrs. Greatton saß am Kamin und las die Zeitung. Ihr gegenüber, neben dem Kohlenkasten, hockte ein Inder aus Bombay, der durch seine zur Faust geballte Hand eine Zigarette rauchte. Doreens Mutter war schwerhörig und trug eine Brille. Arthur schätzte sie auf etwa fünfzig Jahre. Er fragte sich oft, was ihr indischer Freund eigentlich an dieser großen, plumpen und unschönen Frau fand, deren Haar über der Stirn schon dünn und grau war. Der Inder hatte bei Arthurs früheren Besuchen noch nie ein Wort zu ihm gesagt, sondern ihm immer nur zugenickt; offenbar konnte er kein Wort Englisch. Doreens Mutter hatte erzählt, daß er in der

Stadt in einer Maschinenfabrik arbeite und in drei Jahren, wenn er sich tausend Pfund zusammengespart habe, wieder nach Bombay zurückfahren wollte. Dort, erklärte sie, könne man mit tausend Pfund leben wie ein Millionär. Der Inder trug einen Overall und eine Jacke, und auf seinem Kopf saß eine Tuchmütze. Ein einziges Mal – und zwar als er hinter Mrs. Greatton die Treppe hinaufgestiegen war, um zu Bett zu gehen – hatte Arthur erlebt, wie er die Mütze abnahm und eine riesige Glatze entblößte. Er war ein Mann von etwa vierzig Jahren und sah für einen Inder ganz gut aus, aber Arthur mochte ihn nicht. Er saß immer nur schweigend da, starrte auf die Bilder in einer Zeitschrift und rauchte langsam und nachdenklich eine Zigarette nach der anderen durch die Hand; nie berührten seine Lippen das Ende der Zigarette. Mrs. Greatton blickte gelegentlich von ihrer Zeitung auf und machte eine freundliche Bemerkung, die er nicht verstand, aber doch mit einem Grunzen, einem Kopfnicken oder einem Wort seiner eigenen Sprache beantwortete, das wiederum sie nicht verstand.

Mrs. Greatton faltete ihre Zeitung zusammen, goß Doreen und Arthur Tee ein und holte noch etwas aus der Küche. Sie tat das alles mit der Zigarette im Mund, sah dabei über ihre Brillengläser auf sie herab und bewegte sich so langsam und schwerfällig, daß Arthur ganz erstaunt war, als das Essen tatsächlich nach knapp zehn Minuten vor ihnen stand. Sie waren beide nicht hungrig. Sie saßen einander gegenüber und kauten langsam ihre Brote mit Käse und Büchsenfleisch. Wenn Mrs. Greatton den Kopf wegdrehte, zwinkerte Arthur Doreen zu, und wenn der Inder zu Boden starrte, machte er ihm eine lange Nase.

»Braucht deine Mutter eigentlich den ganzen Abend, um die eine Zeitung zu lesen?« erkundigte er sich. »Liest sie so langsam oder studiert sie auch noch alle Anzeigen?«

»Sie liest jedes Wort«, antwortete Doreen. »Sie mag die Zeitung viel lieber als 'n Buch.«

Mrs. Greatton blickte auf. Ihre mißtrauischen Augen bemerkten, daß die beiden sich unterhielten. »Was sagt ihr da?« fragte sie interessiert.

»Ich hab Arthur erzählt, daß du alle Anzeigen in der Zeitung liest«, brüllte Doreen.

»Sie sind interessant«, erklärte sie kurz. Der Inder – Arthur hatte nie gehört, daß jemand ihn beim Namen nannte, es war, als hätten sie sich gar nicht die Mühe gegeben, ihn danach zu fragen – schaute auf und lächelte, als er die anderen sprechen hörte.

»Der ist 'n bißchen komisch«, sagte Arthur zu Doreen, als sie zurücklächelte.

»Was?« wollte Mrs. Greatton wissen.

»Er ist 'n bißchen komisch«, bellte Arthur.

»Ach was«, sagte Mrs. Greatton. »Der ist ganz in Ordnung. 'n guter Kerl.«

»Hat er eigentlich keinen Namen?« fragte er Doreen.

»Ich glaube nicht«, antwortete sie. »Wir nennen ihn ›Chumley‹, weil er so was Ähnliches gesagt hat, als wir mal wissen wollten, wie er hieße. Nicht wahr, Chumley?« rief sie zu ihm hinüber. Er wandte sich um und starrte sie an, als habe sie versucht, ihm ein Geheimnis zu entlocken. Dann drehte er sich wieder dem Feuer zu.

»Er nimmt das nicht übel«, erklärte sie, während sie Arthur noch eine Tasse Tee eingoß. »Er hat's gern, wenn wir über ihn sprechen.«

»Er sieht so einsam aus«, meinte Arthur, ganz gefesselt von dieser Vorstellung.

»Das ist er aber nicht«, widersprach sie. »Mam und er kommen ganz gut miteinander aus. Der hat's nicht schlecht.«

»Ja, aber mir kommt er einsam vor«, bemerkte Arthur. »Er sollte lieber wieder nach Indien zurückfahren. Ich kann's einem Menschen ansehn, wenn er sich einsam fühlt. Und er sagt doch auch nie 'n Wort, nicht? Das bedeutet, daß er sich nach seinen Leuten sehnt.«

»Er hat aber doch Mama«, sagte Doreen.

»Das ist nicht dasselbe«, antwortete er, »bei weitem nicht.«

Sie aßen nicht mehr, blieben aber noch am Tisch sitzen und unterhielten sich. Arthur wartete darauf, daß Chumley und Mrs. Greatton sich verzogen und zu Bett gingen, damit er endlich mit Doreen allein sein konnte. Sie sprach immer weniger, als sei auch sie von Ungeduld gequält.

Chumley stand auf, nahm seine Mütze in die Hand, so daß sein kahler Schädel unter der starken elektrischen Birne aufglänzte, und ging auf die Tür zu. Mrs. Greattons Schild aus Zeitungspapier raschelte und senkte sich, als sie seine Schritte spürte. »Ich komme gleich nach, Liebling«, rief sie.

»Hoffentlich«, murmelte Arthur.

Sie hörten, wie Chumley gemächlich die Stufen hinaufstieg. Mrs. Greatton las weiter, als habe sie sich darauf versteift, die ganze Nacht unten zu bleiben. Arthur reichte Doreen eine brennende Zigarette und zündete sich selbst eine an. Er zerbrach das Streichholz in kleine Stückchen, legte sie hintereinander auf den Tischrand und schnippte sie von da aus auf das Stück Käse in der Mitte des Tisches zu. Doreen fragte ihn wieder nach dem Soldaten, den sie in der Kneipe getroffen hatten. »Na schön, ich will dir die Geschichte erzählen«, sagte er. »Er war mit mir zusammen beim Kommiß. Und einmal hatte er was versiebt, und ich mußte ihn melden. Ich konnte 's nicht ändern, weil 'n Offizier dabei war, aber er bekam acht Tage Knast dafür. Na, und als er dann wieder draußen war, traf er mich mal in der Stadt und brüllte mich an, und wir hatten 'ne Schlägerei, und seitdem standen wir nicht mehr so gut. Aber jetzt ist wohl alles wieder in Ordnung. Er ist kein übler Kerl, und wir haben uns gut vertragen, bevor die Geschichte passierte. Jetzt verstehst du vielleicht, warum wir 'n bißchen komisch waren, als wir uns heute abend plötzlich wiedersahn.« Arthur redete immer weiter und berichtete Einzelheiten über ihre gemeinsamen

Erlebnisse, bis Doreen überzeugt war. Es hatte ihn aber doch ein paar Minuten gekostet, bis er den richtigen treuherzigen Erzählerton gefunden hatte.

Mrs. Greatton war bei der letzten Seite ihrer Zeitung angelangt. Sportnachrichten, dachte Arthur. Die wird sie doch hoffentlich nicht auch noch lesen.

»Löst deine Mutter etwa das Kreuzworträtsel?« erkundigte er sich mit wunderbar gespielter Gleichgültigkeit. »Dann bleibt sie nämlich noch bis vier hier sitzen.«

»Nein. Sie hat's mal versucht, aber dann hat sie's aufgegeben, weil die schwarzen und weißen Quadrate ihr so vor den Augen flimmerten.«

Die Auskunft beruhigte ihn, und er beobachtete, wie Mrs. Greattons Augen über das Zeitungsblatt wanderten. Chumley war schon zwanzig Minuten oben. Verdammt noch mal, dachte er, wann entschließt sie sich endlich und steht auch auf? Sie kann doch nicht die ganze Nacht hier sitzen bleiben. Er schlug eine Fliege tot, die über sein Handgelenk spazierte. Mrs. Greatton schaute bei dem Geräusch kurz auf und las dann weiter. Aber ich halt's länger aus, dachte Arthur ingrimmig, und wenn sie bis morgen früh auf ihrem Stuhl klebt. Auf der Straße fuhr ein Wagen vorbei. »Das ist das Auto mit Bratfisch und Kartoffelchips, das in die Stadt fährt«, erklärte Doreen ihm. Es war Viertel vor elf. Sie vernahmen ein eindringliches Stampfen von Chumleys bestrumpften Füßen auf dem Schlafzimmerboden. »Jetzt geht sie gleich«, sagte Doreen.

Aber sie ging nicht. In Herrgottsnamen, so steig doch endlich die Treppe rauf! sagte Arthur leise zu sich selber. Mütter sind in solchen Fällen doch entsetzlich ungeschickt. Warum geht sie bloß nicht?

Um elf stand sie auf und faltete ihre Zeitung zusammen. »So«, sagte sie und sah die beiden scharf an, »ich geh jetzt zu Bett. Bleib du auch nicht mehr zu lange auf, Doreen.«

»Nein, Mam, nur noch zehn Minuten. Arthur muß jetzt auch gehn; er hat 'n langen Heimweg.«

»Und ob ich den hab!« brüllte Arthur. »Ich hau gleich ab!«

»Ich wasche noch das Geschirr ab und räume 'n bißchen auf hier, bevor ich zu Bett gehe«, rief Doreen hinter der Mutter her, als diese das Zimmer verließ. Nach einer Weile hörten sie ihre Schritte auf dem losen Brett am Kopfende der Treppe. Arthur umarmte Doreen und küßte sie leidenschaftlich. »Ich dachte schon, sie würde überhaupt nicht mehr gehn.«

»Dann hast du eben falsch gedacht«, sagte sie tadelnd und entwand sich seinen Armen. Sie nahm die Kleider und Zeitungen vom Sofa, so daß sie sich dort hinsetzen und sich ungestört küssen konnten. Dies war bereits ein Samstagabend-Ritual, das sich während der vorangegangenen Samstage eingebürgert hatte. Ein paar Minuten später machte Doreen sich los und stand auf: »So, jetzt wollen wir so tun, als ob du fortgehst.«

»Immer der alte Trick«, meinte er und folgte ihr durch die Küche zur Hintertür.

Doreen öffnete geräuschvoll die Tür und rief absichtlich laut:

»Also dann, gute Nacht, Arthur!«

»Gute Nacht, Schatz«, schrie er so laut, daß die ganze Siedlung ihn hören mußte. »Montag sehn wir uns wieder.«

Die Tür schlug so heftig zu, daß das Haus erzitterte. Doreen wollte sichergehen, daß auch ihre schwerhörige Mutter dieses Geräusch mitbekam. Arthur, der im Gang stehengeblieben war, folgte Doreen auf den Zehenspitzen in das warme, behagliche und gut erleuchtete Wohnzimmer zurück.

»So, nun sei mal 'ne Weile ganz still«, flüsterte sie ihm ins Ohr.

Er zündete sich eine Zigarette an, legte sich bequem auf das Sofa und pfiff leise vor sich hin, während Doreen den Tisch abräumte und das Geschirr in der Küche abwusch. Dabei achtete sie darauf, daß die Geräusche ihrer Tätigkeit diskret, aber doch hörbar durchs Haus drangen. Sie hoffte, ihre Mutter damit in den Schlaf zu wiegen oder sie doch wenigstens in dem Glauben zu bestärken, daß die Tochter hier unten auch wirklich allein und bei der Arbeit war.

Jetzt kam sie aus der Küche, nahm die Schürze ab und stand neben dem Tisch. Ihr dunkelgrünes Kleid ließ die Formen der Brüste und des schlanken Körpers so hervortreten, daß Arthur sagte: »Ich hab noch nie so 'n hübsches Mädchen gesehn wie dich.«

Sie lächelte und setzte sich zu ihm. Im Kamin brannte noch das Feuer und wärmte den Raum. Er warf seine halb aufgerauchte Zigarette in den Kohlenkasten. »Ich liebe dich«, sagte er zärtlich.

»Ich liebe dich auch«, erwiderte sie etwas nüchterner.

Er legte seine Hand auf ihre Schulter. »Ich würde gern mit dir zusammen leben.«

Ihr Lächeln hellte sich auf. »Das wär schön.«

»Wie alt bist du eigentlich? Du hast mir's schon mal gesagt.« Als ob das verdammt noch mal was damit zu tun hätte!

»Bald zwanzig!«

»Ich bin vierundzwanzig. Du hättest's bestimmt gut bei mir. Ich würde mich ordentlich um dich kümmern.«

Sie strahlte. »Ich kann den Spaziergang vom letzten Sonntag nicht vergessen«, sagte sie leise und ergriff seine Hand. »Weißt du, als wir beim Kanal ins Wasser sahen und dann durch die Felder gingen.«

»Aber du weißt doch, was ich meine?« fragte er ernst.

»Natürlich.«

Sie sprachen nicht weiter. Arthur konnte kein Wort herausbringen, denn sein Kopf war voll von Fragen und unbefriedigenden Antworten. Er kämpfte die letzten Runden eines alten Kampfes mit sich selber aus und spürte doch zugleich, daß die ersten Geplänkel eines neuen Kampfes bereits begonnen hatten. Aber er fühlte sich wohl dabei, so leicht und zufrieden, und er hatte die Empfindung, daß er einen besseren Weg beschritt als je zuvor. Ich muß betrunken sein, dachte er. Nein, das bin ich nicht. Ich bin stocknüchtern.

Sie saßen da, als habe das Gewicht der ganzen Welt sich in dieser Minute von ihnen gehoben und ihnen nur ein dumpfes Staunen hinterlassen. Aber dies Gefühl hielt nur einen Augenblick an. Arthur hatte sie so mörderisch umschlungen, als wolle er ihren Widerstand gleich beim ersten Kräftemessen brechen. Aber sie hielt ihm stand, und es schien, als wolle sie ihn um jeden Preis zuerst besiegen. Das Spiel stand unentschieden, und es war, als müßten sie sich erst einmal von der großen Entscheidung erholen, zu der sie sich eben durchgerungen hatten. Er sprach leise auf sie ein, und sie nickte zu seinen Worten, ohne zu wissen, was sie bedeuteten. Auch Arthur wußte nicht, was er sagte: der Stromkreis war unterbrochen. Sie sanken ein in die weit geöffneten Furchen der Erde.

16

Er saß am Kanal und angelte. Es war ein Sonntagmorgen im Frühling. Der Kanal machte hier eine Biegung. Erlen schwankten über dem Wasser wie alte Männer, die schon auf wackligen Beinen stehen, und es sah aus, als würden sie von den jungen, stämmigen Eichen hinter ihnen ans Ufer gedrängt. Er straffte den Rücken, und seine Finger lösten eine Nylonschnur von der sich rasch drehenden Rolle. Rings um ihn lagen seine Habseligkeiten: der Rucksack, die Jacke, ein leeres Stielnetz, sein Fahrrad und zwei Blechbüchsen mit Würmern, die er vor der Abfahrt zu Hause in dem kleinen Gartenstück ausgegraben hatte. Die Sonne brach durch die Wolken und entlockte der Erde einen Duft, der zum Himmel stieg. Vögel sangen. Eine winzige, lautlose Bewegung im

Wasser nahm seinen Blick gefangen. Er beugte sich näher zum Ufer, stand auf und warf mit einem kräftigen Schwung die Angel aus.

Ein Stück weiter hinten saß ein anderer einsamer Mann und angelte; aber Arthur wußte, daß sie einander in Ruhe lassen, ja daß sie sich nicht einmal einen Gruß zurufen würden. Hier störte keiner den anderen: man war ein Jäger, ein Träumer, sein eigener Herr, und wenn der Himmel keinen Regen herabschickte, war man für ein paar Stunden weit fort und abgelöst von allem anderen. So ähnlich, wie der Sergeant beim Militär es gemeint hatte, als er davon sprach, was für herrliche Dinge einem in den Sinn kämen, wenn man auf der Latrine saß. Aber das hier war noch besser: es war erstaunlich, auf was man in der Stille des Angelns verfallen konnte.

Er nahm einen Schluck Tee aus seiner Flasche und aß ein Käsebrot, und dann saß er wieder da und beobachtete den rot-weißen Schwimmer, der unter den Erlen bis zur Hälfte im Wasser hing. Er verlor ihn nicht eine Sekunde aus dem Blick, um sofort bereit zu sein, wenn sich plötzlich ein glücklicher Fang anzeigte. Was ihn selber betraf – er war nun gefangen. Er hatte angebissen und würde sich für den Rest seines Lebens mit dieser Tatsache abzufinden haben. Wenn man einen Fisch erwischte, so konnte man diesen Satz auch umdrehen und gewissermaßen behaupten, daß der Fisch einen erwischte, und ebenso war es mit allen anderen Dingen, die man erwischte, ob es sich nun um die Masern oder um eine Frau handelte. Jeder auf dieser Welt war irgendwie gefangen, so oder so, und wer im Augenblick noch nicht gefangen war, befand sich doch auf dem besten Wege dazu. Sobald du geboren wirst, überfällt dich die kühle Luft, und du stößt schon in der ersten Minute einen Protestschrei aus. Dann kommt die Fabrik, spannt dich in die Seile und hängt dir eine Maschine um den Hals, und schließlich sitzt du hinterrücks am Angelhaken einer Frau fest. Genau wie ein Fisch war man: zuerst schwamm man frei und unbehindert umher, genoß das Alleinsein, tat, was einem gerade einfiel, und kümmerte sich um nichts. Plötzlich, platsch, der große Haken bohrte sich einem in den Mund, und man war gefangen. Unbewußt hatte man mehr heruntergeschluckt, als man verdauen konnte, und nun mußte man für den Rest seines Lebens mit diesem einen Köder vorliebnehmen. Für einen Fisch bedeutete das den Tod, bei einem Mann mochte es nicht ganz so schlimm sein. Vielleicht war es nur der Anfang eines besseren Lebens, eines Zustands, der viel angenehmer war, als man es sich hatte vorstellen können, bevor man seine gierigen Kinnbacken über dem lockenden Köder schloß. Arthur wußte, daß er noch nicht angebissen hatte, daß er nur an dem Köder geleckt und ihn köstlich gefunden hatte, daß er den angenagten Bissen immer noch fahrenlassen konnte. Aber er wollte es gar nicht. Wenn man sein Leben lang jeden Köder, der einem vorgehalten wurde, verschmähte, dann war es gar kein richtiges Leben. Dann blieb sich ständig alles gleich, und man hatte nichts, wogegen man kämpfen konnte. Das Leben wäre so trübe wie Rinnsteinwasser. Man konnte sich auch mit allzuviel List umbringen. Selbst wenn so ein Köder Scherereien mit sich brachte, konnte man ihn nicht ständig ignorieren. Er lachte bei dem Gedanken, daß er schon eine anständige Portion Köder intus hatte, halbverdautes Zeug, das ihm auf die eine oder andere Art ganz schöne Scherereien eingebracht hatte.

Das angestrengte Starren auf den Schwimmer machte ihn schläfrig: er war gestern nacht bis zwei Uhr mit Doreen zusammen gewesen. Sie hatten darüber gesprochen, daß sie in einem Vierteljahr heiraten wollten. Bis dahin, meinte Arthur, würden sie einen hübschen Haufen Geld beisammen haben, etwa einhundertfünfzig Pfund, ganz abgesehen von der Steuerermäßigung – vermutlich würden es bald an die zweihundert Pfund werden. Dann würden sie aber gut dran sein, hatte Doreen geantwortet, denn Mrs. Greatton hatte ihnen bereits angeboten, für den halben Mietpreis bei ihr zu wohnen, so lange sie wollten. Sie würde sich doch einsam fühlen, wenn Chumley nach Hause fuhr. Arthur hatte gemeint, daß er es mit Mrs. Greatton schon aushalten würde, da er ja hier der einzige Mann im Hause wäre. Und falls sie sich doch nicht vertragen sollten, konnten sie sich ja noch immer anderswo eine Wohnung suchen. Es sah also aus, als würden sie's ganz gut miteinander haben, solange nicht ein neuer Krieg ausbrach oder die Wirtschaft zurückging und man stempeln mußte. Solange keine Hungersnot kam, keine Seuche England verheerte, kein Erdbeben das Land aufriß und die Stadt ringsum in Trümmer sinken ließ, oder eine Bombe fiel und der Welt mit einem großen Knall ein Ende machte. Man durfte sich jedoch nicht zuviel mit solchen Gedanken abgeben, wenn man seine Pläne hatte und was vom Leben haben wollte, was man nie zuvor gehabt hatte. Und so war es ja auch, überlegte er, während er an einem Grashalm kaute.

Er befestigte seine Angelrute am Ufer und stand auf, um sich ein wenig zu strecken. Er gähnte ausgiebig, spürte, wie seine Beine nachgaben, sich lockerten und wieder festigten. Seine große Gestalt hob sich gegen den Hintergrund des gebogenen Kanals und der Hecken und Bäume am Ufer ab. Er rieb sich mit der Hand über sein rauhes Kinn, aufwärts über die breiten Lippen, die niedrige Stirn und das kurze helle Haar, und dann sah er empor zu dem Durcheinander von grauen Wolken und blauen Flecken am Himmel über ihm. Unwillkürlich lächelte er das alles an und wandte sich zur Seite, um den Treidelpfad ein paar Meter hinunterzugehen. Er hatte seinen Schwimmer ganz vergessen und blieb stehen, um gegen einen Busch zu pinkeln. Als er seine Hose wieder zuknöpfte, bemerkte er eine heftige Bewegung im Wasser, als sei sein Schwimmer plötzlich lebendig geworden und wollte herausspringen.

Er rannte zurück zu seiner Angelrute und begann mit

gleichmäßigen Bewegungen die Leine einzuholen. Seine Hände arbeiteten flink und ruhig, und die Schnur kam so rasch, daß man kaum eine Bewegung spürte, abgesehen von der Rolle, auf der der Nylonfaden an Dicke und Breite gewann und wo er ihn mit dem Daumen festdrückte, damit nicht im entscheidenden Augenblick eine Stockung eintrat. Am Ende der Leine kam der Fisch blitzend und zappelnd aus dem Wasser, und er nahm ihn fest in die Hand, um den Haken aus dem Maul zu lösen. Er schaute in das glasgraue Auge, in die braune Pupille, deren Ausdruck all das Leben enthielt, das er genossen hatte, und alle Furcht vor dem Tod, der ihn nun bedrohte. Er sah in seinem Auge den grünen Schimmer weidenbestandener Kanäle mit ihrem kühlen, fauligen Wasser. Es war ein Auge, erfüllt von Panik und Bedauern um die verbleibende Lebenskraft, die wie ein schweigender Strudel um ihn kreiste. Wohin kommen die Fische, wenn sie sterben? fragte er sich. Der Abglanz ereignisreichen Lebens spiegelte sich in diesen Augen, und man sah darin auch die Erinnerung an die wohlbedachten Wendungen, die der Fisch ausgeführt hatte, wenn er zwischen den schwankenden Schatten von Binse zu Binse schwamm, die kleine Fischbrut auseinanderstieben ließ oder selber von einem größeren Fisch gejagt wurde. Arthur fühlte, wie Wellen der Hoffnung den schuppigen Körper vom Kopf bis zum Schwanz durchrieselten. Er löste den Haken und warf den Fisch ins Wasser zurück. Dann beobachtete er, wie er blitzschnell davonschwamm und verschwand.

Du hast noch mal 'ne Chance, sagte er für sich, aber wenn du oder einer deiner Kumpels wieder an meinen Köder kommt, dann ist der Ofen aus. Er ließ den Schwimmer wieder auf dem Wasser tanzen, setzte sich hin und wartete. Diesmal gab's keinen Pardon: er wollte Fische mit nach Hause bringen, die man entweder in die Pfanne legen und braten oder an die Katze verfüttern konnte. Ja, das bedeutet Scherereien für euch und Scherereien für mich, und alles nur um eines Köders willen. Der fetteste Wurm hängt am Haken, also beschwert euch nicht, wenn die Spitze sich in eure Kiemen bohrt.

Und Scherereien für mich wird's auch genug geben. Jeden Tag meines Lebens, bis ich sterbe, werde ich kämpfen müssen. Warum machen sie noch Soldaten aus uns, wo wir ohnehin genug zu kämpfen haben? Mit Müttern und Frauen, mit Hausbesitzern und Vorarbeitern, mit den Polypen, dem Militär und der Regierung. Wenn's das eine nicht ist, ist's das andere – ganz abgesehen von der Arbeit, die wir leisten müssen, und der Art, wie wir unseren Lohn wieder ausgeben. An jedem Tag meines Lebens werden mir Scherereien beschert sein; denn so ist es immer gewesen, und so wird es immer bleiben. Betrunken geboren, blind verheiratet, hilflos einer fremden und verrückten Welt ausgeliefert, durch die Arbeitslosigkeit hindurchgeschleust und dann hinein in den Krieg mit einer Gasmaske auf der Rübe. Und die Sirenen gellen dir jede Nacht in die Ohren, während du dir den Körper in einem Luftschutzbunker wund kratzt. Mit achtzehn Jahren stecken sie dich in die Uniform, und wenn sie dich entlassen, stehst du wieder schwitzend in der Fabrik, rakkerst dich ab, um dir ein Extrabier spendieren zu können, schläfst am Wochenende mit Frauen, deren Männer in der Nachtschicht arbeiten. Mit brennender Kehle und schmerzendem Rückgrat schuftest du, und nur das Geld allein ist es, das dich jeden Montagmorgen in die Fabrik zurückzieht.

Nun ja, alles in allem ist es ein gutes Leben und eine gute Welt, wenn du nicht lockerläßt und wenn du weißt, daß die große weite Welt bisher noch nichts von dir gehört hat, gar nichts, obwohl es jetzt nicht mehr lange dauern wird.

Der Schwimmer tanzte noch wilder als zuvor, und mit einem Grinsen im Gesicht begann Arthur die Leine einzuholen.

Alan Sillitoe im Diogenes Verlag

Guzman, Go Home
Erzählung. Deutsch von Anna von Cramer-Klett
detebe 4/1

Die Einsamkeit des Langstreckenläufers
Erzählung. Deutsch von Günther Klotz
detebe 4/2

Samstagnacht und Sonntagmorgen
Roman. Deutsch von Gerda von Uslar
detebe 4/3

Ein Start ins Leben
Roman. Deutsch von Günter Eichel
und Anna von Cramer-Klett
detebe 4/4

Der Tod des William Posters
Roman. Deutsch von Peter Naujack

Der brennende Baum
Roman. Deutsch von Peter Naujack

Nihilon
Roman. Deutsch von Fritz Güttinger

Die Lumpensammlerstochter
Erzählungen. Deutsch von Wulf Teichmann

Der Sohn des Witwers
Roman. Deutsch von Peter Naujack

D. H. Lawrence

Werkausgabe der Erzählungen und Kurzromane
in acht Einzelbänden

in Diogenes Taschenbüchern

Übersetzt von Martin Beheim-Schwarzbach, Georg Goyert,
Karl Lerbs, Elisabeth Schnack und Gerda von Uslar

Der preußische Offizier
Sämtliche Erzählungen I. detebe 90/1

England, mein England
Sämtliche Erzählungen II. detebe 90/2

Die Frau, die davonritt
Sämtliche Erzählungen III. detebe 90/3

Der Mann, der Inseln liebte
Sämtliche Erzählungen IV. detebe 90/4

Der Fremdenlegionär
Sämtliche Erzählungen V. detebe 90/5

Der Fuchs. Der Marienkäfer. Die Hauptmannspuppe
Sämtliche Kurzromane I. detebe 90/6

Der Hengst St. Mawr
Sämtliche Kurzromane II. detebe 90/7

Liebe im Heu. Das Mädchen und der Zigeuner.
Der Mann, der gestorben war
Sämtliche Kurzromane III. detebe 90/8

Außerdem liegen vor:

John Thomas & Lady Jane
Roman. Die zweite und längste Fassung der ›Lady Chatterley‹.
Aus dem Englischen von Susanna Rademacher. detebe 147

Pornographie und Obszönität
und andere Essays über Liebe, Sex und Emanzipation. detebe 11